Maria Grund

Maria Grund est une auteure et scénariste suédoise. Elle vit sur l'île de Gotland où elle a puisé l'inspiration pour écrire *La Fille-Renard* (Robert Laffont, 2022 ; Prix de la Swedish Academy of Crime Fiction dans la catégorie Premier Roman et Prix Bête noire des libraires en 2023), premier tome d'une série mettant en scène le duo d'enquêtrices formé par Sanna et Eir sur une île au large des côtes suédoises.

LA FILLE-RENARD

MARIA GRUND

LA FILLE-RENARD

Traduit du suédois par Cecilia Klintebäck

LA BÊTE NOIRE

Robert Laffont

Titre original :
Dödssynden

ISBN : 978-2-266-31830-3
Dépôt légal : février 2024

La brume l'a englouti. La mousse épaisse du sous-bois facilite son avancée, lui permettant d'oublier les ronces qui lui déchirent la peau et les branches qui cherchent à atteindre ses yeux et à s'entremêler dans ses cheveux. Ses jambes et ses pieds nus sont engourdis par le froid. Sans l'épaisseur de son caleçon, les jeunes rameaux qui le fouettent au passage l'auraient déjà fait tomber depuis longtemps.

Il accélère encore la cadence entre les chablis et la jungle des pins et des frênes en décomposition. Il se précipite vers l'avant aussi vite qu'il le peut, son cœur battant la chamade, si fort qu'il en occulte la douleur et les voix qui le poursuivent dans l'obscurité.

Sans le trou qui s'ouvre brusquement sous ses pieds et lui attrape la jambe, le projetant au sol, il aurait peut-être réussi à s'échapper. Mais quand il s'étale par terre les bras en croix, que sa tête heurte la mousse d'un rocher et que ses yeux se révulsent, il les entend approcher :

« Mort au loup, mort au loup, mort au loup… »

1.

Sanna Berling scrute la pièce vide, ravagée par le feu. La lumière qui entre par les fenêtres poussiéreuses, recouvertes d'une fine couche de sel, est sale et brunâtre. L'odeur de fumée, mélangée à celle de la moisissure, lui assaille la gorge. La pièce lui semble de plus en plus obscure à chaque visite, peut-être à cause des arbres touffus laissés à l'abandon au-dehors ; ou alors, c'est une illusion due à l'épuisement.

Elle passe ses doigts sur un des murs noircis ; sous la suie, on aperçoit encore le papier peint élimé d'une chambre d'enfant. Elle ferme les yeux et laisse sa main courir le long du mur en direction de la porte. Comme à chaque fois, elle s'arrête devant l'inscription gravée dans le bois. Ses doigts tracent le contour d'une écriture enfantine : FUIS.

Lorsqu'elle franchit la porte d'entrée à double battant, une nuée d'oiseaux s'élève du vieil arbre de la cour. Ils secouent l'air de leurs battements d'ailes, comme pour esquiver un orage.

Devant elle s'étend un paysage désolé. Toute cette partie de l'île – les champs aux alentours et les prairies qui descendent jusqu'à la route, l'église et la côte – est déserte. Son portable sonne. Elle décroche.

— J'y suis, là, répond-elle. Dis non. Je ne vends pas. Pas encore.

Son interlocuteur proteste avec véhémence, mais elle reste de marbre. Elle regagne sa voiture, une Saab noire. En s'éloignant, elle voit les fenêtres aveugles et ravagées de la propriété la suivre dans son rétroviseur.

À la radio, elle entend un membre du conseil régional s'exprimer :

« Les restrictions et les mesures drastiques de ces dernières années nous placent face à des défis sociaux qui menacent notre confort de bien des façons. Et malgré cela, elles n'ont pas réussi à redresser notre budget… Nous devons tous travailler de concert afin de réaliser encore davantage d'économies sans pour autant être contraints de supprimer plus de centres d'accueil, d'institutions ou d'autres activités essentielles pour la foule sans cesse croissante des personnes exclues et vulnérables… »

Elle éteint la radio, allume son vieux lecteur CD et appuie sur l'accélérateur. Le morceau *Rabbia Fuori Controllo* de Robert Johnson and Punchdrunks s'échappe des baffles à plein volume tandis qu'elle dépasse plusieurs fermes et maisons isolées. Les champs, les prairies et les forêts défilent. Elle atteint la petite agglomération de l'île, puis se dirige vers la zone industrielle. Là, le paysage qui l'attend est composé de bitume craquelé et de containers éparpillés le long de hautes palissades entourées de barbelés.

Un jeune homme vêtu d'une robe-chemisier avec un col énorme, des manches bouffantes et des épaulettes gigantesques boitille devant les feux de signalisation. Il lui manque un sourcil et, pour le remplacer, il en a dessiné un au stylo-feutre, mais trop haut sur son front. Ses sandales en plastique sont sales et chaque fois qu'il pose son pied droit par terre, il sursaute comme un chien blessé. En l'apercevant, il semble se détendre : il l'a reconnue. Elle ralentit, attrape un gilet en laine sur la banquette arrière, baisse la vitre et le lui lance. Il s'empresse de le revêtir tout en murmurant quelque chose, peut-être un merci.

Elle emprunte une route de campagne, puis dépasse un champ plein de caravanes et de tentes. Lorsqu'elle tourne à droite devant le panneau GARAGES ET GARDE-MEUBLES, si abîmé qu'il en devient illisible, un chien aboie dans l'obscurité.

La porte du garage grince en raclant contre la dalle en béton. Elle allume une lampe dans un coin, projetant une lumière douce sur son lit de camp, sa couverture et son oreiller. Le plafond est plus bas au niveau du lit. Elle a garé sa Saab un peu de travers et laissé les clés sur le contact.

Elle abandonne quelques factures et des pubs sur une chaise, fait glisser son court manteau de laine noire à ses pieds avant d'enlever son pantalon, puis elle se met un casque antibruit éraflé.

Elle dépose les clés du garage et son badge de police sur la table de camping, qu'elle utilise en guise de table de chevet. Les objets produisent un son métallique en heurtant un miroir de poche rond estampillé

ERIK. Elle attrape ensuite des pilules violettes, en prend trois et les jette au fond de sa gorge.

Quand elle s'allonge sur son lit de fortune, son regard est déjà embrumé et absent.

— J'arrive, murmure-t-elle, en tournant le dos à l'obscurité.

Quand Eir Pedersen franchit le pas de la porte, le carillon de la modeste pharmacie de garde retentit avec un son clair et distinct. Elle avance rapidement, un peu penchée vers l'avant, comme si elle était prête à bondir, avec une certaine intensité dans son regard aiguisé. Lorsqu'elle glisse la main dans la poche intérieure de son blouson en cuir ajusté, elle remarque que la pharmacienne l'observe discrètement, un brin anxieuse. Eir reconnaît ce regard, elle en a l'habitude. Elle est presque sûre que la femme en blouse blanche a déjà posé un doigt sur le bouton de l'alarme. Elle pourrait la rassurer d'un mot, cependant, elle n'en a pas le courage. Au lieu de cela, elle dispose deux cartes d'identité sur le comptoir et appuie son index sur la première d'entre elles.

— Il y a une ordonnance à son nom pour des pilules et des flacons. Ce sont les flacons que je veux.

La pharmacienne scrute les cartes d'identité, puis pianote sur son clavier d'ordinateur, tout en observant Eir en douce.

— Vous ne trouvez pas ? demande Eir. Il y a un problème ? Parce que, dans ce cas, vous n'avez qu'à appeler…

— Non, non, il n'y a pas de problème, répond la femme un peu trop vite avant de disparaître à l'arrière de la boutique.

Eir regarde autour d'elle. Tout est bien rangé dans le local. Le sol dallé est tout propre et luisant. La lumière est plus douce que d'habitude. Les pharmacies qu'elle connaît, sur le continent, ressemblent à de gros containers avec un éclairage froid et des étagères pleines à craquer. Celle-ci a un faux air de magasin de bonbons à l'ancienne.

— Voilà, dit la pharmacienne, interrompant ses pensées. Vous avez besoin de quelque chose d'autre ?

Elle glisse une bouteille de méthadone dans un sac plastique, qu'elle tend à Eir.

Eir observe le montant affiché sur la caisse enregistreuse avant de payer.

— Est-ce qu'il y a un chemin plus court que celui qui passe à côté de l'hippodrome, pour aller jusqu'à Korsparken ?

— À Kors*gården*, vous voulez dire ? corrige la pharmacienne.

— Oui, c'est ça.

— En arrivant sur la place, descendez tout droit. Une fois la muraille derrière vous, suivez la rue principale, puis traversez le terrain de sport au niveau de l'ancienne patinoire.

— OK, merci.

Eir se dirige vers la sortie.

— Mais à votre place, à cette heure-ci, je suivrais plutôt la route de l'hippodrome, ajoute la pharmacienne, avant qu'elle ne franchisse la porte.

Dans l'obscurité automnale, le silence règne sur la bourgade, entourée de sa muraille. Ses allées pentues s'enroulent comme des serpents vers la place centrale.

Les pavés luisent d'humidité et quelques feuilles éparses s'accrochent encore à des rosiers arborescents.

Il commence à pleuvoir. Eir a toujours aimé les intempéries : elle les trouve libératrices, apaisantes. Elles lui procurent un bien-être. Cette fois, cependant, il ne tombe que quelques gouttes.

À peine passé le mur, la ville change de visage. Il y a de plus en plus de boutiques barricadées, d'épaves de voitures et de panneaux de signalisation tagués, et, peu à peu, les rues se vident. Eir dépasse des travaux routiers à moitié entamés et un terrain de sport, avant d'atteindre une zone à l'abandon composée de vieilles maisons mitoyennes et d'immeubles bas comme empilés les uns sur les autres. Les poubelles débordent, des meubles de jardin abandonnés gisent çà et là. Un peu plus loin dans la rue, deux adolescentes sont en train de taguer la porte d'un garage.

L'une d'elles lève les yeux à son approche, avant de retourner à son œuvre avec indifférence. Elles ont marqué CRÈVE en grosses lettres rose fluo sur la porte.

— Vous habitez ici ? leur demande Eir avec calme.

— Quoi ? répond la fille.

Elle a des cheveux noirs ondulés, de grosses boucles d'oreilles rondes, et une tête de mort tatouée sur la gorge.

Eir glisse le sac avec la bouteille de méthadone dans sa poche intérieure avant de refermer son blouson.

— C'est *votre* garage ? s'enquiert-elle ensuite.

Les filles échangent un regard, jaugeant la situation.

— Oui, c'est *notre* garage, répond l'une d'elles.

Eir sort son portable, mais la batterie rend l'âme aussitôt. Elle soupire.

— Donc, si je sonne à la porte de la maison derrière vous, c'est votre mère qui va m'ouvrir ?

La seconde fille, maigre et musclée, a le crâne rasé et un gros dragon orne la manche de son sweat-shirt. Elle se glisse derrière Eir. Du coin de l'œil, cette dernière la voit dissimuler un couteau avec son poignet.

— Oublie ça, si tu veux pas te faire défoncer, putain de…, vocifère-t-elle en se rapprochant.

Eir l'interrompt d'un coup de coude en plein visage. La fille recule en titubant et laisse tomber son couteau pour se saisir le nez. Son acolyte à la tête de mort se jette alors sur Eir et la tire en arrière. Celle-ci reçoit un coup sur la bouche, mais attrape le bras de la fille et la projette à terre tellement fort que son crâne vient heurter le rebord du trottoir.

— Tu as cassé mon putain de nez…, grogne la fille au dragon de l'autre côté de la rue.

Eir se retourne pour la voir appuyer son sweat-shirt sur son visage, penchée en avant.

— T'es malade, putain…, gémit-elle.

Eir l'attrape durement par le bras et la tire vers le trottoir quand la fille à la tête de mort accourt, en faisant des moulinets avec sa bombe de peinture, pour lui sauter dessus encore une fois. Eir plonge pour l'éviter et réussit à attraper une poignée de ses cheveux. L'autre en profite pour récupérer son couteau, mais elle l'agrippe par le poignet. Le couteau tombe à terre et Eir l'envoie valser sous une voiture d'un coup de pied.

Alors qu'elle traîne la fille au dragon par terre jusqu'à la porte du garage, elle remarque que quelqu'un les observe. Une jeune fille du même âge que les deux autres se tient à la fenêtre de la maison qui jouxte le garage. La lumière s'allume, et une femme plus âgée vêtue d'un peignoir fait son apparition.

La femme écarte la jeune fille du bras tout en composant un numéro sur son portable. Les mouvements de ses lèvres laissent deviner qu'elle est en train de parler à un agent de police. Elle regarde fixement la rue avec anxiété.

Eir se redresse, prend une profonde inspiration et tente de retrouver son calme. Elle essuie le sang sur sa lèvre fendue, enfonce ses mains dans ses poches et continue sa route.

2.

Le matin suivant, quand Sanna se dirige vers l'ancienne carrière de calcaire à l'est de l'île, le sol est recouvert d'une fine couche de gel.

L'eau turquoise de ce cratère gigantesque est immobile. Une ambulance, un pick-up du Samu et une voiture de police sont garés le long du bord, portières ouvertes. Les sauveteurs sont en train de plier leurs combinaisons en caoutchouc et de les ranger à l'arrière du véhicule, à côté d'un corps allongé sur une civière. C'est celui d'une jeune fille, dans une housse mortuaire entrouverte. Quelqu'un glisse précautionneusement ses longs cheveux roux à l'intérieur de la housse.

Sanna gare son véhicule et en descend. La semelle de ses bottes est tellement épaisse qu'elle sent à peine le sol. Le terrain est criblé de terriers de lapins, éparpillés entre les racines et les rochers environnants. Çà et là, il y a des détritus que les baigneurs ont abandonnés derrière eux. Des couverts en plastique, des emballages de glaces et une bouteille de vin cassée. Elle peut entendre le ressac sur les plages de galets à quelques kilomètres de là, comme on peut l'entendre depuis pratiquement n'importe quel endroit de l'île.

La carrière est un lieu de baignade très populaire. Il est plus facile de faire un plongeon rafraîchissant ici que de gagner les criques surpeuplées où il faut aller loin pour atteindre un certain niveau de profondeur. Mais, à cette époque de l'année, l'endroit est désert. Mis à part les emballages, les seules choses indiquant qu'il y a bien eu une présence humaine, ce sont l'échelle rouillée qui permet d'accéder à l'eau et deux petits cabanons pour se changer, cachés derrière un bosquet.

Sanna regarde le cadavre avec découragement. Vu d'ici, le corps a l'air minuscule et malingre, avec des pieds qui ressortent comme les pattes d'un oiseau mort.

Le commissaire Bernard Hellkvist lui jette un coup d'œil en sortant de sa voiture. Sanna se souvient de sa voix énervée au téléphone : il est toujours de mauvaise humeur le matin, et aujourd'hui ne fait pas exception. Il est grand, bien charpenté, et se balance d'avant en arrière en battant des bras pour se tenir chaud. Ses lèvres avalent goulûment les dernières bouffées d'un moignon de cigarette, qu'il laisse ensuite tomber par terre. Il a toujours l'air d'avoir la gueule de bois, et ce depuis qu'elle le connaît. En la voyant, ses yeux rétrécissent. Il la salue d'un signe de tête en lâchant un bref « Bonjour ».

— Il fallait que ça arrive un dimanche, dit-il. J'allais regarder le match.

— Où sont les autres ? demande Sanna.

— Jon est venu, mais il est déjà reparti, il n'y avait pas grand-chose qu'il puisse faire. Je ne voulais pas t'appeler et t'obliger à venir, mais nous devions être sûrs qu'il s'agissait bien d'un suicide avant d'embarquer le corps.

— Je n'avais rien de prévu, de toute façon.

Il lui sourit, puis regarde l'heure sur son portable.

— On sait qui c'est ? demande Sanna.

— Elle s'appelle Mia Askar. Quatorze ans, elle en aurait bientôt eu quinze. Nous ne l'avons pas encore identifiée officiellement, mais sa mère a déclaré sa disparition au commissariat il y a quelques jours. Elle avait une photo de sa fille, et elle nous l'a décrite avec suffisamment de détails. Du coup, on sait que c'est elle. Les gamins d'aujourd'hui sont tellement égocentriques.

Sanna lui lance un coup d'œil réprobateur.

— OK, OK, se tempère-t-il. Pardon. Mais j'ai quand même le droit d'être en pétard, non ? Aujourd'hui, c'est le premier match à l'extérieur de mon dernier petit-fils.

— Tu vas bientôt pouvoir regarder des matchs toute la journée, il ne te reste plus que deux semaines à tirer.

— Je sais. Le temps ne passe pas assez vite.

Sanna pousse un soupir.

— Et la police scientifique ? demande-t-elle.

— C'est un suicide.

— Ils sont en route ?

— Ils sont dans le Nord. Il y a eu une effraction dans un des locaux abandonnés de l'armée. Et même s'ils n'étaient pas déjà occupés, tu sais qu'ils ne se déplaceraient pas pour un truc comme ça, de toute façon.

Sanna étouffe son irritation. Bernard qualifie les suicides de « trucs », peut-être parce qu'ils sont devenus monnaie courante sur l'île, ou encore parce que tout ce que la police fait, ces jours-ci, c'est « ramasser la merde et nettoyer ».

— Si tu insistes vraiment pour qu'on leur prenne la tête en les obligeant à venir…, ajoute-t-il sur le ton du défi.

— Gants ? lâche-t-elle, sans le regarder.

Il attrape une boîte dans sa voiture et la lui jette.

— Comment tu vas te débrouiller quand je ne serai plus là ? ricane-t-il.

Sanna ne répond pas. Bernard ajuste la ceinture élimée de son pantalon en velours côtelé avant de la suivre vers la civière.

— C'est un passant qui l'a trouvée en promenant son chien, précise-t-il. Le corps flottait à l'endroit le plus profond. Le bonhomme en a presque fait un infarctus. Il a cru que c'était l'esprit du lac.

— Il habite dans le coin ?

— Non. Personne n'habite par ici. Il a dit qu'il venait parfois en voiture pour promener son chien.

La fille ne porte qu'une paire de jeans usés. Ses longs cheveux roux ondulés lui collent aux joues, aux épaules et aux seins : on croirait presque une seconde peau. Elle a l'air en paix. Sans ses lèvres bleues et ses orteils écartés et rigides, on pourrait la croire plongée dans un profond sommeil.

Sanna enfile ses gants avant de contourner le corps pour jeter un coup d'œil aux mains de la jeune fille. Elle n'y voit pas la moindre éraflure. Les ongles sont propres et coupés avec soin. Elle lui retourne les poignets avec précaution et y découvre des entailles.

— Dis donc, j'ai entendu dire que tu avais encore refusé une super offre ? lui déclare Bernard. La sœur de Jon travaille à la nouvelle agence immobilière, tu sais, ajoute-t-il après que sa question est restée sans réponse. Du coup, personne n'ignore que tu as encore refusé des millions de couronnes pour ta propriété…

— Les gens colportent trop de ragots.

— Peut-être. Mais ça te ferait pas du bien ?

Sanna lui jette un regard énervé.

— De tourner la page.

— C'est ce que j'ai fait.

— Oui, mais tu sais que tu…

— J'ai tout ce dont j'ai besoin, l'interrompt-elle.

Il plisse les yeux dans la lumière du soleil.

— Ben, tu sais ce que j'en pense, conclut-il.

Les blessures sur les poignets de la fille sont droites et profondes. Il y a quelque chose qui ressemble à de la rouille dans une des entailles, mais cela s'effrite comme du sable sous les doigts de Sanna.

— C'est bientôt l'anniversaire d'Erik, reprend-elle.

Elle remarque que Bernard se renfrogne.

— Oui, c'est vrai. Et il aurait eu, quoi, quatorze ans ? l'encourage-t-il sans conviction.

— Quinze.

Bernard tente vaguement de sourire, pendant que Sanna repose les mains de la fille sur la civière avec douceur.

— On lui a toujours promis qu'on lui apprendrait à conduire une mobylette à ses quinze ans, poursuit-elle. Patrik lui avait même acheté une Dakota le jour de sa naissance. Il l'avait retapée lui-même.

— Une Puch Dakota ? C'est un classique.

Elle ne répond pas.

Bernard tente un nouvel essai :

— Je sais que c'est injuste. Mais il ne reviendra pas, et tu le sais. Ni lui ni Patrik. Tu n'es pas si vieille que ça et tu n'es pas trop laide non plus. Tu pourrais encore rencontrer quelqu'un. Tu ne penses pas que c'est ce qu'il voudrait, ton fils ? Que tu ailles de l'avant ?

Elle continue à observer le corps en silence.

— Une chose est sûre, en tout cas, ajoute Bernard. C'est qu'il n'est plus dans la maison. T'y raccrocher pour continuer à les faire vivre, c'est illusoire. Rends-toi service et vends. La vie continue.

Elle scrute maintenant le visage de la fille, mais n'y détecte aucune trace de violence. Elle baisse ensuite les yeux pour observer le sol autour d'eux. Rien, pas même un insecte.

— A-t-on retrouvé la lame de rasoir ou l'objet avec lequel elle a fait ça ?

Bernard commence à prendre un air rebelle.

— Il n'y a *plus rien* à faire, sinon la paperasse, et aller informer la famille. Sauf, bien sûr, si tu veux plonger toi-même, à la recherche d'une lame de rasoir.

Un des secouristes approche, mais il hésite, indécis. Il semble se demander auquel des deux il doit s'adresser.

— Qu'est-ce qu'il y a ? lui demande Sanna.

— Je voulais juste vous signaler qu'on ne la lui a pas enlevée, dit-il en montrant du doigt les cheveux de la fille.

Une grosse ficelle s'est emmêlée dans ses cheveux roux. Elle est compacte, en coton tressé, enroulée autour d'une espèce d'élastique noir. Bien qu'elle ne mesure pas plus de quelques décimètres de long, elle s'est tout de même entortillée dans la chevelure au niveau du cou.

— D'habitude, la plupart des déchets – comme les algues, les emballages ou les autres trucs qui flottent dans l'eau – qui s'accrochent aux corps qu'on repêche, tombent en général tout seuls, ajoute-t-il. Ce truc-là est resté accroché. Et comme les experts ne sont pas venus…

— Oui, pas la peine de s'en occuper, répond Bernard.

— Vous avez repéré de quoi ça pourrait provenir, dans le cratère ? lui demande Sanna.

— Non, répond le secouriste. Mais il y a un tas de choses là-dedans. Ça pourrait venir de n'importe quoi.

— Merci, dit-elle. La voiture de la morgue est en route ?

— Oui.

— Pratiquer une autopsie, c'est une perte de temps et d'argent, marmonne Bernard tandis que le secouriste s'éloigne à grands pas.

— Tu sais que c'est la procédure.

Il observe la hanche de la fille du coin de l'œil. Quelqu'un a tracé un nombre sur sa peau juste au-dessus de la ceinture de son jean : 26. L'encre bleue est à moitié effacée, comme si l'inscription avait été faite il y a longtemps. Ou comme si quelqu'un avait cherché à l'enlever.

— Ça t'évoque quelque chose ? demande Sanna.

Il fait non de la tête.

— On dirait que ça a été écrit au marqueur. Mes petits-enfants ont l'habitude de se gribouiller avec.

Dans le pire des cas, c'est indélébile. Ça peut même résister aux lavages à quatre-vingt-quinze degrés. Elle a dû faire la même chose.

Sanna retourne encore une fois les poignets de la fille.

— Ce n'est pas elle qui l'a fait.

— Si, elle l'a fait, répond-il d'un ton fatigué. Elle s'est coupé les poignets. Tu le vois bien. Alors maintenant, arrête.

— Ce n'est pas ce que je voulais dire. Je voulais dire qu'elle ne s'est pas *écrit ça elle-même.*

Elle se place devant les pieds de la fille. Bernard la suit.

— C'est quelqu'un d'autre qui l'a écrit, quelqu'un qui se trouvait *devant* elle.

— OK, OK…, répond Bernard. Un petit copain ou un ami a dû le faire. Ça ne change rien, c'est tout de même un suicide avéré. Alors, ça y est, on a fini ?

— On a prévenu Le Chêne ?

— Oui, sourit ironiquement Bernard. Il a sauté de joie quand je l'ai réveillé pour lui parler du suicide d'une ado.

— Tu sais qu'on devrait l'appeler.

— C'est sa dernière semaine de vacances. Et il est à des milliers de kilomètres.

— Je pense qu'ils ont des téléphones là-bas aussi.

— Il revient dans quelques jours et il n'a aucune latitude pour agir, là, maintenant, tout de suite.

Sanna ne répond pas. Ernst « Le Chêne » Eriksson, c'est leur chef. Il est à la fois respecté, craint et aimé. Il y a un an, il a commencé à développer de l'arthrose et, malgré le traitement, il a toujours du mal à effectuer certains mouvements. Ces vacances dans un pays chaud pour soulager ses douleurs sont les premiers vrais congés qu'il prend depuis près de dix ans. Normalement, ils sont censés appeler quelqu'un du continent en son absence, mais personne ne le fera.

— D'accord, capitule Bernard avec un sourire las. Qu'est-ce que t'en dis, on s'y met, et on boucle tout, pour pouvoir profiter un peu de notre dimanche quand même ?

Il fait pitié à voir, songe Sanna, avec ses yeux larmoyants et ses bajoues. Tout ce qu'il veut, c'est rentrer chez lui. Il a perdu sa flamme et sa motivation, ces dernières années.

Elle laisse son regard balayer les alentours et voit un balbuzard s'envoler d'un objet qui ressemble à une boîte, au sommet d'un gros poteau, de l'autre côté de la carrière.

— Il y a une caméra de surveillance.

Bernard plisse des yeux.

— Quelqu'un est allé voir le code de la caméra pour savoir où les images sont conservées ? demande Sanna.

— Quoi ? Elle doit être là depuis l'été dernier, elle n'est probablement même pas en marche.

— Si elle fonctionne, elle pourrait avoir tout filmé.

— Mais put… Tu n'es pas sérieuse ?

— Et d'ailleurs, vous avez retrouvé un message ou une lettre d'adieu ? Si elle s'est suicidée, elle a pu laisser quelque chose derrière elle.

— Non, rien.

— Pas de portable ?

Bernard soupire en faisant non de la tête.

— Tu as regardé son Facebook ? Son Instagram, ou autre ? Ou quelqu'un s'en est-il chargé ?

— On s'est penchés sur tous les réseaux sociaux quand la mère est venue nous voir. Ou plutôt, elle nous a tout montré. Pas de nouvelles publications ces derniers jours, aucune piste. Et pratiquement pas d'amis non plus, d'ailleurs. C'est triste.

Sanna garde le silence un moment pour réfléchir.

— Quelqu'un dans la famille a un casier judiciaire ? Vous avez vérifié ?

Bernard pousse un nouveau soupir. Il est encore plus abattu et énervé, maintenant. Il lui fourre son bloc-notes dans les mains, puis remonte ses manches et se dirige vers le poteau avec la caméra. Il observe un instant l'échelle rouillée qui y est accrochée avant de se hisser vers le haut.

— C'est bon, j'ai pris le code en photo. Mon Dieu, comme je serai heureux quand je ne t'aurai plus dans les pattes, commente-t-il avec un sourire en coin quand il revient.

— Excusez-moi ?

Ils se retournent pour découvrir une femme d'une trentaine d'années à la lèvre fendue et au corps légèrement voûté, qui se tient derrière eux, l'air interrogateur.

— Sanna Berling ? demande-t-elle en tendant la main. Je m'appelle Eir Pedersen. Je suis votre nouvelle partenaire.

La femme qui doit remplacer Bernard quand il partira à la retraite ne ressemble pas à ce que Sanna avait imaginé. Elle s'attendait à voir une bureaucrate tirée à quatre épingles, mais Eir a plutôt l'air de quelqu'un qui dort sous un pont, à même un bout de carton. Elle donne l'impression d'en avoir vu des vertes et des pas mûres, et elle trépigne d'un pied sur l'autre avec impatience. On sent l'arrogance transparaître.

Pendant que la voiture venue emporter le corps de Mia Askar referme ses portières sur le cadavre et commence à s'éloigner, Eir balaie la scène du regard. Bernard part à sa suite, dans son propre véhicule, sans demander son reste. Sanna hésite à demander à Eir pourquoi elle est venue aujourd'hui, alors qu'elle ne doit commencer que demain, mais elle n'a pas envie de parler. Quand elles ont discuté au téléphone, il y a quelques semaines, Eir semblait calme, mais là, elle n'a pas l'air dans son assiette. Elle avance à grandes enjambées, ses chaussures sont sales – elle a fait tomber quelque chose dessus ou bien c'est une tache d'eau de mer séchée –, et ses lacets sont défaits.

Le supérieur d'Eir, sur le continent, l'a prévenue qu'elle « ne se détend jamais », mais il n'a pas précisé qu'elle avait l'air d'une forcenée. Au lieu de cela, il a cru bon de préciser qu'Eir était la fille d'un homme de loi et diplomate de renom, probablement dans le but d'amortir le choc de leur première rencontre. Comme si le fait de se l'être imaginée très élégante dans un bureau plein de meubles précieux en acajou et de tentures de velours allait lui donner un air moins chaotique, ensuite.

— J'espère que cela ne te dérange pas que je sois venue, commence Eir. Je me suis rendue au commissariat et on m'a informée de ta présence ici. On m'a laissée emprunter un véhicule, alors je me suis dit, pourquoi pas, tu vois ?

— Je croyais que tu avais seulement déménagé hier ?

— Oui ?

— C’est un peu bizarre de commencer un dimanche, non ? Pourquoi ne pas avoir attendu demain ?

Eir reste coite.

— Tu n’es pas censée suivre d’abord un module d’intégration au commissariat ? ajoute Sanna.

— Je ferai ça demain matin. Ah, pas de police scientifique, constate Eir. Suicide ?

— Probablement.

— Ils m’ont signalé au commissariat que c’était une jeune fille.

Sanna acquiesce.

— Je peux faire quelque chose ? demande Eir.

— On verra ça demain.

— Oui, mais j’ai envie de faire quelque chose *maintenant*. Je suis remontée à bloc, tu vois ?

Elle racle le sol de sa semelle. Sanna l’ignore.

— Ou alors, tu peux me donner tes codes d’accès pour que je regarde les affaires en cours ? continue Eir.

Sanna soupire, déçue de sa rencontre avec cette femme surexcitée, légèrement échevelée, et un brin incompréhensible, qui la suit en trottinant.

— Qu’est-ce qu’il y a ? ricane Eir, provocatrice. Tu as peur que je me montre meilleure que toi, à peine débarquée, ou quoi ?

— Non. Mais je n’ai pas le temps de m’amuser à te divertir aujourd’hui.

— Pardon ?

— J’ai fait des recherches sur toi quand on m’a informée que tu allais remplacer Bernard. Tu es de la haute. École privée : « Désordonnée et s’ennuie. » L’école de police : « Difficile à placer et s’ennuie, malgré d’excellentes notes. » Police nationale : « S’ennuie et a du mal à travailler en équipe. »

Eir soupire pour exprimer sa frustration.

— Alors, viens, dit-elle. On peut aller prendre un café pour faire connaissance. Non ?

— À demain.

— Connasse, marmonne Eir dans son dos quand elle se dirige vers sa voiture.

— Qu'est-ce que tu as dit ? demande Sanna en faisant volte-face.

— Rien.

En ouvrant la portière, Sanna se remémore tous les éloges que le supérieur d'Eir a faits à son encontre. Laisse couler, pense-t-elle.

— Je me demande bien pourquoi tu m'as choisie, lui demande Eir en la rattrapant, si tu savais tout ça.

— Je ne l'ai pas fait.

— Qu'est-ce que tu veux dire ?

— Que je ne t'ai pas *choisie.*

— Ah bon ?

— Non. Il n'y avait pas d'autres candidats.

Eir rit.

— C'est amusant ?

— Oui. Je n'ai pas demandé à être mutée ici. C'est mon chef qui s'en est occupé pour moi. Il m'a juste informée qu'il avait envoyé ma candidature. Il m'a toujours eue dans le pif, cet enfoiré.

Eir se ravise en prononçant ces derniers mots, mais trop tard. Le visage de Sanna s'éclaire d'un sourire satisfait.

— Ah bon ? fait-elle. Comment pourrait-il ne pas apprécier quelqu'un comme *toi* ?

Eir se tapote la jambe des doigts avec nervosité.

— Je viens de penser à un truc, dit-elle.

— Oui ?

— Si c'est un suicide, comment elle s'est débrouillée pour venir jusqu'ici ? Il n'y a pas de vélo abandonné, et la route est super loin.

Sanna acquiesce. La forêt environnante lui paraît soudainement sombre et profonde ; mais elle est surtout dense et impraticable. La piste qui mène jusqu'ici est très longue, et il faudrait marcher pendant des heures pour venir à pied. Elle attrape son portable.

— C'est moi, annonce-t-elle lorsque Bernard décroche. Désolée, mais tu dois revenir. Nous allons fouiller le terrain. La fille devait forcément avoir un moyen de locomotion. Demande à Jon ou à quelqu'un d'autre de venir aussi et rappelle-moi.

Quand Sanna raccroche, les épaules d'Eir sont tendues et son visage est rouge de froid.

— Viens.

— On va où ? demande Eir en souriant, surprise.

— J'allais le faire moi-même, mais monte dans ta voiture et suis-moi.

Quand Sanna et Eir demandent à Lara Askar de les accompagner pour identifier le corps de sa fille, Lara a l'impression qu'on lui tire une balle dans la tête. Tout son corps se désintègre brusquement, dans son entrée si joliment décorée. Elle est grande, et elle a un beau visage, des yeux bleu vif et les mêmes cheveux ondulés et couleur de feu que Mia. La nouvelle semble faire pâlir tout son être. Elle s'effondre par terre et ne prononce plus un seul mot avant l'arrivée des secours. Quand on l'aide à se relever, elle murmure : « Ça ne peut pas être *eux*. »

3.

Il est à peine plus de cinq heures du matin quand son portable sonne. En émergeant du sommeil, Sanna s'entend crier « Non ! ».

Le téléphone continue à sonner et elle l'attrape tant bien que mal.

— Oui ? dit-elle, d'une voix pâteuse. OK, j'arrive.

Elle se lève, tâtonne dans le noir jusqu'à son portant à vêtements et allume une lampe branlante posée sur le sol. Trois pantalons noirs sont suspendus à leurs cintres et trois paires de bottes de la même couleur sont posées à côté. Elle attrape un sac et en sort un T-shirt noir tout neuf, encore dans son emballage plastique.

Des factures et des lettres officielles gisent sur une chaise. Elle ne les a même pas ouvertes. Parmi elles, il y en a une de la commune. Elle sait déjà ce qu'elle contient : elle a reçu la première missive il y a quelques mois déjà. Elle n'a pas le droit d'utiliser le garage à des fins d'habitation, et la commune lui demande de confirmer que ce n'est pas le cas.

Elle se surprend à regarder fixement le petit miroir de poche d'Erik. C'est l'un des rares objets qui a échappé aux flammes. L'incendie a presque tout ravagé, transformant la ferme que Patrik et elle avaient péniblement remise sur pied en une coquille vide et calcinée. Ce n'était pas la première fois que le pyromane, Mårten Unger, mettait le feu à une maison habitée par des enfants.

Elle se frotte le visage et repose le miroir face vers le bas. C'est comme ça qu'il doit être. En le touchant, le chagrin l'assaille de plus belle. Les choses sont différentes en ce qui concerne Patrik : la douleur s'est estompée après quelques mois seulement. Quand elle a appris qu'il lui avait laissé un garage, elle avait déjà presque oublié les traits de son visage. Son testament n'avait pas été géré correctement, et ce n'était que des années plus tard qu'un avocat l'avait contactée pour lui en communiquer l'adresse. Elle n'avait jamais entendu parler ni de la vieille Saab ni du garage, avant.

La première fois qu'elle était venue ici, elle avait découvert des poubelles devant la porte. Elle avait coupé le cadenas rouillé avec des pinces-monseigneur, et des milliers de mites s'étaient précipitées vers elle quand elle avait ouvert la porte, comme un nuage fuyant les murs du vieux garage.

Ça sentait l'essence et l'humidité. Il avait tagué des slogans à l'intérieur : NI DIEU NI MAÎTRE et L'ANARCHIE, C'EST L'ORDRE. Il avait peint un chat noir recroquevillé, montrant ses dents, à côté. Elle l'avait immédiatement reconnu : il avait l'habitude de le dessiner partout, sur des bouts de papier ou des serviettes.

Sur un vieux bureau, elle avait retrouvé plusieurs de ses dessins, esquisses, notes et autres missives destinées aux gens partageant ses opinions. Il y avait aussi de longues lettres de récriminations adressées à différentes autorités, abîmées par l'humidité, les rongeurs ou les insectes. Tout commes ses slogans, elles étaient pleines de haine envers le système.

Elle n'avait jamais aimé son penchant pour l'anarchie. Pas même en se disant avec un brin d'humour que les contraires s'attirent. Sa haine envers le gouvernement avait grandi quand il s'était retrouvé au chômage, juste au moment où elle était tombée enceinte d'Erik. Autrement dit, quand elle avait eu le plus besoin de lui. Cela avait provoqué de grosses disputes entre eux.

Lorsque Erik avait eu un an, Patrik avait cessé brusquement de dessiner et d'écrire la nuit, et de lancer des débats pendant le dîner. Elle avait tout simplement accepté cet état de fait, en se disant que son nouvel emploi l'avait calmé.

En découvrant le garage, elle avait compris qu'il n'avait jamais baissé les bras, il s'était juste créé un jardin secret loin de sa famille pour continuer à faire vivre ses chimères. C'est comme ça qu'elle les avait appelées. Ses fantasmes.

Elle aurait pu être vexée que Patrik lui ait caché ce lieu. Au lieu de cela, elle était venue s'y installer. En l'espace d'une journée, elle avait déménagé de l'auberge de jeunesse où elle logeait depuis l'incendie, passé les murs du garage au Kärcher, tout nettoyé, testé la Saab et revendu sa propre voiture. Elle avait déposé ses maigres possessions dans le garage, puis acheté le lit et le portant à vêtements. Il y avait déjà des W-C dans un coin. Patrik, qui était plombier, avait dû les y installer. Il y avait aussi un robinet et un évier en inox sur un mur. Quand elle avait besoin d'une douche chaude, elle allait la prendre au commissariat.

Au début, elle s'était dit qu'elle resterait jusqu'à ce que la voiture de Patrik rende l'âme, mais cette dernière n'était jamais tombée en panne. Alors, elle n'était jamais partie. Ç'avait été si facile. Et maintenant, elle vivait avec l'espoir que la commune attende encore quelques mois avant d'envoyer quelqu'un pour l'expulser. Du temps, c'était tout ce qu'il lui fallait pour rassembler son courage. Après cela, elle mettrait la voiture au rebut, elle aussi.

Des instants de la veille lui reviennent en mémoire. Elle pense à Mia Askar et à la ficelle entortillée autour d'une sorte d'élastique dans ses cheveux. Elle se demande à quoi sert ce type de cordon. La carrière abandonnée est profonde, et comme le secouriste l'a souligné, il doit y avoir de tout, là-dedans.

Son portable vibre à nouveau. Elle fait couler de l'eau et s'en passe sur le visage dans l'évier rouillé, avant d'enlever son T-shirt et de le jeter à la poubelle. Plusieurs autres, identiques, s'y trouvent déjà.

Eir est allongée sur son lit, tout éveillée. Elle regarde fixement le plafond, où se trouvent quelques étoiles en plastique fluorescent. Elle en a déduit que les locataires précédents devaient avoir des enfants. Elle se retourne dans tous les sens, mais ne réussit pas à se rendormir, alors elle se lève. Elle se passe une main dans les cheveux. Ils sont rêches et ébouriffés.

Un peu plus loin, il y a un carton de déménagement et deux sacs. L'un est en plastique noir, plein à craquer de vêtements, l'autre, en papier, vient d'un fast-food. Il est couvert de taches de ketchup.

Devant l'unique fenêtre de la chambre, il y a un arbre énorme. Une branche a frappé contre sa fenêtre toute la nuit, mais ça ne l'a pas dérangée. Bien au contraire : cela lui a servi de distraction pour oublier les autres nuisances sonores de cet appartement en sous-location.

Les sons proviennent de la chambre de sa sœur, attenante à la sienne. Elle pourrait demander à Cecilia d'éteindre son portable et ainsi mettre fin aux bruits synthétiques qui s'en échappent, mais elle décide de ne pas le faire. Par rapport à ce qu'elle a vécu il y a quelques années, lorsque Cecilia disparaissait pendant des mois avant de réapparaître soudainement et de lui demander de l'argent – droguée, couverte de sueurs froides et de lésions de grattage –, les sons de son téléphone sont dérisoires. Elle préfère le fantôme insomniaque, à jeun, qui joue avec son portable dans la chambre, plutôt que la petite sœur aux pupilles dilatées qui lui mettait un couteau sous la gorge en plein milieu de la nuit, prête à tout pour du cash.

Elle ne blâme personne pour ce qui s'est passé. Peut-être que Cecilia a commencé à perdre pied après l'accident qui a coûté la vie à leur mère. Eir pense à la fille qu'ils ont retrouvée dans l'eau de la carrière : c'est à peu près au même âge que sa sœur s'est essayée aux drogues dures. Il y a bien des façons de vouloir échapper à ses démons…

Elle se remémore ensuite la photo que lui a montrée Sanna, celle que Lara Askar avait ramenée au commissariat le jour où elle était venue déclarer la disparition de sa fille. C'était un agrandissement d'une photo de classe. La crinière de feu de Mia Askar contrastait avec le fond bleu et moche. Mia était très mignonne, mais elle avait l'air absent, le sourire éteint. Le plus surprenant, c'étaient ses vêtements : un boa vert et une veste moka doublée de laine, un chapeau d'été couleur sable, des bottes de cow-boy, des lunettes de soleil bleutées, et d'énormes colliers, bagues et bracelets. Elle avait l'air sortie tout droit d'une autre époque, comme quelqu'un qui vit dans un monde à part.

Elle recherche le nom de Mia Askar sur Internet, mais n'obtient pas beaucoup de résultats. Il n'y a qu'un seul article : un concours de maths que Mia a gagné haut la main quand elle avait dix ans. Ses réponses à l'interview sont très courtes. Elle n'a qu'un seul parent, sa mère Lara, une entrepreneuse. Quand on lui demande si elle est fan d'un mathématicien contemporain, elle répond « Non, Hypatie est décédée ». C'est son père, Johnny, qui l'a initiée aux sciences et aux mathématiques. C'était un entomologiste spécialiste en apidologie, la science qui étudie les abeilles. Puis si son père est fier d'elle, Mia répond « Non, papa est mort », et quand on lui demande si elle va participer au prochain concours, qui aura lieu dans quatre ans, Mia répond « Non ».

Eir recherche ensuite Mia Askar sur les réseaux sociaux. Elle regarde ses photos, mais il n'y en a pas beaucoup. Ce sont pour la plupart des clichés de criques, et quelques images de lacs ou de marécages. En parcourant les commentaires, elle se rend compte que Mia n'avait, en effet, pas beaucoup d'amis. Ses followers sont surtout des contacts noués au hasard, dans des organisations pour la nature ou d'activités en plein air. Il n'y a pas de *vrais* amis. Les commentaires se réfèrent seulement à la beauté des photos, à la fragilité de l'environnement, ou au fait que les lieux semblent terriblement isolés. *Isolés.* Eir passe rapidement en revue les images. Avec le recul, elle s'aperçoit que ce qu'elle voit, ce sont les points d'eau les plus perdus de l'île. Des lieux *isolés* où aller mourir.

Dans la pièce d'à côté, les sons de portable s'interrompent brusquement, puis elle entend des pas dans l'appartement et le robinet de la cuisine qui s'ouvre. Eir se lève pour entrebâiller la fenêtre. Elle est assaillie par un courant d'air froid qui s'y engouffre d'un coup. Elle prend une profonde inspiration. En se penchant au-dehors, elle a la chair de poule. Elle ne porte rien d'autre que sa culotte et un T-shirt. Sa main droite heurte un corps doux plein de plumes. C'est un merle, avec un bec jaune et des yeux encerclés de même couleur. Il a la nuque brisée. Elle ne peut pas s'empêcher de le toucher avec délicatesse. Le corps est rigide et desséché. Comme s'il n'avait jamais été vivant.

Dans la cuisine, elle voit sa sœur en train de sortir des mugs et des assiettes dépareillées du lave-vaisselle. Elle est belle, mais elle est trop maigre et très pâle. Ses cheveux sont coupés court, presque à ras. C'est un style qui lui va bien, avec son joli visage de poupée. Sixten, leur gros chien croisé de lévrier irlandais, au pelage brun avec des taches noires, est couché à ses pieds.

— Ça va ? lui demande Eir, en entrant dans la cuisine.

Cecilia sursaute, surprise, et Sixten se redresse.

— Pardon, je croyais que tu m'avais entendue.

Cecilia lui montre une des assiettes. Elle est toute rayée et ébréchée d'un côté.

— On aurait au moins pu ramener *quelques trucs* pour la cuisine, non ? Même si on ne va pas rester très longtemps, ça n'aurait pas été si difficile que ça d'apporter deux ou trois assiettes et quelques tasses avec nous, tu ne crois pas ?

— Tu as pu dormir un peu ? demande Eir en bâillant.

— Je ne sais pas. Pas vraiment. Et toi ?

— Une heure, au moins.

Elles échangent un sourire. Ce n'est pas la première fois qu'elles ont ce genre de conversations.

— Un merle s'est écrasé contre ma fenêtre, ajoute Eir.

Cecilia soupire.

— J'en ai aussi trouvé un mort devant la porte hier. Je croyais qu'ils migraient, avec le froid ?

— Ce sont mes vêtements ? demande Eir en désignant du doigt le jean qui fait des tours derrière le hublot de la machine à laver.

— Oui. Toute la salle de bains empestait. Je ne comprends pas les gens qui adorent l'odeur de chlore. Ça pue.

— Excuse-moi, j'aurais dû le mettre directement à la machine en rentrant.

— Il y a une piscine à seulement deux kilomètres d'ici, et c'est ouvert tard. Suffisamment tard pour toi.

Eir ignore son commentaire, ouvre le robinet et le met sur la position la plus froide. Elle y boit plusieurs gorgées, puis s'essuie la bouche et le menton de la main. Cecilia pose un verre ébréché à côté d'elle avec fracas.

— Comment ça s'est passé hier, alors ? demande-t-elle. Tu lui as mis la main dessus, finalement ? Tu as pu rencontrer l'inspectrice ?

— Oui.

— Elle est comment ?

Eir hausse les épaules.

— Je ne sais pas. Fatiguée. Vieillie.

— Et vous avez fait quoi ? demande encore Cecilia. Pour devoir travailler toutes les deux un dimanche ?

— Rien de spécial.

— Ah bon ?

— Quelqu'un s'était noyé. Enfin, techniquement, ce n'était pas une noyade, elle s'est coupé les…

Eir s'interrompt en constatant l'intensité des émotions qui traversent le visage de Cecilia.

— Oui, rétorque Eir devant le regard insistant de sa sœur. Le monde est plein de gens qui souhaitent mourir. Qu'est-ce que tu veux que je te dise ?

— Tu pourrais éviter de dire qu'il ne s'est rien passé de *spécial* quand même, non ?

Eir hausse les épaules, elle n'a pas le courage de faire tout un discours, et encore moins de se chamailler. Le sac de la pharmacienne est toujours posé sur la table. Elle en sort la bouteille de méthadone.

— Ça me donne de l'urticaire, proteste Cecilia. Sur les deux jambes. Regarde ! (Elle remonte un côté de son pantalon pour montrer son eczéma. Elle s'est grattée sur tout le mollet.) Quelle merde.

— Je sais…, répond Eir, en la prenant dans ses bras.

— Je déteste ce truc.

— Mais tu sais que tu es obligée de le prendre, répond Eir avant de laisser Cecilia retourner à sa vaisselle en reniflant.

Son portable, posé sur la table de la cuisine, recommence à vibrer. Cela fait sursauter sa petite sœur qui lâche une assiette, laquelle s'écrase au sol et se casse en plusieurs morceaux.

Sanna sort lentement de voiture en ajustant ses vêtements. La lumière bleue des gyrophares se reflète sur son visage pendant qu'elle laisse un énième message sur le répondeur d'Eir.

— C'est encore moi. Où es-tu ?

Le quartier où elle se trouve est situé juste en dehors de la muraille. Les villas y sont magnifiques et les jardins soignés de main de maître. On a la sensation d'une unité dans le paysage, même si les maisons sont d'époques différentes et leurs architectures très variées. Elles semblent dégager un confort, une plénitude bien entretenue. Avec leurs hautes fenêtres, leurs portes de palace, leurs allées gigantesques et les arbres impériaux aux branches parfaitement taillées, ces demeures sont les plus en vue de cette bourgade insignifiante. Dans tous les autres quartiers, les maisons apparaissent étriquées et dotées de jardinets minuscules.

La villa à côté de laquelle elle se tient est d'une blancheur éclatante, la pelouse impeccablement tondue. Les collègues de Sanna sont en train de l'arpenter de long en large pour la couvrir de rubans de police. En temps normal, Sanna serait allée les rejoindre, mais, aujourd'hui, elle est fatiguée. Elle pense à la fille dans la carrière depuis son réveil. Dans ces circonstances, la perspective d'aller enquêter sur la mort d'une richissime retraitée, dans sa propriété luxueuse, ne l'enchante guère.

En attendant l'arrivée d'Eir, elle boit le café qu'elle a acheté à la station essence ouverte vingt-quatre heures sur vingt-quatre. L'officier de service qui l'a appelée avait la voix enrouée et il a seulement réussi à lui faire comprendre qu'elle devait se dépêcher, qu'il s'agissait d'une effraction et qu'il y avait un mort. Jon Klinga et d'autres collègues étaient déjà sur place.

Ce dernier apparaît subitement devant elle. Son after-shave a une odeur alcoolisée de *Citrus* qui lui pique le nez.

— C'est une vraie scène de film d'horreur là-dedans, lâche-t-il, comme s'il était à bout de souffle. Qu'est-ce que tu fais ici, dehors ? Pourquoi tu n'entres pas ?

Il est plein de vitalité, et quand il se peigne avec soin, comme aujourd'hui, il a du style et il le sait. Bien qu'il soit son subordonné, ses gestes sont empreints d'autorité, mais aussi de sympathie et de force. C'est le genre de flic dont rêvent les gens quand ils sont persuadés qu'un psychopathe en camionnette blanche enlève des personnes dans leur quartier pour les torturer à mort.

Avec ses bottes de chasseur reluisantes, rien ne laisse deviner ses orientations politiques extrêmistes en matière de législation et de respect de l'ordre. Peu de gens savent qu'il porte une croix gammée rouge sur la poitrine. C'est un tatouage de jeunesse qu'il a tenté d'effacer. Elle l'a aperçu un jour où, se croyant seul, il s'est changé dans une pièce du commissariat. Il l'a surprise en train de le regarder fixement, mais n'a pas eu le temps de dire quoi que ce soit avant qu'elle ne tourne les talons. Le jour suivant, il a fait comme si de rien n'était ; il l'a saluée d'un bref « bonjour » accompagné du même sourire sympathique qu'à l'accoutumée.

Aujourd'hui, il lui sourit encore, avenant et indifférent, mais totalement dénué de chaleur humaine. Il tient une lampe torche dans sa main, qui brille faiblement.

— Tu attends Bernard ?

— Non, la nouvelle. C'est son premier jour, mais je me suis dit qu'elle pouvait venir. J'ai appelé Bernard pour l'informer qu'on allait s'en charger, toutes les deux.

— Ah oui, une fille ébouriffée avec un blouson en cuir, c'est bien ça ?

Sanna se retourne, mais Eir n'est toujours pas là.

— Je crois l'avoir aperçue au commissariat hier, commente-t-il nonchalamment avec un air de supériorité. Elle était à l'accueil en train de faire un truc.

Sanna est envahie de dégoût : à son ton, elle a déjà deviné la suite, mais il est trop tard pour l'arrêter.

— J'ai rêvé d'elle quand j'ai pris ma pause avant de commencer le travail de nuit, ajoute-t-il en posant sa main sur son pubis. Je lui montrais comment ça se passe avec un homme, un vrai…

— Arrête.

— C'est marrant, rétorque-t-il, elle disait la même chose dans mon rêve. Plusieurs fois, même.

— Bon, l'interrompt Sanna, énervée. Alors, c'est une effraction ? Avec un cadavre ?

— Un meurtre, précise Jon en s'éclaircissant la gorge. C'est un meurtre.

— Un *meurtre* ? L'officier de service m'a parlé d'effraction au téléphone, pourtant ?

— C'est ce que j'ai cru, au début, avant d'avoir pu inspecter toute la maison. J'ai tout de suite pensé à une effraction, avec une propriété dans ce genre de quartier, mais…

— Mais ?

— Tu verras toi-même. C'est un vrai massacre, là-dedans.

Sanna jette un coup d'œil à la villa. Elle regrette de ne pas avoir demandé à Bernard de venir.

— C'est qui, la victime ? demande-t-elle.

— Elle s'appelle Marie-Louise Roos. Elle avait soixante-quatorze ans.

— De la famille ?

— Pas d'enfants. Un mari qui n'est pas à la maison. On le recherche.

— Marie-Louise Roos…, marmonne Sanna.

— Tu la connais ?

— Son nom me dit quelque chose.

— On a parlé d'elle dans les journaux. Surtout parce qu'elle a fait don de grosses sommes d'argent à des actions de bienfaisance et à différents projets. Elle a entre autres choses aidé à financer le nouvel Ehpad. Tu sais, le bâtiment moderne dont la construction était tellement controversée, mais qu'ils ont quand même édifié vers la scierie.

Sanna sait de quoi il parle. Marie-Louise Roos était la principale donatrice d'un groupe de sponsors privés. Ils avaient financé ce nouveau bâtiment, installé sur les ruines d'une ancienne ferme, bien que ces dernières aient une valeur culturelle reconnue.

— Elle était vraiment blindée, ajoute Jon.

— C'est ça, elle vendait des livres de collection. Elle tenait cette boutique de luxe en plein centre-ville jusqu'à il y a quelques années de ça, non ?

— Elle s'en est mis plein les poches en recherchant des éditions originales, des manuscrits anciens et autres, et en les revendant à de riches collectionneurs partout dans le monde.

— Mais elle avait arrêté ?

— Oui. Elle a fermé boutique quand tout a commencé à se faire sur Internet. Mais elle a encore sa propre bibliothèque privée là-dedans.

— Alors, ça *pourrait* être une effraction après tout ? Quelqu'un qui serait venu voler ses livres ?

— Peut-être, pourtant je n'y crois pas.

— Sa bibliothèque est intacte ?

— Ça m'en a tout l'air. Si ce n'est pas le cas, l'assurance nous le dira.

— Et son mari ?

Jon consulte son bloc-notes et en lit quelques lignes avant de le refermer.

— Frank Roos. Retraite anticipée.

— Et avant ça ?

— Géologue.

— Chercheur ?

— Dans sa jeunesse, oui. Mais il a ensuite travaillé comme consultant, principalement pour Fornsalen, au musée de Gotland.

Il consulte ses notes plus avant.

— Il a un peu travaillé dans le privé, pour une entreprise qui avait demandé un permis d'exploitation du calcaire, apparemment.

Sanna réfléchit un instant.

— Il y a eu pas mal de remous et de controverses au sujet de ce type de permis, ces dernières années.

— Oui, mais ce n'était pas le cas quand il était encore en activité. Il est parti à la retraite il y a dix ans.

Sanna se passe la main dans les cheveux en regardant à nouveau la maison. Du coin de l'œil, elle voit le visage de Jon devenir impassible, comme à chaque fois qu'il n'a plus grand-chose à dire.

— On entre ? demande-t-elle, agacée par le retard d'Eir.

— Et la nouvelle ?

— Bah, on n'a qu'à dire aux autres de l'envoyer au commissariat quand elle arrivera. Elle fera son module d'intégration aujourd'hui, comme prévu. Allez, on y va.

Elle forme une petite boule avec le gobelet en carton de la station-service et la glisse dans sa poche.

— D'accord, répond-il. Tu disais qu'elle était sur l'île depuis quand, déjà ?

— Je ne l'ai pas mentionné. Pourquoi ?

— Je me demandais seulement si elle était déjà là samedi soir ?

— Elle est arrivée par le ferry de samedi matin. Pourquoi ?

— C'est probablement rien, mais tu as entendu l'histoire des deux filles qu'on a embarquées l'autre soir ?

— Les tagueuses ? demande Sanna. Celles qui se sont battues et qu'on a dû hospitaliser ?

— D'après elles, elles ne se sont pas battues entre elles. Ce serait une nana avec un blouson en cuir qui les aurait agressées et à moitié massacrées.

Sanna éclate de rire.

— Si j'ai bien compris, elles taguaient la maison de la fille qu'elles avaient l'habitude de harceler. Elles ont dû sniffer un truc, triper et puis se sont mis sur la tronche.

Jon se crispe d'un coup.

Elle l'a déjà vu prendre cet air glacial lorsqu'on se moque de lui ; surtout si c'est une femme.

— Ça s'est produit à Talldungen, dit-il. Elle habite où, ta nouvelle coéquipière, déjà ?

C'est à ce moment-là qu'Eir les rejoint.

— Tu es en retard, lui dit Sanna.

— Je sais, halète Eir en se passant les doigts dans sa tignasse.

— Jon, se présente ce dernier en lui tendant la main.

Elle la lui serre tout en l'observant avec attention. Elle ne décèle aucune trace de chaleur humaine dans son regard.

— Tu es nouvelle, alors tu as peut-être eu du mal à trouver, commente-t-il. Tu habites où ?

— À Korsparken.

— Korsgården, tu veux dire ? (Il se tourne vers Sanna avec un sourire sardonique.) C'est juste à côté de Talldungen. On en parlait il y a une seconde, Sanna et moi.

— Ah bon ? demande Eir, d'un air étonné.

— On y va ? les interrompt Sanna en se dirigeant vers la grande demeure entourée de rubans de police.

Les autres lui emboîtent le pas. Ils aperçoivent des flashs à l'une des fenêtres. Eir jette un coup d'œil à Jon.

— Quand est-ce qu'on vous a alertés, exactement ?

— Vers quatre heures trente, répond-il. Une voisine sortie chercher le journal a vu que la porte était entrebâillée et elle est entrée pour vérifier que tout allait bien.

— Et quand avez-vous lancé les recherches pour retrouver le mari ?

— À cinq heures. Je l'ai fait, dès que je suis arrivé.

Eir sursaute et se tourne vers Jon.

— Attends… Il t'a fallu *une demi-heure* pour venir ? Cette ville est tellement petite qu'on pourrait en faire le tour en trente minutes.

— Je crois que cela n'a pas tellement d'importance en ce qui nous concerne, le corps était déjà froid quand la voisine l'a trouvé, répond-il, glacial.

— Mais bien sûr que c'est *super important*. Si on est de nuit et qu'il y a un meurtre, on met son film de cul sur pause et on se dépêche de se rendre sur place, non ?

Sa voix est pleine de défi et d'agressivité. C'est encore son caractère combatif qui refait surface, constate Sanna. Elle est brutale, violente et téméraire. Est-ce que Jon aurait raison ? Est-ce qu'elle serait capable d'envoyer deux adolescentes à l'hôpital ?

— On t'appellera avant de partir si on a besoin de toi, dit-elle à Jon. Personne n'a rien touché, pas vrai ?

— On ne s'est même pas éventés de la main dans cette pièce, et on a encore moins ouvert une fenêtre. C'était pas facile parce que ça sent vraiment mauvais. Sudden et ses gars ont fait leurs relevés préliminaires, à ce que j'ai compris.

— Sudden est encore là ?

— Non, mais il a dit qu'il me ferait un rapport plus tard dans la journée. Je devrais peut-être te mettre au jus sur ce qui s'est passé à l'intérieur…

— Qu'est-ce que tu veux dire ?

— La voisine qui a trouvé le corps a touché un tas de trucs et marché partout. Ça n'a pas facilité la tâche à la police scientifique.

Sanna pousse un soupir.

— Et Fabian ?

— Il est en route pour l'île. Il était sur le continent afin de surperviser une autopsie importante, mais je pense que son avion ne devrait plus tarder à atterrir, déclare-t-il, tout en tournant le dos à Eir.

Elle réagit en lui prenant sa lampe de poche des mains.

— Je peux entrer ? demande-t-elle à Sanna. Cette dernière acquiesce brièvement, et Eir s'engouffre à l'intérieur.

— On est déjà intervenus ici par le passé ? demande Sanna tout en cherchant une paire de gants dans la poche de son manteau, sans succès.

Elle pense à Bernard qui a toujours une paire de rechange sur lui, et elle se dit, un peu attristée, qu'il va lui manquer.

— Non, répond Jon, les yeux fixés sur la porte par laquelle Eir vient de disparaître.

Une dame âgée en peignoir se tient sur le trottoir, flanquée de deux policiers.

— C'est la voisine ? demande Sanna.

— Ouais, répond Jon en regardant sa montre.

— Je reviens, lui dit Sanna en se dirigeant vers la femme d'un pas décidé. Trouve-moi deux paires de gants, en attendant.

La voisine n'arrête pas de trembler, en sanglotant dans son mouchoir. Ses mouvements sont saccadés. Les veines de ses mains et de son cou ressortent, toutes bleues. Sanna tire un des agents sur le côté.

— Elle va bientôt être complètement congelée, trouvez-lui une couverture et faites-la rentrer au chaud. Les infirmiers l'ont auscultée ?

— Je ne sais pas où ils sont.

— Qu'est-ce que tu veux dire ?

— Eh bien… Que je ne sais pas où ils sont.

— D'accord. (Elle soupire et se tourne vers la femme.) Je m'appelle Sanna Berling. Je suis inspectrice de police. On m'a dit que c'était vous qui aviez trouvé le corps de Marie-Louise Roos ?

La femme opine de la tête en essayant de sourire. Elle porte une sorte de prothèse dentaire sur la mâchoire supérieure, si mal ajustée qu'on a l'impression qu'il y a trois rangées de dents dans l'espace béant entre ses lèvres bleuâtres.

— Avez-vous remarqué quelque chose de particulier ce matin, mis à part la porte entrebâillée ?

La femme secoue la tête.

— Et le mari de Marie-Louise ?

— Frank ? demande la voisine, tout en essayant de remonter sa prothèse avec sa langue sans trop zozoter pour autant. Vous l'avez retrouvé ?

— Il y a des patrouilles à sa recherche.

— Mais pourquoi n'avez-vous pas envoyé d'hélicoptère ?

— On utilise rarement les hélicoptères dans ce coin. La visibilité est mauvaise.

La femme acquiesce. Son regard vacille, un peu anxieux.

— Est-ce que vous avez une idée d'où il pourrait être ? lui demande Sanna. Est-ce qu'il a des amis ou de la famille dans les environs ?

— Que voulez-vous dire ? Frank ne réussirait jamais à se déplacer tout seul !

Quelques minutes plus tard, Sanna se plante devant Jon, lui prend le carnet des mains sans rien demander et y écrit quelque chose. Puis elle lui demande, énervée :

— Tu étais au courant que le mari est diabétique et qu'il est en fauteuil roulant ?

— Pardon ?

— Mets plus de chiens et davantage d'équipes sur le coup. Fouillez dans les buissons et les jardins environnants. Il peut avoir fait un malaise ou être blessé quelque part.

Jon acquiesce avec un air de fausse amabilité, le regard glacial.

— Et la personne qui vend les journaux, on a parlé avec elle ?

— Oui, il n'a rien vu ni entendu.

— On sait quand on a aperçu le mari pour la dernière fois ?

— Non.

— On va mettre les bouchées doubles. Et démerde-toi pour localiser son téléphone immédiatement.

— D'accord.

— Gants ?

Elle se place devant lui et lui tend une main, tout en observant les gens attroupés dans le jardin. Comme ça, il est obligé de lui donner deux paires de gants en latex en même temps sans pouvoir voir ce qu'elle regarde.

— J'ai demandé aux autres s'ils avaient noté le nom et le numéro de téléphone de tous les individus venus sur les lieux, mais personne n'avait de bloc-notes, ajoute-t-elle.

— D'accord, je m'en occupe.

— Et fais venir le Samu, maintenant !

Il marmonne qu'il va essayer. En tournant les talons pour regagner la villa, elle sent son after-shave lui piquer à nouveau la gorge. Elle prend une profonde inspiration et tousse un peu, mais le parfum persiste.

Le hall d'entrée est peint en teintes d'un gris-bleu doux. L'un des murs disparaît presque entièrement sous des tableaux encadrés, tandis qu'un autre est orné d'un imposant bas-relief en céramique. Il y a un énorme vase en porcelaine qui sert de porte-parapluie derrière la porte d'entrée, et, juste à côté, une paire de bottes en caoutchouc couvertes de boue.

Le sol marmoré en reflète les œuvres d'art aux murs. Le contraste est saisissant entre le chaos du dehors et le silence qui règne dans la villa.

Un bol d'argent est posé sur une table. Un objet avec une poignée en bois et un anneau en argent à une extrémité en dépasse. C'est un aspersoir. Sanna trouve étrange que quelqu'un conserve un seau à eau bénite chez soi ; ça doit être un objet de collection. Puis elle aperçoit l'enveloppe qui en sort. Elle est pleine de billets de banque à l'effigie de Dag Hammarskjöld[1]. Il doit y avoir plusieurs milliers de couronnes, là-dedans. Elle enfile ses gants et la soulève précautionneusement pour voir s'il y a quelque chose qui est inscrit dessus,

1. Diplomate suédois, Dag Hammarskjöld a été secrétaire général des Nations unies. Il a péri le 18 septembre 1961 dans un accident d'avion au cours d'une mission de paix au Congo. Le prix Nobel de la paix lui fut décerné l'année de sa mort, à titre posthume.

mais elle est vierge. En dessous, tout au fond du seau, elle trouve quelques billets de cent pliés, avec un Post-it jaune. Il porte une initiale, *W*, et on a tracé une fleur toute simple à côté.

Elle repose délicatement l'enveloppe et envoie un message à Sudden lui demandant d'examiner ces objets avec une attention toute particulière.

Au niveau du salon, elle se fait assaillir par une forte odeur de sang croupi. Elle tend la deuxième paire de gants à Eir.

— Merci. Tu as parlé avec la voisine ? Je vous ai vues par la fenêtre.

— Oui. Elle ne sait rien, à part le fait que le mari disparu est en fauteuil roulant.

— Je m'en doutais, réplique Eir en désignant du menton la photo encadrée d'un couple tout en ajustant ses couvre-chaussures. L'homme y est en fauteuil roulant, la femme est légèrement penchée sur lui, souriante, la main posée sur son torse. Ils se regardent tendrement.

Sanna observe la pièce. Tout est bien rangé, à sa place. Personne n'a fouillé, ouvert de tiroirs, ou cherché la présence d'un coffre-fort derrière les tableaux. Jon avait raison, ce n'est pas une effraction ordinaire. S'il s'agit vraiment de ça.

La seule chose qui dénote, dans la pièce, c'est le corps qui gît sur le grand canapé, dans une gigantesque mare de sang noirâtre qui s'étend lentement sur le sol. Les pancartes en plastique utilisées par les agents de la police scientifique sont disposées un peu partout. Autour d'elles, des traces de pas dans le sang font des allers-retours entre la porte et le sofa, traversant la pièce un peu partout. Elles sont petites, irrégulières et désordonnées.

— Jon Klinga m'a dit que la voisine s'était promenée à l'intérieur, avant votre arrivée, dit Sanna à une jeune agente en combinaison blanche, qui est en train de rassembler son matériel. Vous êtes sûre que toutes ces traces de pas appartiennent à la même personne ?

L'agentc acquiesce et la regarde à peine en répondant :

— Elle a dû être prise de panique et se mettre à faire les cent pas. Pauvre femme.

— Qu'est-ce que vous avez trouvé d'autre ?

— On a beaucoup de prélèvements. Mais c'est probablement inutilisable : tout a été contaminé ou sali.

— D'accord, soupire Sanna. Merci. Je ferai le point avec Sudden plus tard.

L'agente emporte son matériel avec elle et sort. La photographe trapue de la police scientifique se bat avec son trépied, prête à partir, elle aussi. Sanna ne la reconnaît pas, mais elle n'a pas la force d'aller se présenter. La femme leur adresse un sourire timide en quittant la pièce avec son matériel, les laissant seules.

— Fais-moi un résumé de tout ce qu'on sait, lui demande Eir.

— La victime s'appelle Marie-Louise Roos. Avant de prendre sa retraite, clle tenait un magasin d'antiquités en ville, et vendait des manuscrits anciens et très coûteux aux quatre coins du monde. Il y a quelques années de cela, elle a fait don de grosses sommes pour différents projets, comme par exemple la construction d'un Ehpad à la sortie de la ville. Elle a aussi beaucoup œuvré pour les enfants, d'après ce que j'ai entendu. J'ai aussi lu qu'elle était née sur l'île, mais qu'elle avait rencontré son mari, Frank Roos, sur le continent. Pas d'enfants. Le mari a disparu et nous avons lancé des recherches pour le retrouver. Il est, comme on l'a vu, en fauteuil roulant et diabétique. Retraité lui aussi, il a été géologue et a travaillé sur l'exploitation du calcaire ici, sur l'île, mais aussi et surtout comme consultant pour Fornsalen.

— Fornsalen ?

— Le musée d'Histoire et de la Culture.

Eir réfléchit un instant.

— L'âge de pierre, les Vikings et tutti quanti, c'est bien ça ?

— Oui.

— Des fans des vieilles pierres et des vieux bouquins, autrement dit. Ils ne devaient pas souvent se faire inviter à des soirées.

— Au contraire, Marie-Louise Roos se faisait sûrement inviter. Elle était multimillionaire.

— Grâce aux livres anciens ?

— Eh oui, grâce aux livres anciens.

— Donc, elle était riche. L'argent pourrait être le mobile ?

— Peut-être. Sa collection privée est ici. Mais d'après Jon, on dirait que rien ne manque.

— Personne n'a forcé la porte, j'ai vérifié en entrant, renchérit Eir, l'air lugubre.

— Elle n'était peut-être même pas verrouillée. Ce ne serait pas la première fois, dans ce genre de quartier.

— Ou alors, elle a ouvert à quelqu'un qu'elle connaissait ?

Eir a sans doute raison. Si aucun vol n'a été commis et que la porte n'a pas été forcée, cela pourrait signifier que le coupable était connu de la victime. Avec un peu de chance, il ne leur faudra pas trop longtemps pour découvrir son identité.

— Cela dit, ça s'est passé au milieu de la nuit, ajoute Eir. Qui diable irait rendre visite à une retraitée au milieu de la nuit ?

— La voisine m'a dit qu'elle pouvait apercevoir de la lumière bleutée aux fenêtres la nuit et que Marie-Louise Roos restait souvent à regarder la télé jusqu'au petit matin. C'était peut-être quelqu'un qui savait qu'elle ne dormirait pas ?

— OK, mais cette voisine n'a rien vu ni entendu, la nuit dernière ?

— Rien de plus que ce que nous sommes en train de contempler en ce moment même. Et personne d'autre n'est venu fournir des informations supplémentaires.

Sanna s'approche du canapé. La scène est macabre. Marie-Louise Roos, une maigre femme de soixante-dix ans environ, gît avec un bras en travers du canapé et l'autre allongé le long du corps. Elle porte un kimono bleu qui a l'air d'avoir vécu. La soie brodée l'enveloppe comme un joli linceul. Ce suaire a été sauvagement lacéré au niveau de la poitrine, avec un objet tranchant qui a haché le tissu et le corps en petits morceaux. Le kimono fait penser à un récipient qu'on aurait rempli de bouillie rouge foncé.

Sa gorge a été tranchée en deux endroits. La plus grande entaille, et aussi la plus profonde, a été provoquée par un violent coup de couteau que l'agresseur aura ensuite prolongé le long de son cou. La deuxième blessure, plus courte, a été faite perpendiculairement à la première. Elles forment une croix.

Les cheveux gris souris de Marie-Louise Roos lui encadrent le visage. Sa peau est pâle et exsangue. Son front dégarni est plein de rides, et ses joues sont creuses. Son menton lui donne un air décidé et jette une ombre nette sur son cou lacéré. Elle a les paupières fermées.

Sanna jette un coup d'œil à la table qui jouxte le sofa, où se trouve la pochette vide d'un DVD. C'est un documentaire sur Alice Babs[1], *Alice et moi.*

— Je t'attendais pour inspecter le corps de plus près, lui dit Eir en éclairant le cadavre de sa lampe de poche. On y va ?

Sanna fait oui de la tête. Eir approche lentement, éloigne une pancarte en plastique et s'agenouille à côté du bras en travers. Elle se penche en avant et éclaire sa main. Celle-ci ne comporte aucune égratignure. En remontant le long de son bras, cependant, elles découvrent un grand nombre de lacérations.

— Elle n'a même pas eu le temps de se défendre, constate Eir. Elle a seulement essayé de se protéger.

Sanna acquiesce. Eir se lève en désignant le cou de la victime d'un geste de la main.

— J'ai l'impression qu'il a d'abord dû faire ça, puis qu'il s'est acharné sur elle par la suite.

Les coupures sur les bras, les coups de poignard et les entailles profondes dans la poitrine lacérée sont innombrables. La violence dont la vieille femme a été victime est démesurée. Quelqu'un a cherché à la détruire en la saignant de toutes parts. Avec une rage sans précédent.

1. Chanteuse de jazz et actrice suédoise (1924-2014).

— S'ils n'avaient pas d'enfants et que son mari est en chaise roulante, qui diable pouvait bien la haïr à ce point ? demande Eir.

Sanna secoue la tête en prenant une grande inspiration. La seule personne qui aurait pu les mettre sur une piste a disparu sans laisser de traces.

— On doit retrouver le mari, dit-elle.

Elle compose un numéro sur son portable. Quand Jon décroche, elle lui dit de prendre contact avec les principales associations de recherche de personnes disparues. Il va leur falloir toute l'aide possible pour retrouver Frank Roos.

Après avoir raccroché, elle reste immobile un instant à contempler le corps de Marie-Louise. Ses lèvres sont décolorées et gercées. Elle a le nez droit, mais les taches de vieillesse sur un côté lui donnent un aspect irrégulier, presque comme s'il était cassé. Tout à coup, Sanna a l'impression qu'une éternité s'est écoulée depuis la veille, quand elle contemplait le jeune visage de Mia Askar, dans la carrière.

Un courant d'air la pousse à se retourner, et elle remarque le couloir qui mène à une autre pièce.

— Je vais jeter un coup d'œil à ses livres, dit-elle à Eir.

Le couloir est étroit et dépourvu de fenêtre. Quelques petites appliques produisent une faible lumière. Les murs vert sombre sont recouverts de tableaux. La plupart sont encadrés de bois d'acajou, mais certains ont un cadre doré. Ce couloir lui semble interminable.

Avant de rejoindre la pièce suivante, Sanna aperçoit une huile sur toile qui retient son attention. Elle est suspendue juste en dessous du niveau de ses yeux et pourrait facilement passer inaperçue au milieu du reste. Au premier regard, la scène représentée est romantique. Sept enfants se tiennent dans un champ, les jambes et les pieds nus. Les alentours ont l'air mystérieux, comme dans un conte de fées. Ce sont les visages qui contrastent avec le reste : ils portent tous des masques d'animaux. Il y a un cochon, un paon, un âne, un chien, une chèvre, un renard et un loup.

C'est le masque de renard qui lui donne la chair de poule. Il y a trop de détails et, comme les autres animaux, on dirait qu'il a un sourire mauvais. Ses yeux sont enfoncés profondément dans leurs orbites et sont cerclés de noir. Le décalage entre les masques burinés et l'innocence de ces jeunes enfants potelés est saisissant. Elle remarque aussi la lumière du tableau, ardente, comme s'il y avait un incendie derrière ce ciel pesant.

Il fait sombre dans la petite bibliothèque au bout du couloir, et elle est obligée de tâtonner le long du mur pour trouver un interrupteur. Tout est rangé à la perfection. Il y a des traductions de livres saints datant de plusieurs siècles, des éditions originales d'œuvres connues, et bien d'autres. Beaucoup d'ouvrages ont le dos décoloré, presque illisible. Sans la vitre de sécurité avec sa serrure numérique et son alarme, on aurait du mal à deviner que ces livres ont une grande valeur.

Le courant d'air provient d'un coin de la pièce, caché derrière un rideau de velours vert foncé qui descend jusqu'au sol. C'est la porte de la terrasse, ouverte, qui donne sur le jardin. Quelqu'un dans le quartier s'est levé tôt pour faire brûler des branches et des feuilles mortes : l'odeur de la fumée et le crépitement du feu lui parviennent.

Elle fait quelques pas sur la pelouse. Celle-ci est plus modeste que celle sur le devant de la maison. Elle est entourée de thuyas et de lilas arborescents qui la cachent aux regards ; mais, çà et là, des branches mortes laissent un espace suffisamment grand pour qu'un adulte s'y faufile. Elle vient de découvrir par où le meurtrier s'est échappé.

Elle entend une fenêtre qui s'ouvre au-dessus d'elle. La seule maison donnant sur le jardinet, c'est celle de la voisine, et cette dernière est en train de l'observer.

— Vous pouvez demander à la personne qui fait du feu de l'éteindre ? lui crie-t-elle.

Son visage est à contre-jour, mais elle parvient à voir des épaules tombantes et une peau détendue qui forme de gros plis sous le cou.

— Vous n'avez vraiment rien vu quand vous étiez dans votre jardin ce matin ? demande Sanna.

— Non, répond la dame.

— Vous avez peut-être entendu du bruit ? Ou autre chose ?

— Non. Rien du tout. Je vous l'aurais déjà dit, sinon.

Sanna hoche la tête et se dirige à nouveau vers la porte vitrée.

— J'ai les bronches endommagées, lui crie encore la voisine. Dites-leur d'arrêter, avec leur feu.

Dans le salon, Eir est en train de lire la carte d'un gros bouquet de fleurs. Il est posé sur une jolie table, à côté d'un petit tas de magazines.

— Qu'est-ce que ça dit ? demande Sanna en entrant dans la pièce.

— Elle a fait don de tous ses livres. C'est la bibliothèque de l'île qui a signé cette carte de remerciement.

— On va vérifier ça, voir à qui elle a eu affaire, et ce qu'ils pensent de ce don.

Dans la semi-obscurité de la pièce, Eir se dit que le regard glacé de Sanna et ses cheveux blonds lui vont bien. Elle dégage une beauté froide et distante, pendant qu'elle observe le corps de Marie-Louise avec détachement, parfaitement immobile.

— Oui. Bon, que penses-tu qu'il s'est passé ici, en vrai ? demande Eir.

— Celui qui a fait ça a réellement voulu s'assurer qu'il ne lui resterait plus un souffle de vie. Je n'ai jamais rien vu de semblable. Un ou deux coups de couteau auraient suffi, alors que là… Quelle violence.

Sanna s'interrompt et garde le silence un instant.

— Oui ? demande Eir, tout en passant machinalement le doigt sur le dos reluisant des magazines. À quoi penses-tu ?

— Ce sont des journaux de jardinage ?

Eir en soulève un, le retourne et le parcourt des yeux.

— Des brochures, plutôt, répond-elle.

— De quoi ?

— Différents types de clôtures. Celui-là, c'est un catalogue de planches et de barrières. (Elle en soulève un autre.) Et celui-ci, de murets.

Inconsciemment, Sanna songe à tous ces week-ends passés à chercher une bonne clôture en compagnie de Patrik, quand Erik était petit.

— Je parie qu'ils avaient besoin de quelque chose qui les protège des regards, dit Eir. C'est vrai qu'elles sont belles, ces villas, mais elles sont bien trop proches les unes des autres.

Le catalogue posé tout en haut de la pile est ouvert à une page où on compare les pare-vent en verre à ceux en Plexiglas. Sanna pense aux bottes de Marie-Louise dans l'entrée. Elles étaient couvertes de boue. Pourtant, les pelouses de la propriété sont impeccables, et elle n'a vu de terre retournée nulle part.

— Se protéger du vent, dit-elle. Ils n'avaient pas besoin de se protéger des regards, mais du vent.

Elle compose un numéro sur son portable.

— Bernard ? Je me trouve sur les lieux du crime dans le quartier résidentiel sud, et je voudrais savoir si Marie-Louise et Frank Roos possédaient d'autres maisons, en plus de leur villa.

4.

La Saab noire quitte la petite route de campagne pour emprunter un large chemin gravillonné. Sanna jette un coup d'œil en coin à Eir, assise sur le siège passager.

— Tu as le mal des transports ?

Eir hoche la tête en déglutissant. Elle a mal au cœur depuis qu'elles ont quitté Södra Villakvarteren, le quartier résidentiel sud, pour se diriger vers la réserve naturelle sur la côte sud-ouest de l'île. C'est là que les Roos ont leur maison de vacances. Elle pourra bientôt descendre, mais elle essaie de ne pas y penser.

Elle aperçoit la mer à un kilomètre environ devant elle. Jon Klinga les suit dans sa propre voiture. Cela fait une demi-heure environ qu'ils roulent, et ils n'ont pas croisé plus de dix véhicules dont la moitié d'entre eux étaient des tracteurs et autres machines agricoles.

Le paysage est principalement composé de forêt côtière maussade. Les troncs lisses et noueux des pins penchent vers l'intérieur des terres. Le son des gravillons sous leurs roues rappelle à Eir des souvenirs lointains, ceux du jour fatidique où elle a compris que le monde était bien plus horrible qu'elle ne le pensait.

Elle avait tout juste obtenu son permis de conduire et elle était partie rejoindre son père dans sa maison de location à la campagne. Elle se trouvait à quelques dizaines de kilomètres à peine de la ville où Cecilia et elle avaient grandi. C'était l'été, et il faisait chaud. Il lui restait encore à parcourir un bout de chemin identique à celui-ci, sur une route identique, gravillonnée, entourée d'une forêt humide aux troncs d'arbres nus. Elle se rappelle le crissement de ses pneus lorsqu'une lumière bleue l'avait subitement aveuglée dans un virage. Le sentiment que quelque chose d'épouvantable l'attendait l'avait envahie, au moment où elle avait compris qu'il s'agissait des gyrophares de la police. Plusieurs voitures étaient attroupées, et un hélicoptère approchait.

Elle s'était arrêtée sur le bord de la route sans réfléchir, pour aller voir ce qui se passait. S'était-elle dit qu'elle pourrait être utile à quelque chose ? Elle ne s'en souvient plus. Elle n'avait croisé personne et s'était faufilée entre les troncs d'arbres. Les policiers ne l'avaient pas entendue, peut-être venaient-ils tout juste d'arriver ; ou peut-être étaient-ils trop occupés.

Elle n'oublierait jamais ce qu'elle avait vu ce jour-là. Les petits pieds, dont la plante était tournée vers le ciel. Le corps nu qui était totalement exsangue. C'était une petite fille, de quatre ou cinq ans à peine. On lui avait coupé les mains. Elle avait l'air d'une poupée en Celluloïd blanchâtre.

Eir s'était tenue entre les arbres, en proie à la rage et au désespoir. Quand un policier en uniforme avait voulu la faire partir, elle n'avait pas compris les sons qui sortaient de sa bouche. Par la suite, on lui avait raconté qu'elle avait eu un comportement des plus répréhensibles, mais elle n'avait aucun souvenir de l'avoir repoussé ou insulté.

On avait retrouvé les mains et les vêtements de l'enfant dans un container à ordures un mois plus tard. L'autopsie avait révélé que ses veines étaient complètement détruites suite à l'injection de chlore et d'héroïne. L'enquête s'était ensuite retrouvée dans une impasse. Jamais on n'avait réussi à identifier la victime, pas plus qu'à découvrir le lieu du meurtre avant qu'elle ne fût jetée dans la forêt comme un jouet abandonné. Le ou les meurtriers avaient disparu sans laisser de traces.

Eir n'avait pu penser à rien d'autre pendant des semaines. Ce meurtre n'avait aucun sens. Une petite fille, que l'univers tout entier avait abandonnée avant sa mort. Et puis, un jour, elle aussi s'était sentie coupable de son inaction, puisqu'elle ne faisait rien, à part lire les journaux à la recherche de détails. En désespoir de cause, elle avait alors rempli le formulaire de candidature de l'école de police.

Elles approchent du bord de la mer et les arbres s'espacent.

— Merci, dit Sanna, au téléphone. Oui, nous vous tiendrons informé.

— C'était le procureur ? lui demande Eir.

Sanna acquiesce.

— C'était Leif Liljegren. Tu le rencontreras, il a un bureau au commissariat. Nous sommes toujours chargés de l'affaire, mais il souhaite qu'on le tienne au courant.

Le portable sonne encore. C'est Jon.

— On va se garer au port et faire le reste du chemin à pied, lui dit Sanna.

Il lui répond qu'ils vont bientôt mettre la main sur ce Frank Roos.

— S'il est dans cette maison, répond Sanna avec agacement. Il y a peut-être dormi, et il ignore tout de ce qui s'est passé. Ou, dans le pire des cas, le meurtrier l'a peut-être trouvé avant nous. Alors, tout le monde demeure prudent. C'est compris ?

— C'est quoi son problème ? lui demande Eir lorsqu'elle raccroche.

— Frank Roos a disparu des lieux du crime. Pour Jon, cela signifie qu'il est coupable.

Elles arrivent dans un petit port, situé en contrebas. Il est abrité par une baie, aux côtes escarpées. Un seul bateau de pêche rouille, amarré au bout du dernier ponton. À quelques kilomètres au large, deux îles calcaires émergent de l'eau comme deux crânes chauves. Elles passent devant une boutique de glaces barricadée et quelques cabanes de pêcheurs. Un peu plus loin, il y a une rangée de maisons de vacances.

— C'est la troisième, lui apprend Sanna en descendant de voiture.

— On va le coffrer, dit Jon, en arrivant à grands pas, flanqué de deux policiers.

— On ne fait *rien* de précipité, le met en garde Sanna. On va encercler la maison, et défense d'entrer avant que je vous fasse signe.

Ils approchent sans bruit. Le froid et les embruns piquent les joues d'Eir, mais elle garde le regard rivé sur la maison. Une mouette pousse un cri en volant au-dessus des vagues.

La résidence est en bois joliment buriné. Elle ressemble un peu aux cabanes de pêcheurs, avec ses angles simples et son toit en pierre calcaire. Les fenêtres, leurs encadrements et les volets sont neufs et d'un gris argenté. L'ancienne porte étroite est d'un bleu marine vibrant.

Sanna donne un coup de coude à Eir en désignant une fenêtre du menton. Dans ce qui doit être la cuisine, quelqu'un a allumé le four et y a inséré une lèchefrite.

— Merde, murmure Eir.

Sanna sort son arme de service, et sa coéquipière l'imite. Elles se déplacent lentement le long du mur, en file indienne. Jon et les autres policiers disparaissent à l'arrière. Elles s'arrêtent un instant sur le seuil, où on a installé une rampe qui donne l'impression d'avoir été confectionnée avec des restes de lambris. Pas une seule feuille morte ne s'y trouve, alors qu'il y en a plein juste à côté.

Sanna toque à la porte.

— Police ! crie-t-elle. Sortez !

Rien ne se produit. Elles attendent encore un moment. Sanna appuie doucement sur la poignée. La porte n'est pas verrouillée. Elle la pousse, reste immobile, puis passe le seuil en faisant signe à Eir de la suivre.

Malgré la pénombre, elles aperçoivent un sofa en bois et une table à tréteaux assortie. Le long d'un des murs, il y a deux lits avec des couvre-lits en coton.

Dans la petite kitchenette, des conserves, des assiettes et des tasses sont rangées sur une étagère moderne. On a posé quelques couverts dans un verre, à côté des plaques chauffantes. Une odeur de safran sort du four.

— Mais putain…, s'exclame Eir dans son dos, quand elle constate que la seule pièce de la maison est vide.

Sanna fait signe à Jon d'entrer. Quand il voit la pièce inoccupée, on lit clairement la déception sur son visage.

— On ne va pas fouiller les environs ? demande-t-il. Il ne peut pas être allé bien loin. Le four est encore allumé.

Sanna est sur le point de répondre quand elle aperçoit quelque chose dans la cuisine. Elle soulève le verre qui contient les couverts et dégage le papier soigneusement plié en dessous.

— Je ne crois pas qu'il était ici.

— Qu'est-ce que c'est ? lui demande Eir.

— Une facture de l'association qui gère le port, répond Sanna.

Elle compose un numéro et se présente.

— Comme je le pensais, dit-elle en raccrochant, l'association portuaire peut rendre des services à ceux qui ont des maisons ici moyennant paiement…

— Comme de balayer les feuilles mortes devant l'entrée avant leur arrivée, ajoute Eir, terminant sa phrase.

— Exactement. Frank les a appelés il y a une semaine pour leur dire que Marie-Louise et lui viendraient aujourd'hui, à l'heure du déjeuner. C'est leur anniversaire de mariage et ils prévoyaient de le fêter ici. Il leur a demandé de préparer une galette au safran et de la mettre au four pour la tenir au chaud avant leur arrivée.

— Il peut avoir tout planifié à l'avance, pour se fabriquer un alibi avant de la tuer, rétorque Jon.

— Faisons le tour de la propriété avant de repartir, répond Sanna.

Ils ont tous le sentiment d'avoir raté quelque chose.

Jon ouvre le seul placard de la pièce et en sort un fauteuil roulant pliable qu'il déploie d'un coup sec. Il est petit, avec des roues étroites. Ses amortisseurs ajustés le rendent plus maniable.

— Fait sur mesure pour cette cabane ? demande-t-il. Dites-moi pourquoi quelqu'un possédant un palace dans le quartier résidentiel sud viendrait se casser la tête à passer du temps dans ce petit trou à rat ?

— Parce qu'il aimait sa femme, répond Eir.

Elle est accroupie à côté d'un des lits, dont elle a écarté le couvre-lit pour sortir une boîte à chaussures en carton qui se trouvait en dessous. Cette dernière est remplie de documents et de photos.

— Le père de Marie-Louise a construit cette cabane il y a plus de cent ans, ajoute-t-elle, en lisant une carte d'anniversaire jaunie par le soleil. Elle a ensuite été vendue à un tiers, puis Frank l'a rachetée il y a quelques années de ça. Il la lui a offerte en guise de cadeau d'anniversaire, pour ses soixante-dix ans.

Elle leur montre une vieille photo, avec un homme en train de planter un rosier devant la cabane, une pelle terreuse à la main.

— Ça doit être son père, dit-elle. Frank Roos lui a acheté cet endroit pour qu'elle puisse probablement retrouver ses souvenirs d'enfance. Je ne crois pas qu'on fasse ce genre de chose pour quelqu'un que l'on projette de tuer.

Sanna secoue la tête et se rappelle la paire de bottes couvertes de boue dans la villa du couple. Elle jette un coup d'œil par une des fenêtres. Quelques jeunes pins s'étirent à ras le sol. Il n'y a pas beaucoup de végétation. Des touffes d'herbe dense percent la mousse ici et là. Il y a quelques chardons épars. Un peu plus loin, cependant, quelque chose retient son attention : on dirait un petit bout de jardin. Le terreau est noir et a récemment été retourné. Il abrite quelques rangées de rosiers. Ils sont enveloppés dans de la laine et de la toile. Par endroits, le vent a défait leur emballage. Un arbuste a été déraciné et il est sur le point de s'envoler.

Il y a un tas de plinthes et de planches à côté des rosiers. Elle en déduit que c'est la fameuse clôture que Frank et Marie-Louise avaient prévu d'installer pour se protéger des éléments. Elle ressent une vague de découragement, avant d'être prise de panique.

— Et maintenant, on fait quoi ? demande Jon.

Ils se tiennent là, les bras ballants. Sanna essaie de se contrôler, mais elle ne peut pas s'empêcher de penser que Frank Roos est peut-être là, quelque part, en train de se vider de son sang.

5.

Le commissariat se situe dans un bâtiment gris-brun à deux étages seulement, qui ne paie pas de mine. L'entrée comporte deux grosses portes vitrées, derrière lesquelles se trouve une salle d'attente aux couleurs claires. Sous un gros panneau d'affichage, il y a un interphone. Sur la droite, un long couloir vitré traverse une cour centrale pour mener aux cellules.

Eir et Sanna passent encore deux grandes portes à l'aide d'un code et d'un laissez-passer, avant de monter dans un ascenseur. Le réceptionniste lève les yeux avec indifférence quand les portes de l'ascenseur s'ouvrent. Ses oreilles sont ornées de piercings, il porte un casque sans fil et marmonne quelque chose au sujet de Trent Reznor[1] des Nine Inch Nails, et de la musique d'un jeu vidéo.

1. Trent Reznor est un auteur-compositeur-interprète et producteur de musique américain, né le 17 mai 1965 à Mercer. Il est le fondateur

— Il nous faut une salle d'enquête, pour le meurtre de Marie-Louise Roos, lui dit Sanna.

— La grande salle, lâche-t-il succinctement. Bernard a déjà commencé à l'aménager.

Un serpent couronné d'un capuchon avec deux gros crochets dans la gueule est tatoué tout autour de son cou.

— Suis-moi, dit Sanna en donnant un petit coup de coude à Eir.

Elles traversent une salle carrée gigantesque, aux murs beiges. De grandes fenêtres donnent sur la muraille et la mer. Dans un coin de la pièce se trouve le bureau de la légende, Ernst « Le Chêne » Eriksson. Les autres tables sont alignées en rang. C'est la seule chose de bien ordonnée dans la salle. Tout le reste est chaotique. Des documents sont empilés sur la plupart des bureaux. Des stylos, des agrafeuses, des formulaires et des dossiers noirs et bruns partagent l'espace avec des mugs ébréchés.

Dans la salle de pause, Sanna attend que le café finisse de couler.

— Tu en veux ? demande-t-elle à Eir.

Cette dernière fait non de la tête en se penchant pour boire au robinet. Elle ouvre ensuite le frigo tout en s'essuyant la bouche de la manche. Elle y découvre quelques boîtes-repas et des canettes de Coca. Quelqu'un a posé un sachet de minibrioches à la cannelle dans un coin. Elle aperçoit ensuite un paquet de salami à moitié entamé et enfourne toutes les tranches dans sa bouche en même temps.

---

et unique membre officiel du projet de rock industriel Nine Inch Nails depuis 1988.

— Tu as faim ? lui demande Sanna.

Eir repousse la porte du réfrigérateur.

— Non, plus maintenant, répond-elle entre deux mastications en souriant.

Il y a plusieurs salles d'interrogatoire le long du couloir qui jouxte la salle de pause. Une porte, un peu plus loin, est ouverte. Sanna fait signe à Eir de la suivre.

C'est une grande pièce lumineuse. Des blocs-notes et des stylos neufs sont posés sur un bureau, et il y a deux portraits sur un tableau blanc, l'un de Marie-Louise et l'autre de Frank Roos – un agrandissement de la photo qui était installée dans leur salon. Il est brun, avec des cheveux brillants parsemés de gris, et a des yeux verts.

Bernard écrit PORTÉ DISPARU sous l'image, puis souligne les mots.

— Alors, la maison de vacances, c'était une impasse ? demande-t-il en se tournant vers elles.

— Avant de commencer, Bernard, lui dit Sanna en s'asseyant, Leif m'a demandé de le tenir au courant. Tu peux t'assurer qu'on n'oubliera pas ? Je n'ai vraiment pas besoin d'avoir un procureur furax sur les bras, en plus de tout ça.

Bernard a l'air anxieux.

— Oui, bien sûr.

— Comment ça s'est passé, de votre côté ? demande-t-elle. On récapitule ?

Il acquiesce.

— Je peux commencer, continue Sanna. Rien n'a été dérobé dans sa bibliothèque. Personne n'a touché aux livres.

— Comment peut-on déjà en être certains ? demande Eir.

— Les étagères sont protégées par une vitre de sécurité et elles sont munies d'une alarme dernier cri, j'ai vérifié. La société de surveillance aurait été immédiatement alertée s'il y avait eu une effraction.

— Vous avez des nouvelles de Sudden ? Vous savez si l'enquête préliminaire a donné des résultats ? demande Bernard.

— Rien, répond Sanna. Mais son équipe et lui sont encore en train d'y travailler, j'imagine.

Bernard se laisse tomber sur une chaise, se jette deux chewing-gums dans la bouche et commence à mastiquer bruyamment.

— D'accord, poursuit Sanna en se dirigeant vers la photo de Marie-Louise Roos. L'agresseur a fait preuve d'une violence sans précédent. Il ne s'agit pas d'un cambriolage qui aurait mal tourné ; quelqu'un a vraiment cherché à *l'éliminer.* Il est donc raisonnable de penser que le meurtrier pourrait faire partie de son cercle de connaissances ; quelqu'un animé d'une telle haine qu'il se serait déchaîné.

— Il y a trois chemins pour pénétrer dans la villa, ajoute Eir. La porte donnant sur la rue était ouverte, et il n'y avait pas trace d'effraction. Celle du salon, donnant sur la terrasse à l'arrière de la maison était verrouillée et intacte. Celle donnant sur la petite bibliothèque – par laquelle nous supposons que le meurtrier s'est enfui – n'a pas non plus été forcée. Elle s'ouvre uniquement de l'intérieur. Cela signifie que notre coupable est entré par la porte principale.

Sanna acquiesce.

— Cela vient corroborer la théorie selon laquelle elle connaissait son agresseur et lui aurait ouvert elle-même. Il y a dû y avoir une dispute, et puis la violence a explosé.

— Je ne sais pas si je suis d'accord avec le fait qu'elle connaissait le coupable, rétorque Bernard en soupirant. Le porte-à-porte n'a pas donné de résultats. Tous les voisins nous ont dit la même chose : les Roos ne fréquentaient personne de façon régulière. D'après eux, mis à part les réceptions et les cérémonies auxquelles ils étaient invités grâce à ses dons, ils passaient surtout leur temps seuls. On n'a pas retrouvé d'ordinateur chez eux, et les mails sur le téléphone de Marie-Louise sont principalement des pubs ou des justificatifs de paiement. Nous avons demandé à recevoir l'historique de ses conversations téléphoniques, mais nous n'avons rien trouvé dans son portable pour l'instant. Elle a surtout parlé à son mari.

— Et le portable de Frank ? Sa localisation n'a rien donné ? demande Sanna.

Il secoue la tête.

— Pas d'ordinateur ? réagit Eir. C'est surprenant étant donné leur situation, non ? Leurs affaires et leur argent ?

— C'est aussi mon avis, répond Bernard. Cela dit, ils employaient des avocats, des comptables et des sociétés de gestion sur le continent qui faisaient le travail. Peut-être qu'ils n'en avaient pas besoin ?

— On a contacté l'artillerie qui travaillait pour eux ? demande Sanna.

— Nous avons parlé au cabinet d'avocats et au gérant de la banque. Il n'y a rien qui cloche de ce côté-là. Pareil avec leurs comptables. Les renseignements qu'ils nous ont fournis sur les derniers contacts qu'ils ont eus avec les Roos ont été confirmés par la liste d'appels sur le portable de Marie-Louise. Ils ont fait preuve d'une totale transparence, en nous donnant accès à l'ensemble des comptes des Roos. Ils sont également disponibles à n'importe quel moment si nous avons des questions. Autrement dit, il n'y a pas de raison de penser qu'ils nous cachent quoi que ce soit.

— Bien, dit Sanna. Quand nous aurons les comptes sous les yeux, il va falloir les passer au peigne fin pour tout analyser. Voir où va l'argent.

Eir et Bernard détournent le regard. Sanna soupire avant de continuer.

— Je n'ai rien découvert d'étrange dans la propriété, mis à part l'enveloppe dans l'entrée. Elle contenait des milliers de couronnes. J'ai demandé à Sudden de l'examiner. Et puisque j'ai retrouvé un Post-it marqué de la lettre *W* sur les billets *en dessous* de l'enveloppe, on devrait vérifier quels contacts dans son téléphone commencent par *W*.

— J'ai déjà vérifié, il n'y a personne dans ses contacts avec cette initiale-là, dit Bernard.

— Dans ce cas, on va vérifier les noms des voisins…

— Il n'y en a pas non plus chez les voisins, l'interrompt Bernard.

— Incroyable, si je ne te connaissais pas, je croirais presque que tu renonces à ta retraite et que tu souhaites encore travailler ici ?

— Jamais de la vie.

— OK. On sait si elle avait une assurance-vie, ou je dois vérifier ? demande Eir.

— On l'a fait. C'est le mari qui hérite de tout, répond Bernard.

— On a des nouvelles de lui ? s'enquiert Sanna.

Bernard fait non de la tête.

— Rien du tout. Il a disparu sans laisser de traces. Il n'a utilisé ni son téléphone ni sa carte de crédit depuis hier. Aucun mouvement. J'ai aussi vérifié auprès des aéroports et du port maritime. Rien là non plus. Il est plus probable qu'il gise au fond d'un fossé quelque part, ou qu'il ait été emmené parce qu'il aurait vu quelque chose, ou encore que ce soit lui l'assassin.

Sanna boit une gorgée de café.

— J'ai demandé à Jon de prendre contact avec l'association qui recherche les personnes disparues, ça a donné quelque chose ?

— Ils vont se réunir dans quelques heures avec des chiens.

— Super.

— J'ai également essayé de contacter le médecin de Frank. Pour obtenir un compte rendu détaillé de son état de santé.

— Bien. Tiens-moi au courant dès que tu en sauras davantage et assure-toi que l'info soit partagée avec tous ceux qui participent à la battue.

— Et les journalistes ? interroge Bernard. On leur dit quoi ?

— Le Chêne devra s'en charger quand il rentrera. À quoi ça sert d'avoir un chef, sinon ? rétorque Sanna en souriant.

— J'appelle la bibliothèque ? demande Eir. Pour connaître l'identité de la personne qui a parlé à Marie-Louise quand elle a fait don de ses livres ? Il pourrait s'être passé quelque chose.

— Ils n'ont jamais été directement en contact, répond Bernard. Ce sont les avocats et les comptables qui se sont chargés de tout. La seule chose que la bibliothèque ait faite, c'est d'envoyer un bouquet de fleurs avec une carte à Marie-Louise.

Eir se met à tambouriner des doigts sur la table.

— Sudden, dit Sanna avec un sourire quand la porte s'ouvre soudainement pour laisser passer un homme revêtu d'un pull islandais tricoté main.

On a presque l'impression qu'il lui a été peint directement sur la peau de ses bras musclés. Il a l'air fatigué, mais dégage en même temps quelque chose d'intense. Ses cheveux épais et gris sont coiffés en arrière avec simplicité. Ses yeux sont gigantesques, et son gros nez tout cabossé. Eir a entendu parler de lui, Sven « Sudden » Svartö : c'est un chimiste de renom, qui a beaucoup d'expérience et une formation impressionnante. C'est un des meilleurs experts du pays, mais elle ne se l'était pas imaginé aussi grand et brut de décoffrage. Elle s'attendait à rencontrer un petit professeur grisonnant.

Il pose une photo sur la table devant eux. C'est un couteau dans un sachet de pièces à conviction.

Il y a du sang séché sur le dos de l'épaisse lame en inox.

— Tu avais raison, Sanna, dit-il. Le meurtrier est sorti par-derrière. On a retrouvé ça dans la haie entre le jardin de la victime et celui de sa voisine.

Le visage de Sanna s'éclaire.

— Il va vous falloir combien de temps pour l'analyser ?

— Deux jours à peu près, j'espère.

— Est-ce que tu sais ce que c'est comme type de couteau ? Tu l'as identifié ?

— Un couteau de chasse, en acier inoxydable. Le manche est en bois.

— Quelle marque ? Quel modèle ? On peut aller vérifier dans les magasins.

— Les magasins ne pourront pas nous aider malheureusement, il n'est pas tout neuf. Ce couteau date d'il y a quinze à vingt ans, si ce n'est plus.

Eir observe la photo. Sous les taches de sang, on aperçoit le vert noirâtre du manche.

— C'est vous, la nouvelle Bernard ? lui demande Sudden en lui tendant la main.

— Eir Pedersen, répond-elle sans lever les yeux. Et ça, c'est quoi ? poursuit-elle en désignant la photo du doigt.

— Des algues, je dirais, rétorque Sudden. On verra bien ce que diront les analyses, mais je pense que ce couteau a dû passer pas mal de temps dehors avant que quelqu'un ne l'utilise.

— Si ce sont vraiment des algues, est-ce que cela signifie que le meurtrier l'aurait conservé quelque part au bord de la mer ?

— Tout ce qui se trouve sur cette île est au bord de la mer, réplique Sudden en souriant.

Bernard prend la photo et l'accroche au tableau blanc, sous celle de Marie-Louise Roos.

— À part ça, les nouvelles ne sont pas très bonnes, ajoute Sudden. Mes agents ont relevé des empreintes, des fibres et des cheveux. Mais la plupart des échantillons ont été contaminés ou mélangés. Ils sont inutilisables.

— C’est ce qu’on nous a dit, réplique Sanna. Nous sommes tombées sur l’un de tes agents sur les lieux du crime.

— Cependant, il doit bien y avoir quelque chose d’utilisable, même avec la voisine qui a marché partout ? dit Eir.

— Malheureusement, tout ce qu’on a pu trouver, ce sont ses empreintes et celles des Roos. Il n’y avait rien d’autre.

— Merde, dit Eir.

Le visage de Sanna est rempli de déception et de frustration.

— Tu me connais, Sanna, ajoute Sudden avec sérieux. Tu sais que je n’ai pas l’habitude de dire ça ; mais cette fois, on croirait presque qu’on a affaire à un fantôme.

Il fait une pause.

— Vous avez pensé à demander de l’aide sur le continent, au Noa, le département des Opérations nationales ?

— Évidemment, mais personne chez eux ne meurt d’envie d’être envoyé ici, répond Sanna.

— Oui, mais Le Chêne connaît quelqu’un dans leur service, non ?

— On ne va pas les faire venir, intervient soudainement Eir.

Le fameux ami du Chêne, c’est son ancien supérieur, celui qui l’a envoyée ici.

Sanna et Sudden la regardent, surpris de sa réaction.

— Je dois y aller, déclare Sudden en regardant l’horloge. Je vous ferai signe dès que j’en saurai davantage sur le couteau.

Quand Sanna l'accompagne vers la porte, elle aperçoit tout à coup quelque chose qui dépasse de sa semelle.

— Attends…

Elle pose le pied dessus pour décoller l'objet. C'est un emballage de bonbons qui porte un visage de clown rouge. Elle le ramasse pour le jeter.

— Heureusement que je ne l'ai pas vu, dit Sudden en blaguant. J'ai horreur des clowns.

— Je me souviens de ces bonbons, dit Sanna. Erik ne parvenait jamais à manier correctement les pinces de la machine pour les attraper et…, s'interrompt-elle avant de le regarder fixement. Mais… ça fait des années que ces machines n'existent plus.

— Quoi donc ? demande Eir. De quoi tu parles ?

— Le parc d'attractions à côté de la colline. Ces bonbons viennent de là. Or, il a fermé il y a plusieurs années.

— Ne me regarde pas comme ça, dit Sudden. Ça ne m'amuse pas d'aller voir des maisons abandonnées depuis plusieurs années.

— Quand les as-tu mises pour la dernière fois, ces chaussures ?

Sudden réfléchit.

— Attends voir… Chez les Roos, j'avais mes chaussures de travail, et ensuite…

— Mais tu es retourné chez les Roos pour inspecter la haie après coup, non ?

— Oui.

— Et là, tu portais cette paire, et pas tes chaussures de travail ?

— Oui, je…

— Tu avais des couvre-chaussures ?

— Non, je voulais juste faire un tour…

— OK, OK, dit Sanna. Et après, où es-tu allé ?

— Nulle part.

Sanna sort son portable. Elle appelle la centrale et leur signale d'une voix calme qu'elle a besoin de renforts du côté de la colline.

— Mais qu'est-ce que tu fais ? demande Eir.

— Un parc d'attractions abandonné, c'est la planque idéale, non ?

Eir esquisse un sourire ironique.

— Tu crois que le coupable…

— En venait, termine Sanna. Il était probablement là-bas avant de commettre son crime.

6.

Un portail en fer barre l'entrée du parc d'attractions. Une pancarte rouillée représentant deux enfants qui se tiennent par la main y a été suspendue pour cacher le cadenas gigantesque. Un haut grillage tout aussi rouillé s'étend de chaque côté, avec des fils barbelés au sommet. Derrière, une haie à l'abandon cache la vue.

— Et maintenant, on fait quoi ? questionne Eir.

Sanna attend que Jon, Bernard et les autres se garent derrière elle et les rejoignent devant le vieux portail. Ils n'ont pas ramené d'outils, alors Bernard appelle un responsable pour qu'il vienne leur ouvrir. Sanna secoue la grille, mais elle est solide. En essuyant sa main sur son pantalon, elle y laisse une tache brune et graisseuse de rouille et de saleté.

— Viens, dit-elle à Eir en retournant à la voiture tout en criant à Bernard de se dépêcher de mettre la main sur quelqu'un qui les fasse entrer. Et si ça prend trop de temps, lance-t-elle encore en refermant la portière, appelle Liljegren et demande-lui une autorisation pour pouvoir forcer l'entrée.

Elles parcourent environ un kilomètre vers le sud, le long du grillage, avant que Sanna ne s'arrête. Là, un énorme buisson d'églantiers dépasse de la clôture. Elle sort de voiture et se bat un instant avec les branchages avant de réussir à les écarter.

— Gagné.

Surprise, Eir constate qu'il y a un trou en dessous du grillage, comme un tunnel qui mène à l'intérieur du parc.

— Il y avait de super concerts ici quand j'étais jeune, explique Sanna. Et ils n'ont jamais changé la clôture.

Lorsqu'elles arrivent de l'autre côté, Eir ouvre de grands yeux : le paysage est ravagé. Le sol est couvert de bouts de plastique et de métal avec, çà et là, quelques taillis. Les carrousels et les stands sont abandonnés, avec leurs pancartes GLACES et LIMONADES. Un peu plus loin, les toboggans sont asséchés depuis longtemps.

— Ce n'est pas un peu tiré par les cheveux, quand même ? proteste-t-elle. N'importe qui pourrait avoir laissé tomber cet emballage, tu ne crois pas ? Il peut même être arrivé jusque chez les Roos avec le vent, ou de plein d'autres façons, merde…

— Si t'as la trouille, retourne m'attendre dehors avec les garçons, réplique Sanna sans se retourner.

— Tu te rappelles où se trouvait cette fameuse machine à bonbons ? On commence par là ? réplique Eir d'un ton acide.

Elle suit Sanna et passe devant une attraction composée d'énormes tasses de thé immobilisées en plein mouvement. Elles croisent un carrousel avec des animaux du cirque puis un manège de gros chevaux de bois ricanants qui incitent Eir à accélérer le pas. Il règne une atmosphère désagréable. Sanna s'arrête au bord d'une estrade. Dans les coulisses, la peinture s'écaille et un petit bouleau est en train de pousser au milieu des planches.

— Qu'est-ce qui se passe ? demande Eir quand Sanna attrape son arme et lui fait signe de se taire.

On entend un son qui ressemble à celui d'une boîte à musique. C'est une mélodie à peine audible qui semble provenir des alentours. Sanna indique du menton un petit bâtiment avec une enseigne éteinte.

En entrant dans la boutique abandonnée, la première chose qu'Eir aperçoit, c'est la machine à bonbons. Une petite pince est suspendue au-dessus d'une mer de sucreries emballées dans le fameux papier décoré d'un visage de clown. La vitre a été cassée à un endroit, et un tas de papiers vides gisent sur le sol. Un haut-parleur se trouve tout en haut de l'étagère d'à côté, d'où s'échappe une musique. Eir suit les câbles jusqu'à ce qu'ils disparaissent à l'intérieur du mur. Elle ne voit pas de porte et se dit que le son doit venir d'ailleurs. C'est peut-être un ancien système audio, géré par un minuteur, qui ne s'arrête jamais.

Sanna hume l'air de la pièce. Ça sent le renfermé. Il y a encore des étiquettes de prix sur les étagères vides qui ont abrité des bouées en plastique et des maillots de bain. Elle se souvient d'avoir acheté des brassards gonflables dans cette boutique pour Erik, un été. Ils étaient rouges, avec un dauphin dessus. Il les adorait, tout comme cette machine à bonbons, même s'il ne réussissait pas à manipuler la pince correctement. Têtu, il pouvait y passer des heures.

Eir renverse un présentoir à journaux par inadvertance. L'objet s'écrase sur le sol avec fracas, et, brusquement, il règne un silence de mort. La musique s'est arrêtée. Elles inspectent chaque rayon du magasin, l'un après l'autre, jusqu'à se retrouver face à face dans celui du milieu. Rien. Eir se glisse au-dehors, arme à la main, pour voir si elles ont raté une porte en entrant.

À côté de la machine à bonbons, Sanna laisse glisser son regard sur les murs défraîchis, lorsqu'elle entend un son étouffé : comme un bras ou une jambe qui aurait heurté du plastique épais. Elle se rappelle le vieux congélateur à glaces, situé dans la première allée qu'elle a inspectée. C'est de là que vient le bruit.

Elle s'approche lentement.

Elle entend quelqu'un respirer.

Elle a tout juste le temps de se dire qu'on croirait la respiration d'un animal paniqué avant d'être poussée dans le dos avec force. Elle tente de se retenir au congélateur, mais ne discerne aucune prise. Des pas se précipitent vers la porte. Quelque chose reflète la lumière : un petit objet tombe par terre en étincelant avant de disparaître de sa vue. Elle se retrouve la tête dans le congélateur, puis s'affale au sol, étourdie. Elle essaie de se relever, mais son corps ne lui obéit plus.

C'est une sonnerie de portable qui la réveille. Elle entend des voix. Avant de pouvoir voir de qui il s'agit, elle s'entend leur demander s'ils ont pris le fugitif.

Peu à peu, elle recouvre la vue pendant qu'Eir l'aide à se remettre debout.

— Tu avais raison, lui annonce cette dernière.

Elle lui tend un vieux carnet de quittances sur lequel quelqu'un a griffonné l'adresse des Roos. L'arrière du papier est mouillé et, bientôt, il sera inutilisable pour les experts.

— Où est-il ? Et où diable étiez-vous tous ? crache Sanna à Jon, Bernard, et à la jeune policière qui se tient derrière Eir, tout en essuyant les traces de poussière sur ses vêtements.

— Personne ne l'a vu, lui répond Bernard.

Il y a des gyrophares dehors, ils ont appelé les renforts.

— C'est pas si sorcier que ça d'appeler quelqu'un pour ouvrir ce portail, non ? ajoute Sanna. Si vous aviez été *là*, on l'aurait peut-être déjà coffré, à l'heure qu'il est. Au lieu de ça, on n'a rien. *Rien du tout.* Et toi, t'étais où ? demande-t-elle à Eir, dont le regard devient immédiatement agressif.

— C'est quand même pas de ma faute si tu ne peux pas tenir sur tes jambes ?

Bernard commence à lui expliquer que les lieux sont bouclés et qu'on a lancé les recherches, mais Sanna n'écoute plus. Elle sait que c'est foutu et qu'il s'est déjà volatilisé. Elle lance un regard noir à Bernard, qui recule de quelques pas vers la porte.

Elle a mal à la tête. Soudain, quelque chose lui revient : l'objet qui est tombé par terre !

Elle se jette à quatre pattes et commence à chercher, en passant les mains dans la poussière et les gravillons.

— Tu fais quoi, merde ? demande Eir.

— Il a laissé tomber quelque chose. Quelque chose qui étincelait.

Elle s'écorche les mains sur le vieux plancher en bois. Les cailloux et les saletés lui rentrent dans la peau. Quand elle atteint la porte sans rien trouver, elle se dit qu'elle s'est peut-être trompée. Elle est sur le point de se relever lorsqu'elle aperçoit quelques vieux journaux qui dépassent de sous une étagère. Leurs pages volettent avec le courant d'air en provenance de la porte.

— Gants, ordonne-t-elle d'un ton pressé.

Elle attrape l'objet à côté de l'étagère, le serre dans sa main, puis le tend vers la lumière.

C'est un collier, avec trois petits cœurs dorés sur une chaîne en or. Ils ont été travaillés avec soin et reflètent doucement la lumière. L'objet dégage quelque chose d'innocent, et quand Sanna laisse le collier pendre entre ses doigts, elle voit qu'il est très court.

— C'est un bijou pour enfant, constate-t-elle.

7.

Le lendemain matin, il est déjà dix heures quand une femme vient ouvrir la grille devant la porte de la bijouterie. Sanna et Eir sont en train de grelotter au-dehors.

C'est la propriétaire de la boutique. Elle reconnaît immédiatement le poinçon sur le bijou à travers le sachet de pièces à conviction. Elle va chercher quelques dossiers remplis de commandes et commence à les feuilleter.

Eir observe cette boutique luxueuse. Il y a tout un présentoir plein de bagues, de colliers et de bracelets en or et en argent. Ce sont des imitations de joyaux historiques. Elle devine que ce sont les reproductions des trésors archéologiques découverts sur l'île et dont elle a entendu parler.

— Alors, voyons, réfléchit la propriétaire, je me souviens de ce collier…

Elle sort un formulaire avec des notes griffonnées à la main.

— On m'a payée en liquide. Et la commande devait ressembler à ça.

Elle retourne la page et montre à Sanna une feuille déchirée dans un magazine. On y voit Jodie Foster, qui joue le rôle d'Iris dans *Taxi Driver*. Elle n'a que treize ans. Elle est très maquillée et elle a des cheveux bouclés sous son chapeau blanc. Elle porte une blouse avec de grosses fleurs rouges nouée sur le devant et un short rouge avec une ceinture blanche. Elle tient des lunettes de soleil jaunes à la main et elle porte exactement le même collier, avec trois cœurs en or, autour du cou.

— Qui a passé cette commande ? demande Eir.

La dame consulte son document.

— C'est bizarre, je n'ai pas noté de nom.

Elle hésite un peu avant de lever les yeux et d'ajouter :

— Excusez-moi, mais est-ce qu'il est arrivé quelque chose ?

Sanna sourit chaleureusement et jette un bref coup d'œil à Eir.

— Vous pourriez décrire la personne qui est venue commander l'objet ? lui demande-t-elle. C'était il y a longtemps ?

La dame pousse un soupir exaspéré avant de lire à nouveau ses notes.

— D'après la date indiquée, c'était il y a trois ans. Je ne me souviens pas de grand-chose. On m'a juste donné cette photo. C'était pour une fille qui allait fêter ses douze ans, je crois. C'était son film préféré.

Au-dehors, les pavés luisent sous la pluie et une odeur d'essence flotte dans l'air. Une camionnette est en train de livrer un bar un peu plus loin, et le moteur tourne. Il y a un kiosque à journaux juste à côté, et Sanna y aperçoit les gros titres sur le meurtre du quartier résidentiel sud.

— Tu l'as vu, ce film, *Taxi Driver* ? demande Eir.

Sanna opine du chef.

— Moi aussi. Alors tu sais que la fille dans le film, elle…

— C'est une prostituée.

— Tu ne penses pas qu'il y a un lien ?

Sanna hausse les épaules.

— Tu ne voulais pas ressembler à des personnages de film quand tu étais jeune ? Des acteurs ou actrices que tu voulais imiter, parce qu'ils avaient de l'assurance ou que tu aimais bien leur style ?

— D'accord, réplique Eir en levant la main pour l'interrompre. Je vois où tu veux en venir. Mais quand même, une gamine qui est fan de *Taxi Driver*, ça ne te paraît pas un peu étrange ? Non seulement ce film est super violent, mais en plus il est super vieux, il date des années soixante-dix…

Sanna hausse légèrement les épaules à nouveau.

— Ça ne veut rien dire. Je regardais plein de films de Chaplin quand j'étais petite et je ne suis pas née dans les années vingt.

— Alors tu ne crois pas que ce collier va nous aider ? demande Eir en soupirant.

Sanna secoue la tête.

— Si on retrouve la fille à qui ce bijou a appartenu, peut-être, sinon…

— Fais voir, demande Eir. Le collier, montre-le-moi !

Sa coéquipière sort le sachet de sa poche sans comprendre et le lui tend.

— Replie la pochette, ajoute Eir, qu'on puisse seulement voir le collier, mais pas que c'est un truc de la police.

Sanna obtempère. Eir prend une photo du bijou avec son portable. Elle appelle ensuite Bernard pour lui demander de mettre une annonce dans les journaux dans la rubrique des objets trouvés.

Sanna hoche la tête avec approbation. Les yeux brillants de fatigue, elle range le sachet. Ses gestes commencent à être désordonnés.

— On va voir Sudden maintenant, pour qu'il puisse l'analyser dès que possible ? demande Eir quand le portable de Sanna se met à sonner.

— C'est Fabian, de la police médico-légale. Ils ont fini.

Le bruit d'un lit à roulettes qu'on pousse se mêle au grincement de pantoufles en plastique. Dans le couloir de la police médico-légale, Eir entend une porte qui se referme, puis plus rien. Elle bâille devant un grand tableau suspendu au mur tout bleu. Il représente une fille en crinoline avec un bonnet noir, pieds nus sur une plage de galets, à côté de la mer. Des arêtes de poisson éparpillées forment une sorte de cage en forme de cercle autour de ses jambes nues.

L'image lui rappelle Mia Askar, avec ses photos de cours d'eau sur les réseaux sociaux ; à quel point ils avaient l'air froids et isolés. C'est incroyable qu'une île puisse comporter autant d'endroits perdus au milieu de nulle part, songe Eir.

— Tu en veux ?

Sanna se tient derrière elle, deux cafés à emporter et un sachet de falafels dans les mains. Elle lui tend un des gobelets en carton, mais Eir plisse le nez.

— Comment tu fais pour boire cette merde ? déclare-t-elle en tendant son bras vers le sac en papier.

— Non, dit Sanna en le mettant hors de portée. C'est pour Fabian. (Elle boit son café d'un trait.) Bernard vient de me dire qu'il a parlé au médecin traitant de Frank.

Le portable d'Eir vibre. Elle s'éloigne pour répondre. Quand elle revient, au bout d'un moment, Sanna lève les sourcils.

— Tout va bien ?

Eir hoche la tête.

— J'ai appelé Fornsalen plus tôt dans la journée et je leur ai demandé qui était la dernière personne à avoir travaillé avec Frank. C'est lui qui vient de me rappeler. C'est un paléontologue qui était aussi consultant auprès du musée à cette époque.

— Mais ça n'a rien donné ?

— Rien qui puisse nous indiquer où Frank se trouve. Mais écoute ça : il m'a raconté que leur dernier projet était une exposition, il y a onze ans, sur tout ce qui refait surface avec l'érosion des falaises de la côte. Des fossiles, des machins comme ça. Un jour où ils travaillaient en harnais, comme d'habitude, Frank a subitement commencé à crier des choses incompréhensibles en agitant les bras. Il a touché son harnais, qui a lâché, et il est tombé dans le vide. Il s'est écrasé violemment, apparemment. Il a eu de la chance de survivre à sa chute.

— Bernard m'avait dit que Frank s'était cassé les deux jambes et blessé au dos dans un accident, mais je croyais qu'il parlait d'un accident de voiture. Il a suivi des séances de rééducation, mais il a interrompu son traitement il y a un an. Tout le monde ignore comment il se porte actuellement, s'il est mobile ou pas.

— D'accord, mais l'accident, c'est pas le pire. Quand il est revenu à lui après sa chute, il était persuadé d'avoir vu la Vierge Marie dans une grotte dans la falaise. Il n'arrivait à parler de rien d'autre : il l'aurait vue assise devant lui avec une queue. Non mais t'imagines, une queue ?

— Une apparition ?

— Oui, je sais pas comment il faudrait appeler ça : il était comme possédé. Il ne parlait que de ça. Il a fini par s'isoler chez lui, presque comme un reclus. D'après les rumeurs, Marie-Louise aurait mis fin à ses visites chez le psy pour utiliser des traitements alternatifs à la place. Elle aurait même fait venir un exorciste.

— Un *exorciste* ?

— Oui, qui sait. Le paléontologue a dit que c'étaient des rumeurs. Enfin, Frank a quand même pris des cours de théologie à distance et a coupé tout contact avec ses anciens collègues pour se faire de nouveaux amis.

— Quel genre de nouveaux amis ?

— Il n'a pas précisé. Il a dit que c'était il y a longtemps et qu'il n'avait pas entendu parler de Frank depuis.

Sanna hoche la tête. Toute cette histoire avec les Roos devient de plus en plus étrange. Elle pense à ce qu'a dit Sudden au sujet de Noa, les Opérations nationales. Les impliquer commence à lui sembler inévitable. Elle ne sait plus comment procéder.

— Préviens Bernard, dit-elle à voix basse quand la porte de la salle d'autopsie s'ouvre brusquement.

Un trentenaire grand et mince avec des yeux bleu foncé intenses et les cheveux en pagaille en sort, et une odeur de désinfectant envahit le couloir.

— On entre et on se détend, leur dit-il en leur faisant un grand geste du bras pour les inviter à passer dans la salle.

Eir se présente en lui tendant la main.

Il la fixe des yeux.

— Fabian Gardell. Tu dois être la nouvelle Bernard ?

Il lance ensuite un sourire à Sanna quand cette dernière lui tend le sachet de falafels.

Tout ce qui se trouve dans la pièce est froid et stérile : les surfaces sont en acier inoxydable, ou recouvertes de carrelage blanc. Le sol est en linoléum. Marie-Louise Roos est allongée sur une large table d'autopsie. Elle est nue et très pâle, mis à part l'énorme cratère ouvert dans sa poitrine.

— On commence tout de suite ? demande Fabian en observant Marie-Louise comme s'il cherchait à croiser son regard.

— Oui, répond Eir, avide.

— Comme vous le savez, je suis loin d'avoir terminé, commente-t-il en souriant.

— On sait, rétorque Sanna.

Fabian passe une main au-dessus de la gorge tranchée.

— Voilà la cause du décès.

— Ces coupures, on croirait vraiment qu'elles forment une croix, dit Eir.

Fabian esquisse encore un léger sourire.

— D'après mes premières recherches, les entailles et les traumatismes au niveau de la poitrine ont été infligés à l'aide du couteau de chasse que l'équipe de Sudden a découvert. Il y a des dépôts qui ressemblent aux algues retrouvées sur le dos de l'arme. Il faut attendre le résultat des analyses pour être certains, bien sûr, mais je pense qu'elles vont corroborer ma théorie.

— Quoi d'autre ? demande Sanna.

— Les coups lui ont été administrés avec violence. Les blessures sont profondes.

— On peut donc supposer que le coupable a une grande force physique ? Plutôt un homme ?

Fabian marque une hésitation avant de répondre.

— Elle a été tuée alors qu'elle était allongée sur son canapé. Cela signifie que même quelqu'un de force modeste aurait pu lui infliger ce genre de blessures.

— Grâce à cette position surplombante, tu veux dire ?

— Exactement.

Eir grelotte, il fait froid dans cette salle. Le visage de Fabian est finement sculpté et très masculin, tout comme ses mains. Sa peau est tendue, et, sous l'éclairage blanc du plafond, on a l'impression qu'elle est composée de cristaux de glace.

Elle voit son regard tomber sur son pied, qui bat la mesure avec nervosité, et elle arrête immédiatement, consciente, tout à coup, que ses baskets sont sales et abîmées autour des lacets.

Lorsque le regard bleu foncé de Fabian cherche ses yeux, elle réprime une envie de prendre la fuite. Elle se sent insipide et insignifiante face à l'intensité qu'il dégage.

— Est-ce que tu peux nous en dire davantage sur le modus operandi ? demande-t-elle en rougissant.

— On pense que c'est quelqu'un qu'elle connaissait qui a fait ça, à cause de ce déchaînement de haine, complète Sanna. Le coupable l'a peut-être poussée sur le sofa avant de l'attaquer. Qu'en penses-tu ? Ça te paraît crédible ?

Le visage de Fabian se referme. Il se place à côté de la tête de Marie-Louise et attrape une petite lampe de poche. Il éclaire ses cheveux.

— Pas vraiment. On ne l'a pas attaquée par-devant, explique-t-il en rassemblant les cheveux de la morte sur son front et en leur indiquant un bleu situé sur la peau en dessous. Il l'a violemment attrapée par les cheveux. Si on en croit cette marque, c'était par-derrière. Et il lui a tiré la tête en arrière d'un coup, avec force.

— Comme s'il lui avait sauté dessus par surprise, tu veux dire ? demande Eir.

Fabian acquiesce.

— Ensuite, il l'a probablement maintenue comme cela un moment, au moins quelques minutes, avant de lui trancher la gorge.

— Mais, réplique Eir, je n'arrive pas à comprendre toute cette histoire. Pourquoi est-ce que quelqu'un irait infliger ça à une personne âgée ?

— Donc, pour résumer tes conclusions à cette étape préliminaire, interrompt Sanna avec impatience, il semblerait qu'on ait attaqué Marie-Louise Roos par-derrière en lui attrapant les cheveux et en lui tirant la tête en arrière. On l'aurait maintenue ainsi un moment, on lui aurait ensuite tranché la gorge, et le coupable l'aurait achevée en lui lacérant la poitrine, les poumons, le cœur, bref, tout.

Fabian acquiesce. Il s'étire, puis fait rouler ses épaules en arrière et bâille, sans gêne. Ses muscles se dessinent sous sa blouse, et Eir baisse les yeux.

— Autre chose ? demande Sanna.

— Je suis encore loin d'avoir fini mon analyse.

Eir se mord la lèvre en enfonçant ses mains dans ses poches.

— C'est un vrai cauchemar, marmonne-t-elle, sous le regard perçant de Fabian.

— Comme dans la plupart des cauchemars, il y a sûrement un monstre, lui dit-il d'une voix douce. Et il fera son apparition, tôt ou tard, tu verras.

8.

La battue autour de la propriété des Roos, dans le quartier résidentiel sud, est sur le point de commencer. Ce sont près d'une soixantaine de personnes qui se sont rassemblées, certaines d'entre elles avec des chiens entraînés pour les recherches de personnes disparues. Sur les lieux, l'atmosphère est pesante, mais conviviale. Une femme avec une veste réfléchissante emprunte une paire de bottes en caoutchouc à une autre, et deux hommes distribuent des bouteilles d'eau, des fruits, du chocolat et des barres protéinées. Une dame fait le tour des bénévoles en notant leur nom et leur âge, tout en leur indiquant ceux qui ont des batteries externes, pour que les autres sachent à qui s'adresser pour recharger leur portable en cas de besoin. Il y a aussi quelques journalistes, mais ils se font discrets.

À la tombée de la nuit, ils ont fouillé toute la zone prioritaire, sans résultat. Ils ont parcouru les rues, des jardins, des fossés, des aires de jeux, des parcs, des garages, des talus, des haies et des poubelles. Frank Roos est comme parti en fumée. Sanna et Eir vont voir le chef de patrouille, un homme d'âge mûr avec une longue expérience des recherches, qui leur confirme qu'ils ont fait tout ce qui était en leur pouvoir.

— Qu'est-ce que vous avez utilisé comme ressources, le premier jour ? leur demande-t-il.

— Tout ce qu'on a pu. Le porte-à-porte, des patrouilles et des chiens… répond Sanna.

— Vous auriez dû nous appeler plus tôt.

— Il a fallu du temps pour tracer des secteurs dans cette zone. Nous manquons de ressources, comme vous le savez.

L'homme soupire avec découragement.

— Qu'est-ce qu'il y a ?

— Quand vous nous avez dit qu'il était en fauteuil roulant, mais qu'il pouvait peut-être marcher, ça m'a semblé un peu vague.

— Comme je vous l'ai expliqué, il a eu un accident il y a des années de ça, puis il a fait de la rééducation…

— Je sais, l'interrompt-il. Je voulais juste dire que, s'il est capable de marcher, il peut être loin.

— Mais s'il est blessé…, le coupe Eir avec impatience.

— Ça n'a pas d'importance. Les endorphines peuvent booster le corps quand on est grièvement blessé ; voire faire disparaître la douleur. Il pourrait être n'importe où sur l'île.

— À supposer qu'il puisse marcher, conclut Eir.

— En tout cas, il n'est pas parti en fumée.

Le soir venu, Eir et Cecilia partent promener Sixten dans le parc à côté de l'appartement qu'elles louent. Il n'y a pas de clôture, ni d'éclairage. Les passants avancent à grands pas, pressés de rentrer chez eux, ou bien font une brève sortie avec leur chien. Cecilia trouve qu'on dirait la fin du monde, mais Eir n'a pas le courage de la réconforter. Après la promenade, elle s'assied dans la cuisine, seule, pour faire des recherches sur Internet. Elle veut en savoir davantage sur les dons de Marie-Louise et de Frank Roos. Mais elle ne parvient pas à oublier les images de la scène de crime dans la villa. Elle ne peut pas se concentrer.

Alors elle fait une recherche sur Sanna Berling. La première page de résultats renvoie à son statut de policière. Il n'y a qu'un seul article sur l'incendie qui a tué son mari et son fils voilà dix ans de cela. Eir l'a déjà lu une fois, quand elle a appris qu'elle était mutée sur l'île. Elle s'est renseignée sur Sanna. À l'époque, elle avait trouvé la lecture intéressante. Maintenant, elle a l'impression d'être une voyeuse. Elle attrape son blouson pour sortir. Elle ne veut plus penser à rien qui ait trait au travail, à l'enquête ou à ses collègues.

Au milieu de la nuit, il lui faut à peine quelques minutes pour rejoindre le bord de mer. En route, elle n'a croisé pratiquement personne. Elle s'arrête à côté de la piscine en plein air de la ville. Il n'y a qu'une jeune femme qu'elle aperçoit, derrière le bassin, et un homme émacié, vaguement semblable à une grue pourvue d'un gros bec, qui est en train de la payer pour quelque chose. Il lui donne un tas de billets de banque, mais elle continue à tendre la main avec entêtement. Il lui remet un autre paquet à contrecœur, avant d'apercevoir Eir. Il part alors en courant à toute vitesse le long de l'eau sur ses jambes maigres comme des bâtons.

La femme range tout dans son sac à main en dévisageant Eir. Elle recule ensuite dans l'ombre du mur. Eir ne distingue plus rien, à part le bout de sa cigarette.

La plage s'étend de l'autre côté de la piscine en plein air. Eir marche dans le sable jusqu'à un ponton à moitié pourri, dont les larges rondins reposent sur de gigantesques piliers de béton. Là, elle enlève ses chaussures et ses vêtements, et se met à l'eau. C'est marée haute, et en quelques enjambées à peine, la voilà au milieu des vagues. L'onde huileuse et lourde la frappe de son va-et-vient puissant.

Elle plonge. Le froid l'assaille et lui transperce la peau comme des aiguilles. Elle nage de toutes ses forces. Il lui faut se battre pour avancer dans le noir à contre-courant. Son visage, ses oreilles et ses paupières sont comme endormis par le froid. Ses doigts et ses mains sont tellement recroquevillés qu'elle a l'impression d'avoir des serres. Elle continue, encore et encore, jusqu'à ce que les forces et la chaleur circulent à nouveau dans son corps. Elle trouve son rythme, et l'adrénaline la propulse vers l'avant, mouvement après mouvement. Elle se sent bien. Elle fait corps avec la mer, depuis qu'elle est petite.

Quand elle était enfant, son père l'avait emmenée en bateau avec Cecilia. Elle avait désobéi, et sa punition avait été immédiate. Son père chéri avait craqué, soudainement. Il l'avait laissée toute seule sur un îlot dans un bras de mer, et cela l'avait terrifiée. Quand la nuit était tombée et que les vagues avaient redoublé, Eir avait décidé de partir à la nage. Elle s'était traînée sur la plage plusieurs heures plus tard, comme une conquérante, et puis elle s'était effondrée aux pieds de Cecilia et de son père en larmes.

Il l'avait cherchée partout en bateau, désespéré, sans la trouver. Ses vêtements étaient trempés, ses yeux la piquaient et elle était secouée de tremblements violents, mais elle ne s'était jamais sentie aussi bien.

Personne ne croyait qu'elle voudrait remettre les pieds dans l'eau, après ça, mais dès le lendemain matin, elle s'était réveillée avant tous les autres pour aller nager. Depuis ce jour-là, elle avait une connexion avec la mer.

Un jour, elle avait entendu quelqu'un dire qu'elle nageait pour oublier son angoisse et sa colère, après la disparition de sa mère, partie trop tôt. Une autre fois, elle avait entendu son père affirmer que c'était de sa faute, qu'elle était enragée depuis ce jour fatidique et que c'était pour ça qu'elle retournait à l'eau encore et encore.

Elle, elle n'y réfléchissait pas trop. Elle savait seulement que le froid réussissait toujours à la calmer, tout lui paraissait alors futile.

Le bruit dans le mur du garage se répète six ou sept fois, suivi d'une pause, avant de reprendre. Le silence dure parfois un peu plus longtemps, comme si l'animal qui vit là-dedans essayait de se rappeler une mélodie oubliée.

Sanna est assise sur son lit, un verre de vodka tiède à la main. Elle en boit une longue gorgée, se ressert, le vide, et recommence encore et encore.

Elle repense à la battue. Elle est retournée au quartier résidentiel sud en voiture pour y faire une longue promenade, toute seule. Elle espérait tomber sur quelque chose. Ensuite, elle est allée voir Sudden. Il a inspecté le collier sans pouvoir la renseigner davantage, mais il a promis de l'analyser en détail si elle rentrait dormir.

Elle s'allonge, encore tout habillée. Ses paupières sont lourdes, mais elle lutte contre le sommeil. Elle voit une lumière jaune sous ses paupières, comme toujours lorsqu'elle est sur le point de sombrer dans le gouffre sans fond. Elle tombe sans pouvoir se raccrocher à quoi que ce soit. L'air autour d'elle devient chaud, elle heurte quelque chose de dur et d'embrasé, son dos et ses genoux prennent feu. Le passé l'entoure de ses flammes et elle n'a nulle part où prendre la fuite. Elle entend une voix lui souffler :

« Viens, Jeannot Lapin, viens. »

La personne qui lui apparaît – comme à chacun de ces cauchemars – est plutôt ronde, sa peau est douce et détendue. Son visage exprime une bienveillance enfantine. Il a les joues roses et des yeux espacés. Seule sa barbe brune et épaisse, qui semble luire, n'est pas innocente. Elle a été peignée avec soin, et elle est bien entretenue, tout comme ses bretelles, son pantalon kaki et sa chemise repassée.

Brusquement, sa vision s'élargit, et il fait jour. Elle voit le même homme, Mårten Unger, debout devant les grandes portes vitrées de la station de police. À côté de lui se tient un avocat un peu plus âgé que lui, qui se tourne vers un attroupement de journalistes.

« Si ce n'est pas Mårten, le pyromane, qui est-ce ? » s'écrie l'un d'eux.

L'avocat s'éclaircit la gorge et lève les mains pour les apaiser.

« Mon client se réjouit que l'enquête soit close, qu'on l'ait libéré et qu'il soit lavé de tout soupçon. Merci. »

Il aperçoit Sanna dans la foule et il prend un air triomphant, lui souriant avec mépris. Ensuite, il guide son client vers une voiture.

Avant d'ouvrir la portière, Mårten Unger se retourne vers elle. Il sort un paquet de cigarettes et une boîte d'allumettes de sa poche, lui sourit et, sans la quitter des yeux, en craque une et la lâche. Elle rebondit sur le bitume avant d'atterrir dans l'herbe sèche du parking. Quand le feu s'étend, la joie se lit sur le visage de Mårten Unger. Avant de monter à bord du véhicule, il prononce quelques mots juste pour elle :

« Viens, Jeannot Lapin, viens. »

La foule derrière elle la renverse, et elle perd bientôt connaissance sous la masse des chaussures de sport, des bottes et des talons pointus qui la piétinent. La voiture sort du parking et s'éloigne.

Sanna hurle à en perdre le souffle et se réveille dans son garage. La pièce est plongée dans le silence. Même les couinements dans le mur se sont tus. Elle retourne sa bouteille, mais cette dernière est vide, tout comme la boîte de pilules. Elle jette la bouteille contre le mur. Celle-ci se fendille, sans se casser, rebondit sur le sol cimenté, puis roule dans un coin. Là, quelque chose bouge brusquement.

Un gros rat étudie cet objet à la dérive.

Elle essaie de le chasser de la main, mais il n'a pas peur. Son museau pointu et sa mâchoire bougent, mais ses yeux noirs restent immobiles. Le rat l'observe, puis crache en bougeant sa queue écaillée, avant de disparaître dans un trou.

Sanna soupire en prenant appui contre le mur. Elle se lève pour chercher son sac et une bouteille de vodka à moitié pleine dans la voiture. Elle se laisse tomber dans le siège côté conducteur et cherche une nouvelle plaquette de pilules de la main. Le dossier que lui a confié Bernard s'écrase au sol. Il est intitulé MARIE-LOUISE ROOS. Quand elle le soulève, une photo tombe sur ses genoux.

Elle se retrouve face à face avec la défunte, qui la fixe de ses yeux gris acier. Marie-Louise a le dos rigide et elle est tournée légèrement vers la droite, l'air sévère, distingué, et strict. Ses cheveux tombent joliment en cascade sur une de ses épaules, et elle les a soigneusement passés derrière l'oreille. Le col de sa blouse monte haut et lui enserre étroitement le cou. C'est une photo d'équipe de direction comme tant d'autres.

Sanna la retourne avec difficulté : elle veut voir s'il y a quelque chose d'écrit au dos. Malheureusement, ce n'est pas le cas. Quand elle regarde à nouveau le visage de Marie-Louise, ses yeux se posent sur ses lèvres, et elle s'aperçoit que les commissures de la défunte sont légèrement tournées vers le haut, comme si elle lui souriait avec ironie. Sanna cligne rapidement des yeux pour effacer la vision, mais cet air malin ne disparaît pas. Elle secoue ensuite le dossier, et d'autres photos en tombent. Sur l'une d'elles, on voit le corps de Marie-Louise tel qu'ils l'ont retrouvé dans la villa. Son visage est immobile, tout comme le reste. Puis elle remarque à nouveau la pochette vide du film *Alice et moi* sur la table basse. L'idée que Marie-Louise était en train de regarder un documentaire sur Alice Babs sans se douter de rien la calme un peu, la rassure presque. Peut-être que le volume du film était tellement fort, qu'elle n'a même pas entendu son agresseur arriver. Son calvaire n'a pas dû durer plus de quelques minutes.

Sanna essaie de sortir du véhicule, mais elle se heurte le genou, pousse un juron et percute la clé sur le contact, ce qui met l'autoradio en route. Elle se rappelle la plaquette de pilules dans sa main, et en prend quelques-unes, qu'elle avale avec une gorgée de vodka avant de s'endormir bercée par Robert Johnson and Punchdrunks. La musique noie les couinements des bébés rats dans le mur.

Quand le taxi la dépose devant le commissariat, elle a encore le goût de l'alcool dans la bouche. Le soleil matinal l'aveugle. Il fait beau. Le ciel est bleu et dégagé. Sans les arbres nus tout autour, et les massifs brunâtres dégarnis, on pourrait se croire au printemps.

Elle traverse le hall aux couleurs claires, prend l'ascenseur et salue le réceptionniste d'un signe de tête. Puis elle aperçoit Leif Liljegren, le procureur. Il est en train de sortir de son bureau, et de parler avec une dame des services sociaux.

— Berling, l'appelle-t-il en enfilant un coupe-vent et en se dépêchant de la rattraper.

Il est toujours en route pour quelque part, se dit Sanna, comme un courant d'air. Il a la cinquantaine, mais il donne l'impression d'avoir plus de soixante-dix ans. Il a le regard distrait, le visage ridé, deux sillons marqués lui encadrent la bouche et ses yeux clairs se cachent derrière d'énormes lunettes.

— Bonjour Leif, dit-elle sobrement. Bernard t'a mis au courant, j'espère ?

Il acquiesce.

— Oui, mais je voudrais que tu me donnes ta version. Où en êtes-vous avec le mari ? Qu'est-ce que vous faites pour le retrouver ?

— On fait tout ce qu'on peut…

Il éternue brusquement et s'essuie le nez avec un mouchoir, qui tourne au rouge : c'est du sang. Leif le fourre rapidement dans sa poche.

— Ça va ? demande Sanna.

— Continue de me tenir au courant.

Il lui lance un regard comme s'il attendait quelque chose. Sanna acquiesce.

— Bon…, dit-il en se dépêchant de poursuivre son chemin vers l'ascenseur de l'accueil.

Quand elle arrive à la salle d'enquête, Bernard est déjà là.

— Ah, c'est toi, lui dit-il quand elle entre.

Elle lui prend sa tasse de café tout chaud des mains sans rien demander.

— Ah bon, ben je t'en prie, fait-il, contrarié. Comment ça va ?

Elle hausse les épaules.

— Tu crois que Liljegren va bien ? Il saignait du nez.

— Ça doit être le stress.

Elle avale une gorgée de café sans répondre, tandis que Bernard se lance :

— Sudden a essayé de te joindre. Il n'a rien retrouvé sur le collier, pas d'empreintes, rien, lui apprend-il, s'attendant à une réaction, en vain. En tout cas, l'annonce a été publiée, dans la rubrique des objets trouvés.

— Merci, dit-elle, indifférente. Il y a du nouveau à propos de Marie-Louise Roos ? Ou de Frank ?

Bernard secoue la tête en soupirant.

— D'accord, acquiesce-t-elle. Je dois réfléchir un peu. Est-ce que tu peux refermer la porte en sortant ?

— Bien sûr. Je voulais seulement te dire que j'ai mis la main sur la vidéo.

— Quelle vidéo ?

— Celle de la caméra de surveillance à la carrière.

Le meurtre de Marie-Louise Roos lui a presque fait oublier Mia Askar. Tout lui revient, maintenant. La ficelle qu'ils ont retrouvée dans les cheveux de la jeune fille, Eir qui se demandait comment Mia avait bien pu arriver sur les lieux, et si quelqu'un l'y avait conduite.

— On laisse la vidéo de côté pour l'instant, alors ? lui demande Bernard. Je suppose que tu veux te concentrer sur l'affaire Roos, non ?

Sanna regarde la photo de Frank sur le tableau blanc. Il pourrait être encore en vie, même si les chances de le retrouver diminuent de minute en minute.

— Oui, approuve-t-elle. Tout le reste devra attendre.

— Bien. De toute façon, c'est évident que c'est un suicide.

Sanna acquiesce, et Bernard soupire en sortant :

— Tu connais mon opinion : pas la peine de gaspiller du temps et des moyens pour ce genre de merde.

— Attends, se ravise Sanna sans savoir pourquoi. J'ai changé d'avis. On va regarder cette vidéo.

Elle est en train de baisser les persiennes quand Eir pénètre dans la salle.

— Tu es en retard, lui dit Sanna.

— Je sais, répond froidement Eir. Qu'est-ce que vous faites ?

— On perd du temps, lui répond Bernard. Un temps précieux.

Il attend pendant que la vidéo charge. Sanna prend une chaise et s'assied.

— Qu'est-ce qu'on regarde ? demande Eir en rapprochant une chaise, elle aussi.

Sanna passe le film en accéléré, faisant défiler les jours et les nuits, puis ce sont les derniers baigneurs de l'année, qui frissonnent dans le vent froid et rentrent chez eux. La carrière abandonnée se vide avec le passage des jours, jusqu'à devenir totalement déserte. Plus personne ne se montre à la caméra, hormis quelques animaux sauvages.

Le paysage est désolé. Sans l'homme qui vient parfois promener son chien le matin, ils pourraient penser que ce qu'ils voient à l'écran est une terre sauvage que personne n'a jamais foulée.

Et puis, un soir, une silhouette fait son apparition. C'est une jeune fille qui pousse un vieux vélo. Elle porte un boa touffu autour du cou, et ses cheveux volent au vent sous son chapeau couleur sable. Elle a une paire de lunettes de soleil dans sa veste moka et elle est couverte de bijoux. Sanna plisse des yeux pour essayer de voir ce qu'elle porte autour du cou, en plus du boa, mais elle n'y parvient pas.

La fille s'approche de la rive du lac et laisse son vélo sombrer dans l'eau turquoise jusqu'à ce qu'il n'en reste plus rien. Ensuite, elle regarde autour d'elle.

Ses yeux s'arrêtent quelques secondes sur la caméra, comme si elle l'observait. C'est Mia Askar.

Le soleil décline. Lorsqu'elle enlève son boa vert et ses vêtements, il n'y a plus que quelques rayons qui percent encore la cime des arbres. Ils viennent caresser ses minces épaules blanches. Elle laisse tout tomber au sol, à part son jean.

Elle retire ses bottes de cow-boy, ses bijoux et les pousse dans l'eau. Son regard est vide. Elle se tient ensuite, pieds nus, sur le rebord. L'eau du cratère est immobile, comme un miroir. Elle attrape ce qu'elle porte autour du cou et s'en recouvre le visage.

C'est un vieux masque craquelé, aux traits d'animal. La large gueule est bordée de noir, et les trous qui ont été pratiqués pour les yeux sont si profonds qu'on aperçoit à peine ceux de la fille à travers, bien qu'elle soit proche de la caméra. Le museau pointu donne un aspect sauvage au masque.

Sanna réalise brutalement qu'elle est en train de contempler un masque de renard. Un renard triste, fourbe, et pervers.

Mia ajuste l'élastique derrière ses oreilles et s'assied précautionneusement sur le rebord. Elle pose une lame de rasoir contre son poignet gauche et l'enfonce profondément, puis fait la même chose sur le poignet droit. Elle renverse la tête en arrière et semble retenir sa respiration. Le sang s'écoule autour d'elle tandis qu'elle s'enfonce dans l'eau. Son corps remonte à la surface et elle flotte vers le centre du cratère. À mesure qu'elle s'éloigne du bord, tout se teinte de rouge, de rouille, de brun autour d'elle, jusqu'à devenir violacé.

Bernard met la vidéo sur pause.

— Ça te va comme ça ? demande-t-il.

Sanna peut à peine penser. Elle est assaillie par une sensation d'étouffement, comme si son cerveau fonctionnait au ralenti. L'atmosphère renfermée de la pièce se mélange à autre chose : un sentiment de déjà-vu.

— Merde, s'exclame Eir à mi-voix.

— En tout cas, on sait maintenant que la ficelle dans ses cheveux provient de ce masque et qu'elle s'est rendue sur place en vélo, soupire Bernard. Et maintenant, on peut tourner la page et se remettre au travail.

Sanna ne répond pas. Sur l'écran en pause, on voit l'image du corps de la fille flotter, en apesanteur sur l'eau. L'endroit est désert, mais il y a comme une présence. Sanna essaie de remettre de l'ordre dans ses pensées, mais elles lui échappent, chaotiques.

— C'est vraiment tragique, putain, lâche Eir.

Bernard se lève, il a envie de partir.

— Oui, qu'est-ce qui peut bien se passer dans la tête d'une jeune fille pour la pousser à faire un truc aussi stupide ?

— Et qu'est-ce qui pourrait l'en empêcher ? lui crache Eir.

Sanna ne les entend même pas. Elle se penche sur l'ordinateur et rembobine la vidéo. Quand elle arrive au moment où Mia Askar met le masque sur son visage, elle marque une pause.

— Qu'est-ce que tu fabriques ? lui demande Eir.

— Est-ce qu'il est possible d'agrandir l'image ?

Bernard se penche au-dessus d'elle pour lui montrer comment on procède. Puis elle l'éloigne impatiemment de la main, ajuste la taille et la définition jusqu'à ce que le fond devienne flou. On ne voit plus que la fille nettement, au premier plan.

— C’est quoi ce truc ? demande Eir.

Sanna comprend et le chaos dans sa tête disparaît. Elle ne peut pas décoller ses yeux de l’écran : ce n’est plus Mia Askar qu’elle voit, mais la fille-renard. Elle l’a déjà vue ailleurs, sur le mur d’un couloir qui semblait ne jamais vouloir prendre fin.

9.

La villa de Frank et de Marie-Louise est entourée de larges rubans bleu et blanc qui tremblotent au vent. Un jeune policier en uniforme se tient devant le périmètre délimité et regarde les voitures, les cyclistes et les passants d'un air endormi. Pendant ce temps, Sanna se bat avec la barre en métal qu'ils ont utilisée pour barricader la porte. La serrure semble avoir gelé pendant la nuit. Eir claque des dents à côté d'elle en se tortillant sur place, impatiente. Elle est en train de lire la carte d'un bouquet qu'on a déposé sur les marches de l'entrée.

— Pourquoi écrit-on *un dernier adieu* quand quelqu'un vient de mourir ? C'est trop tard pour dire adieu, vu qu'il est déjà mort, non ?

Dans le salon, rien n'a changé mis à part le corps de Marie-Louise et un certain nombre de coussins qui ont disparu. La seule trace des événements, c'est la grosse tache de sang séché sur le sofa. Elle s'étend comme une araignée noire dont les longues pattes recouvrent le sol et le tapis coûteux.

— Tu me montres, alors ? demande Eir avec impatience.

Elle suit Sanna dans le couloir qui mène à la bibliothèque. Comme la dernière fois, il est long, étroit, et sombre. Sanna tâtonne pour trouver l'interrupteur. À la lumière des appliques, on aperçoit les tableaux qui tapissent les murs d'un vert foncé. Elle s'arrête devant le dernier.

Eir regarde au-dessus de son épaule. Le tableau représente sept petits enfants dans un champ verdoyant. Ils portent tous un masque différent : il y a un cochon, un paon, un âne, un chien, une chèvre, un renard et un loup. C'est l'été, et l'image est pleine de lumière, mais les masques dégagent quelque chose de sombre.

— Putain, dit-elle en plissant des yeux pour mieux voir.

— Tu vois ? lui dit Sanna en attrapant une lampe de poche pour éclairer la fillette qui porte le masque de renard.

Le visage d'animal semble les contempler, lui aussi. Il n'y a aucun doute possible : c'est bien le même masque que celui sur la vidéo de la caméra de surveillance. La fillette sur le tableau a les cheveux longs, roux et ondulés.

— C'est une blague ou quoi ? fait Eir.

— C'est Mia Askar.

Eir regarde fixement le tableau. Le cadre en bois est tellement lisse qu'on a l'impression qu'il a été poli. La signature est irrégulière et difficile à lire, comme si elle avait été gravée au couteau.

— Dorn ? dit-elle. C’est bien ça ?

— Ava Dorn.

Eir prend son portable pour rechercher le nom.

— Tu risques surtout de tomber sur des histoires de fantômes en ce qui concerne cette peintre, commente Sanna. C’est une artiste de l’île qui a fait carrière sur le continent. Elle est revenue, mais ensuite elle a disparu sans laisser de traces. Sur le ferry, je crois. Personne ne sait ce qui s’est passé. Il me semble qu’elle a été déclarée morte il y a environ un an de ça.

— Il y a marqué qu’elle travaillait comme directrice artistique dans les plus grands théâtres du pays, mais qu’elle a dû quitter son dernier poste à cause d’une dispute et parce qu’elle prenait de la drogue.

— Oui, je crois qu’elle avait une addiction à l’héroïne.

— Plusieurs personnes l’auraient aperçue après sa mort.

— Il y a de nombreuses histoires invraisemblables qui circulent à son sujet. Elle était assez renommée ici, du coup les langues se sont déliées.

Sanna prend le tableau en photo et l’envoie à Bernard avant de l’appeler.

— Allô, c’est moi. Est-ce que tu pourrais contacter Lara Askar et lui demander si elle reconnaît le tableau que je viens de t’envoyer en photo ?

Bernard marmonne une réponse. Il demande ensuite si le masque peint sur l’œuvre est bien le même que celui que Mia Askar portait dans la carrière.

— Oui, répond Sanna. On pense que le renard sur le tableau, c’est Mia Askar. Demande à Lara quel est leur lien avec Marie-Louise Roos, et si elles connaissaient Ava Dorn. Oui, l’artiste. Oui, je sais qu’elle est décédée. Et essaie de trouver le numéro de portable de Mia, aussi. Si tu peux l'avoir, je veux connaître son historique d'appels. Préviens-moi si tu y arrives.

Elle entend Bernard protester à l'autre bout du fil.

— Fais-le, un point c'est tout, lui répond Sanna en éteignant sa lampe de poche avant de la remettre dans la poche de son manteau. On revient bientôt. Je veux juste jeter encore un coup d'œil à la maison.

De retour dans le salon, elle compose un autre numéro sur son portable.

— Allô, Fabian. C'est moi, dit-elle sur la messagerie. C'est au sujet de l'autopsie de Mia Askar. On a besoin d'un retour aussi rapidement que possible.

Après avoir raccroché, elle se déplace lentement dans la pièce, les sens aux aguets, téléphone encore à la main.

— À quoi tu penses ? lui demande Eir.

La télécommande du lecteur de DVD repose sur la table du salon. Les boutons sont très usés. Sanna imagine les Roos assis là en train de regarder quelque chose, deux personnes absorbées par leur quotidien. Et maintenant, l'une d'elles est morte, et l'autre a disparu.

— Eh, tu penses à quoi ? répète Eir, entêtée.

Sanna observe les murs. Ici aussi, ils sont couverts d'œuvres d'art. Le papier peint a l'air presque neuf, entre deux tableaux, mis à part quelques taches plus sombres. Ça doit être des traces de doigts, ou juste le papier qui a vieilli.

— Je pense que le diable se cache dans les détails, répond-elle.

Eir lève les yeux au ciel. Ça l'énerve que Sanna soit si lente et méthodique. Elle aurait préféré suivre

Bernard pour aller voir Lara Askar que de se retrouver là, à attendre, les bras ballants.

Sanna s'approche d'une table à abattants. Un tableau en tapisserie est suspendu au-dessus. Trois mots couleur bleu nuit sont inscrits sur le canevas beige : OÙ ES-TU ? Une petite patte de lapin gris-brun avec un anneau de métal y a été suspendue.

— J'en avais une aussi quand j'étais petite, dit Eir.

Elle attrape la patte de lapin et la retourne pour que les poils blancs autour des coussinets se retrouvent à la lumière. Un reste de colle séchée indique qu'il y avait une étiquette à cet endroit.

— Il y a sûrement des millions de porte-clés de ce genre. Si j'avais su que c'était une *vraie* patte de lapin quand j'étais gamine, je ne l'aurais sûrement pas autant appréciée.

Quelque chose semble bouger à la fenêtre qui donne sur la rue, mais quand Eir tourne la tête, il n'y a personne. La seule chose qui remue, ce sont les rubans de la police qui s'agitent avec le vent.

— Ça pue encore la mort ici, dit-elle. Mais je suis sûre qu'il y aura quand même des gens qui voudront acheter la maison quand elle sera mise en vente.

Sanna continue à observer méthodiquement tous les murs, mètre par mètre. Il y a là des œuvres d'art, des livres et de belles lampes anciennes. Des objets qui attendent d'être emportés au labo ou conservés comme pièces à conviction. Elle regarde le canapé. D'après Fabian, le meurtrier aurait attrapé les cheveux de Marie-Louise, lui aurait tiré la tête en arrière et posé le couteau sous la gorge pendant qu'elle était là. Cela signifie qu'elle a dû rester assise sans l'entendre entrer.

Elle se place derrière l'endroit le plus étroit du canapé, là où était allongée la victime. Elle se demande par quelle porte il est passé. Probablement la porte principale, comme elles l'ont supposé. Le meurtrier a dû traverser le vestibule pour rejoindre le salon. L'entrée est plongée dans les ténèbres. Elle se demande pourquoi elle n'a jamais remarqué avant à quel point cet endroit est sombre.

Elle se tourne ensuite vers la télé. On voit la porte se refléter à l'écran. Cependant, si Marie-Louise regardait un film, peut-être qu'il n'y avait plus de reflet, ou qu'il ne se voyait pas suffisamment de sorte que le meurtrier pouvait lui sauter dessus par surprise.

— Sérieusement, tu n'as pas bientôt fini ? intervient Eir brusquement derrière elle. Sinon, je vais sortir prendre l'air et t'attendre dehors.

Sanna ne répond pas. Elle ne réussit pas à chasser l'idée qu'il y a quelque chose qui lui échappe, en lien avec la porte.

— Tu es toute pâle, s'exclame Eir. Tu vas bien ?

Elles entendent brusquement quelque chose bouger dans la maison. C'est un son doux et glissant, comme si on traînait un objet sur une surface dure. Elles s'immobilisent, essayant d'identifier le bruit. Un tintement métallique se fait entendre avant de se taire aussitôt après.

Sanna fait signe à Eir de rester coite et de la suivre. Elles se dirigent ensuite silencieusement vers la porte.

Dans l'entrée, elles tombent sur un jeune adolescent qui fouille dans l'aspersoir. Il le soulève pour passer sa main en dessous.

— Tu cherches l'argent ? demande Sanna.

Le garçon se retourne d'un coup. Son regard est fuyant et il passe nerveusement la main dans ses cheveux blonds ébouriffés. Le bout de ses mèches a été teint en bleu à la bombe.

— Oui, répond-il en la regardant finalement dans les yeux. Marie-Louise a dit que je pouvais entrer le prendre, même s'ils n'étaient pas à la maison.

— Marie-Louise est morte.

— Je sais, mais je me suis dit que j'allais quand même venir voir. Je passais en vélo, j'ai vu que la porte était entrouverte et l'agent là dehors était au téléphone, alors…

— Alors tu t'es dit que tu allais te faufiler à l'intérieur pour prendre l'argent sur les lieux du crime ? complète Eir.

— Comment t'appelles-tu ? l'interroge Sanna.

— Et toi, comment t'appelles-*tu* ? demande-t-il en souriant avec assurance.

— Sanna Berling. Je suis inspectrice.

Le garçon reste totalement immobile et jette un coup d'œil en coin à la porte. Eir se place entre lui et la sortie, au cas où il lui viendrait à l'idée d'essayer de s'enfuir.

— Comment t'appelles-tu ? lui redemande Sanna. Et comment connais-tu Marie-Louise et Frank Roos ?

Il la toise sans vergogne.

— W, c'est toi ? dit-elle encore.

— Pardon ?

— Il y avait un mot avec marqué *W* à côté des billets. Je suppose que c'est toi ?

Le visage du garçon demeure d'abord impénétrable, puis il finit par acquiescer.

— L'argent, c'était pour quoi ?

— Rien du tout.

— Plusieurs milliers de couronnes, c'était pour *rien* ?

— Exactement, répond-il en la scrutant à travers ses paupières mi-closes.

Elle essaie de deviner ce qu'il pense, pour déterminer quelle approche elle va adopter. Marie-Louise Roos a laissé une somme d'argent importante dans ce seau. Elles ont à présent la possibilité de découvrir à quoi elle sert.

— Dans ce cas, tu préfères peut-être nous suivre au poste de police, et on appellera tes parents de là-bas ?

Le garçon commence à hésiter, mais il n'a toujours pas l'air d'avoir peur.

— On n'a pas le temps de jouer, putain, s'exclame brusquement Eir en l'attrapant par le col et en le poussant vers la porte.

Sanna est sur le point d'intervenir et de lui demander de le lâcher quand le gamin s'écrie brusquement :

— J'allais seulement les donner à quelqu'un !

Eir le lâche.

— À qui ?

Sanna lui lance un regard noir, mais elle sait qu'il est trop tard pour énoncer quoi que ce soit.

— Je ne sais pas comment elle s'appelle, crache le garçon avec nervosité. Et je ne connaissais pas non plus cette vieille, ni son mari ! J'ai seulement fait ça une fois avant, venir chercher de l'argent ici et le laisser à quelqu'un après.

— Tu ne sais pas à qui tu as ramené l'argent, on ne t'a pas donné de nom ? Et tu veux vraiment qu'on gobe ça ? prononce lentement Eir.

— C'était juste un petit boulot. J'ai répondu à une annonce dans le journal local, qui disait que

Marie-Louise avait besoin d'aide pour quelques commisssions. On est tombés d'accord : elle devait laisser les clés sous le paillasson et l'argent dans le seau, s'ils n'étaient pas à la maison.

Sanna le regarde calmement dans les yeux.

— Mais tu sais où elle habite, la femme à laquelle tu devais remettre l'argent ? Tu as bien une adresse, n'est-ce pas ?

Il regarde Eir en coin, puis Sanna, et fait oui de la tête à contrecœur.

— Bien. Alors tu peux nous montrer où c'est, conclut Sanna.

Il bruine quand ils arrivent à Mylingen, l'immeuble le plus connu des forces de police de l'île. Les petits bouts de pelouse et l'allée qui mène à l'entrée principale sont recouverts d'un tapis de feuilles mortes.

Sanna ouvre la portière arrière. Le garçon avec les cheveux à demi teints en bleu s'enfonce encore davantage dans son blouson tout en les dévisageant avec mauvaise humeur.

— Quatrième étage, troisième porte à droite en sortant de l'ascenseur, leur dit-il.

Sanna jette un coup d'œil à Mylingen. L'immeuble a l'air d'une gigantesque lame de béton sale plantée dans le sol.

— D'accord. Attends-nous ici.

Elle referme la portière et fait signe à Eir de la suivre. À côté d'un des murs de l'immeuble, un petit groupe de garçons est en train de fumer. Quand ils aperçoivent Eir et Sanna, ils rabattent leur capuche et partent en direction d'une aire de jeux un peu plus loin.

Derrière elles, la portière de la voiture s'ouvre, et le garçon en sort en courant comme un dératé.

— On le retrouvera au besoin, annonce Eir avec calme en montrant un portefeuille sur lequel on a collé un autocollant de VTT. Je l'ai pris dans ses poches. Sa carte d'identité est à l'intérieur.

Sanna s'immobilise et regarde Eir fixement. Elle a envie de l'engueuler, mais elles n'ont pas le temps de se disputer, elles ont du travail.

— Je ne pense pas qu'on aura à nouveau besoin de lui, dit-elle.

— Tu le crois, ce sale gamin, quand il dit qu'il ne sait rien de plus ?

— Oui, répond Sanna, tout en se dirigeant vers l'entrée. C'est juste un enfant.

Quand elle arrive devant la porte d'entrée cassée, elle utilise la manche de son manteau pour en saisir la poignée, tout en faisant signe à Eir de se dépêcher.

Elles entrent dans un ascenseur étroit. Son toit poussiéreux disparaît sous des câbles. Il y a des grafittis partout, et une tache d'urine cireuse dans un coin. Eir se couvre la bouche et le nez pendant qu'elles montent les étages avec un bruit de ferraille. Quand elles s'arrêtent au quatrième, elle pousse Sanna pour sortir avaler une goulée d'air.

Le couloir est long et étroit, avec des portes de chaque côté. Il y en a trop pour pouvoir les compter. Le revêtement en fibre de verre des murs se gondole d'humidité et il a été mal fixé par endroits. Les ventilations et les vide-ordures sont peints en un rouge clair criard, comme si on avait voulu souligner à quel point ils sont importants pour l'immeuble. Elles peuvent entendre le rire joyeux d'un enfant à l'étage du dessous, puis le son d'un ballon en plastique qui rebondit contre le ciment.

Sanna suit Eir de près à la recherche de la troisième porte, comme l'adolescent le leur a expliqué. Sur la plaque de plastique noir qui y est accrochée, on lit :

REBECCA ET JACK

ABRAHAMSSON.

PAS DE PUB.

Eir frappe à la porte.

— Police ! crie Sanna. Y a quelqu'un ?

Elle attend quelques secondes, puis elle appuie sur la poignée. La porte est ouverte. Elle échange un regard avec Eir avant d'entrer.

Un courant d'air glacé vient à leur rencontre. Sanna traverse l'entrée et dépasse la cuisine avant de faire signe à Eir de la suivre dans le salon. La porte se referme bruyamment derrière elles. De la lumière grise pénètre faiblement par les vitres sales des fenêtres. Elles enjambent des objets épars. Dans un coin, elles découvrent un bureau avec des taches d'humidité et des clés posées dans un bol. Il y a aussi un petit badge avec l'inscription :

REBECCA ABRAHAMSSON, INFIRMIÈRE.

Un cendrier est en train de déborder sur une table, et une bouteille de vin vide a roulé sous le sofa. À l'autre bout de la pièce, un sandwich à moitié entamé et un verre d'O'boy ont été abandonnés sur la table à manger. À côté, il y a un tas de dessins en pagaille.

Sanna remarque qu'ils sont magnifiques, lumineux et incroyablement travaillés. Ce sont des portraits et des paysages. Le style homogène et la composition solide des croquis laissent à penser que la personne qui les a faits dessine depuis longtemps. La signature,

Jack, en revanche, est tracée avec des lettres mal assurées, comme une écriture d'enfant.

— Police. Y a quelqu'un ici ? crie encore Sanna.

Eir pénètre dans une des deux chambres à coucher, celle qui porte une pancarte au nom de JACK. Sanna poursuit sa contemplation des dessins. Elle entend soudainement le bruit de quelqu'un qui vomit violemment.

— Police ! crie-t-elle en se précipitant sur les traces d'Eir.

La chambre ressemble à celle de n'importe quel adolescent, mais les rideaux sont tirés. Une fenêtre est grande ouverte et les rideaux ont été aspirés vers l'extérieur comme une voile dans le vent. L'air froid est mordant. Des affiches de Fornsalen et du muséum d'Histoire naturelle sont accrochés aux murs. Il y a aussi des cartes de montagnes et d'autres structures souterraines, des plaques continentales et des failles. C'est seulement après qu'elle aperçoit les traces d'un rouge noirâtre qui s'étendent sur le sol, les murs et le plafond. Un corps de femme gît sur le lit.

Elle est allongée sur le dos, avec un bras qui pend, et l'autre posé sur la poitrine. La main qui frôle le parquet est couverte de blessures. Les lésions remontent le long de son bras. Elle porte les mêmes entailles en forme de croix sur le bas de la gorge que Marie-Louise Roos.

Le sang qui sort de sa poitrine s'est répandu partout sur les draps. La région du cœur a été tailladée un nombre incalculable de fois.

Le visage de la femme est tout blanc. Une longue éraflure s'étend de son front jusqu'à sa joue, comme un coup de griffe. Ses grands yeux bleus sont largement écarquillés. On dirait ceux d'un faon. Ses cheveux ont été maladroitement coiffés sur le côté, et elle porte d'affreuses boucles d'oreilles. Ce sont deux hommes-oiseaux en position assise, avec d'énormes ailes et de grands becs.

— Et une de plus…, soupire Eir avec découragement.

Elle écarte un peu l'un des rideaux pour prendre une profonde inspiration. Elle réprime un frisson. Ce n'est pas que le froid. Elles savent maintenant qu'il ne s'agit pas d'un meurtre isolé. Il semblerait qu'elles aient affaire à une série de morts violentes.

— Le garçon…, dit-elle. Je vais fouiller le reste de l'appartement.

En revenant, elle secoue la tête.

— C'est vide.

— On doit appeler la police scientifique, dit Sanna. Et lancer les recherches pour retrouver son fils. Et Leif doit…

— J'appelle tout de suite.

— Tu n'as touché à rien, à part… ? demande Sanna en désignant du menton l'endroit où Eir a vomi.

Eir secoue la tête en s'essuyant le coin des lèvres.

— Tu as remarqué son bracelet ? dit-elle en reniflant.

Sanna fait un pas en direction du corps. Un fin bracelet en argent pend à son poignet droit. Il est marqué de l'inscription : REBECCA.

— Oui, c'est probablement elle, conclut Sanna.

Elle observe ensuite le visage de la femme. Les yeux bleus sans vie regardent fixement dans le vide. Sans réfléchir, elle suit leur direction du regard. Il n'y a rien sur le mur devant elle, à part une vieille carte des étoiles qui pend un peu de travers. Sur le sol en dessous, il y a quelque chose de noir.

Elle s'approche et s'accroupit. C'est là qu'elle sent l'odeur de fumée. C'est un tas de cendres. Quelqu'un a brûlé quelque chose sur le sol.

Eir sort son portable.

— Allô, c'est Eir.

Sans y toucher, Sanna étudie les quelques papiers couverts d'écriture, jaunis et à moitié consumés par le feu. Ce sont les restes des pages d'un livre.

— Qu'est-ce que c'est ? lui demande Eir en raccrochant.

— Tu arrives à lire ?

Eir plisse des yeux sous l'effort. Elle déchiffre péniblement : « ... ils se jetèrent tous de la hauteur des Cieux, et dans le gouffre sans fond les poursuit à jamais le feu éternel de la colère… »

Sanna réfléchit un instant.

— Milton, dit-elle, l'air subitement attristée.

— Pardon ?

— C'est *Le Paradis perdu*, de John Milton.

— D'accord, rafraîchis-moi la mémoire, parce que je suis perdue, là…

— C'est un livre qui parle du Diable qui…

À côté d'elles, quelque chose grince. C'est un son feutré et étrange. Sanna attend en retenant sa respiration. Elle jette un coup d'œil à Eir, qui a commencé à dégainer silencieusement son arme.

Le bruit se fait entendre à nouveau. Il est plus faible cette fois, et il est suivi du son creux de quelque chose qui se traîne en raclant un peu, comme si quelqu'un était en train de se déplacer à l'intérieur du mur.

C'est là qu'elles aperçoivent la porte étroite d'une penderie. Elle a la même couleur que le mur, et elle est légèrement entrouverte. Sanna fait un signe de tête à Eir, puis commence à s'approcher précautionneusement, sa coéquipière sur ses talons.

Il y a encore quelques bruits confus de quelque chose qui frotte.

La main sur son arme, Sanna fait un dernier pas jusqu'à la penderie et ouvre la porte d'un geste rapide comme l'éclair.

Là, dans l'obscurité, quelque chose ou quelqu'un est tapi, et essaie de s'enfoncer encore plus profondément dans les vêtements et le capharnaüm régnant à l'intérieur. C'est une petite créature toute courbée qui tente d'éviter la lumière, comme un animal blessé.

C'est un garçon. Il ne doit pas avoir plus de dix ou onze ans. Il porte un pull en tricot et un pantalon de pyjama. Il se roule en boule en tremblant de tout son corps et se cramponne à la poignée d'un sac à dos bleu clair. Sanna baisse son arme et fait signe à Eir d'agir de même.

— On est de la police, tu n'as plus rien à craindre maintenant, lui dit-elle avec douceur.

Les yeux du garçon passent de Sanna à la pièce derrière elle. Elle tend précautionneusement la main vers lui.

— C'est toi, Jack ?

10.

Il est quinze heures quand Bernard appelle Sanna de l'hôpital. L'examen a montré que Jack Abrahamsson n'est pas blessé physiquement. Sur le plan psychique, en revanche, son état est considéré comme critique.

Sanna et Eir se rendent sur place sans échanger un mot. En arrivant sur le parking, Sanna récapitule ce que Bernard lui a dit. Jack Abrahamsson – qui a treize ans et pas dix ou onze comme elle le croyait – est épuisé, mais il se réveille de temps en temps. Un médecin et unc infirmière ont essayé de lui parler, mais il ne semble pas vouloir communiquer. Il cst très probablement en état de choc. Les services sociaux et ceux de la pédopsychiatrie ont été alertés. Un avocat commis d'office a été chargé de s'assurer de la protection de ses droits pendant l'enquête. On a contacté une famille d'accueil qui s'est déjà occupée de lui par le passé, car il n'a plus de proches.

Arrivées dans le service où Jack est hospitalisé, elles rencontrent un policier en uniforme qui se tient devant sa porte. Sanna et Eir serrent la main du médecin.

— Son état est critique. Je ne peux rien dire de plus pour l'instant, leur apprend-il.

Sanna pousse un soupir déçu.

Le docteur se gratte l'oreille en marmonnant qu'il doit y aller.

— Quand croyez-vous qu'il sera en état d'échanger avec un enquêteur de la brigade des mineurs ?

— Je ne sais pas.

Elle cherche Bernard des yeux : il est sur place depuis l'admission du garçon, mais elle ne le voit pas.

— Je vais essayer de trouver la cafétéria, lui annonce Eir. J'ai besoin de manger quelque chose. Tu veux un truc ?

Sanna fait non de la tête. Après le départ d'Eir, l'agent devant la porte de la chambre la salue de la tête, d'un air poli. Il l'a reconnue. Sanna s'approche et ils échangent quelques mots, puis il s'écarte pour qu'elle puisse regarder par la petite fenêtre en haut de la porte.

Jack est allongé, le dos tourné. Il est recouvert d'une couverture, et il donne l'impression de dormir. Il est sous perfusion, et un appareil avec des lumières qui clignotent est installé à côté du lit, mais l'écran n'est pas visible. Les pieds nus du garçon pendouillent hors du matelas. Ils ont l'air disproportionnément grands par rapport au reste de son corps enfantin.

Du coin de l'œil, elle aperçoit Bernard qui revient, une tasse de café fumante à la main.

— Je suis tombé sur Eir, lui déclare-t-il. Elle m'a dit que tu voulais rester. Pourquoi ? Je suis là, moi, et je te mettrai au courant s'il se produit quoi que ce soit.

Sanna boit une gorgée de café.

— Est-ce que quelqu'un est venu lui parler ? s'enquiert-elle.

Bernard secoue la tête.

— Il n'a plus de famille, alors…

— Je veux dire, un psychiatre, ou quelqu'un de la pédopsychiatrie ?

— Ils ont pris rendez-vous avec un psy pour demain matin. C'est un spécialiste des chocs et des traumatismes. Il le verra si tout se déroule bien pendant la nuit, et que son état n'est plus critique.

— Personne d'autre ?

— Si, les services sociaux sont là.

Il indique le couloir du menton.

Une femme d'une quarantaine d'années est appuyée contre le mur. Elle est grande et fine. Un sac à main imposant gît entre ses pieds. Elle est en train d'écrire quelque chose sur son portable. Ses ongles sont longs et recouverts d'un vernis argenté métallique. Quand elle lève le regard vers eux, Sanna voit qu'il lui manque le bras gauche. La manche de sa blouse pend de son épaule, vide.

— Elle attend de pouvoir parler avec le médecin et la famille d'accueil, je crois, ajoute Bernard.

— Tu m'as dit que c'était une famille d'accueil avec de l'expérience ?

— Oui, Jack connaît la femme depuis qu'il est petit. Il a passé du temps chez elle les week-ends et à d'autres occasions aussi, apparemment.

— S'ils ont déjà contacté la famille d'accueil, c'est qu'ils pensent que Jack va bientôt pouvoir sortir d'ici. C'est à quelle heure, son rendez-vous avec le psychiatre, demain ?

— À neuf heures. Tu as parlé avec Le Chêne ? C'est demain matin qu'il atterrit, non ?

Sanna acquiesce. Leur chef lui a manqué, bien qu'il ne se soit absenté que quelques semaines.

— Dis donc, tu es vraiment dans la merde depuis que tu as une nouvelle partenaire, non ? s'exclame Bernard.

— Tout peut changer en un instant dans la vie, rétorque-t-elle, en indiquant du menton la chambre de Jack.

— Oui, c'est clair. Il a vu quelque chose, tu crois ?

Sanna boit une autre gorgée.

— Tu vas le pousser jusqu'à ce qu'il te donne un signalement, n'est-ce pas ? continue-t-il.

— Je n'ai pas le choix.

— S'il a vraiment vu quelque chose, tu vas lui demander de revivre un véritable carnage. Même avec l'agent le plus compétent de la brigade des mineurs, ça pourrait…

— C'est un témoin potentiel. Et on se retrouve avec plusieurs meurtres sur les bras, maintenant.

— Il n'a que treize ans. C'est encore un enfant.

— C'est notre seul atout.

— Mais putain, Sanna…

— Il a de la chance, ce n'est pas moi qui vais l'interroger, dit-elle en essayant de sourire comme si elle faisait une blague, mais cela n'amuse pas Bernard.

Une infirmière s'approche d'eux.

— C'est vous qui vous êtes occupée de Jack, aujourd'hui ? l'interroge Sanna en lui montrant son badge.

— Oui.

— On m'a dit que vous aviez essayé de lui parler ?

— En effet, répond-elle d'un ton stressé, mais rien ne prouve qu'il nous entend.

— Je me demandais s'il avait dit quelque chose ? Des mots sans queue ni tête, ou n'importe quoi d'autre ?

— Non. Il ne parle pas.

— Je comprends. On va attendre jusqu'à demain.

— Non, vous ne saisissez pas. Il ne parlera pas demain non plus. Il est atteint de mutisme.

— De mutisme ?

— Il communique seulement par écrit, par des mots ou des dessins. Je pensais que quelqu'un vous en avait informés ?

Elle disparaît ensuite dans la chambre de Jack. Par l'ouverture dans la porte, Sanna la voit faire le tour du lit de Jack et lui toucher doucement le front.

— Il est muet, alors ? demande Bernard en se raclant la gorge tellement fort que Sanna lui jette un regard de dégoût.

Ils entendent alors un fracas et l'alarme dans la chambre de Jack retentit. Ils voient l'infirmière se laisser choir à genoux à côté de lui. Il est tombé sur le sol, le corps secoué de convulsions. Son cathéter s'est arraché et le pied de la perfusion est tombé par terre.

Sans réfléchir, Sanna se précipite dans la chambre et s'accroupit à côté de l'infirmière. Les secousses qui agitent le corps du garçon s'intensifient jusqu'à ce que sa tête commence à heurter le sol. Sanna enlève rapidement son manteau pour le glisser sous sa nuque. Elle pose doucement les mains sur sa tête, et il commence à se détendre.

Un médecin fait son entrée, suivi de quelques infirmières. Jack ouvre brusquement les yeux et regarde

Sanna. Sa respiration s'est calmée, et les spasmes de son corps sont en train de passer. Elle voudrait lui dire quelque chose, mais quelqu'un l'entraîne hors de la chambre avant de lui en laisser le temps.

Bernard lui pose une main sur l'épaule, mais elle la repousse. Cette montée d'adrénaline lui a donné la nausée. Le regard que lui a lancé Jack la hante. Les émotions et la terreur qu'elle a lues sur son visage… C'était comme s'il était enfin revenu à la vie, mais que celle-ci n'avait plus aucun sens.

À la cafétéria de l'hôpital, Eir s'arrête devant le buffet à salade. Elle remplit un emballage à emporter de brochettes de viande à la sauce *habanero*. Il n'y a pas beaucoup de monde, hormis quelques personnes âgées munies de plateaux et de coupons, et une mère avec son bébé qui pleure dans ses bras. Dans la boutique attenante, quelques adolescents mangent les bonbons vendus en vrac sur l'étalage. L'un d'eux en prend un, le met dans sa bouche en faisant un large sourire à ses compagnons, puis le recrache dans le présentoir. En voyant Eir, il lui fait un doigt d'honneur.

Elle se dirige vers la caisse, non sans avoir pris un sandwich en plus au passage, puis elle va s'installer à une table haute pour manger debout. Soudain, elle sent qu'on lui pose une main sur l'épaule.

— Vous avez oublié ceci.

C'est une femme d'une trentaine d'années, à la voix douce, qui lui sourit en lui tendant son portefeuille. Elle a dû l'oublier au moment de payer. La femme a des cheveux blond camomille brillants et ses yeux sont discrètement maquillés. Elle pourrait sortir tout droit des magazines de mode. Elle porte une cape imitation fourrure – de lapin ou de renard – jetée négligemment sur un ensemble couleur crème.

— Ça fait plaisir de voir que tout le monde n'est pas encore devenu végane, dit la femme en désignant les brochettes du menton.

— Oui. Mes parents nous interdisaient de manger de la viande, alors ça a fait partie de ma crise d'adolescence, j'imagine, répond Eir avec un sourire timide.

Elle avale le reste en quelques bouchées avant de jeter l'emballage dans une poubelle. Elle attaque ensuite le sandwich.

— Attendez, lui dit alors la femme.

Elle se penche en avant pour essuyer un peu de sauce qui est tombée sur le blouson d'Eir avec ses gants. Elle a le même genre de parfum que les femmes à qui Cecilia avait pour habitude de voler des foulards et autres accessoires afin de pouvoir se payer ses doses. Leur odeur restait parfois dans ses vêtements ou ses cheveux pendant plusieurs jours, surtout si elle se promenait un peu avec avant de les revendre.

— Merci, dit Eir.

La femme lui sourit.

— Benjamin ? appelle-t-elle en se retournant.

Un ado solitaire vêtu d'un imperméable jaune vif se dirige vers elle, sachet de bonbons à la main. Ils ne se resssemblent pas beaucoup, mais Eir comprend malgré tout qu'il doit s'agir du fils de cette belle créature. Peut-être est-ce l'expression de leurs yeux qui les réunit, même si ceux du garçon sont d'une couleur différente. Il n'y a aucune autre ressemblance. Il est large d'épaules, et légèrement poilu. Ses mains sont rondes et grandes comme des pelleteuses. Il est gigantesque, mais il a encore l'air d'un enfant, et chacun de ses mouvements semble accompagné d'un petit soupir. Eir ne réussit pas à définir s'ils sont dus au frottement de ses bras contre son corps, ou bien à sa respiration, quand l'air quitte sa large bouche légèrement entrouverte.

Il tend le paquet de bonbons à sa mère. Eir remarque qu'il a une énorme marque de naissance foncée sur le côté droit du visage, qui lui recouvre l'œil et le front. Son estomac se retourne : elle a toujours eu du mal avec les défauts cutanés.

— Benjamin, dit la femme. Je t'avais dit : pas de bonbons aujourd'hui. Mange un sandwich à la place.

Il lui donne le sachet.

— Je ne voulais même pas venir, réplique-t-il d'un ton contrit en attrapant une boisson gazeuse dans le frigo installé à côté des tables.

La femme pousse un soupir et abandonne.

— Dépêche-toi, maintenant.

Le garçon la regarde d'un air de défi, avant de l'imiter avec une voix exagérément aiguë :

— Dépêche-toi, maintenant.

— Ne fais pas ça, lui ordonne-t-elle. Comme je te l'ai expliqué, ils vont essayer de trouver une maison où Jack va pouvoir rester de façon permanente. Mais, jusque-là, on va devoir l'aider autant qu'on pourra.

— *Jack Abrahamsson* ? demande Eir.

La femme lui lance un regard surpris, et Eir sort vite son portefeuille pour lui montrer son badge. L'insigne de police brille à la froide lumière des néons.

— Je viens de sa chambre, reprend-elle. Alors, c'est vous la famille d'accueil à laquelle ils ont fait appel ?

La femme lui tend la main.

— Mette Lind. Comment va-t-il ?

— C'est difficile à dire. Il va voir un psychiatre demain matin.

— Ce sont les services sociaux qui m'ont contactée, mais ils ne m'ont rien dit sur son état de santé. Pauvre enfant.

Eir voit Benjamin étudier son visage. Ses grands yeux semblent y chercher des indices. Elle lui sourit et il lui répond en étirant à peine les lèvres, l'air hésitant. En baissant les yeux, il aperçoit son arme de service. Il avale sa salive avec difficulté en passant une main dans sa frange, et elle aperçoit à nouveau sa grosse tache de naissance. Elle est rouge foncé, et semble animée d'une vie propre. Cela lui donne des frissons. On croirait un muscle qui aurait été tatoué sur la peau du garçon, ou encore une serre rouge sang gigantesque qui lui emprisonnerait l'œil droit.

— Vous retournez voir Jack maintenant ? demande Mette.

— Oui. On y va ensemble ?

Quand ils repassent devant les bonbons vendus en vrac, un des adolescents fait de nouveau un doigt d'honneur à Eir. Il fait mine de le dérouler lentement en dessinant des moulinets avec l'autre main. Les autres pouffent quand il lâche encore un molard dans un des présentoirs.

Mette prend le sachet de bonbons des mains de Benjamin et le remet à sa place.

— Vous pouvez attendre ici une seconde avec Benjamin ? demande-t-elle ensuite à Eir. Je connais ces gamins. Certains d'entre eux ont été placés chez nous un moment.

Elle part voir les ados et s'arrête devant celui qui a souillé les bonbons.

— Comment va ta mère, Robban ? lui demande-t-elle.

— Ouais, elle va bien, elle se fait mettre régulièrement. C'est pas ton cas à toi, apparemment.

— Je pense que tu devrais aller à la caisse pour raconter ce que tu as trafiqué avec les bonbons, et que tu devrais payer pour ce que tu as pris.

Robban lui adresse un large sourire.

— Et tu feras quoi pour moi en échange ?

Les autres ricanent, un peu inquiets. Eir jette un coup d'œil à Benjamin. Il a du mal à se contenir et serre les poings. Elle pose doucement une main sur son bras, mais il sursaute et s'éloigne de quelques pas.

— Je vais demander à Eddie d'appeler ta maman, pour qu'elle travaille moins d'heures à l'hôtel, lâche Mette. On dirait qu'elle a besoin de passer plus de temps avec toi, pour te surveiller.

— Je ne savais pas que tu parlais encore à ton ex ? Pas depuis qu'il avait baisé la moitié des profs à l'école de l'autre débile.

Mette prend une profonde inspiration et reste calme. Robban jette un rapide coup d'œil à Benjamin, lui sourit d'un air provocateur, puis pose la main sur la taille de Mette et la tire vers lui d'un coup.

— Dis, toi et moi, on pourrait bien…

Elle le repousse fermement au moment même où Benjamin se jette sur eux. Il est sur le point de sauter sur Robban quand Mette attrape son bras.

— Pas maintenant, énonce-t-elle, glaciale.

— Espèce de naze, t'allais faire quoi, me tuer ou quoi ? ricane Robban en s'adressant à Benjamin.

Les autres pouffent derrière lui.

— Je devrais appeler les services psychiatriques, continue-t-il, et leur raconter le jour où tu m'as mordu jusqu'au sang juste parce que j'avais réussi à faire rigoler ta maman, à la faire sourire un peu pour une fois…

Benjamin tente à nouveau de sauter sur Robban, mais Mette l'attrape au vol par le col et le tire sur le côté. Eir est abasourdie en constatant sa force, car Benjamin est non seulement grand, mais également très imposant. Mette le pousse vers la sortie tandis qu'Eir les rejoint en courant. En arrivant devant les ascenseurs de l'entrée, Mette pose une main sur l'épaule de Benjamin.

— C'était quoi cette histoire, tu as mordu Robban ?

Benjamin marmonne quelque chose en guise de réponse.

— Eh, ajoute Mette, tu m'entends ?

Eir appuie sur le bouton de l'ascenseur, pendant que Benjamin continue à chuchoter et que Mette se penche vers lui pour essayer de comprendre sa réponse.

— Je ne t'entends pas. Réponds, maintenant. Qu'est-ce qu'il voulait dire, tu l'as mordu ?

— Mais, putain ! lui hurle brusquement Benjamin dans l'oreille.

Elle se jette en arrière par réflexe, puis lance un sourire d'excuse à Eir. L'atmosphère est chargée, et les joues de Benjamin sont blanches et cireuses. Il s'est refermé sur lui-même.

— Je vais lui trancher la tête, à ce bâtard, murmure-t-il, je vais leur couper la tête à tous…

Lorsqu'elle arrivent dans le bon service, Eir présente Mette à Sanna.

— Comment va Jack ? demande Mette, angoissée. Qui est son médecin ?

— Je crois qu'il va falloir attendre, lui répond Sanna. Il vient juste d'avoir une sorte de crise. Son état s'est stabilisé, mais personne ne peut entrer le voir sans avoir d'abord parlé au médecin, et ils n'acceptent qu'une seule personne à la fois.

— Et Ines Bodin ? Où est-elle ?

— Qui ça ? demande Sanna.

— La secrétaire des services sociaux qui s'occupe de Jack.

— Ah, d'accord. Elle était ici, à vous attendre, le médecin et vous, mais ils lui ont demandé d'aller s'asseoir avec Jack, maintenant. Pour qu'il voie quelqu'un de familier en se réveillant.

Mette se tourne vers la chambre de Jack. Sanna pose une main sur son bras pour l'empêcher d'entrer.

— Une seule personne à la fois, ce sont les consignes. Vous vouliez dire quelque chose d'urgent à Ines Bodin ?

Mette secoue la tête.

— Je peux patienter jusqu'à demain.

— Vous serez là demain matin ? lui demande Sanna.

— Oui, dès qu'ils me laisseront entrer.

— Bien. Il doit voir un psychiatre à neuf heures. Et ensuite, s'il va mieux, je souhaiterais que Jack rencontre un de nos enquêteurs, un spécialiste des mineurs. Peut-être peut-il faire un signalement ou un croquis, s'il a vu quelque chose sur les lieux du crime. Si Jack est d'accord, bien sûr.

— Mais c'est beaucoup trop tôt, non ? s'écrie Mette. Il est en état de choc, comment pouvez-vous lui imposer ça si vite ?

— Tout se déroulerait dans une atmosphère sécurisée et rassurante avec l'aide d'un enquêteur qui a l'habitude de travailler avec des enfants. Et puis quelqu'un des services pédopsychiatriques, le procureur et son avocat commis d'office seraient présents dans la pièce d'à côté. Uniquement si un médecin donne son accord, et Jack aussi, bien sûr.

Angoissée, Mette prend un air de défi.

— Dites donc, que faites-vous ici, d'ailleurs ? Vous ne devriez pas être en train de travailler, de faire du porte-à-porte et d'interroger les gens ?

— On a toute une équipe sur les lieux, réplique Sanna calmement.

Mette acquiesce, attend un petit moment, puis ajoute à voix basse :

— Les services sociaux ne m'ont pratiquement rien dit quand…

— Malheureusement, on ne peut pas divulguer davantage d'informations pour l'instant, répond Sanna.

— Mais… assassinée ? C'est tellement horrible. J'ai entendu parler du meurtre dans le quartier résidentiel sud aux infos, il n'y a pas de rapport ?

La curiosité qui brille dans ses yeux ne semble pas mal intentionnée. Elle n'a pas non plus l'air de courir après les ragots. On dirait plutôt qu'elle se sent concernée par la situation de Jack.

— Vous la connaissiez bien, Rebecca Abrahamsson ? demande Sanna.

— Non, mais je connais Jack : il est déjà venu chez nous. C'est pour ça qu'ils nous ont appelés. Il n'a pas eu la vie facile, avec les problèmes mentaux de sa mère, et tout ça.

Sanna hausse les sourcils. C'est la première fois qu'elle entend parler de ça.

— Quel genre de problèmes ?

Mette baisse le regard.

— Il vaudrait peut-être mieux que quelqu'un d'autre vous informe, ce n'est pas à moi de le faire. Je ne connaissais pas vraiment Rebecca.

Quand le médecin de Jack arrive, il informe Mette qu'elle va devoir remettre au lendemain sa rencontre avec Jack. Il leur pose quelques questions, puis entraîne Mette et Benjamin pour discuter dans un endroit plus calme.

Par la petite fenêtre de la porte, Sanna voit que Jack est assis sur le rebord de son lit. Il a l'air désemparé et effrayé. Quand Ines Bodin se lève de sa chaise dans le coin de la pièce, son corps a un recul involontaire. Elle pose une main sur son bras, peut-être pour lui suggérer d'aller aux toilettes. Il se lève lentement.

C'est la première fois que Sanna le voit debout. Lorsqu'elle l'a trouvé, il est resté dans la penderie jusqu'à ce que les secours arrivent et l'emmènent, enroulé dans une couverture. Elle a toujours l'impression qu'il est plus jeune, même maintenant qu'elle sait qu'il a treize ans. Les seules choses qui trahissent son âge sont ses mains, ses pieds et ses épaules, musclés comme chez les adolescents de son âge. Tout le reste est encore enfantin. Il bouge lentement, les yeux fixés par terre, et elle pense à cette terrible tragédie, qui va le marquer jusqu'à la fin de ses jours.

En quittant le service, Sanna essaie de contacter Sudden pour qu'il lui donne des nouvelles des analyses faites sur les lieux du crime, à Mylingen. Elle appelle ensuite le procureur Leif Liljegren pour discuter du meilleur enquêteur à envoyer pour interroger Jack. Pendant ce temps, Eir fait un détour par le service des urgences pour leur demander si quelqu'un du nom de Frank Roos y a été admis. Malheureusement non, ni de patient non identifié du même âge.

Dehors, il y a de la pluie dans l'air, et Eir grelotte en ouvrant la portière. Elle se laisse tomber sur le siège à côté de Sanna.

— Mon Dieu, il fait tout le temps froid, ici.

Sanna a le portable collé à l'oreille. Elle remercie quelqu'un à l'autre bout du fil, puis raccroche.

— C'était Jon ? demande Eir, l'air sombre. Ils ont découvert quelque chose ?

— Ils ont fait une nouvelle battue et du porte-à-porte, pas de trace de Frank. Et pas un seul témoin du crime, à Mylingen.

— Merde.

Peut-être que Frank était là quand Marie-Louise a été attaquée, se dit Sanna. Est-ce qu'il aurait été kidnappé parce qu'il aurait tout vu ? Cette pensée l'angoisse, et elle imagine qu'il pourrait aussi arriver quelque chose à Jack s'ils ne le protègent pas.

— Quel putain de bordel, lâche Eir. On a deux macchabées sur les bras. Les deux ont été réduits en bouillie de la même façon. Mais on n'a aucune idée du lien entre eux. À part que Marie-Louise payait Rebecca pour quelque chose ; mais quoi ?

— On va espérer que Sudden et son équipe découvrent quelque chose dans l'appartement de Rebecca.

— Et le bouquin calciné ?

— *Le Paradis perdu.*

— Oui. C'est quoi, ce truc ?

— Je ne sais pas.

— Et on pense toujours que le suicide à la carrière de calcaire a quelque chose à voir avec tout ça ?

Sanna hausse les épaules.

— Ils vont encore plonger dans la carrière demain, on m'a dit. S'ils retrouvent le masque que portait la fille, on va pouvoir vraiment le comparer au tableau dans la villa des Roos.

Eir soupire.

— Qu'est-ce qu'on a d'autre, comme piste ?

— Pas grand-chose. On doit attendre le retour des experts et de Fabian.

Le portable d'Eir sonne. C'est Cecilia. Elle ignore l'appel.

— Je trouve que ce n'est pas étonnant que personne n'ait rien vu quand on a tué Marie-Louise. C'est des grosses maisons, et les gens de ce quartier ne doivent pas beaucoup sociabiliser. Mais, dans l'immeuble de Rebecca, quelqu'un *doit* bien avoir vu ou entendu quelque chose. Le porte-à-porte aurait dû donner des résultats.

— Le problème, c'est que les gens de Mylingen ne parlent pas à la police. C'est comme ça.

— Même quand ils risquent d'être la prochaine victime ?

— Oui. Même dans ce cas-là.

— Il était forcément couvert de sang après l'avoir massacrée de cette façon. Quelqu'un a bien dû le voir.

Sanna croise le regard d'Eir. Ses yeux bleu clair ont l'air fatigués.

— Les gens dans cet immeuble ont l'habitude de ne rien remarquer, dit-elle. Et il peut avoir pris une douche après coup. On verra s'ils retrouvent quelque chose dans l'écoulement de la salle de bains.

Eir soupire à nouveau. Le visage froid de Sanna demeure impénétrable, comme lorsqu'elle est entrée dans la chambre de Jack et qu'elle a découvert le cadavre. Son expression n'a pas bougé d'un poil devant la scène cauchemardesque. Ce n'est que lorsqu'elles ont repéré Jack dans la penderie que quelque chose a changé sur son visage. L'espace d'un instant, en tout cas.

— Qu'est-ce qu'il y a, à quoi tu penses ? demande Sanna.

— Que je me gèle le cul, répond Eir. On retourne au commissariat ?

Le moteur toussote et Sanna se bat avec la clé pour tenter de démarrer la voiture. Eir lui jette un regard noir.

— Il serait peut-être temps de changer de tas de ferraille ?

Tout à coup, quelqu'un ouvre la portière arrière. C'est Sudden. Il se laisse tomber sur le siège. Ses cheveux épais sont tirés en arrière. Il a l'air un peu décoiffé. Il ne sourit plus comme la dernière fois.

— J'étais venu pour vous rencontrer devant la chambre du garçon, mais je vous ai aperçues dans la voiture en me garant.

Eir le regarde dans les yeux pour voir s'il va la saluer, mais il ne lui jette qu'un bref coup d'œil.

— Comment va le petit ?

— Il rencontre un psychiatre demain, répond Sanna. Ensuite, on espère qu'il pourra répondre à quelques questions.

Sudden se racle la gorge, puis gratte rapidement son gros nez bossu.

— D'accord, c'est bien. Je…

Il s'interrompt brusquement.

— Tu la connais ? demande Eir en voyant qu'il a repéré Mette Lind, en train d'ouvrir la portière de sa grosse voiture.

— C'est l'ex d'Eddie Lind, répond-il.

— Qui c'est, cet Eddie Lind ?

— L'homme le plus riche de l'île. En tout cas jusqu'à son divorce : il a couché avec la moitié de la population locale. Elle a dû empocher pas mal de fric.

— C'est elle, le parent d'accueil qui va s'occuper de Jack Abrahamsson, lui apprend Sanna.

— Ah bon. Ça pourrait être pire, alors. D'après les rumeurs, c'est quelqu'un de bien.

— Mais son fils, c'est une autre histoire, rétorque Eir. Il a un putain de caractère. Il a fait une scène pas possible à la cafétéria quand un gamin l'a provoqué.

— Les ados…, marmonne Sudden.

— Non, ce n'était pas juste une dispute entre jeunes. Il a complètement perdu les pédales. Et le garçon qu'il voulait tabasser a dit qu'il…

Sanna s'éclaircit la gorge avec impatience.

— Qu'est-ce que tu voulais ? Pourquoi tu as fait tout ce chemin au lieu d'appeler ?

— Il y a plusieurs choses. D'abord, on a retrouvé le couteau de chasse qui a été utilisé pour le meurtre de Rebecca Abrahamsson. Quelqu'un l'avait jeté dans un container à ordures devant Mylingen. On est en train de l'analyser.

— Super, répond Sanna. Quoi d'autre ?

— Le couteau qui a servi à tuer Marie-Louise Roos… Il n'y avait pas que son sang à elle dessus. On a retrouvé celui d'une autre personne, aussi.

— Frank ? demande Eir.

Tout le monde se tait dans la voiture. Il commence à pleuvoir, dehors. De grosses gouttes recouvrent le pare-brise et leur obscurcissent la vue.

— Tout ce qu'on sait, pour l'instant, c'est que c'est celui d'un homme…

— Ça pourrait être le sang du coupable aussi, rétorque Sanna.

Sudden hoche la tête, hésitant.

— On ne sait jamais…

Sanna pousse un soupir exaspéré.

— Autrement dit, il n'est pas dans notre base de données. D'accord, et qu'est-ce qu'il y avait d'autre ?

Sudden ouvre son blouson et en sort quelque chose. Il jette deux sachets de pièces à conviction sur les genoux de Sanna.

— On a retrouvé ça dans l'appartement de Rebecca. Je me suis dit que vous voudriez y jeter un coup d'œil tout de suite.

Il y a un paquet de pilules dans la première pochette. Une ligne épaisse bleu clair court sur toute sa longueur, et au-dessus, elles peuvent lire : 25 MG.

— Qu'est-ce que c'est ? demande Eir.

Sanna approche la pochette de ses yeux et déchiffre l'inscription sur la boîte.

— LERGIGAN ?

Elle se retourne pour regarder Sudden.

— Ce sont des antihistaminiques, mais aussi…

— Je sais, dit-elle doucement. C'est aussi souvent prescrit contre les nausées pendant la grossesse.

— Et ça va de pair avec le contenu de la deuxième pochette, répond Sudden.

Eir regarde à l'intérieur. Elle contient un petit appareil blanc avec un écran à cristaux liquides. Et quelque chose qui ressemble à un micro.

— C'est un doppler, leur apprend Sudden.

— Un quoi ?

— Un appareil à ultrasons. Une sonde pour écouter les battements cardiaques d'un fœtus.

Personne ne parle. Sanna tente d'assimiler ce que Sudden vient de leur dire : Rebecca Abrahamsson était peut-être enceinte. Elle renverse la tête en arrière pour essayer de reprendre ses esprits. Elle ne parvient pas à chasser Jack de ses pensées, là-haut, dans sa chambre d'hôpital. Peut-être qu'il n'a pas seulement perdu sa mère, mais aussi un futur petit frère ou une petite sœur. Elle cherche sa propre plaquette de pilules de la main, au fond de sa poche.

— J'ai déjà consulté Fabian, ajoute Sudden. Il nous contactera demain.

— D'accord, répond Sanna à voix basse.

— Il y a encore autre chose.

Elle le regarde dans le rétroviseur.

— Un voisin prétend avoir vu quelque chose.

— Merci mon Dieu ! s'exclame Eir. Je savais bien que quelqu'un allait parler.

— Je ne sais pas s'il est très fiable, la tempère Sudden. C'est un vieux monsieur, et il n'est peut-être pas très stable mentalement. Il est venu me parler quand j'étais sur place avec un des experts, mais quand on est allés chercher un agent, il a disparu.

— Qu'est-ce qu'il a vu ? lui demande Sanna avec lassitude.

— Quelqu'un avec du sang sur une main, qui sortait de l'appartement de Rebecca, hier soir.

— Il a pu décrire cette personne ?

— Oui, mais c'est là que ça commence à se gâter.

Sanna pouffe de rire. Elle a déjà vécu ça. Les habitants de Mylingen ont l'habitude d'inventer pas mal d'histoires pour se moquer de la police.

— Pourquoi ? Il avait deux têtes et la peau verte ?

Sudden croise son regard dans le rétroviseur.

— Non, c'était une femme. Elle était très grande et très mince. Et il lui manquait un bras.

11.

Ines Bodin ne proteste pas quand on vient la chercher pour l'interroger au commissariat.

Sanna et Eir se présentent en entrant dans la pièce, exiguë et sans fenêtre. Elle est assise sur une chaise et lève la tête vers elles avec un regard absent.

— Je sais pourquoi vous m'avez convoquée, déclare-t-elle.

Elle est immoblile. Ses traits sont discrets, tout comme ses vêtements. Ses cheveux sont coiffés en un carré sans prétention. Elle a des yeux intelligents et sensibles.

— On nous a rapporté que vous étiez à proximité de…, commence Sanna.

— Oui, répond Ines, je vous ai dit que je savais pourquoi j'étais là.

— D'accord. Racontez-nous tout.

Ines se renverse en arrière sur sa chaise. Elle prend une profonde inspiration.

— J'ai rencontré Jack et Rebecca pour la première fois quand le petit avait trois ans environ. C'était surtout pour aider Rebecca, qui avait du mal à s'en tirer toute seule, et pour que Jack puisse passer les week-ends ailleurs de temps en temps. Ça leur permettait de souffler, à tous les deux. Et puis, un jour, il y a quatre ou cinq ans de ça, la police m'a appelée. Ils avaient trouvé une femme sur le toit d'un immeuble. Elle était montée sur le toit de l'école de son fils. Elle croyait qu'elle était l'oiseau dans *Alice au pays des merveilles*, comment s'appelait-il déjà ? Elle était debout tout au bord, et elle s'apprêtait à sauter en marmonnant « Tout le monde a gagné, tout le monde aura un prix », ou quelque chose du genre. C'était Rebecca. Elle avait pété les plombs.

Eir s'éclaircit la gorge impatiemment.

— Racontez-nous ce qui s'est passé hier, lui dit Sanna. Vous étiez chez Rebecca et Jack Abrahamsson hier soir ?

Ines bouge un peu sur sa chaise.

— Rebecca était dépressive et elle avait des hallucinations par moments, répond-elle. Elle était mère célibataire et se tuait au travail. Elle avait pour habitude de me passer un coup de fil quand elle sentait qu'elle risquait de se faire du mal.

— Et elle vous a appelée, hier ?

— Oui.

— Et vous êtes alors allée les voir ?

— Jack n'était pas là.

— Mais Rebecca, oui ?

Ines opine du chef.

— Elle m'a ouvert la porte, toute nue. Elle m'a expliqué qu'elle voulait mourir, et qu'elle espérait qu'elle allait beaucoup souffrir. Elle disait plein de choses sans queue ni tête.

— À propos de quoi ?

— Je ne sais plus… Quelque chose à propos du Petit Chaperon rouge, je crois.

— Le Petit Chaperon rouge, vous êtes sûre ? demande Sanna.

— Oui.

— Vous pensez qu'elle faisait référence à quoi, excatement ?

— Aucune idée. Elle a parlé du Petit Chaperon rouge et, ensuite, d'un certain Lukas.

— Lukas ? Qui c'est ?

Ines commence à prendre un air agacé. Elle se penche sur la table avec un sourire goguenard.

— Un parent du Petit Chaperon rouge ou d'Alice, peut-être ?

Eir pousse un soupir de frustration.

— En d'autres termes, résume Ines, elle était paumée, difficile à comprendre et déboussolée.

— Déboussolée ? Pourquoi ?

Ines a l'air de ne pas vouloir coopérer.

— Ce n'est pas moi qui l'ai tuée, si c'est là où vous voulez en venir.

— Quelqu'un vous a vue quitter l'appartement de Rebecca Abrahamsson, avec du sang sur vous.

— OK, écoutez-moi. Rebecca n'était pas bien dans sa tête quand je suis arrivée. Je ne pouvais pas la raisonner. J'ai essayé de lui faire enfiler un peignoir, mais elle a pété les plombs et commencé à me frapper. Je lui ai griffé le visage sans faire exprès, en essayant de me défendre. Elle a commencé à saigner, et j'ai eu du sang sur la main, après.

Sanna repense à la profonde déchirure sur une des joues de Rebecca. Elle ressemblait à une griffure. Elle regarde les ongles pointus d'Ines.

— J'avais plusieurs visites à faire hier soir, continue Ines. Elle m'a appelée avant la dernière, dans la soirée. Vous pouvez vérifier, vous verrez que je ne suis restée chez elle que dix à quinze minutes maximum. Elle était encore en vie quand je l'ai quittée.

— Vous n'avez pas essayé d'appeler quelqu'un ? Si son état était aussi inquiétant ?

Ines Bodin hausse les épaules.

— Ce n'était pas la première fois. Neuf fois sur dix, elle finit par se calmer et s'endormir, et quand elle se réveille, tout va bien.

Eir quitte la pièce pour passer quelques coups de fil afin de confirmer l'alibi d'Ines. Sanna pense aux pilules retrouvées chez Rebecca. Si elle était enceinte, cela signifie qu'il y a un homme quelque part, qu'il faudrait interroger.

— Est-ce que Rebecca avait quelqu'un ?

Ines ricane.

— Non.

— Des amants ?

— Non, elle n'avait personne que je sache. À part Jack.

— Et Jack a souvent été placé en famille d'accueil ?

— Vous pourrez le constater dans son dossier. Si vous vous donnez la peine de l'obtenir.

— Est-ce qu'il a été dans d'autres familles d'accueil que celle de Mette Lind ?

— Non. C'est là qu'on l'envoyait d'habitude, répond Ines alors que ses traits se durcissent en prononçant ces mots.

— Vous l'*envoyiez* ? Vous voulez dire qu'il n'en avait pas envie ?

Ines prend un air gêné.

— Il a eu des problèmes chez Mette Lind ? demande Sanna.

— Jack et Benjamin, le fils de Mette, ne s'entendent pas.

— Et le père de Jack, que savez-vous de lui ?

— Pas un mot depuis de nombreuses années.

— Vous savez pourquoi ?

— C'était une sorte de mercenaire, un soldat qui loue ses services dans le privé. Il faisait le tour du monde pour son travail. La dernière fois qu'il est parti, il n'est plus revenu.

Sanna lève les sourcils.

— Il est sûrement *mort* maintenant, ajoute Ines froidement. Je crois que Jack avait cinq ou six ans la dernière fois qu'il l'a vu.

— Et Jack, demande encore Sanna, que pensez-vous de lui ?

Eir passe la tête dans l'entrebâillement de la porte et fait signe à Sanna de la rejoindre. Dans le couloir, elle lui apprend que le supérieur d'Ines a confirmé ses dires. Il est resté en contact avec elle toute la soirée pendant qu'elle faisait ses visites à domicile.

— Je peux partir ? demande Ines dès qu'elles reviennent.

Sanna acquiesce.

— Oui, mais il y a de grandes chances qu'on vous rappelle pour vous poser d'autres questions.

Ines enfile son manteau.

— Je suis atteinte de dysmélie, dit-elle en souriant froidement à Eir. Je suis née avec cette malformation congénitale. Alors vous pouvez arrêter d'imaginer tous les accidents horribles qui auraient bien pu m'arriver.

Sanna réfléchit un instant.

— Et Rebecca ? dit-elle. Ses problèmes étaient de naissance, eux aussi ?

Ines secoue la tête.

— Aucune idée. Mais les hallucinations et le comportement autodestructeur ont dû apparaître quand la police est allée la chercher sur le toit. C'était il y a quatre ou cinq ans de ça.

— Est-ce qu'il s'est passé quelque chose de particulier pour provoquer ces incidents ?

Ines incline doucement la tête.

— Qui sait. Mais comme disait ma grand-mère : « Toute violence est née dans la honte. Même la violence que nous dirigeons contre nous-mêmes », répond-elle mystérieusement.

Le matin suivant, Ernst « Le Chêne » Eriksson, le chef d'Eir et de Sanna, est de retour au commissariat. Elles sont assises en face de lui, de l'autre côté de son grand bureau majestueux. Bien que la pièce déborde de livres, de documents et de classeurs, elle reste relativement ordonnée. Il porte des lunettes de soleil et ses cheveux châtains sont coiffés avec une raie sur le côté. Il est bronzé et il a l'air en forme. Son arthrose semble oubliée, et s'il n'avait pas les poings aussi serrés, on ne devinerait jamais qu'il est stressé.

Sanna récapitule les événements des derniers jours, même s'ils ont déjà parlé de l'essentiel au téléphone. Elle mentionne l'argent découvert chez Marie-Louise, qui les a menées à Rebecca. En décrivant les deux scènes de crime, elle fait la liste de tous les détails qui semblent indiquer que les deux femmes pourraient avoir eu affaire au même meurtrier. Elle décrit les entailles au niveau de la gorge et les coups dans la poitrine et le cœur.

Le Chêne écoute en silence. Il tord ses mains puissantes jusqu'à ce qu'elles blanchissent, mais son visage rond, hâlé par le soleil, ne laisse transparaître aucune émotion. Quand elle a fini, il prend une profonde inspiration. Il parle le dialecte si particulier de l'île, riche en voyelles et mélodieux, mais son ton est autoritaire.

— Oui, deux femmes ont été assassinées, et leurs blessures semblent identiques, mais…

— Il y a un lien, l'interrompt Sanna.

Il soupire.

— Et le mari de Marie-Louise ?

— Frank Roos. Il n'a toujours pas été retrouvé.

Il s'éclaircit la gorge, mais Sanna ajoute, avant qu'il ait le temps de parler :

— Sa mobilité est réduite, et il avait certainement de l'affection pour sa femme. On le recherche, mais pas en tant que suspect.

Le Chêne se passe une main sur le front en réfléchissant, pendant que Sanna poursuit :

— Notre suspect connaissait Marie-Louise et Rebecca. On ignore juste comment. Et s'il va y avoir d'autres victimes avant qu'on ne le découvre.

— Alors c'est un tueur en série, d'après toi ? demande Le Chêne.

— Je suis persuadée qu'il y a encore beaucoup de choses qui nous échappent, dans cette affaire.

— Il y a autre chose que tu voudrais ajouter ?

Sanna essaie de jauger la situation. Elle cherche le regard d'Eir, mais cette dernière l'évite.

— À côté du corps de Rebecca, on a retrouvé les restes d'un livre que quelqu'un a essayé de brûler.

— Lequel ?

— *Le Paradis perdu*, de Milton.

Le Chêne se penche sur ses avant-bras, l'air de plus en plus stressé.

— Ça parle du Diable, non ?

— Il y a autre chose d'étonnant.

— Quoi ?

— La fille de quatorze ans retrouvée dans la carrière de calcaire. Elle portait un masque de renard quand elle s'est suicidée. Cette même fille et ce même masque se retrouvent sur un tableau chez les Roos.

Le Chêne s'éclaircit de nouveau la gorge.

— Donc, tu crois qu'on a des rituels occultes sur les bras ? Et un tueur en série ?

Sanna sait que cela paraît tiré par les cheveux. Cependant, il se pourrait fort qu'elle ait raison. Les décès de Mia, Marie-Louise et Rebecca pourraient vraiment avoir un lien.

En se renversant en arrière dans son fauteuil, Le Chêne ne la lâche pas des yeux.

— Ce n'est qu'une question de temps avant que les médias aient vent de cette affaire. L'île va être envahie par les journalistes.

— On a besoin de renforts, dit Sanna.

— On ne peut pas, répond Le Chêne. Plus on déploiera des effectifs, plus cela attirera l'attention.

— Tu ne penses quand même pas qu'on va s'en tirer tout seuls, avec le peu de moyens que l'on a ici, sur l'île ?

— On devrait essayer.

— Tu veux dire qu'on va passer sous silence certains détails ? demande Sanna.

Le Chêne hoche la tête. Eir s'affale sur son siège et croise les bras, anxieuse et oppressée.

— Avec tout le respect que je te dois, je pense que ces meurtres ne sont qu'un début, rétorque Sanna. Tout porte à croire…

— Je veux qu'on concentre nos efforts sur l'assassinat qui va faire la une des médias, répond Le Chêne. L'autre devra attendre. Le principal suspect du crime dans la villa, c'est le mari. Où en sont les recherches ? Où en est-on aujourd'hui même ?

— Ce n'est pas lui, souffle Sanna, d'un ton découragé.

— On n'exclut aucune possibilité avant de l'avoir interrogé, répond Le Chêne. Si j'ai bien compris, le porte-à-porte, les battues et les avis de recherche n'ont rien donné. Il faut mettre les bouchées doubles. Faites preuve d'imagination, et retrouvez-le.

— Mais si on ne considère pas que ces affaires sont liées, on va peut-être rater quelque chose. Il risque d'y avoir d'autres victimes si on ne tient pas compte de…

— Considère tout ce que tu veux, mais retrouve-moi ce Frank, l'interrompt Le Chêne avec brusquerie. On ne peut pas se permettre de déclencher une tempête de spéculations au sujet d'une histoire de fantômes. Les camés et les pickpockets qui vivent autour de la muraille, on peut s'en occuper, mais pas d'un tueur en série. C'est tout.

— C'est pas vrai, réplique Sanna en secouant la tête.

Le Chêne se penche en avant pour la regarder dans les yeux.

— On m'a dit que tu avais envoyé des plongeurs rechercher le masque de cette jeune fille dans la carrière. On arrête ça. Toutes les ressources doivent être mobilisées pour résoudre le meurtre de Marie-Louise Roos.

— Tu veux que je ferme les yeux alors qu'on a peut-être affaire à un tueur en série ? crache-t-elle. Pour que les journaux ne parlent pas d'histoires qui pourraient faire peur aux touristes ?

— Non, je veux que tu te rappelles à quel point j'ai toujours fait preuve de patience envers ton esprit rebelle. Ne me tiens pas tête encore une fois. Tout ne doit pas toujours être un combat.

Les poings du Chêne blanchissent de nouveau. Eir remarque que Sanna a l'air sur le point d'exploser. C'est la première fois qu'elle la voit réagir comme ça.

— Toi et moi, on sait très bien que la violence est monnaie courante sur cette île, répond Sanna sans lâcher le regard du Chêne. On fait face aux conséquences du déchirement du tissu social de notre île tous les jours. On accueille les exclus les bras ouverts. On patauge dans la boue depuis que des hommes politiques incompétents ont fait leurs petites expériences chez nous. On rattrape ceux qui dégringolent à droite et ceux qui perdent pied à gauche. Mais cette fois-ci, c'est différent. On a affaire à quelqu'un qui ne voit pas le monde à travers le même prisme déformé que nous…

— Mais merde, Sanna ! l'interrompt Le Chêne avant de se tourner vers Eir. Et toi, alors ? Tu n'as pas appris à parler ? Tu attends juste que le temps passe jusqu'à ce que tu puisses retourner aux Opérations nationales, ou quoi ?

— Fais venir des *renforts* du continent, réplique Sanna. On n'y arrivera pas tout seuls.

Eir se lève d'un coup.

— Quoi ? Tu n'as vraiment pas de couilles ?

— Cette affaire nous dépasse tous, rétorque Sanna, d'un ton glacial.

— Je ne veux pas qu'on crée de remous avec toute cette histoire, riposte Le Chêne. On ne fait pas encore appel à Noa.

— Tant mieux, affirme Eir en lançant un regard énervé à Sanna.

— On devrait pouvoir éviter que les médias ne s'intéressent au meurtre à Mylingen sans trop de problèmes. Des camés y meurent tous les jours, ajoute Le Chêne.

Le regard de Sanna devient noir.

— Une mère a été assassinée sous les yeux de son fils, et ça ne te dérange pas de ne pas enquêter correctement sur son meurtre ?

Le Chêne pousse un soupir.

— Comment va-t-il, d'ailleurs, ce petit ?

— J'ai parlé au personnel de l'hôpital, et il devait rencontrer le psychiatre ce matin, mais le rendez-vous a été repoussé. D'après les médecins, il n'est pas encore en état.

— Tu as essayé de lui trouver un enquêteur pour mineurs ?

— Oui. Tu ne vas pas m'en empêcher, quand même ?

Il secoue la tête.

— Non, mais concentre-toi sur le mari de Marie-Louise.

Sanna soupire, découragée.

— On a *besoin* de l'aide des Opérations nationales, insiste-t-elle.

Eir lui lance un regard agressif. Sanna se souvient alors de ce que lui a dit Jon sur les graffeuses – les filles ont déclaré qu'une femme avec un blouson en cuir les avait attaquées. Il avait suggéré que cela soit Eir. Quelque chose ne va pas chez sa coéquipière, mais elle ne réussit pas à mettre le doigt dessus.

— Où tu vas ? lui demande Le Chêne quand elle se lève pour partir. Rassieds-toi.

— Je ne peux pas travailler dans ces conditions.

— Sanna…

— Je dois faire une pause.

Eir se lève, elle aussi.

— Laisse-la partir, je continuerai toute seule, dit-elle au Chêne.

— Non, répond ce dernier d'un ton décidé. Rassieds-toi, Sanna.

— Je n'ai pas la force de continuer comme ça, rétorque Sanna en quittant la pièce.

Les autres restent un moment stupéfaits.

— Elle est sérieuse, là ? demande ensuite Eir. Elle prend des vacances, comme ça, au beau milieu de tout ce merdier ?

Le Chêne acquiesce.

— Elle est sérieuse, oui.

— OK, alors laisse-moi continuer l'enquête sans elle. Bernard peut me donner un coup de main.

Le Chêne lui jette un regard inquiet.

— Si ça fait des histoires…

— Si tout se passe bien, je pourrai retourner au Noa.

Le Chêne l'étudie avec attention.

— Tu n'as vraiment pas envie d'être ici, n'est-ce pas ?

— Tout ce que je demande, si je m'occupe bien de cette enquête, c'est que tu dises tout le bien que tu penses de moi à mon ancien chef. Ça le convaincra de me reprendre.

— Pourquoi pas, répond Le Chêne, alors qu'au même moment, quelqu'un frappe à la porte.

C'est Bernard.

— Où est Sanna ? s'exclame-t-il.

— Qu'est-ce qui se passe ? demande Le Chêne.

— Les plongeurs ont trouvé quelque chose dans la carrière.

12.

Eir est remplie d'adrénaline quand elle descend de voiture en compagnie de Bernard. La carrière ressemble à une grande plaie ouverte. Sur le rebord de la falaise, il y a deux experts grelottants et un plongeur avec son matériel. Tous rassemblent leurs affaires, qu'ils transportent ensuite vers leurs véhicules.

Eir attend que Bernard la rattrape. Il est en train d'essayer d'allumer une cigarette. Elle regarde autour d'elle en repensant au jour où ils étaient dans la salle d'enquête et visionnaient la vidéo ; voir Mia Askar se couper les veines, se vider de son sang, sans résister. Elle a laissé toute vie s'écouler de son corps, s'offrant à la mort.

Puis Eir se remémore la première fois où elle est venue ici, pour rencontrer Sanna. Même s'il y a eu de petits accrochages entre elles, elles étaient au moins tombées d'accord sur un élément ce jour-là : quelque chose ne tourne pas rond, avec la mort de Mia Askar.

La voilà de retour, sans Sanna, mais avec un Bernard récalcitrant. Si Sanna avait raison, s'ils retrouvent le masque de Mia Askar et qu'il s'agit bien de celui du tableau dans la villa des Roos, alors il faudra aussi enquêter sur le suicide de la jeune fille.

— Tu sais, je n'ai jamais pu parler à la mère, en fin de compte, lui avoue Bernard, interrompant ses pensées.

— Qu'est-ce que tu insinues ?

— Sanna m'a demandé de montrer à la mère, Lara Askar, une photo du tableau avec les enfants, celui où il y a la petite fille et son masque de renard. Elle voulait voir comment Lara réagirait, et ce qu'elle pourrait nous en dire.

— Mais tu ne l'as pas fait ?

— Je l'ai appelée, mais pas de réponse. Et après, il y a eu l'affaire avec Rebecca Abrahamsson et son fils et…

La peau de Bernard ressemble à de la cire, tant il a l'air fatigué. Il tire une longue bouffée sur sa cigarette.

— Viens, lui répond simplement Eir, en se dirigeant vers les experts et le plongeur.

Un des agents croise son regard. C'est la femme qui était présente chez Marie-Louise Roos. Elle les salue de la tête. Ensuite, elle fait un pas en arrière et tend le bras pour leur désigner un objet sur sa droite.

— C'est un masque, en tout cas, déclare-t-elle.

Eir serre les mâchoires.

Derrière elle, elle entend Bernard inspirer bruyamment.

— Merde alors, murmure-t-il.

Un visage de renard les contemple depuis une bâche en plastique étendue sur le sol. Il est déformé et cassé par endroits. Il lui manque une joue. Son grand sourire menaçant s'en trouve encore plus effrayant. Un bout de ficelle est accroché à un des trous situés sur son front, et quelque chose de noir, un élastique sans doute, en dépasse. Quelques longs cheveux roux sont encore pris dedans. Le masque a l'air grotesque, mauvais et grossier. Ils devinent immédiatement que c'est celui de Mia Askar.

— C'est en plâtre, leur apprend la jeune experte. Mais il a été modelé sur une sorte de plastique dur. C'est pour ça qu'il a résisté à l'eau aussi longtemps.

Bernard tend son portable à Eir.

— Voilà la photo du tableau que Sanna m'a envoyée.

Les enfants avec leurs masques d'animaux sont alignés en rang. Certains d'entre eux ont le regard fixé sur le sol. Un garçon a les mains croisées sur ses jambes serrées, comme s'il avait besoin d'aller faire pipi. Eir plisse des yeux pour mieux voir la fille avec le masque de renard. La petite regarde quelque chose qui se situe en dehors du tableau. Elle agrandit la photo, puis place son portable juste à côté du masque à leurs pieds. Les deux visages de renard sont à présent côte à côte.

Quelques gouttes de pluie attirent leur regard vers les nuages noirs qui les surplombent, sauf celui d'Eir.

— On peut remballer, et vous finirez chez Sudden ? demande l'experte.

— Attends une seconde, répond Eir.

Elle ajuste plusieurs fois la taille de la photo. Elle essaie de trouver le format adéquat pour pouvoir comparer le masque sur son portable avec celui qui gît au sol. Ils sont semblables, cela ne fait aucun doute, mais elle n'arrive pas à voir s'il s'agit d'un seul et même objet.

— Qu'est-ce que tu en penses ? fait Bernard. On les laisse ranger, et on finira tout ça à l'intérieur ?

Eir lève une main pour lui demander le silence. Elle commence par les yeux du masque. Les proportions sont les mêmes, et les deux paires d'yeux allongés ont les mêmes contours noirs. Elle continue avec les joues et le museau. Là aussi, ils sont identiques, mais il y a tout de même quelque chose qui dénote dans l'ensemble. Elle observe à nouveau les yeux. C'est là qu'elle comprend ce qui ne va pas : le renard du tableau a des lignes orangées sous les yeux, comme des rides d'expression. Le masque qui leur fait face, par terre, n'en a pas.

— On peut peut-être continuer chez Sudden, non ? insiste Bernard.

— Non, on peut pas, crache Eir.

Entêtée, elle s'accroupit au sol. Son regard balaie le visage rusé, avec sa bouche ouverte en un sourire béant et sa mâchoire inférieure. On y a peint quelques dents pointues. Elle jette ensuite un coup d'œil au renard du tableau. Il a exactement les mêmes dents. Puis elle les aperçoit, les légères traces orange sous les yeux, comme si le masque riait. L'eau les a à moitié effacées, mais elles sont toujours là.

Sur une des tempes, il y a une minuscule signature. Elle est à peine lisible, elle aussi, mais elle parvient à lire le nom qui y est inscrit : DORN. C'est la même signature que celle du tableau, tracée avec des lettres angulaires, comme si on les avait gravées au couteau. Ava Dorn.

— Tu vois ? dit-elle en se tournant vers Bernard.

Il hoche lentement la tête en abandonnant sa cigarette dans une flaque. Eir compose le numéro de

Sanna. Comme personne ne décroche, elle laisse un message : « Tu avais raison pour Mia Askar. *C'est elle*, la fille-renard. »

Sanna est allongée dans son lit quand elle écoute le message d'Eir, et elle ne parvient pas à ressentir le moindre sentiment de triomphe. Le soir approche avec une lenteur éprouvante. Elle va devoir attendre encore un peu avant d'avaler ses pilules, celles qui lui permettent de rencontrer Erik dans son sommeil. Si elle les prend trop tôt, elle se réveille avant la fin de la nuit.

Elle croise les bras sur sa poitrine et ferme les yeux. Elle revoit Mia Askar s'approcher du rebord de l'eau, et ses vêtements tomber au sol. Elle imagine le boa vert hirsute, le chapeau d'été couleur sable, et les énormes lunettes de soleil colorées. Eir disait que Mia donnait l'impression de sortir tout droit d'une autre époque. Elle avait raison.

Le chapeau et les lunettes de soleil ; tous les accessoires de la jeune fille lui rappellent quelque chose…

Jodie Foster, se dit-elle subitement.

Jodie Foster, qui joue Iris dans *Taxi Driver.*

— Le collier qu'on a retrouvé au parc d'attractions, dit-elle dès qu'elle tombe sur la messagerie d'Eir. Ça pourrait être celui de Mia. Tout ce que Mia portait ce jour-là semblait sortir tout droit de *Taxi Driver.* Ses vêtements, son chapeau, les lunettes de soleil… tout était comme un hommage à Iris. Mets la main sur Lara Askar, montre-lui une photo du collier qu'on a retrouvé, et demande-lui si c'était celui de Mia.

Elle repose le téléphone, ferme les yeux et essaie de se détendre. Derrière ses paupières, elle voit déjà poindre la lumière jaune. Elle tente de rouvrir les yeux, pour rester encore éveillée un instant, mais son épuisement a raison d'elle. Un bruit de voix qui murmurent semble s'élever du sol. Elle entend un petit rire. Elle demeure allongée, complètement immobile. Puis elle entend une voix d'enfant appeler sa mère, encore et encore. Elle se redresse dans son lit. Les cris se transforment en un véritable appel à l'aide. Elle se lève, et les hurlements se noient dans les crépitements des flammes et dans des bruits de griffes.

« Viens, Jeannot Lapin, viens… »

Elle le voit émerger de l'obscurité, son Erik chéri. Il porte un haut jaune et un pantalon de pyjama vert, et il se déplace avec des mouvements saccadés. À peine réveillé, il a les cheveux en bataille et porte encore la marque laissée par le nez de son vieux nounours délavé sur une de ses joues. Il court de plus en plus vite dans la pièce, à la recherche de quelque chose ou de quelqu'un.

« Maman ? Maman ? »

Sanna tend les bras vers lui, et il se retourne, mais ses yeux regardent dans le vide, comme s'il ne pouvait pas la voir.

« Maman ? Il me poursuit… Maman ? »

Et puis elle l'entend de nouveau.

« Viens, Jeannot Lapin, viens… »

Erik commence à hurler, terrorisé.

« Va-t'en, sale poupée de chiffon ! »

L'alarme d'une voiture retentit, et elle se redresse soudainement sur son lit. Quand elle voit de nouveau les murs gris et les vieux meubles de la vie réelle l'entourer, elle tend la main pour attraper ses pilules. Elle en avale trois, puis se laisse retomber sur son oreiller et ferme les yeux.

— J'arrive, murmure-t-elle avant de plonger dans le gouffre obscur.

— Alors, si cette fameuse artiste, Ava Dorn, a peint le tableau, puis fabriqué le masque que portait Mia, elle devrait savoir quelque chose à son sujet et peut-être même sur Marie-Louise ?

Eir et Bernard se tiennent dans l'escalier couleur crème qui mène à l'appartement de Lara Askar. Un vieux monsieur avec un déambulateur attend à côté de l'ascenseur. Le bouton d'appel devient rouge, et on entend le bruit de quelque chose de lourd, comme un meuble, que l'on essaierait d'y faire entrer ou d'en sortir, quelques étages plus haut.

Bernard ingurgite un chewing-gum.

— Ava Dorn est décédée, annonce-t-il abruptement.

— C'est vrai.

— Alors, ne crois pas aux histoires à dormir debout qui courent sur l'île.

— Je n'y croyais pas.

— Parfait.

— Parfait.

Il mâchouille comme si ce n'était pas un, mais dix chewing-gums qu'il avait dans la bouche, et Eir se dit qu'il ressemble à un flic de feuilleton télévisé, avec son trench-coat, son pantalon de velours côtelé, et sa façon de mâcher frénétiquement.

— Tu es déjà venue ici ? demande Bernard.

Eir hoche la tête en se rappelant l'expression de Lara Askar quand Sanna et elle lui ont annoncé que la police avait retrouvé un corps dans la carrière, et que c'était probablement celui de sa fille.

— Tu as pu joindre Sanna ? demande-t-il encore.

— Elle ne répond pas, et elle n'a pas rappelé.

— Cette enquête ne me dit rien de bon, et en plus on approche de la date…, commente-t-il.

Eir appuie plusieurs fois de suite sur le bouton de l'ascenseur, avec énervement.

— Qu'est-ce que tu veux dire ?

— Erik.

— Et… ?

— Sanna avait un fils. Il…

— Je sais, le coupe Eir.

— C'est son anniversaire, demain. Ou plutôt, ça le serait si…

— C'est pour ça qu'elle est tellement fêlée, alors ?

— Elle disparaît parfois. C'est sa façon d'y faire face. Il faudra t'y habituer.

Le bouton de l'ascenseur s'éteint et Eir lui donne un coup de poing.

Le visage de Lara Askar est totalement vide, cette fois, comme si elle avait pris une douche de plusieurs heures, et frotté sa peau jusqu'à en faire disparaître toute impureté. Et toute trace de vie. Ses vêtements ont été repassés et elle a soigneusement plié le col de chemise qui dépasse de sous son pull. Même ses ongles sont entretenus : ils ont tous été coupés exactement à la même longueur, et ils ont été limés avec soin. Eir enfourne ses mains dans les poches de son blouson.

Bernard tend une main à Lara, mais cette dernière ne la serre pas. Elle a presque un mouvement de recul, comme pour éviter tout contact.

— Bonjour, articule-t-elle d'une voix croassante.

Eir échange un regard avec Bernard. Il fait déjà nuit dehors. Ils la suivent jusqu'à la cuisine. Elle a été peinte en gris clair, elle est bien entretenue, elle aussi, et elle sent le citron. Il y a une photo de bébé sur la porte du frigo. Ça doit être Mia, mais ça pourrait être n'importe quel nourrisson, avec ses mains potelées et son grand sourire. La photo a été prise quelque part à la campagne.

Lara passe un coup sur la table de la cuisine, alors que celle-ci étincelle déjà. Eir présente à nouveau ses condoléances pour la mort de Mia. Ils s'assoient ensuite et expliquent à Lara qu'ils doivent lui poser quelques questions. Cette dernière est en train de jouer avec les feuilles flétries d'une plante en pot, sur la fenêtre. Leurs bouts desséchés se délitent entre ses doigts.

— Mon entreprise a coulé, elle aussi, leur annonce-t-elle brusquement. Je faisais du ménage. Mais c'est fini. Tout est mort.

Bernard pose doucement la photo du tableau avec les enfants masqués devant elle.

— C'est quoi ? demande-t-elle, sans montrer aucun signe de surprise devant l'image.

— Nous pensons que la fille avec le masque de renard, c'est Mia, lui apprend Bernard. Vous avez déjà vu ce tableau avant ?

Lara secoue la tête.

— Où l'avez-vous déniché, ce tableau ? Et pourquoi pensez-vous qu'il s'agit de Mia ? C'est juste une peinture, non ?

Eir cherche une photo du masque de renard retrouvé dans l'eau de la carrière. L'image est mauvaise, mais on voit quand même parfaitement qu'il s'agit d'un masque.

— Et ça, vous l'avez déjà vu ?

Le visage de Lara se contracte, et elle hoche lentement la tête.

— Oui, mais je ne me souviens plus où. Pourquoi me posez-vous toutes ces questions ?

Bernard et Eir se regardent encore une fois.

— Mia portait ce masque quand elle…, commence Eir.

— Vous avez une idée des raisons pour lesquelles Mia voudrait porter ce genre d'objet ? demande Bernard.

Lara rapproche la photo de ses yeux. Elle a l'air de se sentir mal. Eir a l'impression qu'elle le reconnaît, mais qu'elle ne se souvient pas des circonstances de leur rencontre.

— Il a été fabriqué par une artiste connue, Ava Dorn. C'est quelqu'un que vous connaissez ou dont vous avez entendu parler ? demande-t-elle.

Lara a pâli et place ses mains sous ses jambes. Bernard se lève pour aller lui chercher un verre d'eau, qu'il pose devant elle.

— Il pleut, dehors ? s'enquiert-elle.

— Non, il ne pleut plus, lui répond Eir. Pourquoi ?

— J'entends le bruit de la pluie.

Eir tend l'oreille. Tout est silencieux. Le regard de Lara se pose sur le mur derrière Bernard.

— C'est encore ce bruit. Ça a commencé hier. Vous l'entendez ?

— Vous allez bien ? la questionne Eir doucement, avant de s'excuser lorsqu'elle reçoit un SMS.

C'est Bernard qui lui a écrit, alors qu'il est assis juste à côté d'elle. Il lui propose de sortir faire un tour, pour le laisser parler à Lara seul à seul.

Elle demande où sont les toilettes. En traversant le salon, elle entend la voix de son collègue derrière elle. Il parle du temps qu'il fait et complimente Lara pour la propreté de sa cuisine. Eir s'arrête devant une étagère pleine de livres sur l'éducation des enfants. Ils ont été écrits par des pédopsychiatres ou des journalistes reconnus. Des thèmes récurrents apparaissent : l'imagination et la réalité, le mensonge et la vérité. *Comment réagir quand un enfant n'arrive pas à faire la différence entre rêve et réalité, ou en cas de mythomanie ? Les Tendances à la fabulation chez les jeunes. Les Mensonges symptomatiques de problèmes d'éducation.*

Juste après le salon, elle repère une chambre à coucher. Eir se faufile à l'intérieur. Le lit est fait, même s'il n'y a pas de couvre-lit. Les seuls vêtements visibles ont été soigneusement posés sur le dos d'une chaise en bois. Les murs sont nus, dépourvus de tableaux, et d'un beige rosé agréable. Un réveil orne la table de chevet. C'est un modèle qui utilise des tons lumineux de plus en plus forts, au lieu d'une sonnerie. Au fond d'un verre vide, elle voit les restes de quelque chose qui doit être un comprimé effervescent. Il y a aussi deux crèmes hydratantes pour les mains : une de nuit, antitaches, pour peaux sèches ; et l'autre, une crème de jour réparatrice pour les contacts avec des produits irritants, des produits chimiques, ou des agents dissolvants.

Eir pénètre ensuite dans ce qui doit être la chambre de Mia. C'est extrêmement bien rangé et spartiate pour une chambre d'enfant ou d'ado. C'est impersonnel. Ou alors, on vient de tout vider et de nettoyer à fond. Elle ne sait pas trop quoi en penser. Il n'y a rien sur les murs ici non plus, pas de tableaux ni de posters. Une petite étagère contient des livres d'école et quelques dictionnaires, mais aussi un livre d'images sur les animaux marins. Eir avait exactement le même quand elle était gosse. Elle sort l'ouvrage sans réfléchir, et l'ouvre à la page sur les baleines, qu'elle adorait quand elle était gamine. Mais le livre a été évidé, les pages ont été découpées pour pouvoir y cacher un magazine pour ados.

C'est un magazine d'heroic fantasy, qui parle d'une hydre, une créature à huit têtes. Elle le feuillette rapidement entre le pouce et l'index. L'hydre habite dans un marais, en compagnie d'autres animaux : un crabe géant et un renard à deux pattes qui porte une muselière. Ils se battent tous contre ce qui a l'air d'être une famille de centaures ennemis. Ces derniers essaient de s'approprier la grotte de l'hydre par divers stratagèmes, grâce à leurs manteaux magiques, qui leur donnent des superpouvoirs. En dernière page, on découvre qu'ils ont tous été vaincus, et quand le renard vient leur arracher leurs capes, devant l'entrée de la grotte, il leur arrache la chair en même temps.

Eir frissonne et remet le magazine dans sa cachette, avant de reposer le livre sur l'étagère. Son portable vibre : elle a un appel manqué et un message de Sanna sur son répondeur. Après l'avoir écouté, elle recherche l'image du collier sur son portable.

En retournant à la cuisine, elle entend le rire de Lara. Sa voix est plus détendue qu'avant. Bernard et elle parlent de tout et de rien.

Quand elle entre, Bernard lui annonce, avec un sourire forcé :

— On était justement en train de dire que Lara connaissait Marie-Louise Ross.

— Oui, elle s'est montrée gentille envers nous, ajoute Lara.

— Comment vous êtes-vous rencontrées ? demande Eir en s'appuyant contre l'évier.

— Par le biais de mon entreprise, je devais leur faire le ménage. Ils étaient très généreux, Frank et elle.

— Oui, on a cru comprendre ça, rétorque Eir. Qu'ils étaient vraiment très généreux.

Lara regarde ses mains, et l'atmosphère change de nouveau.

— Vous faisiez le ménage chez eux, alors ? insiste Eir. Quand vous les avez rencontrés, c'était dans leur villa ?

Soudain, les épaules de Lara sont secouées de violents tremblements. Elle essaie de les rouler en arrière pour calmer ses spasmes, et Bernard lance un regard d'avertissement à Eir, que cette dernière choisit d'ignorer.

— Excusez-moi, mais je me sens très fatiguée d'un coup…, articule Lara.

— Vous reconnaissez cet objet ? lui demande alors Eir, en montrant à Lara la photo du collier avec les cœurs.

Les yeux de Lara se remplissent de larmes, et elle tend une main tremblante vers l'image.

— Est-ce que Mia avait un collier comme ça ? insiste Eir.

Lara commence à pleurer, tout en acquiescant.

— Vous l'avez retrouvé dans l'eau de la carrière ? murmure-t-elle.

— Je crois qu'on va s'arrêter là pour l'instant, intervient Bernard en fixant Eir avec insistance. Tu peux sortir faire chauffer le moteur, en attendant ?

Arrivée à la porte de la cuisine, Eir se rappelle quelque chose.

Elle se retourne pour regarder Lara.

— Il y a quelques jours, lorsque je suis venue vous voir avec ma collègue, pour vous annoncer la mort de votre fille, vous avez dit : « Ça ne peut pas être eux. » Que vouliez-vous dire ? On vous parlait de Mia, mais vous avez réagi comme si *plusieurs* personnes étaient mortes.

Lara évite son regard.

— J'ai dit ça ?

— Oui. Vous avez dit : « Ça ne peut pas être *eux*. » Qu'entendiez-vous par là ?

Lara bouge les lèvres comme si elle se murmurait quelque chose à elle-même.

— Pardon ? fait Eir.

Sa question reste sans réponse.

— Je ne vous ai pas entendue.

Lara regarde fixement la table, lâche un soupir, puis devient toute rouge.

— Ce n'était pas une pute, murmure-t-elle, brusquement.

Bernard secoue la tête d'un air inquiet, tandis qu'Eir prend une profonde inspiration avant de lancer :

— Je ne comprends pas ce que vous…

Lara garde le regard obstinément fixé sur la table, en déclarant :

— J'ai dit que ma fille n'était pas une *pute*, répète-t-elle d'une voix sourde.

Eir songe aux quelques phrases qu'elles viennent d'échanger, en se demandant si elle a énoncé quelque chose qui puisse pousser Lara à répondre de la sorte, mais elle ne trouve rien. Elle n'a pas fait la moindre allusion.

— Pardon, reprend-elle, je n'ai pas voulu dire que…

Lara lève les yeux vers elle.

— Je suis très fatiguée, lâche-t-elle.

Eir acquiesce. Bernard se lève de sa chaise et tend un verre d'eau à Lara. Sa main tremble tellement que le verre tressaute quand elle le porte à ses lèvres. Elle n'arrive même plus à avaler et l'eau s'écoule sur le côté de sa bouche, sur son menton et ses vêtements. Elle s'essuie avec des gestes désespérés, puis essaie d'enlever son pull. Il lui reste coincé autour de la tête, et elle ne réussit pas à s'en débarrasser complètement. Elle commence à tirer dessus de plus en plus fort, avec rage.

Et puis elle se met à crier. Ce sont les mêmes hurlements incompréhensibles que lorsqu'elle a appris la nouvelle, pour sa fille. Cette fois, cependant, elle est inconsolable, et on ressent aussi de la panique.

Eir sort de la pièce à reculons pendant que Bernard appelle une ambulance. Les cris hystériques de Lara la suivent jusque dans la cage d'escalier.

13.

L’hôpital garde Lara Askar en observation pour la nuit. Au matin, on la laisse partir. Eir reçoit un appel de Bernard pendant qu’elle est en train de se promener avec Sixten. Il lui apprend que l’état de Jack Abrahamsson s’est maintenant stabilisé et qu’il va pouvoir rencontrer le psychiatre spécialisé dans les états de choc et les traumatismes un peu plus tard dans la matinée.

Sixten se précipite à l’intérieur de l’appartement, puis s’ébroue, projetant des feuilles mortes et de la terre humide partout sur le sol de l’entrée.

— Tu es sortie ? fait Cecilia en apparaissant. Quelle heure est-il ?

Ses yeux sont pleins de sommeil et le T-shirt trop grand dans lequel elle a dormi est tout fripé.

— Oui. Tu dormais, pour une fois, alors j’ai décidé de sortir Sixten, comme ça, tu n’as pas besoin de te presser.

— Merci.

— Bonjour, au fait.

— Pourquoi est-ce que cette journée serait bonne ?

Eir caresse Sixten, puis disparaît dans la cage d'escalier en esquissant un bref au revoir de la tête destiné à Cecilia. Quand cette dernière entend les pas de sa sœur s'éloigner, elle compose un numéro sur son portable.

— C'est moi, dit-elle, puis elle écoute un moment son interlocuteur. Je veux revenir, je dois partir d'ici. Tu peux m'aider ? S'il te plaît ? Je suis prête à tout... D'accord. Appelle-moi.

Elle se jette ensuite sur le canapé et commence à jouer avec son portable.

Eir traverse l'effervescence de la ville qui s'éveille. Il fait froid, dehors. La température ne dépasse pas un ou deux degrés. Elle s'arrête devant une boulangerie, et entre acheter quelques roulés à la cannelle et petits pains. À côté de la boulangerie, devant une boutique de quartier, un homme âgé vêtu d'un blouson en peau de mouton est en train de remplacer les journaux locaux de la veille par des neufs.

Les gros titres de l'édition du jour annoncent : « Meurtre au quartier résidentiel sud », et en dessous : « La police lance un appel à la population pour l'aider à retrouver un témoin essentiel. » Un petit article, un peu plus bas sur la page, s'intitule sobrement : « Une femme a été retrouvée morte à Mylingen. »

Eir serre son blouson autour d'elle et appelle Sudden en marchant. Il lui confirme que les experts n'ont pas retrouvé non plus de matériel exploitable sur les lieux du meurtre de Rebecca Abrahamsson. Pas d'empreintes digitales et pas d'ADN. Ni chez

Marie-Louise Roos, ni chez Rebecca Abrahamsson. Elle demande s'ils ont inspecté la douche dans l'appartement de Rebecca, au cas où le meurtrier aurait essayé de laver les traces de sang sur lui. Même l'écoulement n'a rien donné. L'hémoglobine retrouvée sur le couteau est celle de Rebecca. Il n'y a rien d'autre.

Le livre brûlé à côté du corps provient de la bibliothèque. C'est Rebecca elle-même qui a emprunté *Le Paradis perdu* trois semaines auparavant. Elle n'a rien pris d'autre ce jour-là, mais, auparavant, elle avait lu des ouvrages en tout genre.

Eir essaie de joindre Sanna, mais ses coups de fil restent sans réponse.

— C'est moi, dit-elle sur son répondeur. Je voulais juste vérifier que tu allais bien. Je vais voir Fabian. Appelle-moi.

L'entrée principale de l'hôpital est baignée de soleil. Il y a une longue queue devant la caisse, et la petite pharmacie à côté des portes automatiques est encombrée de gens, munis de leurs ordonnances. Eir se dirige vers l'ascenseur, pour descendre à l'étage de la police médico-légale. Ses pensées se bousculent, et elle se demande ce qu'elle va dire à Fabian, exactement. Ce sera la première fois qu'elle le rencontrera seule, et elle ignore comment il va se comporter avec elle.

Quand elle l'a vu en compagnie de Sanna, elle a immédiatement compris qu'il éprouve beaucoup de respect à l'égard de l'inspectrice. Ce qui n'est pas le cas de la plupart des autres hommes. Parfois, ils sont loyaux, parfois non. Ils lui obéissent, mais ils mordent, ils ont peur ou ils aboient. Pas Fabian. Il y avait quelque chose d'implicite dans son comportement. Ce n'était ni dans son regard, ni dans ses mots. C'était plutôt une sorte de distance respectueuse, plus humble qu'affectueuse. Elle ne s'attend pas à ce qu'il la traite de la même manière.

C'est alors que Mette sort de l'ascenseur. Eir sursaute, et celle-ci lui adresse un sourire forcé, en marmonnant qu'ils vont peut-être bientôt laisser sortir Jack, et qu'elle doit trouver le département de pédopsychiatrie pour être là quand il aura fini.

— Déjà ? s'exclame Eir, interdite.

— Apparemment, il s'est réveillé tard hier soir. Il a regardé la télé, mangé un sandwich et même bu un peu de chocolat chaud. Ce matin, il a voulu sortir dehors. Il ne souhaite pas rester à l'hôpital. Après tout, il a déjà sa chambre qui l'attend, alors ce n'est pas si surprenant. En tout cas, les médecins ont fait un premier diagnostic, et ils disent qu'il se sentira peut-être plus en sécurité chez moi. Et si le fameux spécialiste en matière de chocs et de traumatismes est d'accord, il pourra rentrer avec moi, tout à l'heure.

Eir hoche la tête, dubitative. Elle se rappelle ce qu'on lui disait quand on laissait Cecilia quitter l'hôpital beaucoup trop tôt : « Le fait de se retrouver chez soi peut faire des miracles. » Cet argument n'était motivé que par le manque de ressources des services de santé, et par des calculs d'ordre purement économique.

— On vous a assigné des agents pour vous protéger, vous êtes au courant, non ? Jack pourrait être un témoin potentiel, alors..., dit-elle.

— Oui, c'est ce qu'on m'a expliqué, répond Mette. Il faut que j'y aille...

— Prévenez-moi quand il sera sorti, d'accord ? crie Eir dans son dos.

Mette se retourne.

— On a besoin de lui parler, ajoute Eir. S'il est prêt, ce serait bien de le faire dès que possible.

Mette hoche la tête et continue son chemin à grands pas, tandis qu'Eir entre dans l'ascenseur et appuie sur le bouton du sous-sol.

À l'entrée de la salle d'autopsie, elle tombe sur un des assistants de Fabian, en train de sortir un corps recouvert d'un drap sur un lit à roulettes. Les pieds qui en dépassent témoignent de l'âge de la victime : c'était quelqu'un de jeune. Fabian se tient à l'intérieur de la salle, et il l'accueille avec un sourire chaleureux.

— Bonjour ! lui lance-t-il, l'air ravi.

Deux autres corps sont allongés sur des lits, recouverts d'un drap.

— C'est pas les vôtres, commente-t-il, comme s'il avait lu dans ses pensées. Mais si tu veux, on peut aller chercher celui de Rebecca ?

Eir fait non de la tête.

— Petit déj' ? lui propose-t-elle en lui tendant le sac de la boulangerie.

— J'accepte volontiers. Mais, malheureusement, tu n'arriveras pas à me soutirer davantage d'indices comme ça, ni pour Marie-Louise ni pour Rebecca.

Elle essaie de cacher sa déception par un sourire, mais elle échoue.

— Ce que je peux quasiment t'affirmer, c'est que le couteau utilisé pour tuer Rebecca provient probablement du même endroit que celui utilisé sur

Marie-Louise. J'ai retrouvé les mêmes fragments d'algues sur les deux corps.

— Et c'était aussi un couteau de chasse ? fait Eir.

— Oui.

— La cause de la mort ? La même que pour Marie-Louise ?

— Oui. La carotide a été tranchée. L'entaille était encore plus profonde, cette fois. La mort s'est donc produite rapidement, encore plus que dans le cas de Marie-Louise.

Il l'observe. Elle est obligée de lutter de toutes ses forces pour que ses joues ne deviennent pas toutes rouges.

— Est-ce qu'il a aussi maintenu Rebecca immobile ?

— Je n'ai pas découvert d'éléments qui permettent de l'affirmer.

Elle revoit devant elle le corps allongé sur le lit, dans la chambre de Jack. Tout ce sang. Toute cette violence. Eir sait qu'elle doit poser encore une question, mais elle n'en a pas envie : elle a peur d'entendre la réponse.

Fabian la regarde. Elle sait qu'il a deviné son hésitation.

— Les pilules qu'on a retrouvées et ce machin à ultrasons…, finit-elle par dire. Est-ce qu'elle était… ?

Fabian secoue la tête.

— Je ne sais pas pourquoi elle était en possession de tout ça, mais non, Rebecca n'était pas enceinte.

Eir expire d'un coup, vidant tout l'air de ses poumons.

— Soulagée ?

Elle opine du chef. Et pourtant, elle sait qu'elle n'a fait que repousser l'échéance : à qui étaient ces pilules, si ce n'étaient pas celles de Rebecca ?

Fabian lui sourit encore gentiment.

— Et où est Sanna, aujourd'hui ?

— Je ne sais pas. Elle s'est barrée hier.

— Elle s'est barrée ?

— Oui, Bernard dit que c'est « cette fameuse période de l'année ».

Fabian a l'air d'être au courant.

— On s'est disputées, continue Eir. Elle veut qu'on demande de l'aide au Noa.

— Et tu n'es pas d'accord ?

— Je ne sais pas. Je pense qu'elle suranalyse tout.

Il la regarde en levant un sourcil.

— C'est peut-être justement grâce à ça qu'elle est si douée.

Eir lui rend son sourire avec hésitation.

— Peu de choses m'échappent en matière de médecine légale, déclare Fabian. Certains diront même que je suis l'un des meilleurs, dans ce pays. Mais Sanna, elle a l'habitude d'arriver sur les lieux d'un crime et de *sentir* ce qui s'est passé. On en discute parfois longtemps après mon travail, quand mes résultats semblent pointer dans une autre direction. À chaque fois, immanquablement, c'est elle qui a raison.

— Peut-être, oui, rétorque Eir. Mais elle est sacrément chiante. Et je suis sûre que je ne suis pas la seule à le penser : c'est sûrement pour ça qu'il n'y avait pas de candidat pour remplacer Bernard. Elle a la réputation d'être bizarre. Elle n'a pas d'amis. Et tout le monde a l'air d'en avoir ras le bol : Bernard, Jon et Le Chêne.

— Tu as peut-être raison, mais elle a quelque chose qu'ils n'ont pas, intervient-il avant de marquer une courte pause. De l'intuition. Pour les pires choses qui peuvent arriver.

— Je ne saisis pas.

— Je veux dire qu'elle n'est pas très populaire dans les cocktail-parties, répond-il avec un sourire.

Eir se sent prise au dépourvu. Elle n'a plus rien à ajouter. Sans y penser, elle a saisi un des scalpels qui se trouvaient là, et elle joue avec, le faisant passer d'un doigt à l'autre.

— Je dois retourner au commissariat, fait-elle, d'un ton stressé. On espère pouvoir interroger le fils de Rebecca. Il est en train de s'entretenir avec un psychiatre en ce moment, un spécialiste en matière de chocs et de traumatismes. Si c'est possible, on va essayer de lui poser des questions. On a un super enquêteur pour mineurs prêt à intervenir, dès que tout le reste sera OK…

— Il peut vraiment supporter ça maintenant ? demande Fabian.

Eir hausse les épaules.

— C'est notre seul témoin potentiel. À part le mari de Marie-Louise, mais il semble avoir disparu de la surface de la Terre.

Fabian ouvre le sac de la boulangerie, en sort un roulé et en prend une grande bouchée. Il mange avec délectation, sans se préoccuper des cadavres dans la salle. Eir lève les sourcils.

— Quoi ? lui demande-t-il en lui faisant un sourire charmeur. Je mange souvent ici. Aucun d'entre eux ne s'est jamais plaint de mes manières à table.

En s'expliquant, il esquisse un geste empreint de respect pour désigner les morts autour de lui. Ce qui frappe Eir, c'est qu'il emploie pratiquement le même langage corporel avec eux qu'avec Sanna.

Elle lui répète qu'elle doit retourner au commissariat. Devant la porte, elle sent le regard de Fabian dans son dos. Quand elle pose la main sur la poignée, elle a chaud et froid à la fois. Elle sort, et ce n'est qu'au milieu du couloir qu'elle se rend compte qu'elle tient encore le scalpel dans sa main.

Arrivée dehors, elle manque de percuter une dame âgée avec des vêtements très colorés et un visage beaucoup trop maquillé. Ses cheveux décolorés ont été montés en chignon, et un sac à main qui ressemble à une boule de bowling est suspendu à son déambulateur.

— Il s'est empêtré, dit-elle en saisissant le bras d'Eir.

— Pardon ?

La dame fait des moulinets avec toute la longueur de son bras.

— Le garçon, il est resté coincé !

Elle désigne du doigt un terrain de jeux situé un peu plus loin. Il est désert, mis à part un corps qui pend au sommet d'un gros dôme d'escalade. On dirait une personne avec la tête coincée dans les cordes du filet. Le corps, revêtu d'un imperméable jaune vif, bouge avec le vent. La tête pendouille d'un côté. C'est comme si la corde lui avait brisé la nuque. De loin, elle ressemble à un filin usé.

— Merde ! s'écrie Eir.

En se précipitant vers le terrain de jeux, elle remarque que le corps n'a ni mains ni pieds, que sa tête a l'air trop petite et étrangement pointue. La façon dont il pend lui rappelle un jouet de plage qui voletterait au vent. Ce n'est pas un être humain : quelqu'un a rembourré un imperméable et l'a suspendu là-haut pour faire illusion.

Rageuse, elle escalade le dôme et en arrache l'imperméable, qui y a été accroché à l'aide de lacets. Un gros pull tombe de la capuche. On en a fourré d'autres, ainsi que des joggings, des chaussettes de sport et une écharpe dans le reste du vêtement. Elle a déjà vu cet imperméable quelque part. Eir se souvient que le fils de Mette portait exactement le même, le jour où ils se sont rencontrés à la cafétéria de l'hôpital.

Il ne lui faut pas plus de quelques secondes pour découvrir Benjamin. Il est assis dans la voiture de Mette, en train de la regarder. Brusquement, elle entend une voix derrière elle.

— Oh, tu as retrouvé son blouson ?

C'est Mette, qui se dirige vers elle, en compagnie de Jack.

— Il n'arrête pas de le perdre, dit Mette en prenant l'imperméable des mains d'Eir.

Eir a envie de répliquer quelque chose, mais lorsqu'elle aperçoit Jack, elle oublie ce qu'elle voulait dire. Il est tout maigre, et sa peau est grisâtre. Ses paupières sont baissées, et tout son corps pend : sa tête, ses épaules et ses mains. Mette se dirige vers la voiture, ouvre la portière du côté passager et l'aide à s'asseoir. Elle jette ensuite le blouson de Benjamin dans le coffre, lui lance un regard courroucé, puis retourne voir Eir.

— Comment ça s'est passé, avec Jack ? demande cette dernière.

— Comme ci, comme ça. Mais mon avis n'a aucune importance.

— Qu'est-ce que vous voulez dire ?

— Il *veut* tout raconter. Il veut vous parler.

Eir retient sa respiration.

— C'est super. Je vais demander à notre enquêteur de commencer à…

— Non, la coupe Mette. Il ne veut parler à personne d'autre que votre collègue. La blonde. C'est bien elle qui l'a trouvé, non ?

— Sanna ?

— Oui.

— D'accord, mais elle n'est pas disponible actuellement. Et on a des règles très strictes lorsqu'il s'agit d'interroger des mineurs…

— Il ne veut rencontrer personne d'autre.

— OK. Je ne peux pas imaginer comme ça doit être difficile pour lui, ni l'état dans lequel il doit être, mais c'est une affaire sérieuse. En acceptant de passer ne serait-ce qu'un petit moment avec notre enquêteur pour mineurs, Jack pourrait énormément nous aider.

— Arrangez-vous pour qu'elle puisse le voir, alors.

Eir remarque que l'un des ongles de Mette est cassé et que, sous le bord irrégulier, la peau s'est ouverte. Elle porte également une blessure qui ressemble à une trace de dents sur un côté de la main.

— Tout va bien ? lui demande Eir avec hésitation.

Mette plonge rapidement les mains dans ses poches.

— Oui.

— Il est arrivé quelque chose ?

— J'attends toujours que les services sociaux trouvent une autre famille pour Jack. Jusque-là, je devrai faire face de mon mieux.

— Je comprends que ça doit être dur. Mais si vous pouviez parler avec Jack pour qu'il accepte de rencontrer quelqu'un d'autre que Sanna… On a vraiment besoin…

— Je sais de quoi vous avez besoin, l'interrompt Mette, mais si la seule famille qui puisse l'accueillir réside sur le continent, il partira immédiatement.

Elle ferme les yeux en prenant une profonde inspiration. Ses longs cils noirs sont brillants et pointus. Quand elle rouvre les yeux, on dirait une autre personne. Elle est douce et souriante.

— Je dois y aller maintenant, annonce-t-elle. Mais si vous devez convaincre votre collègue, il vaudrait mieux le faire rapidement, avant que Jack ne quitte l'île.

Quand Eir attrape son téléphone, elle est très énervée après sa discussion avec Mette. Elle compose le numéro de Sanna. Toujours pas de réponse : elle tombe sur le répondeur.

— C'est moi. Appelle-moi. On a un problème. Il faut que tu reviennes. Jack Abrahamsson veut parler, mais il refuse d'avoir affaire à quelqu'un d'autre que toi. Est-ce que tu pourrais me rappeler ? Il faut qu'on en discute.

Elle se maudit de ne pas avoir demandé des comptes à Mette après l'incident avec l'imperméable sur le dôme d'escalade. Ça la dérange de savoir que Benjamin a dû faire ça pour effrayer quelqu'un, sa mère probablement. Pour attirer son attention. Satané gamin, se dit-elle. Sans doute n'a-t-il pas une relation très saine avec sa mère. Ce n'est peut-être pas si étonnant qu'il se soit autant énervé quand on a provoqué Mette, mais

Benjamin n'était pas seulement en colère, il était pétri de haine. Il avait l'air de vouloir réduire Robban en bouillie.

Eir est gelée, de sorte qu'elle accélère le pas. En s'éloignant de l'hôpital, elle se dit qu'elle doit reprendre les choses depuis le début. Le seul lien, entre au moins deux des trois macchabées, c'est ce masque de renard. Et la personne qui en est à l'origine, c'est l'artiste Ava Dorn.

Le petit restaurant de poisson est très bruyant. Eir tambourine des doigts sur sa table tout en regardant l'horloge avec impatience. Les aiguilles semblent ralentir à chaque trait du cadran, avant de rejoindre le suivant. Une jeune fille en uniforme de police passe devant sa table pour gagner la sortie, suivie de près par Jon et deux autres agents. Jon la colle d'un peu trop près, et la jeune fille essaie de hâter le pas, mais il ne se laisse pas distancer. Dégoûtée, Eir commence à se ronger un ongle.

Enfin, elle voit Bernard entrer. Il s'approche de sa table et s'installe sur la chaise en face d'elle.

— Tu as commandé ? lui demande-t-il.

Eir enfourne une tranche de pain couverte d'une bonne couche de beurre dans sa bouche.

— Ils n'ont que du poisson, ici ?

— Non, ils ont des crevettes aussi, ricane Bernard. Mais leur hareng grillé au beurre de rocambole est magistral.

Le serveur arrive et ils commandent. Il remplit le verre d'Eir avec de l'eau, et elle le boit d'un trait, avant de lui demander de la resservir.

— Alors, ça n'avance pas, avec Jack ? lui demande Bernard.

Par la fenêtre, elle voit la jeune policière se pencher en avant pour essuyer son siège de voiture. Derrière elle, Jon fait un mouvement de va-et-vient avec ses hanches, et les autres agents ricanent.

— Pourquoi on pouvait pas en discuter au commissariat, plutôt ? demande Eir.

Bernard lève la corbeille à pain d'un geste large, puis commence à la secouer pour attirer l'attention du serveur. Il fait ensuite un signe à Eir pour lui indiquer qu'une miette est collée au coin de sa bouche. Elle l'essuie rapidement.

— Alors ? insiste-t-elle. Pourquoi ?

Bernard boit une large gorgée de bière.

— Tu voulais qu'on parle d'Ava Dorn.

— Oui.

— Moi aussi, j'ai envie d'en parler.

— D'accord…

— Le propriétaire de cet établissement n'est pas seulement restaurateur. Il est aussi collectionneur. Et il affectionne tout particulièrement le grotesque.

Bernard lui indique un des murs du menton. En voyant les visages déformés d'un groupe de faunes peints à l'huile, en train de hurler à la mort, avec du sang qui gicle de leurs gueules ouvertes, Eir est prise de nausée. Ils ont été peints avec des coups de pinceau vifs et désordonnés. Le résultat ressemble un peu à un tas de fils de fer barbelés bruns, violets et noirs, tout emmêlés.

— Ce tableau s'est vendu à bon prix à des enchères organisées sur le continent, avant la mort de Dorn.

Bernard lui montre le montant en question sur son portable.

— Et alors ? répond-elle.

— Hier soir, quand on a vu que c'était Ava Dorn qui avait fait le masque de la fille et peint le tableau chez Marie-Louise, je suis venu dîner ici pour discuter un peu avec le propriétaire. J'espérais qu'il m'apprenne quelque chose sur elle, puisqu'on m'avait dit qu'ils se fréquentaient.

— Tu veux dire qu'il la connaissait ?

Bernard opine du chef.

— Oui, mais il n'a fait que répéter ce que tout le monde sait déjà : elle a pris le ferry pour le continent avec sa voiture il y a quelques années, mais elle n'en est jamais descendue. Je lui ai montré la photo du tableau de Marie-Louise, mais il n'avait jamais vu celui-ci auparavant. Ensuite, je lui ai montré le masque de Mia, mais ça ne lui évoquait rien non plus.

— OK. Alors pourquoi on est là ?

— À cause de *ça*, dit Bernard en montrant du doigt le mur derrière Eir.

Un tableau carré dans les mêmes teintes que le précédent y est accroché. Il est entouré de vieux filets et de flotteurs, et n'attire pas particulièrement l'attention.

— J'ai l'habitude de venir manger ici plusieurs fois par semaine et je connais bien leur déco. Et ça… c'est un *nouveau* tableau.

— Et alors ? Il peut l'avoir acheté récemment.

Eir étudie de nouveau le tableau. Une étiquette immaculée dépasse de sous le cadre.

— Oui, tu as bien vu, confirme Bernard. Le cadre est tout neuf. Ce matin, je suis allé faire un tour au magasin qui l'a vendu. Ils m'ont dit qu'ils reçoivent parfois des peintures d'Ava Dorn, qui ont l'air récentes, et qu'ils n'ont jamais vues sur le marché avant. Elle est célèbre, Dorn. Le vendeur connaît bien ses œuvres, et il m'a dit qu'il s'était posé des questions.

— Attends un peu, ne me dis pas que tu crois qu'elle…

— Je ne crois rien du tout. Mais il semblerait que certains amateurs d'art aient encadré de nouvelles œuvres d'Ava Dorn.

Eir se retourne pour contempler à nouveau le tableau. Les faunes ont des jambes de chèvre. Elles sont poilues et musclées. L'horizon derrière eux semble briller d'une lumière jaune, métallique et sulfureuse. C'est la même lumière que celle du tableau avec les enfants masqués : elle est brûlante, enivrante et pénétrante.

Eir essaie de comprendre ce qu'on a vraiment voulu figurer. Ce n'est pas comme si les personnages étaient éclairés par cette lumière jaune, ça donne plutôt l'impression qu'ils se *dissolvent* dedans. Les œuvres d'Ava Dorn ne représentent pas vraiment les enfants ou les personnages à moitié humains qu'elles mettent en scène, mais plutôt cette *lumière* menaçante en arrière-plan.

— Qu'est-ce qui se passe ? demande Bernard. On dirait que tu as vu le diable.

14.

Le soir est tombé, et il est déjà dix-neuf heures quand Sanna prend sa voiture pour se rendre au cimetière où reposent Erik et Patrik, au sud de l'île. Elle est restée alitée toute la journée et a dû se forcer à se lever.

Sur le siège à côté d'elle, son portable vibre.

— Oui ? dit-elle d'un ton morne.

— Tu es en route pour aller voir leurs tombes ? lui demande Le Chêne.

— Qu'est-ce que tu veux ?

— C'est Jack Abrahamsson. Je veux que tu reviennes demain matin pour qu'on essaie de résoudre tout ça.

— Je n'en ai pas la force.

— Il ne veut parler avec personne d'autre que toi.

— Vous trouverez sûrement une solution.

— Mais tu…

Sanna a déjà arrêté de l'écouter. Elle sait qu'elle devrait faire un effort pour donner du sien, au lieu de s'obstiner et de nourrir des rancœurs. Elle n'ignore pas qu'elle pourrait perdre son boulot si elle ne se reprend pas en main. Et pourtant, elle raccroche.

Elle sait aussi qu'il fera nuit quand elle atteindra le cimetière, mais elle se dit que Vilgot Andersson est probablement en train de faire les cent pas sur le parquet grinçant de son salon, avec son col romain, même s'il n'a pas besoin de le porter en permanence. Elle l'imagine en train de jeter un coup d'œil vers les tombes de temps en temps, à travers les vitraux du presbytère. Elle repense à son appartement, avec ses tables encombrées, et les piédestaux, les livres, les vieux CD et des cadeaux de toutes sortes, qui lui ont été offerts par les membres de sa congrégation, et qui gisent un peu partout. Cela va des chats en porcelaine aux pots à six pieds, tournés à la main et décorés de croix, qui servent à conserver les épices. Vilgot lui a toujours affirmé que son plus beau cadeau, c'était la confiance qu'elle lui avait accordée en lui confiant Erik.

La première fois qu'Erik avait atterri devant la porte du presbytère, désemparé, étourdi et couvert de sueurs froides, c'était il y a plusieurs années. Ni Patrik ni elle n'avaient jamais assisté à aucun des sermons de Vilgot, et tout le monde savait que Patrik méprisait ouvertement l'Église ; mais Erik était somnambule, et il avait traversé la route tout seul, pour se retrouver devant la porte du prêtre. Quand Vilgot l'avait appelée, elle avait chuchoté dans son téléphone, pour éviter que Patrik ne lui fasse une scène. Quelques minutes plus tard, elle était venue chercher son fils, encore plongé dans le sommeil.

Erik n'avait pas voulu la suivre. Il était sorti se camper devant la porte de l'église. Quand elle avait essayé de le tirer jusque chez eux, il s'y était opposé et avait commencé à pleurer. Vilgot avait alors proposé qu'ils aillent tous s'asseoir à l'intérieur un moment. Une fois entré, Erik était allé regarder les fonts baptismaux. Vilgot lui avait alors demandé de revenir le lendemain, pour discuter du baptême d'Erik.

Sans même réfléchir une seconde, elle avait secoué la tête et dit :

— Faisons-le maintenant, avant que mon mari ne se réveille.

La situation était inhabituelle, mais cela avait tissé des liens entre eux, et ces derniers avaient subsisté jusqu'à aujourd'hui. Elle sait que Vilgot emportera leur secret dans sa tombe, même maintenant que ni Erik ni Patrik ne sont plus.

Elle gare sa voiture à côté du presbytère et passe les grilles de l'entrée. En arrivant devant les tombes, elle s'accroupit pour sortir deux bougies et une boîte d'allumettes de sa poche. Elle regarde la lumière des deux lanternes, puis les pierres tombales, qui ne portent que deux prénoms : *Patrik et Erik.*

Elle aperçoit celle de ses parents un peu plus loin. Quelqu'un a planté un nouveau rosier juste à côté, elle suppose que ça doit être l'œuvre de Vilgot.

Elle apprécie le prêtre depuis qu'elle a pu voir la tendresse dont il a fait preuve envers Erik. Elle est fascinée par sa nature extravertie, par son énorme corps maladroit et par le fait qu'il ait choisi la paroisse la plus minuscule de l'île pour s'installer.

Elle n'a jamais été croyante, mais quand Erik était petit et qu'il a commencé à faire des phrases entières, il a aussi commencé à jouer avec les miroirs d'une façon étrange. Il leur parlait ; ou plutôt, il parlait avec quelqu'un ou quelque chose de l'autre côté de la glace.

Pour l'obliger à arrêter, elle a pris tous les miroirs de la maison et les a cachés au fond de la cave. Et puis, un jour, Erik les a découverts et il pleurait sur eux.

Les services pédiatriques lui ont dit de ne pas s'inquiéter : « Tous les enfants ont leurs manies à un moment ou à un autre, et le mieux que vous puissiez faire, en tant que parent, c'est de prendre les choses avec calme. »

Patrik n'a pas non plus pris ses angoisses au sérieux, et elle s'est sentie de plus en plus abandonnée, démunie face à l'obsession de son fils. Et puis elle a rencontré Vilgot. À peine une semaine après son baptême, Erik a commencé à jouer avec les miroirs d'une façon plus légère : à la différence d'avant, ils le faisaient désormais surtout rire ou sourire. Vilgot et elle sont alors devenus amis pour la vie. Sanna est très terre à terre dans tous les domaines, sauf en ce qui concerne Erik.

Le silence du cimetière la calme. Elle gratte le sol au pied d'une des lanternes pour en découvrir la paroi en verre, entourée de métal rouillé.

— Je t'ai attendue toute la journée, jaillit soudainement la voix éraillée de Vilgot derrière elle.

Elle se lève sans se retourner.

— Il aurait eu quinze ans, aujourd'hui, dit-elle. J'avais besoin de me calmer avant de venir.

Vilgot avance d'un pas, et ils se retrouvent côte à côte. La lumière des lanternes éclaire la peau tannée de son visage par en dessous, dont les plis forment un labyrinthe.

— Comment vas-tu ? lui demande-t-il.

Sanna désigne du menton une pierre tombale renversée.

— Je croyais que les vandales avaient arrêté ?

Il secoue la tête.

— Non, cela se produit toujours, mais je prends les choses avec détachement. Tant que je peux remettre les pierres en place, pas la peine de se battre pour demander une clôture plus haute ou un cadenas pour la grille.

— Vous ne pouvez pas installer une caméra de surveillance ?

— Le Seigneur veille sur nous, et je crains que ce soit là la seule surveillance dans nos moyens. J'ai entendu dire que j'ai failli avoir de nouveaux voisins ? ajoute-t-il.

— Oui, presque.

— Mais tu n'étais pas convaincue ?

Puisqu'elle ne répond pas, il continue :

— Tout prend du temps. Tu pourras oublier quand ce sera le moment. Viens te mettre un instant à l'abri à l'intérieur. Il fait beaucoup trop froid ici, et il y a trop de vent.

En suivant Vilgot, elle a l'impression que les rafales ne sont pas aussi fortes, derrière lui. En remontant la pente qui va du cimetière vers le presbytère, elle observe son dos et remarque qu'il a perdu du poids depuis la dernière fois. Ce n'est pas très étonnant : les années ont passé.

— Tu restes trop longtemps assise dans cette vieille voiture, déclare-t-il, la voix à moitié engloutie par le vent. Et je ne crois pas que Patrik aurait voulu que tu la conduises. Elle n'est pas sûre.

Il a déjà atteint le sommet de la pente. Il la regarde, un large sourire aux lèvres. La sueur perle sur son front quand elle le rejoint.

— Allez, viens, l'invite-t-il en riant et en lui attrapant la main pour la tirer sur les derniers mètres. Sinon, on va peut-être réveiller les morts.

La cuisine du presbytère est chaude et accueillante.

— Tu es sûre que tu ne veux pas que je t'y verse une goutte d'eau froide ? lui demande Vilgot en indiquant du menton sa tasse de café.

Elle fait non de la tête. Ils sont assis à sa vieille table *gateleg*, face à face. Il a allumé des bougies et une lampe à kérosène brille à l'une des fenêtres. Dehors, c'est la nuit noire : il n'y a pas de voisins, et on ne voit pas d'étoiles, ce soir.

Il se lève pour aller mettre un disque. Les notes claires et délicates d'un piano emplissent l'air.

— On m'a envoyée sur une affaire horrible l'autre jour, lâche Sanna en reposant sa tasse. C'était une fille. À la carrière de calcaire. Enfin, ce n'est pas une affaire de meurtre, c'est un suicide. Elle n'avait même pas quinze ans.

— Mia Askar ?

— Oui. Comment es-tu au courant ?

— J'ai entendu des gens en parler. Ils la connaissaient. La famille Askar vivait par ici à la naissance de

Mia. Tu ne te rappelles pas la petite Mia ? Elle est née la même année qu'Erik.

Sanna secoue la tête.

— Et puis après, ils ont déménagé au nord de l'île, ajoute-t-il. Ils ont traversé des périodes difficiles. C'était le chaos pour la fillette, à la maison.

— Tu la connaissais, alors ?

— Elle était toute gamine quand ils ont déménagé. Mais j'ai essayé d'aider Lara. J'organisais des activités pour Mia l'été… ou, plutôt toute l'année. Je l'ai aidée à venir au presbytère, par exemple. Et elle s'est présentée quelques fois, avec d'autres enfants. Erik les a aussi rencontrés.

— Ah bon, mais c'était quand ? Tu ne m'as jamais demandé s'il pouvait jouer avec d'autres enfants, il me semble ?

— C'étaient seulement quelques gamins de la ville, répond-il en lui adressant un sourire rassurant.

— Alors tu as été en contact avec Lara Askar pendant toutes ces années ?

— Pas exactement. On s'est perdus de vue avec le temps.

Il ferme les yeux pour laisser ses longs doigts pianoter dans l'air, en rythme avec la musique.

— Les *Variations Goldberg*, de Bach, dit-il en souriant avant d'ouvrir de nouveau les yeux et de les poser sur elle avec tendresse. Tu dors, ces jours-ci ?

Elle élude la question.

— Quoi de neuf dans le coin ?

— Pas grand-chose. Une nouvelle famille s'est installée à côté du phare. À l'ancienne résidence publique, le petit bâtiment le long de la route. L'homme a monté sa propre entreprise. Apparemment, il est très doué.

Sanna acquiesce, l'air absent.

Après un instant, il ajoute :

— Peut-être que ça ne serait pas une mauvaise idée ? De voir si tu pourrais remettre la propriété sur pied et retourner y vivre ?

— Ce n'est plus chez moi.

— Je connais un mec qui a tout nettoyé après l'incendie dans le port il y a quelques années, son entreprise a vraiment fait du bon boulot…

Sanna ne réagit pas.

— Tu veux une autre tasse de café ? lui demande Vilgot.

Elle regarde l'heure.

— Je crois que je vais y aller.

Vilgot ouvre grand les bras pour lui donner une accolade chaleureuse.

— Je peux te préparer la chambre d'amis, dans l'annexe. Il y a des courants d'air, mais tu pourrais peut-être quand même profiter d'une bonne nuit de sommeil ?

Elle sourit d'un air fatigué, mais secoue la tête. Elle enfile son manteau et ses bottes, en s'interrompant un court instant lorsqu'elle entend l'orage se mettre à gronder.

— Fais attention en conduisant, lui dit Vilgot. Il y a beaucoup d'animaux sauvages sur les routes, ces temps-ci.

— Merci, répond-elle en le prenant dans ses bras avec maladresse.

— Bah, ce n'était qu'un café. À dans un an.

Ils se sourient. Sanna pose la main sur la poignée, hésite un peu, puis se tourne à nouveau vers lui.

— Au fait, Mia Askar portait un masque de renard quand elle s'est suicidée, ça te rappelle quelque chose ?

Vilgot secoue la tête.

— Je me demandais juste s'il y avait une symbolique mythologique là-dedans, que tu connaîtrais peut-être.

Il reste un instant immobile, l'air préoccupé.

— Une mythologie… Les animaux ont toujours été utilisés pour symboliser quelque chose, c'est sûr. Ni Mia ni sa mère n'étaient particulièrement tournées vers la religion, mais il pourrait s'agir du célèbre renard, autrement non, je ne vois pas…

— *Quel* renard ?

Il s'assied sur le strapontin du mur, qui craque un peu sous son poids.

— Lara avait des amis qui étaient de fervents catholiques, je crois. Dans le catholicisme, on utilisait les animaux pour symboliser certaines choses, comme dans pas mal de religions, en tout temps, et encore aujourd'hui.

— Des symboles de *quoi* ?

— Des péchés…

— Les sept péchés capitaux ?

Il acquiesce.

L'image des enfants et de leurs masques d'animaux lui revient d'un coup en mémoire. Il y avait *sept* enfants.

— Un porc, un paon, un âne, un chien, une chèvre, un renard et un loup ? demande-t-elle.

Vilgot hésite un peu.

— Je ne sais pas. C'est un peu à l'appréciation de chacun… (Il relève le menton.) D'où tu tiens tout ça ?

Est-ce que les circonstances de la mort de Mia porteraient à croire que ce n'était pas un suicide ?

— Non, mais on étudie son décès de plus près dans le cadre d'une autre enquête.

Il pose la main sur son front et se frotte la tempe.

— Comment fais-tu pour avoir ce courage, dit-il doucement.

— Je n'ai plus rien d'autre. Les vieux couteaux de chasse disparus et autres horreurs sont ma nouvelle famille, maintenant.

— Des couteaux de chasse ?

— Oublie ça, c'est juste un des trucs de l'enquête actuelle.

Elle le prend dans ses bras encore une fois avant de sortir.

Il verrouille la porte derrière elle. Il reste un long moment à regarder la route par les vitraux du presbytère, même après que la lumière de ses phares a disparu. Ensuite, il remet en route le CD des *Variations Goldberg* et commence à bouger doucement les doigts en rythme.

15.

Sanna frappe deux coups brefs, et elle entend quelqu'un bouger derrière la porte. Une femme lui ouvre, sans enlever la chaîne de sécurité.

— Oui ? demande-t-elle, sur ses gardes.

Sanna devine que c'est la sœur de sa coéquipière. Sa beauté la surprend. À la différence d'Eir, on dirait un petit oiseau fragile.

— Eh bien… Je cherche Eir.

— Elle n'est pas là.

Sanna sort son badge de police.

— Vous devez être sa sœur. Je m'appelle Sanna Berling et je suis sa collègue. J'ai essayé de l'appeler, mais elle ne répond pas.

— Je crois qu'elle est partie à la bibliothèque.

Sanna la regarde avec gratitude.

— Alors, je vais aller voir si je peux l'y trouver.

Elle tourne les talons pour partir.

Cecilia enlève alors la chaîne de sécurité et ouvre la porte.

— Entrez, vos cheveux sont tout mouillés. Je dois avoir une serviette, si vous…

Elle emmène Sanna à la cuisine, où elle lui tend un torchon propre pour sécher ses cheveux. Sixten vient la renifler un peu. Sanna lui grattouille l'oreille et il part s'installer à côté du canapé.

Cecilia la regarde, l'air d'hésiter.

— Vous allez à la bibliothèque, maintenant ?

— Oui ?

— Est-ce que vous pourriez me déposer au passage ?

Elle porte déjà ses chaussures d'extérieur, comme si elle était en route pour quelque part. Il y a un sac de sport posé sur le sol de la cuisine. Sanna se souvient que Le Chêne lui a raconté le parcours de la jeune femme en centres de désintoxication. Elle peut lire le manque dans le regard vide de Cecilia.

— Est-ce que ta sœur sait que tu t'en vas ?

Cecilia secoue la tête.

— Ce n'est pas un souci, je l'appellerai.

— Je suis désolée, mais je ne te conduis nulle part, répond Sanna avec autant de gentillesse qu'elle le peut. Je dois y aller.

Eir se gare devant l'hôpital, où se trouve le département de médecine légale. Le parking est désert, si ce n'est la poignée de voitures éparpillées qui ont l'air de s'y trouver depuis plusieurs jours, à en juger par les feuilles rouge orangé tombées sur leur pare-brise.

Elle se passe les mains dans les cheveux et jette encore un coup d'œil au rétroviseur, avant de sortir du mascara de la poche intérieure de son blouson. Elle commence à en appliquer avec soin. Elle prend ensuite le livre qu'elle a posé sur le siège à côté d'elle et sort de sa voiture, sous la pluie.

La salle d'autopsie est vide. Elle y pénètre juste au moment où Fabian est en train de suspendre sa blouse de travail à un crochet derrière la porte. Il ne l'a pas remarquée et commence à se laver énergiquement les mains dans le lavabo. Elle s'arrête un instant pour l'observer.

Ses gestes sont pleins d'assurance. Et pourtant, elle ne peut s'empêcher de se demander quel genre d'homme il est, même s'il a l'air normal et sûr de lui, pour avoir choisi de passer sa vie à découper des cadavres. Son sac est suspendu également, à côté d'une parka vert foncé. C'est un sac de cuir brun joliment patiné.

Subitement, elle l'entend.

— Tu es entrée seulement pour te mettre à l'abri, ou bien il y avait autre chose ?

Elle lui sourit, un peu gênée, avant de baisser la capuche de son sweat-shirt.

— Tu travailles tard, constate-t-elle.

— Tu en as de la chance. On dirait.

— On dirait.

Il se retourne vers elle et lui sourit, mais il a l'air épuisé.

— Ils ont fermé le dernier foyer de nuit la semaine dernière. Et la semaine d'avant, quelqu'un a mis le feu au foyer pour mineurs à côté du port.

— J'en ai entendu parler.

— J'ai l'impression d'avoir eu plus de travail au cours de ces dernières semaines que pendant toute l'année.

Il s'essuie les mains avant de lui lancer sa serviette. Elle la passe rapidement sur ses cheveux avant de la déposer dans une corbeille à linge sale à côté d'eux.

— Il est arrivé quelque chose ? lui demande-t-il.

— Oui, répond Eir en lui tendant le livre.

De l'eau sale s'en échappe, goutte à goutte : elle l'a fait tomber dans une flaque d'eau en sortant de la bibliothèque.

— Pardon, reprend-elle en tentant de repérer quelque chose pour nettoyer. Merde alors. C'était leur seul exemplaire, je dois le lire et essayer de comprendre de quoi il s'agit. C'est le bouquin qu'on a retrouvé à moitié cramé chez Rebecca. Et Sanna reste injoignable. Je voulais juste te demander si tu l'avais lu. Je ne connais encore personne sur cette putain d'île, et lire des résumés sur Internet, c'est pas mon truc.

Fabian ouvre le livre. Les pages se décollent de la couverture et *Le Paradis perdu* de Milton tombe à leurs pieds.

— Mais non, merde ! s'écrie Eir en levant les mains au ciel en signe de désespoir.

Fabian rit en ramassant quelques pages.

— Ça fait longtemps que je n'avais pas vu ce bouquin.

— Tu l'as donc *lu* ?

— J'ai écrit une dissertation dessus quand j'étais au lycée.

— Quelle aubaine, soupire Eir, soulagée. De quoi ça parle ?

— Je ne m'en souviens pas trop, ça fait pas mal d'années…

— Tout m'est utile, au point où j'en suis.

— Tu as du temps ?

— Malheureusement, pas trop. Tu me donnes la version courte ?

— Je crains que ça ne soit pas possible. Tu promets de ne pas m'en tenir rigueur si j'ai mal interprété ? répond-il avec un sourire.

— Vas-y.

— Tu connais la Création et la Chute ?

— Tu veux dire Adam et Ève, et tout ça ?

— Oui. Ce livre les décrit et tente de concilier un bon Dieu tout-puissant avec un monde plein de noirceur.

— C'est une sorte de plaidoyer pour Dieu, alors ?

— Oui, on pourrait dire ça comme ça.

— Mais je ne comprends pas, quelle est la différence avec la Bible ?

— Je ne sais pas quelle version de la Bible tu as lue, mais dans ce récit, c'est Satan le personnage principal.

— D'accord.

— C'est sans doute une façon erronée de le résumer, mais, d'après moi, *Le Paradis perdu* traite du combat tragique que mène Satan pour gagner son autonomie, ou sa liberté, en d'autres termes.

Eir réfléchit un instant.

— OK. Donc, si le coupable nous a ramené ce livre, puis y a mis le feu, que crois-tu qu'il essayait de nous dire ?

Fabian frotte son pouce contre ses dents, comme si elles le démangeaient. Eir frissonne. Il lève ensuite les yeux vers elle, et déclare :

— Que le Diable ne dépend plus de Dieu ?

Eir garde les yeux fixés droit devant elle, mais Fabian continue à la regarder. Elle met un moment avant de s'autoriser à croiser son regard.

— Que Satan s'est libéré ? demande-t-elle à voix basse.

Elle observe Fabian. Elle ne veut pas partir. D'un autre côté, elle se dit qu'elle ne devrait pas. Personne ne devrait être attiré par un homme qui passe sa vie sous terre, entouré de morts.

Elle doit reprendre le contrôle et sortir de la pièce. Elle tente d'invoquer une image de lui en train de pratiquer une autopsie sur un corps, mais elle échoue. Au lieu de cela, c'est comme si toutes les sonnettes d'alarme s'éteignaient brusquement pour ne laisser que ses yeux bleu foncé sans fond, ses mains puissantes, et l'assurance de ses gestes. Et entre eux, il y a cette brutale révélation que le Diable est peut-être en train d'errer là-dehors, tel un chien sans maître. Libre.

Elle hésite, puis s'approche lentement de lui. Avant qu'il ait eu le temps de réagir, elle est déjà beaucoup trop près. Lorsque ses lèvres touchent les siennes, il lui saisit les poignets. Il recule la tête pour l'obliger à rencontrer son regard, il attend une confirmation. Elle hoche la tête, ferme les yeux, et il la serre fermement, l'enveloppant de ses bras.

Devant la bibliothèque, Sanna descend de voiture. Elle ignore exactement pourquoi elle est venue jusqu'ici, alors qu'elle sait que l'établissement est déjà fermé. Peut-être était-ce pour retrouver Eir, ou peut-être essaie-t-elle seulement de trouver un prétexte pour ne pas rentrer chez elle. Elle voit que quelqu'un a collé une annonce à côté de la porte d'entrée. C'est le personnel qui demande aux usagers s'ils ont vu quelque chose : des DVD ont été volés. Toute piste est la bienvenue.

Une bibliothécaire sort du bâtiment plongé dans la pénombre, clés à la main.

— Revenez demain, lance-t-elle joyeusement, tout en verrouillant la porte.

En voyant Sanna lire l'annonce au sujet des DVD, elle émet un petit raclement de gorge gêné.

— Quelle blague, cette affaire. On pense que c'est une bande d'ados qui a fait ça. Ils ont volé toute une caisse de DVD et puis ils ont jeté les disques dans le parc, là devant, et ont gardé les emballages. Ils doivent penser que c'est marrant, que plus personne ne regarde de DVD maintenant qu'on trouve tout sur Internet. Ils croient qu'ils peuvent faire ce qu'ils veulent, comme si on avait des fonds illimités, nous !

Sanna a envie de lui dire que quelques DVD volés ce n'est pas aussi grave que les deux meurtres sur lesquels elle est en train d'enquêter, mais elle n'en a pas la force. Au lieu de cela, elle retourne à sa voiture, se laisse tomber sur le siège du conducteur et tente à nouveau d'appeler Eir. Toujours pas de réponse. Un peu plus loin, un poivrot hurle quelque chose. Elle hésite, puis démarre, en direction du quartier où se dresse l'église catholique.

Le gros bâtiment est moderne et a été dessiné par un architecte. Par rapport aux maisons médiévales et aux ruelles pavées des alentours, il a presque l'air futuriste.

Elle sort de voiture pour aller voir si la porte de l'église ou l'accueil sont ouverts, contre toute attente. Tout est verrouillé et les lumières sont éteintes. De retour à son véhicule, elle se demande à nouveau si elle doit rentrer chez elle, mais elle a l'impression que ce serait une perte de temps. Elle laisse son regard courir sur les pavés luisants des rues. Une sensation de calme règne sur les lieux. Elle se renverse dans son siège et avale une pilule, puis une autre. Elle entraperçoit la muraille au loin, dans le noir. Derrière elle, la mer brille sous la lumière de la lune. Elle est d'un bleu changeant et presque électrique.

Eir renfile son jean et son pull sans même prendre la peine d'en faire sortir ses cheveux, qui restent coincés en dessous. Fabian la regarde avec ses yeux rieurs.

— Tout va bien ? s'enquiert-il.

— Tu vas rentrer, maintenant ? lui répond-elle abruptement.

— Oui. Tu veux que je te dépose ?

Eir désigne du menton les pages du livre, qui gisent par terre.

— Non merci. Mais tu pourrais me rendre un service et rendre ce livre à la bibliothèque pour moi ?

Quand elle se dirige vers sa voiture, le bitume brille d'humidité. En songeant à ce qui vient de se produire, elle dissimule un sourire. Fabian lui rappelle quelqu'un. Elle l'a peut-être déjà rencontré ailleurs, ou dans une autre vie. Ou bien c'est quelque chose dans ses yeux. Les choses peuvent-elles vraiment être aussi simples ? Elle prend une profonde inspiration et décide de ne plus y penser.

Elle entend des pas rapides derrière elle. Quand elle se retourne, elle ne voit personne. Elle se dit qu'elle est épuisée et qu'elle s'imagine des choses. Puis elle entend à nouveau le bruit, il produit un écho contre les murs de l'hôpital. C'est un son qui ressemble à peine à des pas humains. Cela fait plutôt penser à un animal à quatre pattes, qui bougerait de façon désordonnée.

— Y a quelqu'un ? lance-t-elle dans l'obscurité.

Tout redevient silencieux.

Elle secoue la tête en se disant qu'elle doit rentrer dormir, lorsqu'elle voit une ombre passer rapidement devant elle. Il y a une ou deux créatures accroupies à l'endroit le plus sombre du parking. Elle se rend compte que c'est là que sa voiture est garée, et que l'éclairage est cassé juste à cet endroit.

Elle se répète plusieurs fois que personne ne lui veut du mal, et que l'absence de lumière est une simple coïncidence. La personne qui se tient là est peut-être un sans-abri à la recherche d'un endroit où se réfugier.

Elle se retourne vers l'hôpital. L'une après l'autre, les lumières de la cage d'escalier sont en train de s'éteindre automatiquement. Fabian devrait bientôt sortir sur le parking du sous-sol pour aller chercher sa voiture ; mais tout est sombre. Peut-être a-t-il déjà quitté le bâtiment par une autre porte.

Elle fait un pas en avant. Un bruit de verre brisé fend l'air, suivi d'un son chuintant. Elle se précipite vers sa voiture.

La vitre côté conducteur a été brisée, et ses roues ont été lacérées de coups de couteau. Elle se jette sur le sol pour regarder sous le véhicule. Elle aperçoit deux paires de pieds de l'autre côté. Elle ne réussit pas à deviner s'ils se dirigent vers elle, ou s'ils sont en train de s'éloigner, mais elle sait une chose : le couteau qui a fait ça à ses pneus était bien aiguisé. Elle retient sa respiration, dégaine son arme et se remet debout. Une ombre se précipite sur elle. Elle aperçoit un visage, des épaules, et ensuite un bras, qui la pousse de toutes ses forces sur le côté. Elle s'affale sur le bitume.

— Bande de lâches ! hurle-t-elle aux deux ombres qui détalent sur la pelouse, en direction de la muraille.

Quand elle réussit à se remettre debout, elle regarde la vitre de sa voiture avec désespoir. Quelqu'un a tagué son siège. On y a écrit CRÈVE, en grosses lettres rose fluo.

16.

Sanna reste assise un instant après avoir ouvert les yeux, contraints par le soleil. Quelques rouges-gorges pépient dans les vieux mûriers de l'autre côté de la rue. Il fait froid et humide dans sa voiture. Le pare-brise est recouvert de buée, qui a gelé par endroits, et elle doit le frotter pour voir à travers.

Tout est vide et immobile, si ce n'est qu'il y a un homme en train d'uriner contre le mur de l'église. Elle sort de voiture. Quand elle passe devant lui pour entrer par la porte gigantesque, il crache un tas de tabac à chiquer, rote, remonte sa braguette, et tâtonne dans sa poche arrière pour mettre la main sur sa boîte à cigarettes.

La salle d'accueil est spacieuse, meublée de grands canapés confortables disposés autour d'une table basse. Un bureau luxueux et une chaise sculptée ont été installés devant l'une des fenêtres. C'est là qu'est assis le père Isak Bergman, un homme grand et mince d'une quarantaine d'années. Il fait signe à Sanna de prendre place. Elle s'excuse d'être venue un samedi. Il croise les doigts en lui souriant aimablement.

— Nous ne recevons pas la visite de la police très souvent.

— Nous avons une enquête en cours…

— La femme du quartier résidentiel sud ? l'interrompt Bergman.

Sanna hésite. Cela lui rappelle douloureusement que seul le meurtre de Marie-Louise Roos fait l'objet de l'attention des médias. La population n'a pas la moindre idée du lien entre cette affaire, le meurtre de Rebecca et le suicide de Mia.

— On a retrouvé un masque de renard, dit-elle, et nous avons des raisons de penser qu'il pourrait être lié à l'Église catholique.

Il continue à l'observer un instant.

— Vos collègues et vous ne perdez jamais de temps pour venir nous voir quand quelque chose semble lié de près ou de loin à notre religion, déclare-t-il froidement. Autrement, on ne vous voit *jamais*. Lorsqu'il y a eu une effraction l'année dernière, vous ne nous avez pas accordé plus de dix minutes.

Sanna sort une photo du masque de Mia.

— Ça vous rappelle quelque chose ?

Son regard reste indifférent.

— Non.

— Vous, ou quelqu'un d'autre, ne l'auriez pas utilisé dans le cadre, disons, de jeux, ou encore pour l'éducation des enfants de la paroisse ?

Bergman retient un sourire amer.

— Je comprends que vous souhaitiez lier notre congrégation à des pratiques violentes et sales, mais je ne peux malheureusement pas vous aider. Je ne vois pas pourquoi cela aurait quelque chose à voir avec notre foi, et encore moins avec des enfants. C'est un peu tiré par les cheveux, vous ne croyez pas ? Même pour la police.

Elle cherche ensuite la deuxième photo dans son portable, celle du tableau qui représente les sept enfants avec les masques d'animaux.

— Les sept péchés capitaux, dit-elle. N'est-il pas exact que les catholiques utilisaient des représentations d'animaux pour aider les gens à se rappeler les sept péchés capitaux ?

Bergman pose une main juste sous son nez, au-dessus de sa lèvre supérieure, un court instant.

— Peut-être, mais je ne suis pas au courant.

— Un des enfants sur ce tableau, Mia Askar, s'est suicidé il y a quelques jours, déclare Sanna. Avec ce masque de renard sur le visage.

Bergman déglutit.

— Je suis vraiment navré, répond-il.

— Ce tableau se trouve chez la victime du quartier résidentiel sud, Marie-Louise Roos.

Il se gratte la tempe.

— Ces masques n'ont rien à voir ni avec moi ni avec ma congrégation.

Son ton indique qu'il souhaite mettre fin à la conversation, et Sanna lit dans ses yeux un poids et une tristesse qui la convainquent de son honnêteté. Elle le remercie, lui laisse son numéro de portable et se lève pour partir. Avant d'atteindre la porte, elle se retourne à moitié.

— Connaissez-vous Frank Roos, au fait ?

Bergman secoue la tête.

— C'est le mari de Marie-Louise Roos, lui explique Sanna. Les rumeurs disent qu'elle avait sollicité un de vos collègues quand Frank était hanté par une vision. Apparemment, il était comme possédé. Il pensait avoir vu la Vierge Marie avec une queue, sur une falaise au bord de la mer. Un homme d'Église est venu procéder à un exorcisme sur lui…

Le regard de Bergman se durcit.

— J'ai entendu son nom. C'est lui que vous recherchez, non ? Il y a eu des battues, et tout ça ?

— Effectivement. Vous êtes sûr de ne pas le connaître ?

Bergman secoue la tête, mais Sanna ignore la signification de son geste.

— Mais vous savez qu'il y a eu un exorcisme, continue-t-elle. Vous pouvez m'indiquer le nom du prêtre qui l'a pratiqué ? Si j'ai besoin de lui parler…

— Malheureusement, je ne peux pas. Personne ici ne fait ce genre de chose.

Sanna réfléchit un instant avant de poursuivre :

— Et une certaine Rebecca Abrahamsson ? Ça ne vous évoque rien ?

Il ne répond pas, il continue seulement à la regarder.

— C'est une infirmière, insiste Sanna. Avec un fils de treize ans, qui est maintenant orphelin.

— Je ne comprends pas, réplique-t-il. Je croyais que la police enquêtait sur le meurtre d'une femme âgée dans le quartier résidentiel sud. Mais vous déboulez ici, vous me parlez d'autres personnes, et vous accusez ma congrégation.

Ses yeux s'égarent brièvement vers un coffre-fort qui se trouve dans la pièce, puis il croise les mains devant lui en un geste qui la congédie et se renverse en arrière dans son fauteuil.

Elle pousse un soupir et désigne du doigt le papier avec son numéro de portable.

— Si vous vous rappelez quoi que ce soit, vous pourrez me joindre à tout moment.

Il esquisse un sourire.

— Vous avez entendu parler de la Mare ? demande-t-il doucement.

— Pardon ?

— La Mare. Grande, avec des ailes toutes noires et des mains immenses comme… (Il s'interrompt.) Elle visite les maisons la nuit, en entrant par le trou de la serrure, rampe jusqu'à la poitrine des gens et les enserre avec force. La victime se réveille alors en sueur, avec l'impression d'avoir été lentement étouffée…

— Que…

Il croise les bras sur sa poitrine.

— Vous savez ce que je réponds à ceux qui me demandent de chasser la Mare, de venir répandre des graines sur le sol, de déposer un oiseau de proie mort dans leur maison, ou encore de tracer des étoiles à six branches dans leur étable ?

— Non…

— Je leur réponds ceci : pour vous aider, il faudrait retourner au Moyen Âge.

Sanna attend la suite, debout dans l'encadrement de la porte.

— Aucun de ceux qui travaillent ou prient ici, sous ma supervision, ne vit dans le passé, déclare-t-il d'une voix dure, le regard glacial. Nous ne faisons preuve d'aucune tolérance envers la haine ou la violence.

— On a besoin de toute l'aide possible, alors appelez-moi si vous vous souvenez de quelque chose, répète-t-elle, aussi aimablement que possible.

— Tout ceci n'est que spéculation. Seul le Seigneur sait tout.

Eir a déposé plainte pour les dégradations sur sa voiture et cela a fait des remous, au commissariat. Certains de ses collègues lui jettent des regards en coin, d'autres l'évitent.

L'écriture enfantine et les grosses lettres rose fluo ne laissent aucun doute sur l'identité des auteurs du délit. Les filles avec lesquelles elle s'est battue le premier soir ont dû la voir passer, la suivre jusqu'à l'hôpital et attendre qu'elle ressorte. Il vaut mieux ne pas expliquer ça à son chef.

Dans la salle d'enquête, Le Chêne remercie l'équipe, avec une certaine retenue, d'être venue un week-end. Il leur confirme avec calme et méthode qu'il existe un lien entre les trois décès, établi grâce au masque de renard, au collier aux trois cœurs, et à l'argent que Marie-Louise destinait à Rebecca. Il souligne également que le motif pourrait être d'ordre religieux, car on a retrouvé les restes, à moitié calcinés, d'un exemplaire du *Paradis perdu* chez Rebecca Abrahamsson.

À côté de lui, sur la table, trône son mug en mélamine, incassable, malgré d'innombrables chutes dues à ses mains abîmées par l'arthrose. Il est orange, de la même couleur que les gilets de sauvetage, et des vapeurs d'écorces et de poudre de cynorrhodon s'en échappent : c'est une décoction pour apaiser ses douleurs.

— Voilà donc où nous en sommes, maintenant, déclare-t-il en montrant le tableau blanc. Eir ? Des indices ? Quel programme pour aujourd'hui ?

Tout en haut, quelqu'un a épinglé les photos de Marie-Louise et de Rebecca. Il n'y a pas grand-chose d'écrit en dessous. La photo de Frank est toujours là, avec ses yeux verts braqués sur la pièce. Sous les informations concernant Rebecca, on a collé une photo de classe de Jack. Il fixe l'appareil, sans sourire. À côté, quelqu'un a écrit : TÉMOIN POTENTIEL.

— Il y a encore des zones d'ombre, commence Eir. Par exemple, quel est le lien entre Mia Askar, Marie-Louise Roos et Rebecca Abrahamsson ? Et aussi, le rapport entre les enfants du tableau, Marie-Louise et Rebecca ? Quelqu'un a tracé le nombre 26 sur la hanche de Mia Askar : qu'est-ce que cela signifie ? Sudden pense que les couteaux utilisés pour les deux crimes proviennent du même endroit, mais ignore tout de leur provenance. Est-ce que l'on prend contact avec le club de chasse de l'île, pour leur demander si on peut jeter un coup d'œil à leur matériel, afin de vérifier si quelque chose a été dérobé ? Rebecca Abrahamsson avait des pilules contre les nausées dues à la grossesse, ainsi qu'un doppler, or elle n'attendait pas d'enfant. À qui étaient-ils donc destinés ?

— Jon, occupez-vous du club de chasse, ordonne Le Chêne. Bernard, charge-toi d'en découvrir davantage sur le tableau d'Ava Dorn, et surtout sur la raison pour laquelle elle a peint ces enfants. Peut-être que d'autres tableaux peuvent nous fournir des indices. Et vérifie si c'est Marie-Louise Ross qui l'a commandé. Ensuite, il y a la question de l'argent. Est-ce qu'on a accès aux informations bancaires de Marie-Louise et de Rebecca pour vérifier s'il y a des recoupements quelconques ?

Bernard hoche la tête.

— On a tout, mais je n'ai pas eu le temps de les éplucher…

— Donne-moi les documents, lui dit Le Chêne. Je vais trouver quelqu'un pour le faire. Contacte à nouveau l'association, pour les recherches. Je veux qu'on tente un nouvel essai pour retrouver Frank Roos. OK ?

Bernard acquiesce. Jon s'éclaircit la gorge.

— Où est Sanna ? demande-t-il. Elle ne devrait pas être là ?

— On a cherché à la joindre, affirme Le Chêne.

Eir souffle en son for intérieur. Elle est encore en colère contre sa collègue.

— Je vous préviendrai s'il y a du nouveau, ajoute Le Chêne. C'est tout. Allez-y, et on fera un point en cours de journée.

Une fois la réunion finie, Jon se glisse à côté d'Eir sans faire de bruit.

— Alors, la médecine légale à cette heure-*là* ? C'est à ce moment qu'on s'en est pris à ta voiture ?

Elle cherche Le Chêne du regard, mais il est en train de s'entretenir avec Bernard.

— Oui, répond-elle, en tournant les talons pour partir.

— C'est quand même incroyable de travailler aussi tard, ajoute-t-il avec un sourire plein de sous-entendus.

Le Chêne s'extirpe de sa conversation suffisamment longtemps pour attraper le bras d'Eir au passage.

— Où tu vas ? lui demande-t-il.

— Je pensais…

— J'ai le dossier médical de Rebecca Abrahamsson, et je voudrais que tu y jettes un coup d'œil.

— Comment ça ?

— Le dossier de son psychiatre.

— Ah bon ?

— J'ai demandé à quelqu'un de haut placé de me rendre un petit service. Va voir à l'accueil, il doit s'y trouver. Et donne-toi la peine de sourire, la personne de l'accueil fait aussi des heures sup' ce week-end.

Elle acquiesce.

— Encore une chose, ajoute Le Chêne.

— Oui ?

— C'est le même psychiatre qui a vu Jack Abrahamsson avant qu'on le laisse sortir de l'hôpital.

— D'accord…

— C'est juste une info. N'aie pas l'air autant sur la défensive.

— Tu ne serais pas en train de suggérer que je lui demande de persuader Jack de parler à quelqu'un d'autre qu'à Sanna ?

— Je ne suggère rien du tout.

Eir ricane nerveusement.

— Tu sais bien que le gosse refuse de parler avec nous. Il ne veut voir personne d'autre que Sanna, et elle s'est barrée. Donc c'est foutu. Alors quand tu me précises que ce bonhomme a vu Jack, on dirait que tu…

— On se calme.

— On n'a pas le droit de forcer un enfant à nous parler, ni de l'embobiner. Je ne peux même pas m'approcher de lui sans son consentement. Je peux me retrouver dans une putain de…

— Tu m'as demandé de te charger de l'enquête, non ? l'interrompt Le Chêne.

— Oui, mais…

— Alors, ressaisis-toi et fais ce qu'il faut.

Le dossier de Rebecca sort tout droit de l'imprimante et les feuilles sont encores chaudes quand la femme de l'accueil les tend à Eir. En retournant à la salle d'enquête pour les lire, elle sent son agacement croître.

Elle les parcourt et en dresse rapidement le portrait d'une femme profondément déprimée, ravagée sur le plan psychologique. Il transparaît que Rebecca a commencé à avoir des hallucinations il y a environ cinq ans de cela. Elle avait des visions et même des épisodes de paranoïa. Tout est décrit en détail. Eir a la sensation que le psychiatre, Gunnar Billstam, se met parfois dans la peau de Rebecca Abrahamsson, jusqu'à ne faire plus qu'un avec elle, tant il est précis. Comme quelqu'un qui ne pourrait pas se retenir de gratter la croûte d'une plaie pour regarder dessous.

C'est impensable qu'on ne lui ait pas retiré Jack. Eir se souvient que la secrétaire des services sociaux Ines Bodin leur a raconté l'épisode sur le toit de l'école, de sorte qu'elle retourne en arrière pour chercher ce passage.

Rebecca s'était prise pour un oiseau. Quand les enfants étaient sortis de leur pause-déjeuner, elle avait commencé à sautiller sur place en citant le dodo dans *Alice au pays des merveilles*. Elle avait ensuite été conduite au département de psychiatrie, où elle avait été soignée pour psychose temporaire. On avait demandé l'avis de Billstam sur la garde de Jack, s'il pouvait continuer à vivre chez elle.

Quelqu'un aurait dû réagir à ce moment-là et s'occuper de l'enfant. Eir lit les paragraphes où Billstam décrit son premier rendez-vous avec Rebecca. Elle croit encore parfois être un oiseau. Elle est complètement perdue, et appelle quelquefois sa mère. Après la deuxième ou la troisième séance, les notes deviennent de plus en plus détaillées et il trace une image de plus en plus nette de Rebecca et de ses problèmes. Il semble évident que sa psychose n'était pas passagère. Eir prend soudain conscience que ce qu'elle lit est peut-être confidentiel. Peut-être les services sociaux n'étaient-ils même pas au courant.

Elle commence à chercher frénétiquement le diagnostic que Gunnar Billstam a posé officiellement. Quand elle tombe dessus, à la fin du dossier, sa lecture lui donne presque la nausée. Son rapport est très nuancé par rapport à l'ensemble de ses notes. L'image que Gunnar brosse de Rebecca n'est plus celle d'une femme dérangée, au contraire, mais plutôt celle d'un individu sain, qui a la situation sous contrôle, d'une femme apte à prendre soin de son fils si une famille d'accueil l'aide occasionnellement le week-end.

Pourquoi Gunnar Billstam a-t-il caché la gravité de son état aux services sociaux ? Doutait-il de son analyse et de ses théories ? Eir s'imagine une personne en pleine incertitude, qui n'ose pas trancher afin de préserver Jack. A-t-il essayé de gagner du temps pour se faire une image plus juste de l'état de sa patiente ? A-t-il eu peur des conséquences si on lui retirait la garde de son fils ?

Elle pense à nouveau à Jack. Elle revoit devant elle cette créature fragile, cachée à quelques mètres à peine du corps sans vie de sa mère ; puis au jour où il est parti en voiture avec Mette : il était timide et renfermé sur lui-même, dans sa propre bulle.

17.

Gunnar Billstam habite dans un lieu sans prétention. C'est une maison mitoyenne près de l'hippodrome. Eir traverse, passe devant un four où rôtit un gigot et une table sur laquelle trône un cubi de vin. Il l'invite ensuite à s'installer devant son énorme bureau vide.

Gunnar est petit et carré. Ses cheveux emmêlés ressemblent à un nid d'oiseau abandonné, si desséché qu'il aurait pris des teintes d'un gris morne.

Il enlève ses lunettes.

— Alors, commence-t-il. Rebecca Abrahamsson ? Je sais que vous avez reçu mes notes et qu'une enquête criminelle est en cours, mais j'ai des invités qui ne vont plus trop tarder, alors…

— Son dossier est vraiment difficile à lire.

— C'était une de mes patients les plus complexes à traiter.

— C'est-à-dire ?

— Son cas était sérieux. Je m'en suis occupé très longtemps.

— Est-ce que Rebecca vous aurait parlé de quelqu'un qui l'aurait menacée ?

— Elle avait souvent l'impression d'être suivie.

— Mais elle n'a jamais fait référence à quelqu'un en particulier ? Elle n'a nommé ou décrit personne ?

— Non. C'étaient des personnages de contes. Quand elle était au plus mal, elle croyait que ces personnages et ces animaux sortaient des livres pour se promener dans son appartement la nuit.

— Elle lisait beaucoup ?

— Oui, principalement pendant ses périodes plus stables. Tout ce qui lui tombait sous la main. Mais je me demande si elle comprenait tout.

— Est-ce que vous avez évoqué *Le Paradis perdu* de Milton au cours de vos séances ?

— Je ne m'en souviens plus.

Les pièces du puzzle de la vie de Rebecca s'emboîtent progressivement ensemble. C'était une femme malade, irrationnelle, qui s'échappait dans les livres pour fuir ses peurs. Et à présent, Jack est plongé dans le chaos qu'elle a laissé derrière elle.

— Vous avez rencontré récemment son fils, Jack Abrahamsson.

Gunnar Billstam acquiesce.

— Nous pensons qu'il a vu le meurtrier de Rebecca. Mais il ne veut pas nous parler ; ou plutôt, il veut parler à l'*une* d'entre nous, mais elle n'est pas disponible.

— Ah.

— Pourquoi selon vous ?

— Je ne sais pas…

— Si vous pouviez me donner un conseil sur comment procéder…

— Que voulez-vous dire ?

— Nous avons vraiment besoin de lui parler et comme je vous l'ai dit, la personne en question ne peut pas. Alors si vous pouviez m'aider…

— Un garçon qui vient de perdre sa mère dans de telles circonstances est extrêmement fragile.

Intérieurement, Eir agonit Le Chêne d'injures. Elle est vraiment la plus mal placée de leur équipe pour parler avec Gunnar Billstam. C'est sur ses épaules que repose la responsabilité de l'entretien avec Jack, elle qui est particulièrement nulle en matière de diplomatie et de négociations.

— Nous avons vraiment besoin de votre aide pour pouvoir parler à Jack, insiste-t-elle, avec autant de délicatesse que possible.

— Je ne sais pas comment expliquer les choses de façon à ce que vous compreniez…, s'interrompt un court instant Billstam avant de la regarder dans les yeux. Jack est extrêmement fragile, pas seulement parce qu'il vient de perdre sa mère. Il a accumulé beaucoup d'angoisses, probablement depuis sa plus tendre enfance. Sa bulle protectrice est très fine, et c'est la seule chose qui l'empêche de complètement se refermer sur lui-même. Essayer de le convaincre de faire quelque chose contre sa volonté, ce serait un abus qui…

La voix de Billstam se teinte de mélancolie avant de s'éteindre.

— Et si ça nous aide à retrouver le meurtrier de sa mère ?

Billstam ne répond rien.

— Vous n'allez même pas y réfléchir ? ajoute Eir. Alors que son intervention pourrait sauver des vies ?

— La vie de qui ? Et pourquoi est-ce que leur vie serait plus importante que la sienne ?

Eir se dit qu'il y a quelque chose d'étrange chez Billstam, en dehors de la question de Jack. Il n'est pas du tout comme elle se l'était imaginé, peureux et hésitant. Il est plutôt entêté et sûr de lui. Elle ne réussit pas à mettre le doigt sur ce qui la tracasse, mais quelque chose ne colle pas avec l'image qu'elle s'en était faite en lisant ses notes.

— C'est marrant que vous disiez ça, commente Eir.

— Quoi donc ?

— Quelles vies seraient plus importantes que celle de Jack ? Quand on pense à ce que vous lui avez fait…

— Pardon ?

— J'ai lu votre rapport sur Rebecca. Il est très différent de votre dossier. On pourrait presque croire que vous *vouliez* continuer à traiter Rebecca. C'est pour ça que vous avez minimisé la gravité de son état ?

Eir attend un instant, avant de se lancer de nouveau :

— Je devrais peut-être vous dénoncer pour la manière dont vous avez géré la situation.

Elle l'entend prendre une grande inspiration. Elle a conscience qu'elle vient juste de le menacer, et que les choses pourraient rapidement tourner au vinaigre.

Billstam réfléchit. Il intègre lentement ses paroles.

— Vous êtes comme moi, finit-il par répondre. Vous croyez que vous avez une sorte de mission à accomplir. Alors qu'en réalité, vous ne songez qu'à votre enquête.

Eir se sent mal : elle pense à Jack, et elle sait que Billstam a raison.

— Tenez, dit-elle en lui tendant le téléphone avec le numéro de Sanna. Je ne suis *pas* comme vous. Vous ne convaincrez pas Jack de faire quoi que ce soit, mais vous allez répéter mot pour mot tout ce que vous m'avez dit pour que Sanna l'entende. C'est elle qu'il veut voir. Dites-lui qu'elle doit accepter.

Durant les instants qui suivent, Billstam résume l'état de Jack sur le répondeur de Sanna. Vers la fin, lorsqu'il marmonne quelques mots sur son intégrité de médecin, il a presque l'air soulagé et même libéré.

— Je vous demande de partir, maintenant, dit-il en rendant son portable à Eir.

Il sourit, mais son regard la traverse sans la voir.

— Pas de problème, répond Eir. Et après, je vais vous dénoncer pour ce que vous avez imposé à cet enfant, espèce de malade.

De retour au commissariat, elle trouve Sanna assise à son bureau, situé en face du sien.

— J'ai parlé à l'avocat commis d'office de Jack, déclare-t-elle en levant les yeux sur Eir. Un psy des services pédopsychiatriques qui le connaît déjà va nous rejoindre aussi. Et Mette Lind est en route avec Jack.

— Pardon ? Un samedi ?

— Oui.

— L'interrogatoire va avoir lieu ici, au commissariat ?

— Le centre pour mineurs est en rénovation, on ne peut pas s'y installer. Nos techniciens s'occupent du son et de l'image afin que l'enquêteur pour mineurs et le procureur, Leif, puissent assister à tout depuis la pièce d'à côté. Ils garderont le contact avec moi pendant notre échange.

— D'accord, répond Eir en esquissant un sourire.

— Je serais revenue pour voir Jack, même si tu n'avais pas obligé ce psychiatre à m'appeler, lui apprend Sanna. Mais chapeau.

— C'est un enfoiré, répond Eir en s'étirant. J'ai déposé une plainte au comité chargé de la protection des patients avant de venir, et je vais suivre l'affaire jusqu'à ce qu'il ait l'inspection de la santé publique sur le dos.

— Le psychiatre ? Il t'a fait quelque chose ?

— Non, mais il a caché l'état de Rebecca. Jack n'aurait pas dû rester avec elle, si tu veux mon avis.

— D'accord, je vais lire son dossier, déclare Sanna.

— Alors, tu reprends la direction de l'enquête, maintenant ? demande Eir sans la regarder.

— Je suppose, répond Sanna en s'approchant de son bureau et en s'y appuyant. Pardon de ne pas avoir répondu au téléphone, mais j'avais besoin de temps.

— On est en train de vivre un cauchemar, dit brusquement la voix du Chêne derrière elles. On vient de recevoir un appel au sujet de Frank.

— Frank ? Qui a téléphoné ?

— Un mec qui possède une épicerie de quartier. Il a quelque chose à nous montrer. Eir, tu y vas.

— Mais Jack Abrahamsson va bientôt être là, proteste Eir. J'aimerais pouvoir écouter l'entretien avec les autres.

— Non. Tu vas au magasin.

Les portes de l'ascenseur en face de l'accueil s'ouvrent, et Mette en sort, Jack sur ses talons.

— On n'a pas pu trouver de portraitiste aussi rapidement, annonce Le Chêne.

— Jack peut dessiner, il est doué, rétorque Sanna. Il y avait des dessins à Mylingen. Ils étaient détaillés, réalistes. On peut lui demander d'essayer de nous dessiner ce qu'il a vu, si c'est le cas.

Le Chêne acquiesce.

— Bien. Mais on se concentre d'abord sur le signalement. Avant qu'il ne fatigue. On n'aura peut-être qu'une seule chance.

Jack est déjà assis à la table de la grande salle d'interrogatoire quand Sanna arrive. Il regarde fixement le plafond jusqu'à ce qu'elle s'installe. Dès lors, il braque les yeux sur elle.

— Bonjour, Jack, commence-t-elle.

Il hoche la tête et baisse les yeux.

— Tu veux quelque chose ? Un Coca, un chocolat chaud ?

Il refuse d'un mouvement tout en fixant la caméra, installée dans un coin de la salle. Il tripote le bloc-notes devant lui, puis écrit : *On peut pas l'éteindre ?*

Sanna fait non de la tête.

— Comment te sens-tu ? lui demande-t-elle.

Jack hausse les épaules.

— Je veux que tu saches que mes collègues et moi, on est vraiment désolés de ce qui s'est passé. Je sais que tu es encore sous le choc, c'est normal, mais on a vraiment besoin de te parler. C'est urgent. Alors nous te sommes très reconnaissants d'être venu aujourd'hui.

Il la regarde. Ses yeux sont brillants, leur contour rouge et gonflé laisse deviner qu'il pleure en secret.

— On fera une pause dès que tu le souhaites, d'accord ? Tu auras juste à nous faire signe.

Il hoche la tête.

— Voilà comment on va procéder : je vais te poser des questions, et tu décideras d'y répondre ou non, mais sache que plus tu nous donneras de détails, plus nous aurons de chances de retrouver celui qui a fait du mal à ta maman. Ça, c'est mon travail à moi. Je te demande juste de l'aide.

Il acquiesce encore, mais continue à lorgner la caméra du coin de l'œil.

— Et pour terminer, je veux te rappeler que tu es en sécurité ici. Rien de ce que tu pourras nous dire ne quittera ces murs. Personne, en dehors de mon équipe et moi, n'entendra notre conversation. Tu les as déjà rencontrés, et ils sont dans la pièce d'à côté, en train de nous regarder.

Il la contemple, le visage inexpressif. Sanna tripote sa petite oreillette. L'enquêtrice pour mineurs, une femme très douce à la poignée de main ferme, la lui a confiée ; elle lui a aussi donné plus de consignes qu'elle ne peut s'en rappeler. Elle est consciente que tout le monde – l'enquêtrice, le psy des services pédopsychiatriques, le procureur et l'avocat commis d'office – est en train d'observer chacun de ses gestes et d'écouter chaque mot prononcé.

— On y va ? demande-t-elle. Est-ce que tu préfères écrire sur ton portable ou sur du papier ?

Jack attrape son crayon et rapproche le bloc-notes.

Sanna s'appuie sur ses avant-bras.

— As-tu envie de me raconter quelque chose sur ta mère ?

Il hausse les épaules.

— J'ai cru comprendre qu'elle n'allait pas toujours très bien.

Sanna entend l'enquêtrice s'éclaircir la gorge dans l'oreillette, mais Jack acquiesce.

— Comment c'était, pour toi ?

Il hausse à nouveau les épaules.

— Elle allait mal ?

Il baisse les yeux.

— Vous avez reçu de l'aide de quelqu'un ? Des services sociaux ?

Nouveau haussement d'épaules.

— De quelqu'un d'autre ?

Il secoue la tête. Sanna réfléchit à la prochaine étape.

— Bien, finit-elle par énoncer. C'est peut-être une question difficile pour toi, mais te souviens-tu de mardi soir, quand tu es rentré à la maison ?

Elle ne lit toujours aucune expression sur son visage, et il ne répond rien.

— Est-ce que tu te rappelles où vous étiez, ta maman et toi, mardi soir ?

Il cligne des yeux, mais il continue de l'observer sans parler.

— Jack, je ne veux pas te brusquer, mais est-ce que tu pourrais essayer de nous répondre ? Est-ce qu'il y avait quelqu'un d'autre chez vous ?

Il regarde le mur derrière elle, puis ses mains, avant de hocher la tête, presque imperceptiblement. Sa fragilité la touche. Il a les épaules baissées et la tête penchée en avant. Elle continue à le regarder pendant qu'elle digère la dure réalité : Jack a probablement vu le meurtrier de Rebecca.

— Qui était là ? reprend-elle doucement.

Sa main commence à trembler, tellement fort qu'il a du mal à poser le crayon sur le papier. Sanna pose délicatement sa main sur la sienne. Il commence à pleurer. Dans l'oreillette, elle entend l'enquêtrice la mettre en garde que le moment est peut-être venu de faire une pause. Sanna serre calmement la main de Jack avant de la relâcher.

— Tout va bien, le rassure-t-elle. Tu es en sécurité, ici. Personne ne peut te faire de mal.

Jack s'essuie le visage de la main en reniflant, puis il écrit : *Je suis fatigué.*

— Je comprends. Mais est-ce que tu pourrais faire un effort, seulement pour cette fois, et nous donner simplement un nom ? Ou bien, un signe, quelque chose que tu aurais vu *avant* de te cacher ? C'était un homme ou une femme ? Grand ou petit ? Les cheveux foncés ou clairs ? Un tatouage ou autre chose que tu aurais remarqué ?

Elle reçoit un nouvel avertissement, on lui demande de mettre fin à la discussion avant que quelqu'un d'autre ne soit obligé d'intervenir. Elle lève une main pour signifier à la caméra qu'elle a besoin de cinq minutes de plus. On lui donne le feu vert de mauvaise grâce.

Jack a l'air perdu, comme s'il se retrouvait brusquement en zone dangereuse.

— Tu voudrais nous dessiner quelque chose, n'importe quoi ?

Il hésite, puis il commence à esquisser des traits. C'est un visage, comme une image reflétée dans l'eau, qui deviendrait de plus en plus nette. Il est blanc et rond. Les yeux sont énormes, et rappellent ceux des chevreuils. Ce sont les traits de Rebecca. Ses joues sont léchées par des flammes. Sanna contemple le dessin en attendant que Jack repose son crayon.

— C'est ta maman ?

Il fixe à nouveau ses mains.

— Moi aussi, j'ai perdu quelqu'un que j'aimais, révèle-t-elle en se frottant le bras droit inconsciemment, si fort que son mouvement semble presque hystérique. Je sais que ça fait mal.

Ils restent assis en silence un moment. Sanna attend que sa respiration se calme.

— Qu'est-ce que tu as vu mardi soir, Jack ?

L'enquêtrice toussote et l'avertit une nouvelle fois qu'il sera bientôt temps de terminer.

— Qu'est-ce que tu as vu ? répète Sanna.

Jack pose les mains sur la table, paumes tournées vers le ciel. C'est le geste que faisait Erik quand il voulait qu'elle le réconforte. Elle se penche lentement en avant et pose ses mains sur celles de Jack. Il semble se détendre un peu. Soudain, elle a l'impression de perdre toute notion du temps. Jack est à peine plus jeune qu'Erik, s'il était encore là aujourd'hui. L'espace d'un instant, elle a l'impression de tenir les mains de son fils dans les siennes.

Ensuite, elle aperçoit sa montre. C'est un vieux modèle assez volumineux en plastique ou en caoutchouc noir. Il la porte vers l'intérieur, avec le cadran sous le poignet. Peut-être qu'elle est trop grande pour lui et qu'elle s'est retournée. Ce n'est pas cela qui la fait réagir, mais plutôt ce que cet objet lui évoque.

Erik avait une vieille Casio du même genre avec laquelle il jouait. Il l'avait trouvée sur le parking du supermarché et l'avait ramenée à la maison en douce, bien que l'écran soit cassé.

— Si tu pouvais juste essayer, Jack, une dernière fois, de te rappeler ? insiste-t-elle en se redressant.

Il serre ses mains décharnées, et ses larmes recommencent à couler.

— D'accord, tu veux faire une pause ?

Il reste immobile à essuyer ses larmes, l'une après l'autre. Ensuite, il ferme les yeux et saisit le bloc-notes à l'aveuglette, avant de commencer à dessiner quelque chose. Ce sont les contours de deux yeux.

Quelqu'un frappe à la porte. Bernard passe la tête à l'intérieur.

— Le Chêne a besoin de toi dans son bureau. Immédiatement.

Elle s'énerve et lui indique que Jack est en train de dessiner quelque chose, mais Bernard l'ignore superbement.

— *Immédiatement*, répète-t-il.

Sanna claque la porte derrière elle avec violence pour exprimer sa frustration. Le Chêne est assis derrière son bureau, l'air grave. Son portable est posé sur le bureau, avec le haut-parleur.

Elle pose ses mains sur la table avec force et se penche en avant pour le regarder.

— J'étais en pleine conversation avec Jack, et il venait juste de commencer à dessiner un…

— Silence, la rabroue Le Chêne. On n'a peut-être plus besoin de son aide.

— Que veux-tu dire ? Qui est au téléphone ?

— Eir, répond Le Chêne.

Leif Liljegren entre dans la pièce. Il lève un sourcil en apercevant Sanna, puis salue Le Chêne de la tête avant de se laisser tomber sur une chaise.

Le Chêne se penche vers son portable.

— Tu peux y aller.

— Je me trouve devant la boutique de quartier, annonce Eir. Ils ont été cambriolés il y a un mois.

— Et alors ? demande Sanna sur un ton frustré.

— Un passant a entendu du bruit et filmé ce qui se passait avec son portable.

Le Chêne ouvre le MMS qu'Eir lui a envoyé et clique sur la vidéo. C'est une boutique de quartier juste au-delà de la muraille. Le soleil brille sur le tissu vert des marquises, qui est assorti à la façade, nouvellement repeinte. Des géraniums aux couleurs vives ont été disposés avec soin dans des pots et des bacs à fleurs. Tout est silencieux et immoblile.

— Zut, s'exclame Le Chêne, en appuyant sur le volume du portable.

On entend brusquement des sons s'échapper du haut-parleur : des objets qui s'entrechoquent et un bruit sourd régulier, puis les cris d'une femme qui supplie qu'on laisse la vie sauve à son frère. Un brusque silence. Un objet lourd qui tombe, un enfant qui pleure, une voix d'homme qui lui hurle de la fermer, et enfin à nouveau le silence.

La porte de la boutique s'ouvre d'un coup, et un homme d'une vingtaine d'années en sort, un sac serré sur sa poitrine. Il part en courant en direction de la muraille. Un autre fait son apparition dans l'encadrement de la porte. Il est plus âgé, maigre, et il a les jambes arquées. Il sort de la boutique d'un air un peu méfiant, puis il attire l'attention des passants en criant et en gesticulant. Il ne leur faut qu'un court instant avant de rattraper le voleur et de le jeter au sol. La personne qui était en train de filmer les rejoint.

Le second homme lève les yeux vers la caméra, l'air d'exulter. Il est encore en train d'haleter sous l'effort, et son regard ne cesse de passer de la caméra à la rue située un peu plus loin.

— Frank, constate Sanna, le souffle court.

— Il est parti, après, explique Eir, mais les propriétaires de la boutique ont gardé la vidéo pour pouvoir le remercier, s'il revenait un jour. Quand nous avons publié l'avis de recherche, ils ont reconnu sa photo dans le journal. Ils ont été étonnés qu'on le dise handicapé.

Le portable de Leif Liljegren sonne, et, tout en se dépêchant de sortir de la pièce, il leur intime l'ordre d'agir immédiatement.

Le Chêne s'éclaircit la gorge et fixe Sanna des yeux.

— Frank Roos, lui dit-il. Il faut le retrouver. *Tout de suite*.

Sanna secoue la tête.

— Mais, et le mobile, alors ? Pourquoi est-ce qu'il…

Le Chêne l'interrompt.

— J'ai passé en revue les ventes de livres les plus prisés de Marie-Louise hier, lui apprend-il. Ce n'étaient pas n'importe lesquels. Elle gagnait ses plus grosses sommes sur la revente de textes sacrés très anciens.

Sanna se souvient de la bibliothèque à la villa. Il y avait des bibles et des livres de psaumes sur les étagères.

— Vous m'avez raconté que Frank a vu une apparition sur la falaise, continue Le Chêne, qu'il avait cru voir la Vierge, non ? Il est profondément épris de tout ce qui est religieux. Ça vous paraîtrait tiré par les cheveux qu'il veuille punir la personne qui achète et revend la parole de Dieu ?

— Mais… et Rebecca, alors ? proteste Sanna. Pourquoi la tuer ?

Le Chêne soupire.

— On sait qu'il y a un lien entre Marie-Louise et Rebecca, à cause de l'argent. On se penchera sur la question une fois qu'on l'aura attrapé.

18.

Lorsque Sanna retourne à la salle d'interrogatoire, elle constate qu'elle est vide. Elle se précipite vers l'ascenseur, l'accueil est submergé de monde, mais Jack ne s'y trouve pas.

— Excusez-moi ?

C'est le psy des services pédopsychiatriques. Il lui tend le papier qu'il tient à la main.

— Je ne crois pas que ce soit ce que vous espériez, mais c'est ce qu'il a dessiné après votre départ.

Sanna contemple la feuille. Un visage y a été tracé avec un nombre incroyable de nuances de gris. Elle ne connaît aucun adulte capable de dessiner avec autant de précision. Puis elle prend conscience de ce qu'elle est en train de regarder : des oreilles pointues, un museau étroit, de puissantes mâchoires, mais une gueule fermée. Les dents ne sont pas visibles. Les yeux d'un loup, très lumineux, l'observent. Ils sont entourés de contours noirs bien marqués.

— Ça veut dire quoi à votre avis ? articule-t-elle avec difficulté. C'est symbolique ?

Le psychologue secoue la tête.

— C'est peut-être une façon pour lui de représenter ce qu'il a vu, parce qu'il n'arrive pas à l'accepter.

— Mais ce n'est pas forcément le cas ?

— Non. Il pourrait avoir dessiné un loup parce qu'il en avait envie.

— Merci, dit-elle.

— Il ne va pas bien, intervient le psy, avant d'hésiter, comme s'il voulait ajouter quelque chose.

— Nous n'aurons pas besoin de le déranger à nouveau, le rassure Sanna. Nous avons progressé un peu sans son aide. (Elle regarde ensuite le psy dans les yeux.) J'espère qu'il recevra tout le soutien dont il a besoin.

Le psy hésite.

— Il a envie de revenir. Peut-être demain, si c'est possible ? finit-il par dire.

— Ce n'est pas nécessaire, car…

— Il veut vous revoir, l'interrompt-il. Si vous avez un quart d'heure à lui accorder, cela pourra peut-être l'aider. Il aura l'impression d'avoir été utile à l'enquête.

— Mais on va bientôt…

— Il le souhaite sincèrement, la coupe le psy.

— D'accord, dit-elle. Mais le procureur Leif Liljegren et vous-même devrez être présents dans la pièce d'à côté, comme aujourd'hui.

Il acquiesce, puis il prend un air dubitatif.

— Oui ? demande Sanna.

— Vous avez créé un lien tous les deux, il se sent en sécurité avec vous…

— Mais je dois y aller doucement, je sais, affirme Sanna en jetant un coup d'œil à l'horloge.

— Il n'y a pas que ça. N'abusez pas de sa confiance. Soyez honnête avec lui. N'employez pas de techniques policières. Et ne lui mentez sous aucun prétexte.

— Non. Pourquoi le ferais-je ? Je n'ai aucune raison de lui mettre la pression ou d'utiliser des techniques. C'est *vous* qui me demandez de le rencontrer, ajoute-t-elle finalement, pour échapper au regard accusateur que lui lance le psy.

— Oui, je sais. C'est lui qui souhaite vous rencontrer. Mais avancez prudemment tout de même.

Le psychologue se tient raide devant elle, sans faire mine de vouloir partir.

Sanna se racle la gorge avec irritation.

— Je pense que vous surestimez ma capacité à m'introduire dans son esprit.

— Peut-être. Mais n'espérez pas une seconde qu'il ne se rende pas compte *de ce que vous êtes en train de faire.*

Dans la salle de pause, Sanna attend patiemment que le café ait fini de couler. Par la fenêtre, elle aperçoit un bus de couleur jaune qui s'arrête. Les portes s'ouvrent, et Benjamin en sort. La dernière fois qu'elle l'a vu, c'était à l'hôpital devant la chambre de Jack. Elle a presque oublié à quel point il est gigantesque pour son âge. Son énorme corps semble avoir été rattaché à un squelette d'adolescent. Il ajuste son sac à dos, puis il sort son portable. Il penche la tête de côté en regardant l'écran. Malgré la distance, elle peut voir la tache de naissance sur son visage. On dirait une marque de brûlure.

Quand il traverse le parking du commissariat à pas lourds, elle ne parvient pas à le lâcher des yeux. Il est en train de se diriger vers Mette et Jack qui l'attendent, adossés à la voiture. Il jette son sac à dos dans le coffre. Jack ouvre la portière arrière pour aller s'asseoir, mais Benjamin lui saute brusquement dessus, le saisit par le col de son pull et le tire de côté. D'un puissant coup de coude, il le fait tomber au sol.

Sanna essaie d'ouvrir la fenêtre, mais n'y arrive pas. Elle frappe la vitre avec colère, pour tenter d'attirer l'attention de Mette, sans résultat.

— Laisse-les régler ça tout seuls, entend-elle alors derrière elle.

Mette aide Jack à se remettre debout avant de faire la leçon à Benjamin. Le gamin se glisse sur le siège arrière, et elle claque violemment la portière derrière lui.

— Il n'est pas tout à fait normal, le fils de Mette, ajoute Eir. J'ai l'impression qu'il y a quelque chose qui ne va pas avec sa mère. Il a quelques durites qui ont pété, apparemment…

La voiture de Mette sort du parking, change de file, puis accélère. Sanna s'appuie sur la fenêtre pour les regarder partir. Personne ne les a pris en filature. Elle observe les voitures garées en rang.

Dès que Le Chêne décroche, elle lui demande au téléphone :

— Qu'est-ce qui s'est passé ? Jack Abrahamsson devait bénéficier d'une protection vingt-quatre heures sur vingt-quatre.

Silence. Elle entend des feuilles de papier qu'on déplace, puis des doigts qui pianotent sur un clavier.

— Je m'en occupe, dit-il.

— Tu veux dire qu'il n'y a personne en ce moment, pour les suivre jusque chez Mette ?

— Je m'en occupe.

— Fais-le *maintenant*, réplique-t-elle, avant de raccrocher.

Quand Eir et Sanna entrent dans la salle d'enquête où se trouve encore le dessin de loup, Eir lève les yeux au ciel.

— C'est cet animal que Jack a dessiné, tu disais ? demande-t-elle.

Sanna hoche la tête. Eir sort un hamburger emballé dans du papier de la poche de son blouson.

— Tu en veux ? propose-t-elle, en l'agitant sous le nez de Sanna. C'est au cheddar, avec un supplément de bacon local…

Sanna refuse poliment. Pendant que sa collègue s'empiffre, elle regarde le loup de plus près, puis la photo du tableau avec les enfants masqués. Il y a des ressemblances entre le dessin de Jack et le masque de loup du tableau, mais elles ne sont pas frappantes, pas comme avec celui de Mia.

Elle prend le dessin et l'accroche à côté de la photo de Frank Roos.

— Tu crois qu'il est toujours sur l'île ? demande Eir. Il ne pourrait pas s'être réfugié sur le continent, plutôt ?

Sanna s'interroge : quelle avance Frank a-t-il prise sur eux ?

— Tu penses qu'il n'en a pas encore terminé, n'est-ce pas ?

— Cette violence, répond-elle, pensive, était si extrême. Et le lien avec Rebecca est encore tellement diffus…

— Tu ne crois pas à la théorie du Chêne, à Dieu et aux textes sacrés ? Tu penses qu'il a un autre mobile ?

— Peut-être bien. Pas toi ?

Eir hausse les épaules.

— Il est peut-être juste fou à lier. Tu n'as pas pensé à cette éventualité ?

— Je suis impressionnée que tu n'aies pas craqué après ce qui est arrivé à ta voiture, commente Sanna.

Eir prend un air gêné et Sanna se rend compte qu'elle n'a pas l'habitude de recevoir des compliments.

— Ça ne te fait pas peur ?

— Ça me servirait à quoi ?

— Tant mieux, rétorque Sanna, c'est le genre d'émotions qui peuvent détruire quelqu'un.

C'est à ce moment-là que Fabian appelle. Sanna met sur haut-parleur, et lui demande s'il a découvert quelque chose de nouveau sur les victimes.

— Non, répond-il, mais, en revanche, je viens de terminer l'autopsie du corps de Mia Askar. Tu m'as demandé de t'appeler quand ce serait fait.

— Oui ?

— D'après moi, c'est un suicide. Je sais que vous étiez déjà au courant, mais je voulais vous le confirmer. Elle n'avait ni substances dans le sang ni de blessures autres que celles des poignets.

— D'accord.

— Mais il y a quelque chose…

— Quoi ?

— Elle était enceinte.

— *Enceinte ?* s'exclame Eir. Tu es sûr ?

— De douze à treize semaines. J'ai parlé avec une sage-femme, officieusement, bien sûr, ajoute-t-il. Vous allez devoir utiliser les voies légales pour obtenir cette information si vous voulez pouvoir la mettre dans un rapport, évidemment, mais Mia Askar avait sollicité l'aide de la clinique pour avorter.

— Rebecca Abrahamsson, dit Eir quand Sanna a raccroché. Sudden a trouvé des trucs chez elle. Et Mia était enceinte. Tu crois que c'est ça, le lien entre elles ? Est-ce que Rebecca l'aidait ou quelque chose du genre ? De toute évidence, Mia ne désirait pas le garder.

Sanna songe aux pilules contre les nausées et au doppler qu'ils ont retrouvés chez Rebecca Abrahamsson. Elle craint que, plus ils creusent, plus le lien entre la mort de Mia Askar et les meurtres de Marie-Louise et de Rebecca ne devienne évident.

— Je ne sais pas, répond-elle, au moment où Bernard débarque dans la salle, les bras chargés de dossiers et de documents dans des pochettes en plastique.

Il laisse le tout tomber sur la table devant elles.

— C'est quoi, tout ça ? demande Eir avec irritation.

— Le Chêne veut qu'on passe les finances de Marie-Louise et de Frank au peigne fin. Tout a été imprimé.

— Pourquoi ? demande Eir d'un ton rebelle. On sait déjà qui on recherche.

— Il pense qu'on pourrait découvrir des indices. Quelque chose qui nous mette sur la trace de Frank.

— Mais il ne devait pas nous trouver des renforts, quelqu'un qui puisse passer en revue les chiffres ?

Bernard hausse les épaules avec résignation. Il répartit le tout en trois tas, puis en pousse un en direction de Sanna et un autre vers Eir.

Cette dernière se lève pour aller jeter l'emballage de son hamburger à la poubelle.

— Tu es folle, entend-elle Bernard chuchoter à Sanna derrière son dos. Qu'est-ce que tu crois que tu es en train de faire ?

— Je ne sais pas de quoi tu parles, rétorque cette dernière, en chuchotant, elle aussi.

— Tu as utilisé mes identifiants pour accéder aux infos classées confidentielles. Tu as encore recherché son adresse. Hier soir.

— Non. C'est *toi* qui t'es connecté.

— Ne me prends pas pour un con, Sanna.

19.

Le soir tombe, et l'obscurité descend sur le commissariat. Dans la salle d'enquête, c'est le chaos total : il y a des documents sur chaque chaise, des tasses de café, des verres d'eau et des assiettes pleines de miettes gisent pêle-mêle sur la grande table et par terre. Sanna, Eir et Bernard se battent avec les finances de Marie-Louise et de Frank Roos, dans un océan d'extraits de compte, de dépenses et de virements.

Au petit matin, le portable d'Eir se met à vibrer jusqu'à tomber de sa poche. Elle s'est assoupie, la tête posée sur la table. Elle se redresse sur sa chaise et regarde autour d'elle, les yeux encore lourds de sommeil. La pièce sent le renfermé et il n'y a plus personne, à part elle. Elle sort dans le couloir. Quelqu'un fait le ménage un peu plus loin. Le bruit de la serpillière qui balaie le sol lui rappelle le cri d'un oisillon qui tente de s'envoler.

Elle a reçu quelques SMS de Cecilia, qui lui demande où elle est. Eir retourne dans la salle en s'étirant.

Son corps est tout endolori. L'enquête commence à faire partie intégrante d'elle-même, à s'incruster dans sa tête, à pénétrer sous sa peau, dans chacun de ses pores. La chaise où Sanna est restée assise toute la nuit n'a pas bougé d'un millimètre, alors que Bernard et elle ont déplacé la leur des dizaines de fois dans leur fébrilité.

Elle fait défiler tous les moments passés en compagnie de Sanna. Le comportement calme et décidé de sa collègue ; mais elle a aussi senti quelque chose poindre sous la surface, comme une bombe à retardement. Elle en a déjà eu quelques avant-goûts. Quand elles ont trouvé Jack, par exemple. C'est là qu'elle a entraperçu le côté sanguin de son acolyte, protecteur, mais plein de rage également. Le reste du temps, cette violence demeure enfouie en elle, à bouillonner sous la surface, à l'insu de tous. Et elle se pose encore et toujours la même question : *pourquoi* a-t-on tué Marie-Louise et Rebecca de la sorte. Qu'est-ce qui pousse un être humain à vouloir en anéantir un autre ? C'est la question qui obsède Sanna.

Dans la salle de pause, Eir boit quelques longues gorgées à même le robinet, puis se passe de l'eau froide sur le visage, avant de s'essuyer avec la manche de son pull.

— Bonjour, beauté, lui lance Bernard en levant les yeux de son portable.

Elle le salue de la tête.

Il l'observe longuement.

— Alors, on m'a dit que tu ne voulais pas rester ici ?

— Qui t'a dit ça ? s'énerve-t-elle.

— Je connais des gens qui travaillent au Noa. Les rumeurs, tu sais.

— Oui, je sais. Les gens colportent un tas d'idioties.

— C'est pas vrai, alors ?

— Quoi donc ?

— Eh bien, que tout ce que tu attends, c'est qu'on te pardonne une vieille bagarre, pour que tu puisses y retourner, récupérer ton ancien poste. Sanna est au courant que tu vas te casser dès qu'ils t'appelleront ?

Eir n'a pas envie de répondre. Même s'il a raison, elle préfère ne pas y penser. Elle ouvre la porte du frigo. Elle trouve le nouveau paquet de salami que Bernard vient d'acheter et se sert sans rien demander. Il hausse les sourcils et pousse un soupir.

— Ah oui, dit-il. Vas-y, je t'en prie.

Après des dizaines d'années passées à fumer, sa bouche est entourée de rides. Les néons donnent un air bossu et terne à son crâne chauve et on dirait que sa tête pèse des tonnes. Malgré tout, il est chaleureux et sympathique. Il ne semble pas traîner de casseroles, il est juste grognon le matin. Eir se demande comment il a pu supporter Sanna pendant toutes ces années ; mais il la connaissait sûrement avant que l'incendie ne détruise sa vie.

Ses collègues lui en ont déjà parlé quelquefois, pour lui rappeler qu'elle a un passé difficile. Sur Internet, elle a lu que son mari l'a poussée par la fenêtre pour la sauver, mais qu'il n'a pas réussi à faire sortir leur fils, ni à s'échapper lui-même.

— Ça va ? s'enquiert Bernard.

À la réflexion, Eir se dit qu'elle va bien, par rapport à Sanna. Peut-être cette dernière s'interroge-t-elle autant sur le motif du meurtre à cause de ce fameux incendie. Parce que le pyromane qui a anéanti sa famille n'a jamais été puni, et ne lui a jamais fourni de réponses.

Elle croise les bras sur sa poitrine.

— Dis-moi, qu'est-ce que tu sais exactement de cet incendie ?

— De quel incendie tu parles ? demande-t-il avec un raclement de gorge prudent.

— Tu le sais très bien. Il n'y en a qu'un seul dont on pourrait parler, toi et moi, non ?

— Je n'en sais pas plus que n'importe qui.

Il hausse les épaules et part se chercher une tasse de café.

Elle refuse de laisser tomber et fixe sa nuque avec intensité jusqu'à ce qu'il se retourne et soit contraint de croiser son regard.

— Qu'est-ce qui est arrivé au mec qui a mis le feu, au fait ?

Bernard soupire.

— Il a été considéré que c'était un accident, un court-circuit quelque part dans l'installation électrique de la vieille maison.

— Mais personne n'y croit, non ?

Il élude la question en jetant un coup d'œil à l'horloge.

— Oh zut, il est déjà si tard ?

Elle le suit quand il quitte la salle de pause. Elle ne l'a jamais vu essayer de se défiler comme ça avant.

— Il s'appelle Mårten Unger, n'est-ce pas ? Celui qui a fait ça.

— Oui, c'est bien son nom.

Il hausse ses larges épaules, mais son dos est tellement raide que son mouvement a l'air faux.

— Tu sais où il est passé ? Il est toujours sur l'île ? Je demande au cas où on le croiserait un jour, que je sache si je dois m'inquiéter pour elle, ou ce qu'elle serait capable de faire.

— Comment pourrais-je savoir où il se trouve ? rétorque sèchement Bernard.

— Pourquoi ça te dérange que je parle de lui ?

— Ça ne me dérange pas. Je ne comprends juste pas pourquoi tu poses toutes ces questions. C'était il y a tellement longtemps, maintenant.

— Je suis curieuse, c'est tout. Franchement, si c'était moi, je l'aurais sûrement tué…

Il s'arrête brusquement.

— Ça, ne le dis jamais à Sanna, lâche-t-il avec dureté, *tu m'entends* ?

Il la regarde dans les yeux avec rage.

— Entendre ce genre de conneries, c'est vraiment la dernière chose qu'il lui faut. Et je pèse mes mots. Compris ?

Il continue à avancer dans le couloir. Eir ne sait pas quoi faire.

— Allez, quoi ! crie-t-elle derrière lui.

Il ne s'arrête pas, alors elle le rattrape et saisit son bras.

— Tu sais probablement où il se trouve, je vous ai entendus. Est-ce qu'il est toujours ici ? Qu'est-ce que tu caches à son sujet ?

Il se dégage, mais elle insiste.

— Dis-moi. Je dois travailler en binôme avec elle, alors tu peux bien montrer un peu de…

Soudain, Bernard l'attrape fermement par le poignet, la pousse dans la salle d'interrogatoire la plus proche et la colle contre le mur. Il fait preuve d'une force et d'une rapidité étonnantes.

— Tu veux entendre la *triste* vérité ? crache-t-il, en s'humectant les lèvres. Tu crois vraiment que ta cervelle de moineau va pouvoir encaisser ça ?

Son haleine empeste le café. Eir ferme les yeux d'un air de dégoût et il lâche prise.

— Pardon, je..., bégaie-t-il.

Elle le regarde droit dans les yeux avec colère.

— Pourquoi c'est un sujet aussi sensible pour toi ?

— On n'a jamais pu prouver qu'il l'avait *fait*. L'affaire a été classée comme un accident.

— Oui, mais tout le monde sait que c'est lui, n'est-ce pas ?

— Sanna n'a cessé de répéter que les portes avaient été verrouillées de l'extérieur et qu'elle avait vu quelqu'un s'enfuir des lieux.

— Mårten Unger ? Elle l'a *vu* ?

Il acquiesce.

— Elle en est sûre à cent pour cent. Peu de temps avant l'incendie, elle menait l'enquête sur le fameux « pyromane de minuit ». Un malade mental qui mettait le feu à des maisons occupées par des familles avec des enfants. Il jetait toujours une sorte de petite poupée à l'intérieur pour allumer l'incendie, une sorte de sculpture entourée de rubans en coton ou un truc dans le genre, qu'il avait plongée dans de l'essence. Comme une momie.

— C'était Mårten Unger ?

— Oui. Mais son avocat a réussi à convaincre le procureur que les preuves étaient insuffisantes et a prétendu que nous avions fabriqué les pièces à conviction. On a dû clore l'enquête.

— Et peu de temps après, sa propriété est partie en fumée ?

Il acquiesce.

— On a officiellement conclu qu'il y avait eu un problème électrique, que c'était un accident. Ça l'a détruite. Je ne sais pas comment elle a réussi à survivre à ça.

— Et qu'est devenu Mårten Unger ? Il est passé où ?

— On lui a donné une nouvelle identité. Il y avait trop de menaces qui pesaient sur lui, puisque beaucoup de monde était persuadé qu'il était le pyromane…

— Autrement dit, l'homme qui a tué toute sa famille se promène quelque part en liberté ?

Bernard acquiesce de nouveau avant de continuer :

— Et la raison pour laquelle je ne veux pas parler de ça, c'est ce qui s'est passé après. (Il hésite.) Elle a réussi à découvrir sa nouvelle identité et son adresse, un trou perdu du côté de Svartuna dans le Norrland. Elle doit connaître quelqu'un qui travaille au Skatteverket, le service des impôts, qui aura fait fuiter les informations. Après ça, elle a commencé à utiliser mon accréditation pour se connecter et regarder s'il habite toujours au même endroit.

— Qu'est-ce que tu dis ? Merde. Et tu l'as laissée faire ?

— Oui, malheureusement. Et maintenant, elle se promène avec ces infos dans la poche de son manteau, telle une bombe à retardement. Si elle devait faire une bêtise, on finirait probablement tous les deux en prison, puisqu'elle utilise mes identifiants.

— Putain de merde.

— On peut dire ça, oui. Heureusement, j'ai un copain flic là-bas qui garde le mec à l'œil. Il s'assure qu'il reste en vie. Il me fait un petit topo de temps en temps, ajoute Bernard.

À cet instant précis, Sanna passe sa tête à l'intérieur.

— Dis, tu veux un truc pour le petit déjeuner ? demande-t-elle avec douceur, avant d'apercevoir Eir et Bernard. Qu'est-ce que *vous* faites là ?

C'est alors qu'Eir le voit.

Jack est recroquevillé derrière la porte. Il était là depuis tout ce temps. Avec ses épaules baissées et sa tête penchée, il est à peine visible. Elle a envie de pleurer. Il a tout entendu de leur conversation.

20.

Une de ses mèches blondes tombe entre ses yeux bleu clair. Sanna s'assied en face de Jack. Le procureur Leif Liljegren et le psychologue des services pédopsychiatriques ont à nouveau pris place dans la pièce à côté de la salle d'interrogatoire. Exceptionnellement, l'entretien a lieu sans la présence de l'enquêtrice, car elle a un autre rendez-vous auquel elle doit donner priorité. Cependant, elle leur a interdit de montrer une photo de Frank à Jack en son absence.

Sanna lui répète qu'ils peuvent arrêter à tout moment, que la caméra tourne et que deux personnes sont là encore une fois.

Il écrit : *Est-ce qu'ils doivent vraiment nous écouter ?*

Elle acquiesce.

— Tu préférerais qu'ils ne soient pas là ?

Il ne répond pas.

— On commence ?

Elle remarque à nouveau sa montre. Quand il la fait tourner autour de son poignet, on croirait presque qu'elle fait partie de son corps. Après avoir intercepté son regard, il la cache sous la manche de son sweat.

— On m'a donné le dessin que tu as fait, déclare-t-elle calmement en posant le dessin de loup sur la table entre eux. Je me suis dit que tu voudrais peut-être nous en parler ?

Il regarde l'image, puis ses yeux se posent sur elle. Elle fait un nouvel essai :

— Tu veux nous parler de ce loup ?

Il reste immobile un moment, puis regarde par-dessus l'épaule de Sanna. Elle sait ce qu'il est en train de contempler : une carte est accrochée au mur derrière elle. C'est une copie d'une ancienne cartographie de l'île, la plus connue, qui date du XVIIIe siècle. Les couleurs se sont estompées, mais les contrastes ont été renforcés par des lignes et des contours dessinés méticuleusement afin d'indiquer les zones de forêt, les cours d'eau, les plaines et les hauteurs. Ce qui ressort le plus, cependant, c'est la vulnérabilité de cette île, dont les côtes cherchent en vain le soutien d'un fond marin composé de précipices et de pics pointus.

— Tu connais son histoire ? demande-t-elle. On raconte que cette île n'existait que la nuit, et qu'elle était engloutie tous les matins, au lever du soleil. Puis un des serviteurs de Dieu est venu y allumer un énorme feu.

Il la regarde.

— Est-ce que tu crois en l'existence d'un dieu ? lui demande-t-elle.

Aucune réponse, même pas un clignement d'œil.

— Si tu veux mon avis, les dieux sont difficiles à comprendre, ajoute-t-elle en esquissant un faible sourire.

Jack prend une inspiration, longue et profonde. Ses yeux s'attardent sur la carte, puis il contemple ses mains.

— Tu aimes les cartes, non ? demande-t-elle avec douceur.

Il hausse les épaules.

— J'ai vu que tu en avais plein dans ta chambre.

Il acquiesce.

— Je pourrais demander si on peut te donner celle-ci, si elle te plaît. Ça te dirait ?

Il hausse à nouveau les épaules, d'un air indifférent.

— Il y a autre chose qui te ferait plaisir ? Quelque chose que je puisse faire pour toi ?

Il n'écrit rien, il reste juste immobile, crayon à la main.

— C'est comment chez Mette ? Ça se passe bien ?

Toujours rien.

— Elle est comment, Mette ? questionne-t-elle encore, mais il ne répond toujours pas.

Il lève les yeux pour regarder le plafond.

— Elle a l'air de beaucoup t'apprécier, ajoute Sanna, en haussant la voix. Elle a l'air gentille.

Il acquiesce, presque imperceptiblement.

— Et Benjamin ? Il est comment ?

Il l'observe à nouveau. Elle réfléchit un peu avant de poursuivre.

— Vous n'êtes pas très amis ?

Nouveau haussement d'épaules.

— Tu as passé beaucoup de temps chez Mette ? Tu t'y sens comme chez toi ? Tu as une chambre juste pour toi ?

Il écrit sans la regarder : *Pourquoi me poses-tu toutes ces questions sur Mette ? Tu crois que c'est elle qui a tué ma maman ?*

Sa question la pousse soudainement à se demander ce qu'elle fait là. Pourquoi se trouve-t-elle dans cette salle alors que ce n'est pas nécessaire ? Comment le psy des services pédopsychiatriques s'y est-il pris pour la convaincre, et pourquoi Jack voulait-il la rencontrer s'il n'avait pas l'intention de répondre à ses questions ?

Elle secoue la tête.

— Non, non, répond-elle. (Elle pousse ensuite le dessin vers lui.) Tu voulais me parler de ça ? C'est pour ça que tu as demandé à me revoir ?

Quand son regard se pose sur le dessin, les larmes lui montent aux yeux.

Il doit vouloir me faire comprendre quelque chose, se dit Sanna, en regardant autour d'elle dans la pièce vide hormis un miroir suspendu à un mur, comme dans toutes les salles d'interrogatoire. Elle n'a jamais compris à quoi il servait. La peinture noire du cadre a commencé à s'écailler d'un côté. Elle se lève, fait quelques pas et va s'appuyer contre le mur.

— Moi aussi, j'ai grandi avec des parents qui n'étaient pas les miens. On appelait ça « une famille d'accueil » à l'époque, maintenant on dit « assistant familial ».

Jack la regarde.

— C'était une grande ferme à la campagne, avec plein d'enfants et d'animaux. J'y ai même adopté un chat qui s'était entiché de moi et n'arrêtait pas de se frotter aux jambes de tout le monde. Il était tout maigre, sa queue était cassée, et il avait du mal à respirer, probablement parce qu'il avait reçu un coup sur le museau. Tous pensaient que c'était un chaton, mais il devait sûrement être plus vieux que ça, il était juste très petit. Au bout d'un moment, j'ai eu le droit de dormir avec lui la nuit, et il m'a tenu compagnie quand les choses étaient difficiles pour moi. Petit à petit, il a repris des forces et il a commencé à jouer et à s'amuser. Et puis, un soir, il n'est pas rentré. Je suis sortie le chercher. Finalement, je l'ai retrouvé au pied d'un muret en pierre. Il était mort. Quand je l'ai soulevé, j'ai vu qu'il avait quelque chose de coincé dans sa bouche. Il avait avalé un cocon. Mes parents d'accueil l'ont sorti de sa gorge avec des pincettes, et on a constaté que c'était un bombyx disparate, une espèce rare de papillon. J'ai enterré mon chat toute seule, dans la forêt, et ils ont placé le cocon dans un pot en verre, avec des feuilles. Une semaine plus tard environ, un papillon en est sorti. Il était grand et brun. Tout le monde s'est réjoui qu'il ait survécu, mais moi je n'ai jamais compris pourquoi.

Jack fait à nouveau tourner sa montre autour de son poignet d'un air distrait. Elle est vraiment trop grande, se dit Sanna. Elle retourne s'asseoir sur sa chaise et pose les coudes sur la table. Elle pense au *Paradis perdu*, qu'ils ont retrouvé dans l'appartement. Il l'a peut-être lu.

— Tu lis beaucoup ? lui demande-t-elle.

Il ne répond rien.

— Ta maman avait emprunté *Le Paradis perdu* à la bibliothèque, tu l'as lu aussi ? Ou bien elle t'en a peut-être parlé ?

La patience de Sanna commence à s'épuiser. Est-ce qu'il joue avec elle ?

— Il y a quelque chose que tu aurais envie de me raconter, Jack ? répète-t-elle. Pourquoi est-ce que tu as voulu qu'on se voie, aujourd'hui ? Tu voulais me parler ?

Il reste immobile. Elle prend le dessin de loup et le pose sur une chaise, puis elle attrape une feuille vierge.

— On va bientôt terminer, déclare-t-elle en lui tendant la feuille.

Il écrit quelque chose dessus, puis pousse le papier vers elle : *Qui as-tu perdu ?*

Elle hésite. Elle se demande si elle aurait vraiment dû le mentionner, la dernière fois.

— Mon mari, et mon fils.

Comment s'appelait ton fils ? écrit-il.

— Erik.

Il la regarde un instant, puis il note encore sur le papier : *Que s'est-il passé ?*

Sanna commence à se sentir mal à l'aise.

— Tu veux que j'appelle Mette ? lui demande-t-elle. Tu es fatigué ?

Il secoue la tête et souligne les mots qu'il a tracés : *Que s'est-il passé ?*

Elle a tout à coup l'impression qu'il essaie de s'immiscer dans sa vie privée, et elle n'aime pas la façon dont il cherche à tout savoir sur elle.

— Un accident, dit-elle en déglutissant. C'était un terrible accident.

— Sanna ? Tu es là ?

Elle accroche sa serviette au crochet sur le mur. Le vestiaire est vide, et la voix du Chêne fait de l'écho sur les murs et les casiers. Elle enfile ses vêtements tandis que la lourde porte se referme derrière lui avec un soupir.

— Sanna ? dit Le Chêne avec un petit rire, en se passant la main dans les cheveux. Alors, c'est ici que tu te caches ?

Elle s'est sentie obligée d'aller prendre une douche après le départ de Jack : sa tête était sur le point d'éclater, et elle était sur le point de perdre pied. Peut-être qu'elle est en train de devenir folle. Elle se dit qu'elle est doucement en train de se faire avaler par l'obscurité qui la poursuit.

— Qu'est-ce qu'il y a ? lâche-t-elle avec irritation.

Il lui lance un long regard inquisiteur.

— Tu devrais peut-être rentrer te reposer un moment ?

Elle ne répond pas. Au lieu de cela, elle enfile ses bottes et se coiffe les cheveux en arrière avec les mains.

— Ou bien tu veux prendre Eir avec toi et te rendre au quartier résidentiel sud ?

Eir zigzague entre les flaques à moitié gelées devant la villa voisine de celle des Roos, de l'eau glacée pénètre dans ses chaussures. Une fois devant l'entrée, elle s'arrête pour attendre Sanna.

— Pourquoi Le Chêne pouvait pas envoyer quelqu'un d'autre, merde ?

— Tu peux retourner au commissariat à pied, si tu préfères.

Eir hausse les épaules et sonne à la porte.

En apercevant Eir et Sanna, la voisine enlève la chaîne de sécurité et leur sourit avec nervosité. Sa prothèse dentaire décollée pendouille de sa mâchoire supérieure.

— Entrez, murmure-t-elle. Ils m'ont dit que ce n'est rien, et que je n'ai pas besoin de m'inquiéter, mais…

Elles la suivent à contrecœur jusqu'au salon.

Il fait frais dans la pièce et tout est propre. Il n'y a pas un grain de poussière. Des plantes en pot ont été posées sur des sellettes et des étagères dans les endroits les plus éclairés, et elles baignent dans la lumière. Sur la table basse, il y a un tas de journaux en différentes langues.

On entend de la musique s'échapper d'une porte. C'est une aria. La femme s'arrête devant un fauteuil pour attraper quelques serviettes pliées avec soin.

— Vous en aurez besoin pour respirer, en bas.

Eir lève une main et proteste :

— De quoi parlez-vous ? Comment ça, en bas ?

— C'est dans la cave. Et les serviettes, c'est à cause de cette horrible puanteur.

Eir éclate de rire.

— Vous avez mis du Birgit Nilsson[1] à plein volume, et vous voulez qu'on descende dans votre cave…

— C'est Maria Callas, la coupe la vieille dame, comme si c'était une évidence. J'ai mis le disque pour couvrir le bruit. Et pour que l'intrus en bas ne m'entende pas vous appeler. Je sais qu'il y a quelqu'un, et vous devez…

Elle les regarde, l'air démuni, puis disparaît derrière la porte d'où provient la musique. Là, elle leur montre un escalier en spirale.

1. Soprano suédoise (1918-2005) connue comme la plus célèbre cantatrice wagnérienne de son temps.

Eir et Sanna échangent un regard.

— Je comprends que ce qui s'est passé vous ait traumatisée, déclare Sanna. Nous allons bien évidemment inspecter votre cave. Restez là.

— Non, je vous suis, chuchote la dame.

Un étage en dessous, elles sentent l'odeur et pressent les serviettes contre leur nez. Quelque chose est en train de pourrir, la puanteur a un caractère presque corrosif.

L'escalier n'en finit pas, les marches continuent à descendre. Parvenues en bas, elles se retrouvent dans une cave à vin. Il fait sombre, et le plafond est en pente. Il y a un tourne-disque dans un coin, et la musique qui en sort est assourdissante. Sanna se précipite pour en diminuer le volume.

— Je voulais prendre une bouteille pour ce soir, chuchote la femme dans sa serviette. J'ai failli m'évanouir en arrivant. Ça vient de là-bas, ajoute-t-elle en désignant du doigt une bouche d'aération installée dans un des murs. Ça doit être quelque chose dans la cave des Roos. Et j'ai même entendu du bruit.

— Les Roos ? Leur cave n'était pas aussi profonde que ça, murmure Eir à Sanna. On a passé toute la propriété au peigne fin, et même regardé les plans de la maison quand on a cherché Frank.

Sanna acquiesce.

La femme secoue la tête.

— Non, non, ces caves ne figurent pas sur les plans. Il y a quelques années de cela, une entreprise est venue voir tout le voisinage pour nous proposer de nous creuser une *panic room*. Vous savez, les fameuses chambres fortes cachées que les célébrités et les P-DG ont tous de nos jours ?

— Mais quand on demande un permis de construire on reçoit forcément…

— Ah non, on a tout fait au noir. Enfin, je n'ai pas besoin d'une chambre forte où aller me réfugier, ce n'est pas comme si quelqu'un allait venir me kidnapper, se hâte-t-elle d'ajouter, alors j'ai transformé la mienne en cave à vin. Je ne sais pas comment Marie-Louise et Frank utilisent la leur, mais on a un système de ventilation commun, parce que j'ai une bonne aération dans ma maison…

Un sifflement aigu, semblable à un cri, les interrompt. Il est assourdi, comme s'il provenait d'un tuyau.

— Éteignez la musique, ordonne sèchement Sanna.

À côté de la bouche d'aération, elle sent un courant d'air froid lui frôler le front. Le silence règne. Quelques secondes passent, puis elles entendent le bruit de quelque chose qui gratte avec insistance de l'autre côté du mur, suivi d'un lourd fracas.

Malgré les protestations du Chêne, quand elles l'appellent pour demander des renforts, Sanna et Eir traversent rapidement le hall d'entrée en marbre des Roos.

Arrivées au sous-sol, elles passent de pièce en pièce, inspectant chaque espace. Rien. Sanna indique du menton une grande porte coupe-feu verte, sur laquelle on peut lire le mot CHAUFFERIE.

À l'intérieur, il n'y a qu'une vieille chaudière à pétrole avec des tuyaux tordus. Un tapis en lirette épais couvre le sol et une ampoule nue pend du plafond. Grâce au petit rayon de soleil qui se faufile faiblement par la fenêtre donnant sur le jardin, il y a suffisamment de lumière pour qu'elles puissent constater qu'il n'y a pas d'autre porte.

Eir pousse doucement de côté le tapis. Un courant d'air monte vers elle. Il provient d'un avaloir de forme carrée, qui est suffisamment grand pour laisser passer une personne.

— Mais ça ne sent pas, commente Eir, avec hésitation.

Sans faire de bruit, Sanna soulève la grille et éclaire le tout à l'aide de sa lampe de poche. Elles aperçoivent alors un escalier en spirale de bonne taille, et, tout en bas, encore des points de lumière qui forment un carré. C'est une trappe supplémentaire.

— Toi d'abord ? chuchote Eir.

Quelques secondes plus tard, elles ont descendu le premier escalier et ouvert la grille suivante. Quatre à cinq marches plus bas, elles se retrouvent dans un tunnel étroit. Là, elles aperçoivent une porte à quelques mètres devant elles.

— Tu sens cette puanteur ? lui souffle Eir d'un ton dégoûté.

Il fait sombre, et il y a des taches d'humidité sur les murs. Des gouttes tombent du plafond et le sol est en pente. Sanna avance lentement, son arme à la main. Elle entend la respiration saccadée d'Eir derrière elle. Elle a l'impression qu'elle va bientôt vomir.

— Qu'est-ce que c'est que ce bunker ? marmonne-t-elle.

Sanna continue, puis elle sent un souffle d'air froid. De petits cris proviennent de la porte devant elles.

— Putain, chuchote Eir.

Quelque chose bouge devant elles. Eir attrape le bras de Sanna et elles attendent un instant en silence.

Nouveau couinement. Le même qu'elles ont entendu depuis chez la voisine. Ensuite, le bruit de quelque chose qui traîne par terre, mais que Sanna ne réussit pas à identifier.

Elle tend la main vers la porte, la pousse et entre. Eir la suit après quelques secondes.

Elle est sur le point de crier : « Police, personne ne bouge ! » lorsque quelque chose s'éloigne de ses pieds pour revenir s'enrouler sur ses orteils l'instant d'après. C'est une boule de poils d'un noir brunâtre qui se déplace sur le sol.

Des rats. Il y en a partout.

— Regarde-moi, lui souffle Sanna.

Elles lèvent leurs armes en évitant de regarder le sol et se déplacent en crabe, un pas après l'autre, vers la table située dans un coin de la pièce.

Eir la vise de son arme.

— Police, les mains en l'air ! hurle Sanna.

Quelqu'un est assis là.

Un rat saute de la table, un doigt et un bout de tissu entre les dents.

— Oh putain de merde…, lâche Eir avec un raclement de gorge, en se mettant la main devant la bouche.

— Reste concentrée, lui crache Sanna, mais, arrivée devant la table, elle baisse son arme, désemparée.

Eir se retourne pour vomir.

Frank Roos est assis dans un fauteuil de bureau. Ses yeux fixent le vide, et sa tête est penchée sur le côté. Il porte les mêmes blessures à la gorge que celles retrouvées sur Marie-Louise et sur Rebecca. Les siennes sont plus profondes, mais elles forment aussi une croix.

La table devant lui est un simple autel, avec deux bougies en partie consumées, une bible et une statuette de la Vierge Marie. Cette dernière est tout en couleurs dorées, blanches et rouges, et est joliment patinée. Sur le mur, on a suspendu un crucifix en bois.

Sanna se tient le nez. La puanteur est insupportable. Elle aperçoit une ventilation, dont le moteur s'est arrêté. Quelqu'un a éteint l'interrupteur. Elle le remet en position marche en tapant dessus avec la crosse de son arme. Tandis qu'un vrombissement se fait entendre et qu'un courant d'air glacé traverse la pièce, Eir demande :

— Depuis combien de temps il est là, à ton avis ?

Elle se déplace vers le courant d'air froid, prend de profondes inspirations, et retrouve un peu de couleurs aux joues.

L'odeur et la présence des rongeurs semblent indiquer qu'il est là, à les attendre, depuis un bout de temps.

— Depuis plusieurs jours, répond Sanna.

— Plusieurs jours ? Même quand on s'occupait de Marie-Louise là haut… Et après, quand on est revenues voir le tableau ?

— Probablement.

— Mais…, demande Eir en laissant son regard parcourir la pièce, comment le meurtrier a-t-il bien pu découvrir cet endroit alors que le passage est aussi bien caché ?

Sanna secoue lentement la tête en détaillant Frank, l'autel et le crucifix sur le mur.

— Il a peut-être obligé Marie-Louise à le lui dire.

— Maintenant, on sait pourquoi les chiens n'ont rien senti…, soupire Eir. À quelle profondeur on se trouve, au fait ? Et comment tous ces rats ont fait pour entrer ? ajoute-t-elle en regardant autour d'elle.

— Par là, dit Sanna en désignant un petit avaloir, que la grille endommagée ne recouvre plus qu'à moitié.

Tout à coup, quelque chose clignote. C'est un ordinateur portable d'un modèle ancien posé sur une chaise en plastique. Le câble d'alimentation est branché, mais il a été à moitié rongé, et l'écran ne cesse de s'allumer et de s'éteindre.

Sanna fouille dans ses poches, mais Eir lui tend une paire de gants. Elle les enfile, puis se penche vers le câble et le secoue un peu. Il lui faut quelques instants avant de trouver la bonne position, mais l'ordinateur finit par fonctionner. La fenêtre du lecteur multimédia est ouverte, et elle appuie sur PLAY.

Avec un léger vrombissement, le lecteur DVD redémarre et le film s'enclenche. On aperçoit une pièce à l'écran, vue d'en haut. Elle a probablement été filmée avec un portable ou une caméra posée sur une étagère ou une penderie. Les murs sont gris et impersonnels. Le long de l'un d'eux, un divan a été recouvert d'un tissu beige décoré de feuilles vertes. Quelqu'un est assis dessus. C'est un homme, son visage est hors champ, mais son corps et ses mains laissent deviner son âge, la soixantaine. Une de ses jambes bouge avec nervosité.

Une fille en jean et débardeur est assise sur une chaise devant lui. Ses cheveux roux ondulés lui tombent sur les épaules. Sa tête est penchée en avant et autour de son cou, Sanna reconnaît un boa vert.

C'est Mia Askar, se dit-elle.

L'homme se penche brusquement en avant et lui pose une main sur la jambe. Elle essaie de se dégager, mais on lui a attaché les mains derrière le dos.

Lorsqu'elle remue, Sanna aperçoit une tache bleue sur son débardeur, juste au-dessus du jean. Quelque chose a traversé le tissu pour le colorer à cet endroit.

— Qu'est-ce que c'est que ça, merde…, fait Eir. Remets la vidéo au début.

Sanna met sur pause, avant de redémarrer le DVD.

Au début du film, on voit la même pièce, mais depuis un angle différent. Mia Askar est assise au premier plan. On ne peut pas se méprendre sur son identité : elle regarde droit dans la caméra et se mord un ongle. Elle porte le collier aux trois cœurs autour du cou.

Elle a l'air fatiguée.

— Si quelqu'un retrouve cette vidéo, je m'appelle Mia Askar. Je ne sais pas depuis combien de temps je suis ici. J'espère que j'arriverai à sortir. Sinon… si vous retrouvez ceci…

Il y a du bruit derrière elle, comme une porte qui s'ouvre. Les yeux de Mia se baissent et elle se lève. Ensuite, elle se met sur la pointe des pieds, son visage disparaît de l'objectif, et la pièce se retrouve à l'envers sur l'image, avant de réapparaître, vue d'en haut. Elle a sûrement placé la caméra, peut-être celle de son portable, depuis un point surplombant.

Deux hommes entrent dans la pièce, passent devant la caméra sans la voir, puis disparaissent de l'image. Ils murmurent quelque chose d'inaudible et placent une chaise au milieu de la pièce. Mia s'y assied à contrecœur en les injuriant.

Un des hommes prend place sur le divan devant Mia, dont la tête reste hors du cadre. On ne voit pas non plus son compagnon, mais on l'entend chantonner derrière eux. Il y a ensuite un bruit comme de l'eau qui coule d'un robinet.

L'homme assis sur le divan commence à parler. Le son est de mauvaise qualité, mais on distingue quand même quelques bribes de mots. Il demande toujours la même chose :

— Qui est au courant ?

À chaque fois, Mia donne la même réponse :

— Personne.

Il fait un signe à l'autre homme, qui approche en claudiquant et en lui tendant une boîte de pilules. Il en prend deux, qu'il force Mia à avaler avec un verre d'eau.

— Le sale porc…, marmonne Eir.

L'homme sur le divan change de position, puis croise les jambes en se tapotant le genou.

— Tu dois mieux prendre soin de toi… de vous deux.

Mia crache dans sa direction.

— On est là pour t'aider.

Elle l'insulte à nouveau.

— Tu es déjà pardonnée, tu sais ? demande-t-il.

— Tu es mort pour moi, rétorque Mia. Mort.

— Est-ce que tu sais que tu as été pardonnée ? répète-t-il.

Elle se lève et se jette vers la sortie, mais l'homme aux médicaments la rattrape, et puis la porte a été verrouillée. Il la tire par le bras, elle crie. Il lui attache les mains derrière le dos.

— Tu dois te calmer, lui explique-t-il. Sinon, on ne pourra pas t'aider.

L'homme sur le divan pose encore et toujours la même question, comme un mantra ou un exercice d'hypnose. Mia répond inlassablement par des jurons.

Quand elle finit par se taire, les questions cessent

elles aussi. L'homme lui touche le ventre avant de disparaître à nouveau de l'image.

Mia marmonne quelque chose d'indistinct.

L'homme sur le divan se penche vers elle.

— Qui es-*tu* et qu'as-tu fait de Mia ? (Il se renverse un peu en arrière.) Qu'as-tu fait de Mia ? répète-t-il encore.

— Qu'est-ce que tu racontes, putain ? hurle-t-elle. Tu es complètement givré, ou quoi ?

L'homme sur le divan secoue la tête, puis se penche à nouveau en avant.

— *Exorcizo deo immundissimus spiritus...*

— Mais arrête, espèce de malade ! crie-t-elle.

Elle commence à pleurer, et il lui pose la main droite sur le cœur.

— *Infer tibi libera... Time Satana inimici fidem...*, continue-t-il. *Recede in nomine Patris...*

Ensuite, on entend des murmures de prière, comme un vrombissement d'abeilles en furie. Les voix se superposent l'une l'autre dans un rythme presque frénétique.

Le corps de Mia a un spasme en avant, comme si elle allait vomir.

L'homme assis sur le divan lui demande à voix basse si elle comprend qu'elle a été graciée et qu'elle doit s'en réjouir. Elle murmure quelque chose et il lui appuie à nouveau sur le cœur.

Une grande tache sombre apparaît le long de la cuisse de Mia quand elle se pisse dessus. Elle dit en pleurant qu'elle comprend et jure de ne plus leur créer de problèmes. L'homme lui pose la main sur le genou, mais elle essaie de se dégager.

Puis les images sur lesquelles elles sont tombées au début reprennent.

L'homme qui a attaché Mia s'approche en boitant, couteau à la main. Il coupe ses liens, et la jeune fille s'écroule sur le sol. Quand il l'aide à se relever, Sanna et Eir distinguent parfaitement son visage.

C'est Frank Roos.

— Arrange-toi pour faire venir Rebecca, lui dit l'autre homme. Il faut s'occuper d'eux.

Frank acquiesce.

— Rebecca va venir s'occuper de toi, dit-il à Mia en lui caressant les cheveux.

Après leur départ, elle reste assise sans bouger. Au bout d'un moment, elle se lève, pousse la chaise en direction de la caméra et grimpe dessus. La pièce disparaît quand sa main vient recouvrir l'objectif, et la vidéo se termine.

— C'était bien ce que je crois ? demande Eir d'une voix creuse. Vous vivez à quelle époque, sur cette putain d'île ?

Sanna ne répond pas. Elles viennent d'assister à un exorcisme : l'homme sur le divan a essayé de libérer Mia Askar du démon. Elle contemple d'abord le corps de Frank, puis le reste de la pièce. Il y a du sang sur la table, sur le sol et sur les murs, ainsi que sur les mains et les vêtements du cadavre. Elle pense à la façon dont il est resté assis, le regard tourné vers la chaise où se trouve le petit ordinateur portable. Le meurtrier a-t-il voulu lui montrer ce qu'il avait fait à Mia avant de l'achever ?

— On l'a puni, déclare-t-elle. On les a tous punis pour ce qu'ils ont fait à Mia. Marie-Louise, Rebecca, et Frank.

21.

Sanna se réveille en grelottant, à deux heures du matin. Elle enfile son manteau, prend deux pilules et retourne sous la couverture. Quand elle se réveille à nouveau quelques heures plus tard, sa tête est lourde comme du plomb. En route pour le commissariat, elle contacte Sudden. Il lui annonce que l'analyse de l'ordinateur retrouvé à côté de Frank est en cours. Les rats ont souillé beaucoup des indices collectés sur place, alors elle ne se fait pas trop d'illusions.

Elle s'arrête à la station-service pour se prendre un café et acheter des Doliprane. Ensuite, elle appelle Eir.

— Tu es vivante, constate cette dernière.

— Je n'ai pas très bien dormi.

— Non, je m'en doute. Moi non plus, mais j'ai fait comme tu m'as demandé.

— C'est-à-dire ?

— Comme tu disais dans ton message.

— Quel message ?

— Tu plaisantes ? Tu m'as envoyé un texto à deux heures et demie pour me dire qu'on devait parler à la mère de Mia…

Sanna s'en souvient subitement.

— Exact, oui. Tu lui as mis la main dessus ? Elle savait si Mia avait un petit ami ?

— Je suis passée par chez elle et j'ai sonné. Une voisine a ouvert la porte pour me dire qu'elle était partie, et qu'elle lui avait demandé d'arroser ses plantes. Selon elle, Lara Askar sera de retour dans quelques jours.

— Tu as essayé de l'appeler ?

— Oui, pas de réponse. La voisine m'a dit que Lara voulait se reposer, alors elle a probablement éteint son portable, mais elle a laissé le numéro de quelques amis au cas où. J'ai essayé de les joindre, eux aussi.

— Et toujours rien pour le portable de Mia et sa liste d'appels ?

— Rien. Je viens juste de demander à Bernard.

— D'accord. Je ne vais pas tarder. Je vais juste faire un saut à l'école de Mia, en cours de route.

Les radiateurs en fonte dans le bureau du directeur sont vieux et lents au démarrage. La condensation qui recouvre à moitié les fenêtres fait penser à des gouttes de sueur. Le directeur de l'école invite Sanna à s'asseoir.

Il pianote sur son clavier avec des doigts courbés à la recherche du dossier de Mia. Il lui apprend qu'elle avait disparu plusieurs jours avant sa mort, et qu'elle avait souvent fait l'école buissonnière pendant l'année scolaire.

— Mais pourquoi vous intéressez-vous à un suicide ? s'interroge-t-il.

Sanna ne répond pas.

— Vous savez si Mia avait des amis ? demande-t-elle à la place.

— On en a parlé à la réunion de crise organisée après sa mort. D'après ses professeurs, elle était plutôt solitaire.

— Elle devait bien fréquenter quelqu'un, non ? S'asseoir à côté d'un élève pendant les cours, par exemple.

— Non, ce n'était pas le cas, apparemment.

— On m'a dit qu'elle était douée pour les maths.

Il acquiesce, et elle lit un peu de fierté dans son regard.

— C'était un de nos meilleurs éléments.

— Elle faisait partie d'un club de mathématiques ou d'une association de ce genre ? Elle avait peut-être des amis ou des camarades avec lesquels elle s'entraînait ?

Il secoue la tête.

— On n'a pas de clubs ou d'activités périscolaires de ce genre. Mia étudiait seule. Elle avait un don.

— Un petit ami ?

— Je ne la connaissais pas vraiment. Mais, à la réunion, un de ses professeurs nous a dit qu'elle avait écrit un texte assez intime au sujet de l'amour et de la confiance. Il y était question d'un garçon.

— Je pourrais le voir ?

— Malheureusement, on leur rend leurs devoirs après les avoir notés et on ne garde pas de copie des exercices.

— Et ce garçon, elle a dit qui c'était ? Est-ce que le professeur aurait mentionné un nom ?

— Je ne le crois pas, mais il vaudrait mieux lui poser la question directement. Lors de la réunion, je lui ai demandé si c'était quelqu'un de l'école. Je m'étais dit que, dans ce cas, il aurait peut-être besoin de soutien. Mais il me semble me rappeler que Mia n'avait pas précisé son identité. Elle disait seulement que c'était un ami d'enfance, et quelqu'un qu'elle aimait.

Sanna digère ces révélations à propos d'un *ami d'enfance*, avant d'envoyer un message à Eir. Elle lui demande de noter cet élément, puis d'envoyer Bernard et Jon à l'école pour rencontrer tous ceux qui sont entrés en contact avec Mia.

Le directeur s'éclaircit la gorge en jetant un coup d'œil à l'horloge.

— Est-ce que quelqu'un, un professeur ou un élève, avait remarqué un changement chez Mia, ces derniers temps ? l'interroge Sanna. Quelque chose qui aurait refait surface à la réunion de crise.

— On a tellement d'élèves, répondit-il avec hâte. Il ne nous est pas possible de tous les suivre en permanence.

— Oui, je comprends. Certains de mes collègues vont parler avec ses professeurs, si vous n'y voyez pas d'inconvénients.

Il devient subitement distant.

— Je ne comprends pas pourquoi vous me posez autant de questions sur Mia, elle s'est suicidée. Est-ce qu'on doit s'inquiéter de quelque chose ?

— Non, répond Sanna, sans extrapoler. Malheureusement, je ne peux pas vous en dire plus pour l'instant.

Il soupire.

— Vos collègues peuvent venir quand ils le souhaitent.

Sanna se lève et ouvre la porte pour partir.

— Est-ce que Mia avait un casier où elle rangeait ses affaires ?

— On l'a vidé cette semaine et on a tout envoyé à sa famille.

— Que pensez-vous de la mère de Mia ? L'avez-vous rencontrée en personne ?

— Elle était sympathique. On s'est seulement croisés quelques fois. Elle est venue pour discuter des cours de Mia, et obtenir des détails et des programmes pédagogiques avant qu'elle ne soit transférée.

— Comment ça, avant qu'elle ne soit transférée ?

— Elle allait rejoindre son père pour un an ou deux, à partir de janvier. Il habite quelque part à l'étranger, je ne sais plus où.

En sortant, Sanna tombe sur Mette et Benjamin. Ce dernier jette son sac à dos et un sac de sport à l'arrière de la voiture.

— Bonjour ! s'exclame Mette en souriant. Je viens tout juste de déposer Jack au commissariat. Vous n'aviez pas rendez-vous ?

Sanna la regarde avec surprise. Un rendez-vous ? Elle se repasse en mémoire son entretien de la veille avec Jack. Les questions qu'il lui a posées sur Erik. Ses mensonges. A-t-elle fini sur des mots qu'il aurait interprétés comme un appel à se revoir ? Elle ne se souvient plus des dernières minutes de leur conversation, il y a comme un trou noir.

— Il s'est passé quelque chose ? continue Mette.

Benjamin part se cacher derrière sa mère.

— C’est ton école ? lui demande Sanna.

— Oui, répond-il.

— Mais aujourd’hui, il ne va pas bien, alors j’ai dû faire demi-tour pour revenir le chercher.

Sanna essaie de croiser le regard de Benjamin, mais échoue.

— Tu connaissais une fille du nom de Mia ? Mia Askar ?

Le visage de Mette se referme.

— C’est celle qui…

— Oui, répond Sanna. Tu connaissais Mia, Benjamin ? (Elle essaie de lui sourire.) Elle était mignonne, avec des cheveux roux.

— Non, il ne la connaissait pas, l’interrompt Mette. Comment va l’enquête ? Du nouveau sur Rebecca ?

Sa voix s’est brusquement faite suave.

— Quand on s’est vues la première fois, à l’hôpital, vous m’avez dit ne pas très bien connaître Rebecca.

— Non, en effet.

— Mais c’était bien elle qui vous amenait Jack et qui le récupérait ensuite ?

— Quelquefois, oui. Autrement, c’étaient les services sociaux. Ça dépendait de l’état dans lequel elle était.

— Qu’est-ce que vous pensiez d’elle ? Vous vous entendiez bien ?

— Que voulez-vous dire ?

— Eh bien, ça doit être frustrant de voir la vie d’un enfant détruite, et d’autant plus difficile de ne pas blâmer ses parents. Surtout au vu de l’état de Rebecca.

Le visage de Mette se durcit.

— Je ne lui en ai jamais voulu, affirme-t-elle. Elle faisait ce qu’elle pouvait.

Mette a l'air stressée. Elle se gratte le nez d'un air absent, puis regarde son portable avant de le glisser à nouveau dans sa poche, pendant que Benjamin s'éloigne.

— Et comment ça va, avec les garçons ? lui demande encore Sanna.

— Eh bien, ça va. Jack est au commissariat, comme je vous l'ai dit, en train de vous attendre.

— Mia et Benjamin ont le même âge, et ils allaient à la même école. Vous êtes sûre qu'ils ne se connaissaient pas ?

À quelques mètres de là, Benjamin commence à arracher les feuilles d'un arbre rabougri.

— Benjamin ! lui crie Mette.

Il revient d'un pas lourd, le bras replié, comme s'il portait quelque chose dessus. Quand il approche, Sanna aperçoit une chenille poilue. Elle se déplace le long de son bras. Son corps est vert et dodu, recouvert de poils courts et drus. Elle avance avec maladresse. Arrivée sur sa main, elle se retrouve face à un précipice, alors elle essaie de rebrousser chemin.

— Je dois aller faire des courses avant qu'il ne soit l'heure de retourner chercher Jack, dit Mette à son fils. Le temps file. Allez, va reposer cette bestiole sur l'arbre.

Une fois de retour, il prend place sur le siège arrière et attache sa ceinture. Elle démarre et commence à reculer tout en saluant Sanna de la main.

Alors que la voiture s'éloigne, Sanna voit Benjamin sortir quelque chose de sa poche. La chenille dodue se tortille entre ses doigts. Il la glisse lentement dans sa bouche et la mastique, un bout après l'autre.

22.

À l'accueil, l'agent de service est en train de jouer sur son portable. Un étalon gris pommelé se promène sur l'écran et laisse des enfants s'asseoir sur son dos. Plus il y en a, plus il s'allonge en conséquence. Avec un arc, l'agent essaie de tirer sur le cheval. Il le rate, et l'animal se jette alors dans un cours d'eau. Le jeu fait référence à un conte dans lequel un cheval diabolique noie toutes les personnes qui le montent.

— Est-ce que tu as déjà réussi à tuer le cheval maudit ? demande-t-il à Eir quand il la voit sortir de l'ascenseur.

Elle secoue la tête avec irritation.

— Tu as essayé de m'appeler ?

Il désigne du menton quelque chose derrière elle. Eir se retourne, pour apercevoir Jack, assis sur une chaise dans un coin.

— Il doit voir Sanna, apparemment, ajoute l'agent. Mais elle n'est pas encore là, alors je me suis dit que tu pourrais peut-être un peu t'occuper de lui, en attendant ?

La salle d'interrogatoire juste à côté est libre, celle avec la carte sur le mur. Tu peux peut-être lui offrir un verre d'eau ou un soda ?

Eir fait signe à Jack de la suivre dans la salle d'interrogatoire, puis lui demande s'il veut boire quelque chose. Il refuse. Elle lui propose de rester avec lui jusqu'à l'arrivée de Sanna, mais il refuse encore avant de commencer à écrire sur son portable.

— Je vais laisser la porte ouverte, le prévient-elle. Et si tu changes d'avis, l'agent est juste là.

En traversant le couloir, Eir appelle Jon, pour lui demander s'il a contacté le club de chasse. Ça n'a rien donné. Lorsqu'elle entre dans la salle d'enquête, elle y trouve une femme penchée sur la grande table. Elle est en train de classer les notes, les listes d'appels, les photos des scènes de crime et des autopsies en piles parfaitement organisées.

Eir se racle la gorge.

La femme est jeune. Elle porte une blouse en soie bleu clair et des lunettes beiges. Elle a des yeux en forme d'amande et des cheveux bruns brillants qu'elle a soigneusement coiffés en chignon sur sa nuque. Son corps est menu, et ses vêtements ont l'air un peu trop grands pour elle. Son corps semble presque flotter dedans quand elle bouge, à la façon d'un petit papillon. Son rangement fait penser à des draps soigneusement repassés, sur la table.

— Bonjour, fait Eir.

— Bonjour, répond la femme avant de marquer une courte pause. J'ai les chiffres, où dois-je les poser ?

— Quels chiffres ?

— L'inventaire des biens.

Eir la regarde. Ça doit être elle, que Le Chêne a finalement appelée en renfort.

— Ça vous va si je… ? s'enquiert la femme en indiquant le tableau blanc du menton.

Elle pousse toutes les photos vers le bord, puis dessine un grand cercle, et trois autres, moins grands, tout autour. Elle y inscrit trois noms : MARIE-LOUISE, REBECCA et FRANK. Dans le cercle du milieu, elle écrit : L'AUBE.

Elle pousse un classeur vers Eir.

— J'ai regardé où allait l'argent. Le Chêne m'a dit que vous aviez commencé à analyser les comptes, mais que personne n'était allé jusqu'au bout, alors je m'y suis penchée.

Eir passe ses doigts sur le classeur, en souriant avec surprise.

La femme lui rend son sourire.

— L'Aube, c'est, ou plutôt c'était, une petite organisation. Elle relie toutes les victimes entre elles, dit-elle. Vous n'êtes pas tombés dessus jusqu'à présent parce qu'elle a été répertoriée sous plusieurs noms différents. On la remarque uniquement si l'on se base sur le numéro de compte dans la liste des opérations bancaires. L'organisation n'a jamais eu d'adresse. Elle utilisait le service de l'ancien bureau de poste de Södertorg, fermé depuis deux ans à peu près. L'Aube n'a existé qu'un seul été, il y a sept ans de ça. C'était un camp de vacances pour enfants.

— Attendez… Vous avez vérifié toutes les transactions toute seule ?

— Le Chêne m'a fourni tout ce dont j'avais besoin.

Eir se lève pour aller jeter un coup d'œil à l'accueil. Elle ne voit toujours aucune trace de Sanna.

La femme désigne la photo de Marie-Louise du doigt.

— Elle a fait don d'une grosse somme à l'Aube.

Elle passe ensuite à Rebecca.

— Durant la période d'activité de cette organisation, Rebecca a perçu un important salaire. Elle a travaillé pour eux. Comme elle était infirmière, on peut supposer qu'elle s'est occupée des enfants d'une manière ou d'une autre.

Elle désigne Frank pour terminer.

— Il a également reçu un versement. Il leur a donc rendu un service. Marie-Louise et lui avaient des comptes séparés, donc ce n'est pas surprenant qu'il ait été payé.

Eir la regarde sans rien dire. Il lui paraît incroyable que quelqu'un, qu'elle n'a jamais vu de sa vie, vienne l'éclairer sur l'affaire en lui parlant de chiffres et de nouveaux éléments. L'idée qu'à elle seule, elle ait pu trouver le point commun entre toutes les victimes – un camp de vacances organisé sept ans auparavant – lui semble presque ridicule.

Soudain, elle se demande si quelqu'un ne serait pas en train de lui faire une blague ; c'est peut-être le bizutage des nouveaux au commissariat, qui aurait lieu avec un peu de retard ?

Cependant, la jeune femme a une attitude qui impose le respect, avec un calme imperturbable et une attitude modeste.

— Vous avez trouvé le nom d'un ou d'une responsable du camp ?

Elle fait non de la tête.

— Il y avait quelqu'un, un certain Holger Crantz. C'était apparemment un des prêtres catholiques de l'île. Mais je n'ai pas encore réussi à trouver plus de détails sur lui… J'y travaille.

— Donc c'était un camp de vacances pour enfants organisé par l'Église catholique ?

— Non, c'était une organisation privée. Je n'ai découvert aucun lien avec l'Église catholique.

— D'accord, donnez-moi tout ce que vous avez, je vais regarder ça.

— Tout est dans le classeur.

— Bien. Est-ce que vous pouvez aussi réunir tout ce que Sudden et les experts ont découvert sur les lieux du meurtre de Frank, et les résultats de l'autopsie réalisée par Fabian ? Vous savez qui ils sont ?

— Oui, je les connais. Sudden a appelé récemment, il voulait parler à Sanna. Il voulait lui confirmer que le sang encore non identifié retrouvé sur le couteau devant la villa des Roos était bien celui de Frank.

— D'accord. On s'y attendait. Donc on ne peut même plus supposer que le meurtrier est un homme. Si le sang avait été…, commence Eir, avant de s'interrompre pour regarder la femme droit dans les yeux pour la première fois. Excusez-moi, mais qui diable êtes-vous ? articule-t-elle finalement.

— Alice Kyllander. Analyste au Noa.

— Noa ? Ah. Et il n'y a que vous ?

— Oui. Le Chêne veut faire profil bas. On vous enverra davantage de ressources s'il se passe quoi que ce soit d'autre.

— Et qu'est-ce qu'ils vont faire pour nous aider ? Enterrer les morts ?

Eir se tourne vers le tableau blanc. Alice reste immobile un instant, à se demander si elle va lui poser d'autres questions. Finalement, elle tourne les talons pour quitter la salle, et croise Sanna en sortant.

— On vous a informée des messages qu'on a laissés pour vous ? lui demande-t-elle.

— Lesquels ? s'enquiert Sanna d'un ton fatigué.

— Quelqu'un du nom de Vilgot Andersson a essayé de vous joindre plusieurs fois.

— D'accord, merci. Vous pouvez me faire une tasse de café et me l'apporter à la petite salle d'interrogatoire ?

— D'accord.

Après le départ d'Alice, Sanna remarque le cercle sur le tableau blanc, avec marqué L'AUBE.

— C'était qui ? demande-t-elle à Eir.

— Quelqu'un du Noa.

— Noa ?

Le Chêne fait son apparition.

— Alors, vous avez rencontré Alice Kyllander ?

— Oui. C'est super que tu nous aies prévenues de l'arrivée d'un nouveau membre dans l'équipe, répond Sanna sèchement.

— Je me suis dit qu'il valait mieux qu'elle se présente elle-même. Sinon, vous n'auriez fait que rouspéter.

— Seulement ? demande Eir.

— Pourquoi, vous voulez encore rouspéter ? demande Le Chêne en esquissant un sourire.

— Non, elle a l'air bien, admet Eir.

— Tant mieux. Elle vous sera utile. C'est la petite-fille d'un collègue, la meilleure dans son domaine. Soyez sympas avec elle.

Il sourit à nouveau.

— Il s'appelait comment, ce super collègue ?

— *Elle* s'appelait Agnes.

— Quoi ? *Agnes Kyllander* ? s'exclame Sanna. Tu veux dire que tu as travaillé avec Agnes Kyllander et que je n'étais même pas au courant ?

Le Chêne acquiesce, avant de quitter la salle.

— C'est qui, cette Agnes Kyllander ? demande Eir.

— Tu veux dire que tu n'as jamais entendu parler d'elle ? s'étonne Sanna.

— C'est qui, putain ?

— AK. Ou plutôt, on a toujours supposé que c'était elle, AK, même si cela n'a jamais été confirmé.

— C'est quoi, ça, un putain de nom de code ? Elle était espionne ou quoi ? demande Eir en riant.

Sanna lui jette un regard grave.

— Merde, t'es sérieuse ? fait Eir, mal à l'aise.

— Elle a dit quoi, sa petite-fille, alors ? demande Sanna.

Eir regarde le classeur.

— Un tas de trucs.

Sanna ouvre le dossier. Elle lève les sourcils et siffle avec admiration quand elle voit les pages avec tous les chiffres soigneusement soulignés, et des annotations dans la marge.

— C'est elle qui a fait tout ça ?

Eir acquiesce.

— On dirait, oui.

— Mais c'est le résultat d'un mois de travail au moins…, dit Sanna, avec le sentiment que leur effectif vient de doubler, grâce à l'arrivée de cette nouvelle recrue.

Eir désigne du doigt le schéma qu'Alice a dessiné sur le tableau blanc.

— L'Aube. C'est une petite association qui a organisé un camp de vacances pour enfants il y a sept ans. Elle a été subventionnée par Marie-Louise. Rebecca et Frank y ont travaillé, et ont chacun reçu une compensation financière. On peut supposer que Rebecca soignait les enfants et que Frank… Hum, eh bien, qu'il faisait des exposés sur les pierres. Il a bien dû participer à quelque chose…

Sanna commence à feuilleter le classeur plein de chiffres.

— Un camp de vacances ? dit-elle. On doit pouvoir trouver davantage de détails. Est-ce qu'on peut avoir la liste des gens qui y ont été employés et celle des enfants qui y ont participé ? Est-ce qu'il y a une adresse, pour aller jeter un coup d'œil sur place ?

— Il y a très peu d'infos. Et, d'après Alice, pas d'adresse, à part une ancienne poste dans un bureau qui a été démoli. (Eir réfléchit un instant.) Dis-moi, ajoute-t-elle au bout d'un instant. On ne pourrait pas lancer un appel via les médias, demander à ceux qui y ont envoyé leurs enfants de nous contacter ?

Sanna hésite.

— Pas tant que l'enquête sur les assassinats est en cours : les gens pourraient deviner leur lien ou inventer quelque chose pour vendre leurs journaux. Le Chêne a horreur de ça. Et c'est le genre de chose qui pourrait effrayer ceux qui voudraient nous parler. (Ses doigts tambourinent sur le classeur.) Alice a trouvé ceux qui l'avaient encadré, ce camp ?

— Elle n'a trouvé qu'un nom : Holger Crantz. Apparemment, il était prêtre à l'église catholique de l'île. Après ça, elle a fait chou blanc. Il n'y a rien d'autre.

— On doit retourner à l'église leur redemander de l'aide, déclare Sanna.

Avant qu'Eir ait eu le temps de répondre, elles entendent quelqu'un crier.

C'est Mette.

Quand Eir et Sanna se précipitent dans la salle d'interrogatoire, elles découvrent plusieurs chaises qui gisent par terre. Les coups pleuvent. Mette et l'agent de l'accueil essaient de séparer Benjamin et Jack, qui se battent sauvagement.

Sanna tente d'écarter Mette et de la faire sortir, mais elle est propulsée en arrière. Les protestations hystériques de Mette poussent Benjamin à s'en prendre à Sanna, mais Jack l'attrape par l'épaule et le cloue au mur.

Sa prise est tellement forte que les pieds de Benjamin touchent à peine le sol. La poitrine de Jack se soulève sous l'effort.

— Arrêtez, mon Dieu, arrêtez, s'il vous plaît… ! hurle Mette jusqu'à les supplier.

Jack ne bronche pas. Il a l'air submergé par ses émotions. Il s'est renfermé. Il est difficile de communiquer avec lui à présent.

— Lâche-le, lui dit Sanna, en posant doucement une main sur son épaule.

Elle le tire lentement en arrière, vers elle, jusqu'à ce qu'il lâche prise pour se recroqueviller sur lui-même. Il s'appuie contre elle comme s'il était perdu.

Benjamin ne le quitte pas du regard. Mette le retient, mais il essaie de se dégager avec force. Ses lèvres bougent. Il murmure quelque chose.

— Tu te prends pour qui, sale con ! hurle-t-il ensuite.

Il se jette à nouveau sur Jack, le pousse contre le mur et le bombarde de coups de poing. Il lui porte coup après coup dans le visage jusqu'à ce qu'Eir et Sanna arrivent à les séparer. Il parvient à envoyer un dernier coup de pied dans le ventre de Jack.

Lorsqu'elles font sortir Benjamin de la pièce et réussissent à le traîner jusqu'à l'accueil, Sanna l'attrape par le col.

— Qu'est-ce qui te prend ? ! lui crie-t-elle. Tu es malade ?

Benjamin reste impassible.

— On était venus chercher Jack, explique Mette, désespérée. On était en avance, alors on allait seulement l'attendre, mais Benjamin est parti faire un tour dans le couloir, puis il a vu Jack, et…

Sanna arrête d'écouter et s'adosse au mur. Avec l'arrivée d'Alice, elle avait complètement oublié que Jack l'attendait. Du coin de l'œil, elle aperçoit Jon qui approche à grands pas.

— On va te garder pour sévices corporels, dit-elle à Benjamin.

Elle se tourne ensuite vers Mette.

— Eir et Jon vont vous conduire dans une pièce, vous allez nous y attendre. Je ne serai pas longue.

Mette proteste, mais Eir et Jon les embarquent, elle et son fils.

Dans la salle d'interrogatoire, Sanna prend place à côté de Jack. Il est assis à la table, tête penchée. Elle l'attrape par les épaules et le tourne doucement vers elle.

— Ils m'ont dit que vous buviez votre café serré, excusez-moi si ça a pris du temps, je…, dit Alice en passant la porte.

Elle s'interrompt en voyant la scène. Sanna lui crie d'appeler une ambulance. Elle tente d'empêcher Jack de perdre connaissance, pendant qu'Alice se jette sur son téléphone. Le visage du jeune garçon est salement amoché et ses yeux se révulsent. Il s'effondre, et elle se retrouve avec son corps inconscient dans les bras.

Elle regarde la carte sur le mur, toute de travers maintenant et couverte de sang. L'île a été marquée par cette explosion de violence, et le sang de Jack a effacé les contours des côtes dessinées sur le papier.

— Jack, lui dit-elle. L'ambulance est en route. Ils vont venir s'occuper de toi.

Quand les ambulanciers arrivent, ils l'emmènent sur une civière.

Sanna le regarde disparaître au bout du couloir, les mains dans les poches.

— Je vais tout nettoyer et ranger un peu, déclare Alice, en contemplant les dégâts dans la salle d'interrogatoire avec découragement.

Sanna acquiesce, fatiguée.

— Qui c'est, le jeune qui l'a attaqué ?

— Un ado qui a des problèmes, répond Sanna. Le fils de Mette, l'assistante familiale de Jack.

Alice attrape le sac à dos de Jack.

— Je vais envoyer ça à l'hôpital, aussi.

— Merci, lui dit Sanna, soudainement épuisée.

Elle aperçoit ensuite le miroir ovale suspendu au mur. Il a été cassé. Quelques morceaux sont tombés au sol, d'autres sont toujours accrochés au cadre. En le décrochant, elle y aperçoit le reflet de son visage, déformé et morcelé comme une œuvre d'art cubiste. Il la regarde fixement d'un air froid et accablé. Elle pense à son fils, à ses visions, aux conversations avec le personnage de l'autre côté, à toutes les fois où elle a dû les cacher pour qu'il ne les trouve pas. Une pensée lui traverse l'esprit avant qu'elle n'ait le temps de l'arrêter : le miroir a-t-il été brisé pendant la bagarre, ou bien quelqu'un l'a-t-il fait exprès ?

Son estomac se noue quand elle entre dans la pièce où l'attendent Mette et Benjamin. Celle-ci est en train de caresser le bras de son fils. Les narines de ce dernier se dilatent et les veines de son front sont tellement gonflées qu'elles ont l'air prêtes à exploser. Mette lui murmure quelque chose à l'oreille.

— Venez avec moi, ordonne Sanna d'un ton sec.

Ils se lèvent tous les deux, mais Sanna fait signe à Benjamin de se rasseoir.

— Vous seulement, dit-elle à Mette.

— Tout va bien, mon chou, dit Mette à Benjamin d'une voix angoissée. Je serai bientôt de retour.

Sanna referme la porte derrière elles.

— Qu'est-ce que vous faites, vous ne pouvez pas l'arrêter pour ça, lui dit immédiatement Mette.

— À quinze ans, il est responsable pénalement. Le procureur va l'entendre, vous serez présente à tout moment. Si vous n'avez pas d'avocat…

— On en a un, la coupe Mette, hautaine.

— On va aussi contacter les services sociaux.

— Les services sociaux ? s'exclame Mette. Vous n'êtes pas sérieuse.

— Qu'est-ce qui s'est passé ?

— Ce sont des garçons, essaie de se défendre Mette. Et les garçons, ça se chamaille…

— Benjamin ne s'arrêtait plus, il aurait pu le tuer.

— Il est allé trop loin, oui, mais…

— Pourquoi ?

Mette ne répond pas.

— Si personne ne me raconte ce qui se passe entre ces deux garçons, Jack pourrait ne pas être le seul à être placé dans une nouvelle famille.

Le regard de Mette devient noir.

— Vous n'oseriez jamais toucher à mon fils, rétorque-t-elle avec dureté.

— Dites-moi, comment ça se passe en réalité chez vous ? demande Sanna d'un ton un peu plus doux.

Mette la regarde avec suspicion, puis se détend un peu.

— Je les ai installés dans deux parties de la maison bien séparées. J'espérais qu'ils trouveraient une nouvelle famille d'accueil pour Jack bien plus rapidement que ça.

— Pourquoi est-ce que Benjamin le déteste autant ?

— Il trouve que je le gâte trop, que je le traite comme mon fils.

— C'est de la jalousie et rien d'autre ? Ça ne va pas plus loin ?

Mette secoue la tête. Sanna ne sait pas si elle doit la croire, mais est-ce que cela a de l'importance, au fond ?

— Benjamin n'est pas jaloux comme la plupart des gens.

— Qu'est-ce que vous voulez dire ?

Elle évite le regard de Sanna et cherche ses mots.

— Après ses cinq ans, il a commencé à devenir très

collant et très en demande d'attention, finit-elle par avouer. En soi, rien de grave, mais c'est devenu difficile. Je ne pouvais pas le laisser seul, et dès qu'il n'était pas avec moi, il faisait des choses bizarres. Je m'étais séparée de son père l'année d'avant, c'est sans doute à ce moment-là que ça a commencé. Ou alors, il a toujours été comme ça, je ne sais pas.

— Vous dites qu'il faisait des choses étranges, c'est-à-dire ?

Mette hésite.

— On avait un chat, répond-elle après un moment. Ou plutôt, j'avais un chat. Je l'avais depuis longtemps, bien avant de rencontrer le père de Benjamin, bien avant sa naissance. Il dormait avec moi la nuit, et se mettait sur mes genoux quand on regardait la télé. Un soir, pendant que j'étais en train de faire à manger dans la cuisine, Benjamin l'a noyé dans la baignoire. C'était horrible… Il a dit qu'il était tombé dans l'eau, mais je sais qu'il mentait.

Sanna acquiesce en cherchant quelque chose d'approprié à répondre.

— Peu de temps après, j'ai rencontré un homme du continent, il était gentil avec moi, raconte encore Mette. Il est venu nous rendre visite à la maison et a fait la connaissance de Benjamin. Tout semblait bien se passer. Mais, cette nuit-là, Benjamin est entré dans notre chambre et l'a griffé au visage jusqu'au sang.

Mette se met à pleurer.

— Il y a quelque chose qui ne va pas dans sa tête, murmure-t-elle.

Sanna sort un paquet de mouchoirs en papier de sa poche et le lui tend.

— Vous avez reçu de l'aide ? demande-t-elle.

— Son cas a été étudié, on nous a envoyés d'un service à l'autre. On lui a diagnostiqué des problèmes de communication, des manies compulsives et des difficultés à comprendre les signaux sociaux… Puis ça s'est calmé et tout allait bien.

— Jusqu'à maintenant ?

Elle approuve de la tête.

— Cela fait longtemps qu'il ne s'était pas comporté comme ça. Tout se passait bien.

— C'est ce que je pensais, étant donné que vous avez accueilli beaucoup d'enfants… Mais vous devez vous faire aider. Et vous comprenez, naturellement, qu'avec ce qui vient de se produire, cela va avoir des répercussions. Vous êtes famille d'accueil, alors vous devrez faire un suivi.

Mette acquiesce sans la regarder.

— Bien sûr, je comprends.

Elle détourne les yeux et se met à pleurer.

— Écoutez, lui dit Sanna. Benjamin n'a pas de casier judiciaire. Vous pourrez probablement rentrer tous les deux à la maison avant la fin de la journée.

Mette s'essuie le visage en levant les yeux.

— Ce n'est pas à moi d'en décider, mais c'est mon avis, continue Sanna tandis que Mette se mouche.

Elle se redresse un peu et jette un regard en coin à la salle où les attend Benjamin.

— Est-ce que c'est vrai ? demande Sanna. Vous favorisez Jack ?

Mette pousse un soupir en secouant la tête.

— La première fois que j'ai fait la connaissance de Jack, il était tout petit, répond-elle. Il n'avait que trois ans et demi. Il parlait encore, à cet âge-là. Il est entré dans la pièce au moment où on venait de terminer un jeu avec les autres enfants. Ils devaient deviner ce qui manquait, sur un dessin. L'image en question était un gant, avec un doigt en moins. J'ai demandé à Jack. Les autres enfants pouffaient, parce qu'ils avaient trouvé ça facile. Ils étaient très fiers d'avoir trouvé aussi rapidement la bonne réponse. Vous savez ce que Jack m'a répondu ?

Sanna attend qu'elle termine, en silence.

— Il m'a dit *le deuxième gant*, ajoute Mette, ses yeux se remplissant de larmes. J'ai toujours su qu'il était différent.

Sanna hoche la tête. Que Benjamin déteste Jack si ce dernier fait partie de la famille et reçoit autant d'affection que lui paraît logique, voire normal. Surtout maintenant que Jack a perdu sa propre mère.

— Le miroir dans la pièce, demande Sanna sans réfléchir. Benjamin l'a cassé exprès ?

— Je vous rembourserai tous les dommages, se hâte de répondre Mette en secouant la tête. Je peux retourner auprès de lui, maintenant ?

Sanna acquiesce.

— Quelqu'un viendra vous voir dès que possible.

Mette hoche la tête en évitant son regard.

— Vous m'avez demandé ce que je pensais de Rebecca, dit-elle.

— Oui ?

— Je viens de me rappeler qu'un jour où elle m'avait laissé Jack, elle a oublié quelque chose dans l'entrée. Je suis allée le lui rapporter. Elle était déjà assise dans sa voiture, et elle avait l'air de parler à quelqu'un, mais il n'y avait personne.

Sanna hoche la tête.

— Elle n'allait pas bien.

— C’était autre chose, cette fois-là : ce n’était pas une hallucination. Elle était normale quand elle était venue déposer Jack. J’en suis sûre. Elle se parlait à elle-même comme quelqu’un qui a peur de quelque chose.

— Que voulez-vous dire ?

— C’était comme si elle avait peur d’un homme.

— Qui donc ?

— Je ne suis pas sûre, mais je crois qu’elle a prononcé le nom de Lukas.

23.

— Mais quel bordel, s'exclame Eir quand Sanna retourne dans la salle d'interrogatoire. Que vont faire les services sociaux, maintenant que Jack ne peut plus habiter chez Mette ?

Sanna se rend compte qu'elle a raison. Il n'a plus de famille d'accueil. Il va sûrement devoir rester quelques jours à l'hôpital, mais ensuite, il sera ballotté d'une famille à l'autre, jusqu'à ce qu'on lui trouve une solution plus permanente.

Elle pense à ce que vient de lui apprendre Mette : Rebecca aurait parlé d'un certain Lukas. Elle écrit le nom sur le tableau blanc, à côté de celui de Rebecca.

— Lukas ? s'enquiert Eir. Pourquoi est-ce que j'ai l'impression que cela me dit quelque chose ?

— Tu te rappelles ce que nous a dit Ines Bodin ? Que lorsqu'elle est arrivée chez Rebecca ce soir-là, elle délirait et parlait d'un Lukas ?

— Exact. Mais on a fait le tour de sa famille, de ses proches et des listes d'appels. Il n'y a personne de ce nom-là. Et Ines nous a dit qu'elle tenait des propos incohérents.

— Elle n'était peut-être pas si folle que ça.

— Ah ?

— Mette Lind vient de me dire qu'elle avait entendu Rebecca parler d'un certain Lukas.

Eir se gratte l'oreille en réfléchissant.

— Est-ce qu'on a vérifié si Marie-Louise connaissait quelqu'un du nom de Lukas ?

— Oui. Bernard l'a fait. Pas de Lukas, ni parmi les amis de Marie-Louise, ni parmi ceux de Frank.

Eir fait un geste de découragement, et Sanna secoue la tête.

— On va devoir remettre ça à plus tard, commente Sanna. Qu'est-ce qu'on a d'autre ? Quelque chose de nouveau ?

— Juste Fabian, qui a appelé au sujet de Frank, répond Eir. La cause du décès est la même que pour les autres victimes, et tu avais raison, il était là depuis plusieurs jours. Quant à Sudden, il a analysé le DVD. C'est un truc standard acheté en pack dans une boutique. Rien de particulier. Les empreintes sur l'ordinateur sont impossibles à utiliser. Tu lui as parlé, d'ailleurs ? Alice a dit que le sang sur le couteau était celui de Frank. Ça, déjà, c'est confirmé.

— D'accord. Alors on ne peut même pas…

— Supposer que le criminel est de sexe masculin. Non.

Silence. Eir se passe les mains dans les cheveux avant de s'étirer les bras derrière le dos.

— Ensuite, il y a ces virements qui relient toutes les victimes au camp de vacances. L'Aube. Il a existé un seul été, il y a sept ans de ça. Alice est en train de rechercher des infos sur le fameux Crantz.

Sanna acquiesce.

— Et puis il y a une ado enceinte sur laquelle on a pratiqué un exorcisme, et un livre sur la Chute auquel on a mis le feu, ajoute-t-elle.

— Oui, acquiesce à son tour Eir.

— Et le nombre 26, qui a été tracé sur la hanche de Mia.

— Et ce putain de Lukas, donc.

— Je vais retourner voir le prêtre, à l'église catholique.

— Je propose qu'on lui montre la vidéo avec Mia, Frank, et l'autre enfoiré, ajoute Eir. Ça devrait le faire parler, non ?

Sanna hoche la tête.

— J'y vais maintenant, dit-elle. Au fait, on va vérifier les infos sur les parents de Mia une fois encore, le père surtout. Apparemment, il est à l'étranger. Le directeur de l'école de Mia m'a dit qu'elle était censée partir vivre avec lui.

Surprise, Eir se souvient de l'interview avec la petite Mia après le concours de mathématiques, puis de la discussion qu'elle a eue avec Lara et Bernard dans la cuisine de cette dernière. Elle se remémore tout ce que Lara lui a dit sur son entreprise, et le reste.

— Le père de Mia ne vit pas à l'étranger, il est *mort*, rétorque-t-elle, au moment même où le portable de Sanna se met à sonner.

C'est Vilgot Andersson. Sanna raccroche sans répondre. La sonnerie du téléphone sur la table devant elles retentit alors. C'est l'agent de l'accueil.

— Oui ? dit Sanna, en mettant sur haut-parleur.

L'agent lui passe l'appel, sans dire de qui il s'agit. Elles n'entendent rien d'autre qu'une respiration laborieuse.

— Oui ? fait Sanna.

— Sanna ? halète la personne au bout du fil. C'est Vilgot.

— Sanna. Je crois que tu devrais venir. Vite, la supplie-t-il ; puis la conversation est coupée.

Le soleil est en train de se coucher et le ciel se teinte de rose quand la Saab approche de la petite église au sud de l'île. Quelques mouettes plongent vers la terre fumante et récemment labourée des champs tout autour.

— Alors il est prêtre dans ce coin ? demande Eir. Il y a vraiment des gens qui habitent ici ?

Sanna désigne la propriété au sommet de la colline.

— C'est là que j'habitais.

Eir se penche en avant et plisse les yeux pour mieux voir la bâtisse. C'est une belle propriété, mais les fenêtres sont toutes noires. Calcinées, ce sont comme des bouches béantes qui donnent sur les champs et les collines.

Elles se garent devant le presbytère, dont la porte est restée grande ouverte.

— Vilgot ? appelle Sanna.

Pas de réponse. Elle fait signe à Eir de la suivre. L'entrée est propre et accueillante, et les lampes sont allumées.

— On entre, ou bien tu veux encore essayer d'appeler d'abord ? chuchote Eir quand elles approchent de la porte du salon.

Sanna ne répond pas. Elle lève son arme, ouvre précautionneusement la porte et découvre une pièce plongée dans le chaos. Il est difficile de déterminer s'il y a eu cambriolage ou si quelqu'un a juste cherché quelque chose. Elles inspectent la pièce, puis passent à la cuisine.

La porte de la terrasse est ouverte, et quand elles se retrouvent dehors, Sanna aperçoit Vilgot.

Il se tient à côté des cabanons en bord de mer, tout en bas.

— Viens, dit-elle à Eir.

Elles descendent la pente. Eir jette un regard pardessus son épaule. L'endroit a quelque chose de sauvage et de désolé ; il est d'une beauté presque douloureuse.

Vilgot les attend devant une des constructions. La façade est érodée par le vent et les marées. Les portes et les fenêtres sont recouvertes d'une fine pellicule de sel. Les tuiles de pierre sur le toit agissent comme une main pesante qui tiendrait le bâtiment en place.

— Sanna, s'exclame Vilgot, comme s'il allait la prendre dans ses bras, mais il ne le fait pas.

— On a fait aussi vite que possible. Que se passe-t-il ?

Il jette un coup d'œil méfiant à Eir.

— Que fais-tu ici ? demande encore Sanna. C'est ma collègue. Eir, dis bonjour.

Eir tend une main. Vilgot la serre tellement fort qu'elle doit se frotter les doigts quand il la lâche enfin.

Sanna ne se rappelle pas être venue ici avant. Elle a aperçu les cabanons de loin, et elle s'est dit que c'étaient de beaux bâtiments, mais c'est tout. Celui qui est le plus éloigné est encore en bon état, il ne doit pas avoir plus de vingt ou trente ans. La porte est couleur ocre et un rideau pend à la fenêtre. Celui qui se dresse le plus près d'eux, en revanche, donne l'impression de ne pas avoir été entretenu depuis des années.

— Ce n'est pas la propriété de l'Association de conservation du patrimoine, ça ? demande-t-elle.

Un cadenas gît à côté de la porte. Il a été coupé.

— Vilgot, excuse-moi, ajoute-t-elle, mais on est en train d'enquêter sur un meurtre, et même si je m'inquiète pour toi, eh bien…

— Je vous ai appelées parce que quelqu'un a forcé la porte, dit-il, en tendant le bras pour leur faire signe d'entrer. Je voulais que ce soit toi qui viennes à cause de ce qu'on a volé. Tu as parlé de couteaux de chasse la dernière fois que tu es venue et ça ne peut pas être un fermier qui les a pris…

— Des *couteaux de chasse* ? demande Sanna en s'arrêtant sur le seuil.

— Oui. Ils ont tous disparu, et cela m'inquiète. Il y a tant de détraqués qui rôdent. Je ne voulais pas rester sans rien faire. Et si j'appelle le standard de la police, personne ne bouge. Tu sais aussi bien que moi que les patrouilles ne se déplacent jamais jusqu'ici. Encore moins pour une simple effraction.

Sanna le regarde.

— C'était quoi, exactement, comme couteaux ? Tu peux les décrire ?

— Difficilement. Je crois qu'on les utilisait quand on chassait encore dans le coin. Ça fait longtemps, maintenant. Depuis ils sont entreposés là, autant que je sache. Cette bâtisse appartient à l'Association de conservation du patrimoine, comme tu l'as dit.

Sanna lui montre une photo du couteau retrouvé devant chez les Roos. Vilgot plisse le front, mais hoche la tête.

— Oui, c'est bien un des couteaux manquants. Où l'avez-vous trouvé ?

— Tu en es sûr ?

Il acquiesce d'un air convaincu.

Sanna fait signe à Eir de la suivre, puis elle disparaît dans la bâtisse. Il fait sombre, et le bâtiment est vide. Le sol est en terre battue et il y a un vieux foyer en pierre calcaire dans un coin.

— Ils étaient suspendus ici, dans une espèce de sac, commente Vilgot, en montrant un endroit sur le mur, à côté de la fenêtre. Il y en avait six ou sept, je crois.

Sanna s'approche du clou où était pendu le sac et place sa main devant, sans le toucher, comme si elle était le voleur.

— On va faire venir les experts, dit-elle.

Vilgot lève un sourcil.

— La police scientifique ? C'est si grave que ça ?

Elle acquiesce.

— On devrait peut-être aller boire une tasse de café à l'intérieur ? leur propose-t-il.

— Non, merci. Eir et moi, on va rester là, à attendre l'équipe.

Quand ils ressortent, Vilgot repousse la porte et la bloque avec une pierre, à cause du vent.

— Je dois y retourner pour fermer la maison, aussi, dit-il. Ça vous dit que je vous ramène un café ?

Eir a l'impression qu'il ne veut pas les laisser seules à côté des cabanons. Elle jette un coup d'œil à Sanna, qui approuve de la tête sans répondre à haute voix, puis s'éloigne pour appeler Sudden et Le Chêne.

— Toi aussi, tu bois ton café noir et presque bouillant ? lui demande Vilgot.

Son regard passe de Sanna aux bâtisses.

— Je prendrai juste de l'eau, répond Eir.

Il reste là, à contempler Sanna.

— Elle a bientôt fini, l'assure Eir. Vous vouliez lui parler avant de remonter ?

Il pousse un soupir.

— Comment va-t-elle, d'après toi ?

— Qui sait.

— Son fils aurait eu quinze ans il y a quelques jours à peine.

— C'est ce qu'on m'a dit. Vous le connaissiez ?

Il hoche la tête.

— Il venait souvent me voir à l'église et il jouait ici en bas, aussi.

Eir se représente la scène, avec des enfants en train de courir entre la rive et les bâtisses. L'herbe est douce, le vent souffle sur la plage. Des oiseaux à longues pattes marchent dans l'eau. Un peu plus loin, un gros rocher en calcaire évoque la forme d'un visage, érodé par les vagues. C'est un univers magique pour un enfant.

Quelques heures plus tard, Sudden rassemble son matériel.

— Tu as vraiment l'air fatiguée, dit-il en posant une main sur l'épaule de Sanna. Ça va aller ?

Elle ne sait pas quoi répondre. L'idée d'avoir le choix ne lui était jamais venue.

— Eh ? lui dit-il encore.

Elle regarde la mer, puis ferme les yeux pour laisser le vent froid lui caresser le visage.

— J'entends une voix plusieurs fois par jour, répond-elle. Et tu sais ce qu'elle me dit ?

Il répond non d'un signe de tête.

— Que je ne fais pas le poids. Que je n'ai que mon travail, mais que cette affaire… eh bien, je n'arrive pas à la résoudre.

— Tu dois arrêter de te battre contre toi-même.

Elle rouvre les yeux.

— Ce n'est pas ce que je fais. Je me bats *pour* ma propre cause. Chaque jour, à chaque instant.

Quand Sudden disparaît au sommet de la colline, elle s'assied sur un tronc échoué devant la bâtisse la plus neuve. Elle s'appuie contre le mur, et pose la tête contre la fenêtre. Elle est glacée, mais c'est sans importance. Elle se détend. Tout est silencieux et immobile.

Eir descend la pente, suivie de Vilgot.

— On retourne à la civilisation ? lui crie-t-elle.

Sanna ferme les yeux avec obstination.

— Allez, crie encore Eir. Lève-toi. Je vais conduire.

Les pas de sa collègue produisent un bruit de succion, et Sanna se dit que ses chaussures de sport doivent être détrempées, maintenant.

— Allez, viens, qu'on… (Eir se tait brusquement.) *C'est quoi ce truc, merde ?* s'exclame-t-elle.

Sanna ouvre les yeux. Eir est en train de regarder fixement quelque chose sur le mur, derrière elle. Le banc gémit quand Sanna se lève. Elle se retourne avec précaution, mais ne voit rien d'autre que son propre reflet dans la vitre. C'est seulement lorsqu'elle regarde à l'intérieur qu'elle comprend. Un personnage en bandes de tissu d'un brun noirâtre se tient à moitié dissimulé derrière le rideau.

Une de ses joues est appuyée contre le rideau, et ses yeux rouges les fixent. Ses traits sont grossiers. Son cou est puissant et sa tête ovale dégarnie.

Soudain, elle entend les cris que pousse Erik dans son sommeil, ses hurlements à n'en plus finir, à cause de la *poupée de chiffon* : « Laisse-moi ! Retourne dans le miroir ! »

Le bruit de la porte de sa chambre qui claque, puis les flammes qui la consument.

Elle porte une main à sa bouche et tout son corps est secoué de tremblements. Ses cris restent coincés dans sa gorge : sa propre terreur l'étrangle, et le sang qui s'est mis à lui couler du nez pénètre dans sa bouche.

Vilgot les rejoint à grandes enjambées, hors d'haleine après avoir descendu la pente trop vite. Eir penche la tête de Sanna en avant et l'aide à essuyer son sang. Quand Vilgot arrive, il lui pose immédiatement une main sur l'épaule.

Sanna l'écarte d'un geste brusque.

— Ouvre cette porte, lui ordonne-t-elle.

— Sanna…

Elle lui arrache les clés des mains, ouvre la porte et entre en trébuchant.

— Sanna, calme-toi, lui dit Vilgot.

Elle se retourne et le cloue du regard.

— Que je me calme ? *Il* était ici. Tu as laissé Mårten Unger *vivre ici* ?

— Sanna…

Elle va à la fenêtre et attrape la poupée. Elle est faite de coton et de lin, plongés dans du goudron. Il a séché, lui donnant l'apparence d'une créature tirée des entrailles mêmes de la terre. Il lui a collé deux boutons rouges sur le visage.

Elle la jette sur Vilgot.

— Comment as-tu pu ? Dis-moi que ce n'est pas vrai !

Il baisse les yeux.

— Il a rencontré Erik ? Erik jouait ici quand il était là ?

Des larmes coulent lentement le long des joues du prêtre.

Eir les observe tous les deux, puis elle comprend : elle se rappelle que Mårten Unger est resté caché un moment, après l'abandon de l'enquête sur les incendies. Les gens voulaient le lyncher. C'est donc ici qu'il a trouvé refuge, assoiffé de vengeance, à quelques pas seulement de la propriété de Sanna, et avec le fils de celle-ci en train de jouer devant sa porte.

— Il est venu me demander de l'aide, plaide Vilgot. Il n'avait nulle part où aller, et les gens voulaient sa peau. Je ne savais pas que c'était *toi* qui avais mené l'enquête, sinon je n'aurais jamais…

— Comment as-tu pu ?

— Il n'est resté que quelques semaines. Il a déménagé avant l'incendie de ta maison, il ne vivait plus ici quand c'est arrivé…

— Tout le monde savait que c'était un pyromane, et que c'était une grossière erreur de clore l'enquête…

— Il avait trouvé Dieu, Sanna, et il est venu me voir. C'est mon devoir de donner sa chance à tout le monde…

— Il t'a dit qu'il avait trouvé *Dieu* ?

— Sanna…

— Tu dis que tu ne savais pas que c'était moi qui menais l'enquête, que tu ignorais tout ? demande Sanna avec un regard qu'Eir ne lui a jamais vu auparavant. (Il est vide.) Mais tu l'as su après coup, après l'incendie, quand ça a été rendu public.

Vilgot regarde droit devant lui, sans prononcer un mot.

— Pourquoi tu n'as rien dit *à ce moment-là* ?

— Je ne sais pas, Sanna… (Il s'éclaircit la gorge.) Je n'ai pas osé, je pense…

Il se tait quand elle s'approche de lui.

— Tu l'as laissé venir suffisamment près de mon fils pour le tuer.

Eir se précipite sur les talons de Sanna, qui disparaît au sommet de la colline. Elle lui crie de l'attendre, mais c'est peine perdue.

24.

Elles pénètrent dans le garage en titubant, Eir peine à faire tenir Sanna debout. Elle s'effondre sur son lit de camp et se débat avec la couverture, sans forces, comme une poupée de son. Lorsqu'elle essaie d'attraper ses pilules, Eir les lui arrache des mains. Elle en a déjà avalé pendant le trajet.

— Essaie de dormir maintenant, sans prendre davantage de cette merde, lui dit-elle.

Sanna ferme les yeux. Eir la couvre avec la couverture, puis regarde autour d'elle. La lumière est mauvaise. Sur une chaise, il y a une pile d'enveloppes encore cachetées. Sur un portant, des pantalons noirs et des bottes sont alignées à côté d'une poubelle où gisent des T-shirts juste portés.

Au-dessus du lit, le plafond en pente est recouvert de graffitis. Eir déchiffre quelques notes, des spéculations et des milliers de questions sur l'affaire de l'incendie. C'est un méli-mélo bleu-noir de mots, de phrases et de questions jetés pêle-mêle.

Sanna se retourne dans le lit, on dirait qu'elle est en train de cauchemarder. Eir hésite, puis elle pose les pilules à côté du bras de la dormeuse. Elle s'assied un instant sur le bord du lit, lui caresse la jambe et s'en va.

Une heure plus tard, Eir se hisse sur le ponton et s'écroule, épuisée. Elle demeure allongée sur la petite plage de la ville, à laisser le vent lui sécher la peau.

Un bruit métallique se fait entendre, comme si quelqu'un avait trébuché sur un énorme tonneau dans le port. Tout est immobile, les fenêtres de la piscine sont éteintes. Elle est tellement fatiguée qu'elle se sent presque mal. Elle entend un rire. Un groupe de jeunes hommes est attroupé à côté de ses affaires et la regarde avec curiosité. Elle est consciente d'être nue, mais elle ne se cache pas pour autant. Elle marche tranquillement vers eux.

Quand elle parvient à leur hauteur, les hommes ont reculé d'un pas. L'un d'entre eux murmure quelque chose, et un autre le pousse du coude.

Elle a vraiment été irresponsable de ne pas avoir déposé son arme au commissariat. Puis un des hommes s'avance vers elle. Il est grand et musclé avec une barbe épaisse et des cheveux rasés sur les côtés. Son regard s'attarde sur ses seins, avant de descendre entre ses jambes.

— Ça va ? lui demande-t-il. On s'est inquiétés pour toi, putain. On s'est dit qu'on allait appeler les flics, puis on a vu ton portefeuille, et on s'est rendu compte que tu en es un.

— Vous pouvez partir, maintenant, lui dit Eir, avec calme.

Elle attrape ses affaires, et regarde discrètement dans son blouson. Son arme est toujours là, elle sent une vague de soulagement la submerger. Elle renfile ses vêtements avec hâte, mais en mettant ses chaussures, elle perd l'équilibre, et de l'eau de mer s'écoule de son nez. Un des hommes la rattrape par le bras.

— Tu es sûre que tout va bien ?

C'est le mec avec la barbe. Il ricane.

— Merci, lui dit Eir, en dégageant son bras et en finissant de lacer ses chaussures. Je vais me débrouiller toute seule.

En s'éloignant, elle a la tête qui tourne. D'habitude, après avoir poussé son corps au maximum, elle a une montée d'adrénaline, mais cette fois-ci, elle ressent de la panique. Elle a froid. Elle enfile sa capuche et presse sa marche.

En quittant le port, elle a l'impression d'entendre des pas qui la suivent. Elle se retourne, mais ne voit personne. Elle continue d'avancer au milieu de la chaussée, là où c'est le plus éclairé. Elle sort son portable pour appeler Cecilia. Elle tombe sur sa messagerie, puis elle remet maladroitement le téléphone au fond de sa poche pour ne pas risquer de le perdre.

Elle sent une main lourde lui tomber sur l'épaule. Elle se retourne : c'est le barbu.

— Je me suis dit que j'allais te suivre jusque chez toi, pour qu'il ne t'arrive rien en route…

Elle est transie, et l'expression de frustration qu'elle lit dans ses yeux ne la rend que trop consciente de sa vulnérabilité.

— Eh ? fait-il en se rapprochant.

— Non…

Un bruit étouffé émerge de l'ombre. Elle a à peine le temps de se dire qu'ils sont plusieurs qu'elle sent l'un d'entre eux se placer dans son dos. Il lui enserre le cou avec son bras. Elle essaie de se dégager, mais il la traîne sur un parking. Elle a la sensation qu'il va la tuer. Elle tente vainement de se dégager, mais à chaque mouvement, elle craint d'étouffer.

Sur le parking, il la cloue par terre, et lui enserre le cou de la main et ouvre sa braguette avec l'autre.

Il se penche vers son visage. Il sent la bière. Quand il se colle à elle, sa barbe lui pique la joue. Sa voix est tendue et agressive.

— Mets-toi à genoux, et suce-moi jusqu'à ce que je te dise d'arrêter. Sinon je t'éclate la tête. Compris ?

La terreur la paralyse, comme si elle était anesthésiée, mais parfaitement consciente de ce qui se passe.

Il l'attrape violemment par les cheveux et fait un pas en arrière pour lui laisser de la place. Lorsqu'il la pousse, il se produit quelque chose. Ses genoux heurtent le sol et elle ferme les yeux, elle voit la scène. C'est comme si le sol tremblait, et que les ondes de choc se propageaient dans tout son corps. L'adrénaline envahit son cœur, puis toute sa poitrine.

— Allez, halète-t-il.

Elle se penche vers lui, obéissante, et se tortille pour lui montrer qu'il lui faut plus de place. Il relâche un peu sa prise sur ses cheveux, et lui penche la nuque en arrière. Au lieu d'ouvrir la bouche, elle propulse sa tête en avant, et lui met un coup en plein dans l'entrejambe.

Il hurle, et la lâche pour attraper ses testicules. La seconde d'après, Eir s'est remise debout, et elle le projette au sol.

Elle sort son arme, l'attrape par les cheveux et lui presse le canon sur la bouche. En tremblant, il laisse l'objet métallique franchir ses lèvres. Eir pousse jusqu'à atteindre le fond de sa gorge. Il a un réflexe nauséeux, et elle enlève la sécurité.

Elle le regarde droit dans les yeux. Ses genoux lui font mal, comme s'ils avaient été écorchés. Elle recule d'un pas, retire l'arme et le frappe au visage avec.

À la maison, le salon est plongé dans le silence et les ténèbres. En l'apercevant, Sixten saute du canapé pour aller se frotter tendrement contre ses jambes.

Cecilia a laissé un mot sur la table basse. Elle est partie. Eir n'a pas le courage de le lire jusqu'au bout. Elle sait ce que cela signifie : dans quelques jours, elle se demandera si sa sœur est toujours vivante ; si elle gît quelque part dans un parking souterrain ou une chambre d'hôtel bon marché.

Elle a l'impression qu'elle va vomir. Sixten la regarde d'un air interrogateur quand elle referme la porte de la salle de bains. Elle actionne la douche, puis retire son haut. Elle se regarde dans le miroir. Son débardeur blanc pend, détrempé par l'eau de mer et la sueur.

Elle enlève le reste de ses vêtements et entre dans la douche. Elle laisse l'eau couler sur sa nuque et son dos avant de pousser la température au maximum.

L'air se remplit de vapeur. Elle ferme les yeux et la laisse l'envelopper. Sixten fait des allers-retours anxieux devant la porte.

Eir tâtonne le long du mur avant de se laisser tomber par terre. Accroupie, elle ne retient pas ses larmes. L'eau les emporte.

Brusquement, Cecilia entre dans la pièce, sac de sport sur l'épaule. Elle est blanche comme un linge. Elle montre son téléphone à Eir et met sur haut-parleur. Toute la scène a été enregistrée sur sa boîte vocale depuis l'instant où Eir a glissé son portable dans sa poche. La scène retentit à nouveau dans leur salle de bains.

Cecilia laisse tomber son sac par terre. Elle entre dans la douche tout habillée et se laisse choir à côté de sa sœur, la protégeant de l'eau brûlante en l'entourant de ses bras.

25.

Quand on frappe à la porte du garage avec force, Sanna est brutalement tirée de son sommeil. La gorge sèche, elle titube jusqu'à l'entrée pour ouvrir.

L'homme lui est familier, mais il lui faut un moment avant de le reconnaître. Il est grand et fin, solennel. Ce n'est que quand un chien se met à aboyer et que son regard se dérobe qu'elle le reconnaît. C'est le père Isak Bergman, celui à qui elle a rendu visite à l'église catholique.

Elle le laisse entrer et il s'assied sur une chaise un peu bancale à proximité de son lit.

— J'ai essayé d'appeler, commence-t-il.

Sanna jette un coup d'œil à son portable, elle a plusieurs appels manqués.

Bergman pèse lourd pour cette chaise branlante.

— C'est cette adresse qui est enregistrée avec votre numéro de portable.

— Que voulez-vous ? demande Sanna d'un ton fatigué en se laissant tomber sur le lit.

Il entrecroise ses doigts et appuie ses lèvres fines contre ses mains.

— Je pensais vous rendre visite aujourd'hui, ajoute Sanna en désignant son portable. Je voudrais vous montrer quelque chose. Je crois que c'est un exorcisme qui…

— Je suis venu vous parler des enfants, la coupe-t-il.

Elle lève les yeux.

— Quels enfants ?

— Ceux qui se trouvent sur le tableau que vous m'avez montré.

— Vous m'avez dit ne rien savoir, répond-elle.

Bergman évite son regard.

— Que vouliez-vous me raconter ? demande-t-elle.

Il sort un sac en papier de sa poche intérieure. Il l'ouvre avec précaution avant d'en sortir une photo. Il la lui tend d'un geste hésitant.

— J'ai ouvert le courrier de la semaine dernière, et j'ai trouvé ceci dans une enveloppe anonyme. Elle était vierge, même pas timbrée, quelqu'un a dû la glisser sous la porte de l'accueil. J'ai tout de suite fait le lien, quand je l'ai vue.

La photo est abîmée par l'humidité. Sanna la touche du bout des doigts et la penche de côté pour l'éclairer davantage. Le papier photo a l'air fragile. Elle discerne enfin ce qui se trouve dessus.

Sept enfants se tiennent sur des dalles en pierre, devant un mur de calcaire érodé par les intempéries. Une brèche dans le mur, fine mais marquée, s'étend comme une faille au-dessus de leurs épaules. On aperçoit une fenêtre à meneau étroite au-dessus de leurs têtes. Les garçons sont pieds nus, en caleçon et T-shirt ou débardeur, les filles portent des maillots de bain et des bottes. Tous portent des masques d'animaux hormis le plus grand qui tient une de ses mains derrière le dos. Il y a une chèvre, un paon, un chien, un cochon, un âne et un renard.

Leurs corps sont recouverts de quelque chose d'épais. C'est du sang. Même le garçon sans masque en a sur le visage. Il a les yeux brun foncé, et ses pupilles sont si dilatées qu'ils sont presque noirs.

Quelques-uns tiennent quelque chose dans leurs mains. Ce sont de petites sphères sombres avec de fins tentacules qui s'entortillent entre leurs doigts. Sanna en a la nausée.

Ce sont des globes oculaires, d'animaux, peut-être.

— C'était l'été et je venais d'être muté à ce poste, continue Bergman. J'étais parti à une conférence. Un des anciens prêtres avait organisé un camp de vacances pour les enfants, sur sa propriété familiale. Il trouvait cela instructif que certains des enfants incarnent les sept péchés capitaux, pour leur apprendre la valeur de la vie. Mais ça a dérapé. Vraiment.

Sanna ne peut lâcher l'image des yeux. Elle se sent mal.

Bergman baisse les yeux et regarde le sol.

— Parfois, Dieu nous met à l'épreuve quand nous nous y attendons le moins, fait-il à voix basse.

La petite fille avec le masque de renard a l'air fatiguée. On a l'impression que ses jambes ne veulent plus la porter. Un de ses bras est couvert de bleus. Ses cheveux roux lui tombent sur les épaules. Son maillot de bain et ses bottes sont enduits de sang.

— Mia Askar, dit Sanna. La fille avec le masque de renard. C'est Mia Askar…

Bergman se tortille sur son siège.

— Alors, voilà l'Aube, murmure Sanna en se levant pour ouvrir la Saab, et fouiller à l'intérieur de la boîte à gants.

Bergman la regarde avec surprise.

— Vous étiez déjà au courant ?

Elle secoue la tête, tout en glissant la photo dans le sachet à pièces à conviction qu'elle a trouvé.

— On a découvert l'Aube dans le cadre de l'enquête, et j'ai vu le masque de Mia, mais…

Son regard s'attarde à nouveau sur la photo. La fille avec le masque de paon a les yeux écarquillés, et le garçon au museau d'âne a une large tache d'urine sur son caleçon. Son débardeur sale a des traces de mains et il est tout fripé.

— Vous avez dit qu'un de vos prêtres était responsable de tout ça ?

Bergman fait non de la tête.

— Un *ancien* prêtre.

— On a un nom, un certain Crantz…

La nuque de Bergman vire lentement au cramoisi.

— Oui, acquiesce-t-il. Holger Crantz.

Ce nom, maintenant qu'elle l'entend pour la deuxième fois, lui paraît de mauvais augure. Sanna essaie de se débarrasser de cette sensation, mais elle persiste.

— Je veux préciser que rien de tout ça n'est lié à l'Église, ajoute Bergman, mis à part le fait qu'il a été prêtre à la paroisse.

— Vous avez dit que les enfants devaient incarner les sept péchés capitaux. Que vouliez-vous dire ? Qu'ils devaient jouer une sorte de pièce de théâtre ?

— Vous m'avez demandé ce que représentaient ces animaux quand vous êtes venue me voir.

— Oui. Mais vous n'y aviez pas accordé d'attention.

Bergman acquiesce.

— Holger Crantz était obsédé par les péchés, pour *lui* les animaux étaient une façon symbolique de les expliquer aux enfants. Il avait déjà choisi ceux qui représenteraient chaque péché avant même qu'ils n'arrivent au camp.

— Et les masques ?

— Il les a commandés. Ils ont été faits sur mesure. Sept masques, qui devaient représenter chaque animal.

— Mia portait le sien quand elle s'est suicidée. Il est encore plus terrifiant en vrai que sur cette image.

— Oui… malheureusement, ce n'est pas tout, dit Bergman avec un soupir. Il avait également commandé des fusils.

— Comme accessoires pour la pièce ?

— Ce n'était pas une pièce de théâtre. Les enfants ont été mis en rang, tandis que sept autres se sont placés face à eux, fusil en main. Il fallait tuer l'animal. Détruire le péché.

Sanna le regarde avec de grands yeux.

— Des simulacres d'exécution, avec d'autres enfants qui jouent le rôle des bourreaux ?

Il hoche la tête.

— Je crois que l'objectif était de leur apprendre à résister au péché.

Sanna tapote de l'ongle les globes oculaires qu'un garçon tient dans ses mains.

— Et ça, c'est quoi ?

— Certains n'ont pas compris que c'était une simulation et que les fusils n'étaient pas chargés. La fille au masque de renard se serait évanouie de terreur.

— Mia.

— Oui. Quelques-uns se sont moqués d'elle et un des garçons a voulu la défendre. Ils étaient très proches apparemment. Il y a eu une bagarre terrible. Crantz détestait tout ce qui avait trait à la violence physique. Pour les punir, il a acheté un agneau à chacun, à la ferme voisine. Il voulait qu'ils comprennent que c'était du sérieux. Mia et le garçon ont essayé de s'enfuir. Ils ont été rattrapés, puis ont été contraints d'exécuter les agneaux, de s'enduire de leur sang et de manger leurs yeux, pour qu'ils ne puissent jamais…

— Raconter à personne ce qu'ils avaient vu, ce qui s'était passé, intervient Sanna, complétant sa phrase.

Bergman est assis, habillé et rasé de près. C'est un adulte à l'apogée de sa vie. Sanna regarde les enfants sur la photo. Ils sont si petits, effrayés, et vulnérables. Quand on pense aux horreurs qu'ils ont traversées… Elle essaie de se rappeler si elle a déjà entendu parler de ce genre de choses, s'il y a eu une plainte ces dernières années pour des abus commis contre des enfants. Rien ne lui revient à l'esprit.

— Vous avez dénoncé ce prêtre ?

— Non, répond-il, à voix basse.

— Mais ce sont des abus graves…

Bergman regarde obstinément le sol.

— Je n'en ai entendu parler qu'à mon retour de ma conférence, cet été-là. Il y avait des rumeurs, alors j'ai pris contact avec Crantz, lorsque j'ai compris qu'il s'agissait de son camp. Il m'a tout raconté, mais il a refusé de nommer les enfants et il a prétendu que tous les registres et toutes les notes avaient été égarés. La seule information que j'ai pu obtenir, c'était l'origine des enfants : tous originaires de l'île et scolarisés sur place. Il connaissait leurs familles. Il m'a aussi affirmé qu'il y avait une infirmière qui avait pris soin d'eux. Lorsqu'il a compris que les choses avaient vraiment dérapé, que les enfants étaient traumatisés et que le camp ne s'était pas déroulé comme prévu, il a essayé de trouver une assistance sociale. Par défaut, c'est une secrétaire des services sociaux qui est intervenue. Il y a eu pas mal de problèmes. Ceux qui avaient essayé de s'enfuir étaient blessés. Les deux femmes lui ont fait une attestation selon laquelle les enfants n'avaient aucun problème et qu'il n'y avait aucune raison de s'inquiéter.

— Et vous l'avez cru ?

— Non. Bien sûr que non. Je lui ai dit que j'allais en informer la police. C'est là qu'il m'a avoué les noms de l'infirmière et de la secrétaire des services sociaux. Il m'a dit que je pouvais les contacter pour me rendre compte que j'avais tort de m'inquiéter.

— Cette infirmière, c'était Rebecca Abrahamsson ? intervient Sanna.

Il acquiesce.

— Elle avait l'air un peu bizarre, et triste, mais sympathique. Nous avons discuté devant l'hôpital pendant sa pause-déjeuner. Elle a confirmé la version de Crantz.

Sanna se rappelle ce que lui a dit Ines Bodin : Rebecca a commencé à délirer il y a quatre ou cinq ans de ça. Soit deux ans environ après l'Aube. Quand Bergman l'a rencontrée, elle était sans doute encore normale et en bonne santé.

— Rebecca Abrahamsson vous a dit pourquoi Crantz l'avait choisie ?

— Elle connaissait les Roos. Frank avait eu besoin de soins de longue durée après son accident…

— Et elle s'était occupée de lui ? Alors ils l'ont recommandée à Crantz quand il a cherché quelqu'un pour s'occuper des enfants au camp ?

Il acquiesce de nouveau.

— Et la secrétaire des services sociaux ?

— Je suis aussi allé la voir. Je n'oublierai jamais notre rencontre. Elle s'appelait Bodin. À la différence de Rebecca, qu'elle connaissait, elle était froide et antipathique. Elle s'était rendue au camp pour parler aux enfants, elle aussi. Et elle était absolument certaine que tout cela n'avait été qu'un jeu, et que les enfants pourraient gérer la situation. Cela m'a suffi.

Sanna ferme un instant les yeux. Elle pense aux petits qu'on a obligés à parler avec Ines Bodin après tout ce qui s'était passé. Et au fait qu'Ines lui a de toute évidence caché qu'elle connaissait Rebecca mieux qu'elle n'a bien voulu l'admettre.

Elle regarde à nouveau la photo.

— Pourquoi maintenant ? lui demande-t-elle en l'agitant sous son nez.

— Que voulez-vous dire ?

— Vous avez gardé le silence pendant des années, et maintenant, vous venez me parler de tout ça. Pourquoi ?

Bergman prend un air gêné.

— Vous m'avez montré le tableau. Je me suis dit que cela allait vous aider à résoudre l'affaire. Puis je suis tombé sur cette photo…

Il se tait.

— Pourquoi pensez-vous que ce qui s'est passé au camp est lié aux meurtres ?

— Et pourquoi pas ? demande-t-il, en changeant de position sur sa chaise.

Son ton est décidé. Sanna ne comprend pas d'où lui vient cette conviction. Ils savent que toutes les victimes sont liées à ce fameux camp, l'Aube. Cependant, Bergman omet quelque chose dans son récit. Quelque chose de suffisamment déterminant pour qu'il vienne jusqu'ici lui parler.

Les simulacres d'exécution, les sacrifices d'animaux et tout ce sang, c'est horrible, mais est-ce assez pour pousser quelqu'un à devenir un tueur en série ?

Les lèvres de Bergman sont si serrées qu'elles forment une ligne fine.

Il me cache quelque chose, se dit-elle.

— Oui ?

Il commence à rougir.

— Il y a autre chose, n'est-ce pas ? Qu'est-ce que vous avez oublié de raconter ?

Il se redresse sur son siège.

— Je ne sais pas…

— Quoi ?

— Ça s'est produit avant que j'arrive dans la paroisse. (Il donne presque l'impression qu'il va craquer.) Comme je vous l'ai dit, continue-t-il, Crantz n'était plus prêtre quand il a organisé ce camp.

— Oui ?

— Il a été congédié juste avant mon arrivée.

— Ah oui ? Pourquoi ?

— Une fille a porté des accusations…

Sanna se sent mal. Elle aurait dû s'en douter.

— Quel genre d'accusations ?

— Je ne connais pas les détails, mais…

Bergman inspire profondément, il essaie de choisir ses mots.

— Des abus sexuels ? s'entend dire Sanna.

Il hoche à peine la tête.

— Et c'était Crantz ?

Il acquiesce à nouveau, la bouche entrouverte.

— C'est pour cela qu'on lui a demandé de partir, précise-t-il.

— C'est tout ?

— Pardon ?

— C'est tout ? Vous lui avez juste demandé de partir ? Personne n'a jamais vérifié les dires de la fille, il n'y a pas eu d'enquête ?

Il secoue la tête.

— Personne n'est allé voir la police ?

Il fait encore non de la tête.

— Pourquoi ?

— D'après mes informations, les parents n'ont pas porté plainte.

— Alors, vous avez fermé les yeux ?

Il ne répond rien.

— Qui est-ce ? Elle est sur la photo ? C'est pour cela que vous êtes venu ?

Il détourne le regard, en éloignant la photo de lui.

— On m'a dit son nom, mais je ne l'avais jamais rencontrée. Ce n'est que lorsque vous êtes venue me voir que j'ai compris. C'est la fille qui s'est suicidée…

— Mia Askar…, souffle Sanna.

Il acquiesce.

— Pendant combien de temps ?

Son visage se referme.

— Vous n'avez pas entendu ma question ? Combien de temps ça a duré ? Les abus, ils ont eu lieu une fois, deux fois, à de nombreuses reprises ?

Il se frotte le front.

— Je ne sais pas, je ne m'en souviens plus…

— Essayez tout de même.

— Je pense que cela s'est produit pendant quelques années, avant cet été au camp, mais personne ne sait exactement. Et on n'en a pas parlé.

— Quelques *années* ?

Il continue à se frotter le front sans rien dire. On croirait l'incarnation même du silence qui a entouré la mort de Mia, songe Sanna.

— C'était juste une enfant. Vous ne réalisez pas ?

Bergman avale sa salive.

— Ce n'étaient peut-être que des inventions, des cauchemars…

— Ah bon ?

Sanna se lève. Quand elle se retourne vers lui, il est en train de serrer ses deux mains entre ses genoux.

— Je sais…, murmure-t-il. J'ai honte de n'avoir rien fait de plus… Mais vous êtes au courant, maintenant, alors si ça peut vous aider…

Il n'est pas très convaincant quand il exprime ses remords.

La terreur qu'ont dû ressentir Mia et ce jeune garçon, repense Sanna. Au moins, ils étaient là l'un pour l'autre. Peut-être l'a-t-il soutenue, voire défendue quand elle a évoqué les abus ? Et maintenant qu'est devenu ce garçon ?

— Vous avez une caméra devant la porte de l'accueil ?

Il répond par la négative.

— Qui aurait pu vous laisser cette photo ?

— Je ne sais pas.

— Vous n'en avez pas la moindre idée ?

Il fait non de la tête, le regard perdu dans le vide.

— C'était qui, ce garçon qui a défendu Mia ? demande-t-elle.

Bergman secoue la tête.

— Je n'en sais pas plus. (Il pousse un soupir.) Crantz m'a dit que c'était le loup. Je m'en souviens, parce qu'il m'a expliqué que l'enfant avait perdu tout contrôle, qu'il était devenu vraiment violent.

Le loup.

Sanna pense au dessin de Jack, avec le loup.

Aucun des enfants sur la photo ne porte de masque de loup. Elle désigne le garçon à côté de Mia, le seul au visage découvert.

— C'est lui ? demande-t-elle. C'est le loup ?

Bergman le regarde de plus près.

— Je ne sais pas, j'imagine que oui.

Le visage du garçon est mystérieux, recouvert de sang, si bien qu'on distingue à peine ses traits. Ses yeux bruns sont sans expression.

— Et ce Crantz, qu'est-ce qu'il est devenu ?

— Je n'ai plus de contact avec lui depuis notre confrontation.

Le téléphone de Bergman émet une alerte, dans la poche de sa veste. Il y jette un rapide coup d'œil.

— Je dois y retourner, dit-il.

— Vous savez où je peux trouver Crantz ? demande Sanna.

— Je crois qu'on s'occupe de lui à l'Ehpad, à côté de la scierie.

— À l'Ehpad ?

— Il a des problèmes cardiaques. Une insuffisance cardiaque au stade terminal, visiblement.

— Alors cela a dû se passer pendant une de ses sorties, dit Sanna, en sortant son portable de sa poche et en lui montrant la vidéo avec l'exorcisme de Mia.

Après quelques minutes de visionnage, Bergman ferme les yeux et lui demande d'arrêter la vidéo.

— Oui, c'est bien lui, confirme-t-il.

Elle contemple à nouveau la photo, Mia Askar. L'image est coupée juste au niveau de son épaule, de sorte qu'il lui manque le bras droit. Elle plonge son regard dans ses yeux. Le masque de renard est trop grand pour son visage. Il semble presque sortir du mur derrière elle, et flotter au-dessus de son corps, pour regarder fixement l'appareil.

— Où est-ce que ce cliché a été pris ?

— À la chapelle sur la plage, dans la propriété de Crantz.

— Où se trouve-t-elle ?

— Tout au bout des affleurements rocheux sur la côte est.

26.

La chapelle se découpe sur une mer bleu-gris. Elle est presque fantomatique. Elle émerge du champ, dans ce paysage désolé, comme si elle y avait été jetée un jour d'orage. Les hautes fenêtres étroites s'ouvrent sur la mer à l'est, et sur les pins, au sud. Sanna s'arrête et s'appuie contre le mur, hors d'haleine après avoir traversé la forêt à pied.

Le paysage est désert. Il y a des champs pour le bétail, avec un seul pin maritime qui rampe sur le sol, quelques buissons épars et des plantes des champs desséchées agitées par le vent. La maison de Crantz est à quelques kilomètres de là, abandonnée. Elle est passée devant en voiture.

La porte d'entrée se trouve dans la largeur du bâtiment, côté mer. Les doubles battants sont fermés. Les vieilles charnières sont belles, et la poignée est en fer forgé. Une pancarte en bois foncé a été suspendue au-dessus de la porte et annonce :

OUVERTE AUX PRATIQUES RELIGIEUSES.

Sanna appuie à nouveau sur la poignée. Cette fois-ci, les battants s'ouvrent un peu, avant de résister.

Le toit en planches a été goudronné et une croix en fer noire y a été suspendue. À la différence de beaucoup de chapelles anciennes de l'île, celle-ci est bien entretenue. Quelqu'un en a pris soin, sans doute une personne employée par Crantz.

Deux oiseaux de proie jouent dans le vent, la survolant pour se diriger vers la mer, comme s'ils se poursuivaient l'un l'autre. Sanna les suit du regard. En observant à nouveau la bâtisse, elle se rend compte que quelqu'un a enlevé les dalles en pierre le long du bâtiment, celles qu'on voyait sur la photo. Elle passe une main le long de la façade.

Elle peut presque la voir en train de se tenir là, avec ses bottes en caoutchouc, son maillot de bain qui pend au niveau de ses hanches, et ses cheveux roux. Mia Askar, âgée de six ou sept ans.

Dans la voiture, Sanna tambourine des doigts sur le volant pour se réchauffer les mains. Le chemin gravillonné est irrégulier, et son portable se fait ballotter sur le siège passager. Elle a composé le numéro d'Alice et activé le haut-parleur. Alice est au commissariat. Elle aussi met son téléphone sur haut-parleur et propose à Eir de la rejoindre.

Sanna leur résume tout ce que lui a appris Bergman. Les événements qui ont eu lieu dans le camp de vacances, les abus sexuels dont Mia a dit être victime pendant les années qui l'ont précédé. Quand elle a terminé, elle attrape son téléphone pour prendre en photo le cliché avec les enfants masqués, qu'elle envoie à chacune de ses collègues. Le silence règne au bout du fil.

— C'est incroyable ! s'écrie finalement Eir. Alors ce camp est venu couronner des années de saloperies ?

— On dirait bien que oui.

— Merde, murmure Eir. Putain, quel bordel.

— Est-ce qu'on pense que le meurtrier essaie de venger la mort de Mia ? demande Alice prudemment.

— Je ne sais pas, répond Sanna, mais je crois que c'est possible. Tout ce qui a eu lieu au camp est terrible, mais le pire est ce qui est arrivé à Mia. Même ça, ça a été étouffé. Quand on sait que toutes les victimes étaient liées à l'Aube d'une façon ou d'une autre, que Mia y a participé, et que les meurtres ont commencé juste après son suicide… Il se pourrait bien que le coupable soit quelqu'un qui était proche d'elle.

— Lara, la mère de Mia ? demande Alice.

— Lara Askar a un alibi en béton en ce qui concerne la mort de Marie-Louise, et celle de Frank aussi, puisqu'ils sont morts la même nuit. Elle a été admise à l'hôpital après avoir appris la disparition de sa fille, et elle y était encore quand les Roos ont été tués, réplique Sanna.

— D'accord, dit Eir. Alors on suppose que Marie-Louise a payé de sa vie parce qu'elle a financé Crantz, et qu'elle l'a ainsi cautionné. Et Frank, parce qu'il l'a aidé d'autres façons, par exemple avec cet horrible exorcisme. Et Rebecca Abrahamsson, alors ?

— Elle s'est occupée des enfants quand ils étaient au camp, répond Sanna. Elle s'y est rendue après les simulacres d'exécutions, et elle a certifié qu'ils ne présentaient aucun dommage physique, malgré tout ce qui s'était passé. Peut-être qu'elle a remarqué que quelque chose n'allait pas avec Mia, on ne peut pas le savoir. Dans tous les cas, elle a protégé Crantz, elle l'a couvert après les événements. Elle a même fait venir Ines Bodin, pour lui faire rencontrer les enfants et minimiser la situation autant que possible.

— La prochaine victime pourrait potentiellement être Ines Bodin, alors ? demande Alice.

— Ines Bodin ? ricane Eir. La cible principale, ça doit quand même être Holger Crantz, non ?

— Je suis en route pour lui rendre visite, leur apprend Sanna. Il est dans un Ehpad à côté de la scierie. Je voulais y aller plus tôt, mais l'aide-soignante…

— Ehpad ? intervient Eir, surprise.

— Oui.

— Mais Bergman a confirmé que c'était Crantz, sur la vidéo ?

— Apparemment, il a des problèmes de santé, une insuffisance cardiaque. Soit on l'a admis il y a peu, soit il a pu obtenir une permission de sortie…

— Putain, s'exclame Eir. Je me demande ce qu'il a bien pu faire d'autre pendant cette sortie.

— Oui, il n'est pas à exclure de la liste des potentiels coupables, confirme Sanna. Quelqu'un aurait pu commencer à parler. La mort de Mia pourrait avoir tout déclenché. Il a peut-être eu peur que l'histoire sorte au grand jour.

— Il est suffisamment détraqué pour ça, en tout cas, c'est évident, fait Eir en pensant à la vidéo de l'exorcisme. Je te rejoins.

— Non, je veux que tu ailles trouver Ines Bodin, à la place, lui dit Sanna.

C'est une dure à cuire, se dit-elle, alors, même si Eir y va avec ses gros sabots, ce n'est pas trop grave. Elle veut choisir sa propre approche, avec Crantz.

— D'accord, dit Eir, à contrecœur.

— Merci. Demande à Bodin de te donner l'identité des enfants sur la photo, surtout le garçon qui se tient à côté de Mia. Elle les a rencontrés et elle leur a parlé. Essaie de la faire venir au poste. Je vous rejoins dès que je peux.

— Attends, la coupe Eir, pourquoi est-ce qu'on s'intéresse au gamin à côté de Mia ?

Sanna hésite. Elle n'a pas encore eu le temps de faire part de sa théorie à Alice et Eir. Elle se rend compte que ça a l'air tiré par les cheveux.

— Tu te rappelles le dessin de Jack ? demande-t-elle.

— Le loup ? fait Eir.

— Je pense que le garçon sur la photo pourrait bien être le loup que Jack a vu.

Il y a un court silence.

— T'es sérieuse ? demande Eir.

— Oui.

Eir pouffe.

— Non, mais…, s'exclame-t-elle avec irritation.

Sanna fait un nouvel essai.

— Les enfants devaient incarner les sept péchés capitaux, en représentant chacun un animal. Il en manque un, sur cette photo, et c'est le loup. Ça doit probablement être le garçon qui ne porte pas de masque.

— Et tu penses que Jack a dessiné un loup parce que ce garçon a tué sa mère ? Qu'il était aussi au camp, et qu'il l'a reconnu ?

— Non, Jack n'était sans doute pas là, il était trop petit. Bergman m'a dit que les enfants allaient tous à l'école. Jack n'avait que six ans, cet été-là.

— Ah oui, mais s'il n'était pas dans ce camp, comment aurait-il pu reconnaître…, dit Eir, avant de s'interrompre. Tu ne veux pas dire que tu penses que…

— Et pourquoi pas ? demande Sanna.

Alice s'éclaircit la gorge.

— Pardon, mais je ne comprends pas vraiment de quoi vous parlez. Vous pouvez m'expliquer ?

Eir ricane et dit d'un ton moqueur :

— Sanna pense que le coupable portait un masque de loup quand il a commis ses crimes. (Elle glousse encore.) Et que c'est pour ça que Jack a dessiné un loup.

Sanna laisse Eir terminer avant de continuer :

— Quand Mia s'est suicidée, elle portait son masque. Pourquoi est-ce que quelqu'un qui vengerait sa mort n'en ferait pas autant ? Qui plus est, c'est une bonne manière de dissimuler son visage.

Le silence règne pendant quelques secondes.

— Dans ce cas, il aurait quoi, quatorze ou quinze ans ? rétorque Eir. Pas très crédible…

— Fabian nous a dit que le coupable n'a pas eu besoin d'exercer beaucoup de force physique. Deux de ses victimes étaient allongées, et les coups leur ont été portés d'en haut, explique Sanna. Et Mia a écrit un texte, à l'école, parlant d'un ami d'enfance, quelqu'un qu'elle aimait. Si cette personne existe vraiment, que ce n'est pas juste un personnage inventé, pourquoi est-ce que cela ne pourrait pas potentiellement être le coupable ? Quelqu'un qui vengerait sa mort ?

— Donc tu y crois sérieusement ?

— Je pense que ce n'est pas impossible, en tout cas.

— Mais putain arrête. Ça t'est venu à l'idée que Jack Abrahamsson s'est peut-être tout bonnement foutu de nous en dessinant ce loup ? Tu y as pensé, à ça ?

— Pourquoi est-ce qu'il ferait ça ?

— Aucune idée. Il a vécu un traumatisme, il aurait pu dessiner un loup pour un tas de raisons.

— Tu n'as pas besoin d'être d'accord avec mon raisonnement, rétorque Sanna. Je veux juste que vous gardiez cette possibilité à l'esprit. Il peut l'avoir vu.

Silence.

— D'accord, répond Alice au bout d'un moment, avec de l'hésitation dans la voix. Supposons que le garçon sur la photo soit un suspect. Dans ce cas, aujourd'hui, ce serait un adolescent, plutôt grand pour son âge, comme il l'est déjà sur la photo, avec des cheveux bruns et des yeux foncés.

— Oui, répond Sanna. Décrivez-le quand vous parlerez aux gens, demandez-leur si quelqu'un correspondant à ce signalement côtoyait Mia.

— Qu'est-ce que tu peux nous dire de plus à son sujet ? demande Alice.

— Rien pour l'instant.

Alice pousse un soupir.

— Je pourrais envoyer la photo à l'équipe chargée de l'analyse d'images, chez nous. Ils pourraient nous aider.

— Oui. Je laisserai l'original à Sudden après avoir vu Crantz. Il sera en mesure de nous dire s'il trouve quelque chose.

— Non, je n'y crois pas, intervient Eir en haussant le ton. Désolée, mais je ne peux vraiment pas gober qu'un ado pourrait avoir suffisamment de rage, et de force, pour commettre ces horreurs. On perd le cap en se basant sur cette théorie.

Alice s'éclaircit la gorge.

— Et qu'est-ce que je dois faire d'autre, Sanna ? demande-t-elle.

— Va voir Lara, la mère de Mia, et invite-la à se rendre au commissariat pour qu'on puisse lui poser davantage de questions sur sa fille et sur l'Aube.

— Oui, mais elle est en voyage. Vous m'avez dit que…

— Contacte-la et fais-la revenir au plus vite sur l'île.

— D'accord.

— Vous savez quoi ? intervient Eir. Quand Bernard et moi, on était chez Lara Askar, elle a dit un truc très bizarre. Que « Mia n'était pas une pute ». Quelque chose de ce genre. Elle n'allait pas très bien, c'est vrai, mais elle est devenue hystérique après. Je crois qu'on devrait lui poser des questions à ce sujet.

— Pourquoi tu n'as rien dit ? demande Sanna, d'un ton irrité.

— Je le fais maintenant. Elle n'allait pas très bien, et puis je ne réussissais pas à te mettre la main dessus…

— D'accord, dit Sanna. Alice, quand tu parleras à Lara, interroge-la sur les fréquentations de Mia et demande-lui des éclaircissements sur cette phrase. On a tout décortiqué, mais on n'a rien trouvé : les réseaux sociaux de Mia, son école… Rien ne semble indiquer qu'elle avait un ou une petite amie, ni même des amis tout simplement. Mais ça ne signifie pas pour autant qu'elle n'en avait pas. Peut-être que Lara Askar est au courant. Montre-lui aussi la photo de l'Aube dès que possible. Demande-lui si elle sait qui sont les autres enfants. Le garçon, surtout.

Alice ne répond rien.

— Un problème ? demande Sanna.

— Non, mais… Tu voudrais que je lui montre cette photo, avec sa fille couverte de sang et ce masque ?

— Oui.

Alice tarde un instant avant de répondre.

— D'accord. Autre chose ?

— Oui. Passe en revue toutes les plaintes déposées pour abus à l'encontre d'enfants au cours de ces six ou sept dernières années. Qui sait, peut-être qu'un des parents ou un autre membre de la famille aurait rapporté les faits ? Qu'on puisse commencer à récolter des noms.

Elle raccroche, puis accélère. Ensuite, elle prend la route de campagne qui mène à la scierie, à l'Ehpad et à Crantz ; l'homme qui a posé ses mains sur Mia Askar, et conversé avec Satan.

Une aide-soignante d'un certain âge lui fait passer une porte avec un verrou à code, puis la mène le long d'un couloir. La lumière des pièces est douce et chaude. Ça sent le pain tout juste sorti du four. Un peu plus loin dans le couloir, quelqu'un écoute un programme radio avec des voix qui rient et qui plaisantent.

— L'établissement est ouvert à tout le monde, n'est-ce pas ? demande Sanna.

— Oui, mais il y a eu un vol il y a deux ans, à peu près. On nous a pris des médicaments. Depuis, on a été autorisés à installer des caméras de surveillance dans toute la propriété. Pourquoi ?

Sanna regarde autour d'elle. Des caméras et des verrous électroniques. Est-ce que c'est pour ça que Crantz est toujours vivant ? Il est hors d'atteinte, ici.

— Pouvez-vous me fournir une liste de dates avec les heures auxquelles Holger Crantz est sorti, ces derniers temps ?

— Oui, bien sûr, mais il n'est pas sorti plus d'une fois ou deux ce mois-ci, depuis que son état s'est considérablement dégradé. Je me souviens qu'un de ses amis est venu le chercher, mais ensuite, il est resté dans sa chambre.

Sanna montre une photo de Frank à l'aide-soignante, et cette dernière confirme : c'est bien lui, l'ami en question. Elle indique ensuite du menton une des portes du couloir. Il y a une petite plaque avec marqué CRANTZ à côté.

— Comment va-t-il ? demande Sanna à voix basse.

— Il est épuisé et il a facilement le souffle coupé. Il fait de la rétention d'eau, et ses membres sont gonflés. Il souffre. On essaie de le soulager autant que possible avec des antidouleurs, mais cela ne suffit pas.

— Je vois.

— Et puis, il est très angoissé. Il a fait plusieurs petits infarctus cette semaine, son cerveau a été impacté, alors il est un peu désorienté.

— D'accord, dit Sanna doucement.

L'aide-soignante s'éclaircit la gorge.

— Personne ne nous a raconté. Je sais que vous êtes de la police…

Sanna lui sourit froidement.

— On y va ? demande-t-elle.

La pièce est sombre et chaude. L'aide-soignante attrape une chaise, qu'elle place juste à côté de la porte, et s'assoit. Sanna attend que cette dernière se referme lourdement, en silence. Une odeur doucereuse et presque écœurante règne dans la pièce. Un homme lui tourne le dos, recroquevillé sur un fauteuil roulant. À la télé, il y a une émission dans laquelle les participants doivent répondre à des questions, mais le son est coupé.

— Holger Crantz ?

Aucune réaction. Son dégoût grandit quand elle s'approche de lui. Elle ne peut pas chasser de son esprit les photos des enfants avec leurs masques, Mia, puis son corps allongé sur la civière, au bord de la carrière.

La silhouette affaissée sur le fauteuil roulant bouge un petit peu. La lumière bleutée de la télé lui éclaire le crâne, les épaules et les bras par intermittence. On dirait qu'Holger dort.

— Holger, appelle-t-elle de nouveau, tout doucement. Je m'appelle Sanna Berling. Je suis de la police et je suis venue vous poser quelques questions.

Ce n'est plus qu'une ombre qui se tient devant elle. Il ne dort pas, mais il est à peine conscient. Ses lèvres bougent comme s'il se murmurait quelque chose à lui-même. L'homme qui a abusé de Mia et orchestré des simulacres d'exécutions est loin maintenant. L'idée qu'il ait pu commettre des meurtres il y a quelques jours à peine lui paraît absurde.

On dirait qu'il essaie de pencher la tête. Le fauteuil roulant craque quand il se tourne vers elle.

Elle s'accroupit devant lui.

— Je suis venue vous parler de l'Aube, et des enfants.

Il plisse des yeux. Sa respiration est laborieuse.

— Mia Askar est morte, s'entend-elle lui dire.

Il la regarde, mais il n'est pas vraiment là.

— Elle s'est suicidée.

Un peu de salive lui dégouline de la commissure des lèvres, son regard s'éclaircit et il secoue la tête avec difficulté.

— Je suis de la police. J'ai besoin de vous poser quelques questions.

Il semble acquiescer.

Elle s'assied sur une chaise.

— Je voudrais connaître les noms des enfants qui ont participé à l'Aube, le camp de vacances que vous avez organisé.

— L'Aube ? murmure-t-il.

— Oui. Des enfants ont été soumis à des simulacres d'exécutions.

Elle a l'impression de voir passer une expression de tristesse sur le visage de Crantz avant qu'il ne détourne son visage.

— Les enfants ? demande-t-il.

— Après les exécutions, il y a eu une bagarre. (Elle pousse un soupir silencieux.) Vous comprenez ?

Il acquiesce. Elle sort la photo des enfants emballée dans un sachet de pièces à conviction et la dépose avec précaution sur ses genoux.

— On essaie de découvrir l'identité du garçon qui faisait le loup, ajoute-t-elle.

Crantz caresse le visage des enfants de ses ongles irréguliers.

— Où est-il ? murmure-t-il.

Le portable de l'aide-soignante émet une alerte derrière eux, et ils l'entendent se lever et sortir. Sanna montre la photo de plus près à Crantz.

— Qui est-ce ? demande Sanna en montrant du doigt le garçon à côté de Mia. Vous vous souvenez de son nom ?

Crantz repousse la photo vers elle, puis il s'éloigne en fauteuil roulant et va se mettre dans un coin de la pièce. Là, il pose les mains sur ses genoux, sa respiration siffle, ses yeux se ferment, et il commence à ronfler doucement.

Sanna regarde autour d'elle. Les meubles appartiennent sans doute à l'Ehpad. Ils sont massifs, indestructibles, en bois clair verni. Un bureau et un fauteuil ont été disposés sur un des côtés de la pièce.

Elle jette un coup d'œil à Crantz, qui dort encore. Elle ouvre tous les tiroirs du bureau. Ils sont plus longs qu'elle ne le pensait, mais ils sont tous vides.

— Pardon, dit brusquement Crantz d'une voix forte. Je m'endors très facilement.

Il est bien réveillé, maintenant, et il l'observe. Nerveusement, elle essaie d'esquisser un sourire, mais elle échoue.

— Vous vous rappelez les noms des enfants ? insiste-t-elle encore une fois.

L'aide-soignante entre à nouveau. Elle voit les tiroirs ouverts, et tire Sanna sur le côté.

— Il vaut peut-être mieux continuer une autre fois ? dit-elle à voix basse.

Soudain, un sifflement sort de la poitrine de Crantz. Il appuie une main dessus en se tournant vers l'aide-soignante. Sanna voit qu'il est en train de pleurer. Son regard est inquiet et perdu.

— Où suis-je… ? murmure-t-il.

27.

Sanna attrape le dossier qui gît au pied du siège passager. Elle regarde les photos des lieux de tous les crimes et s'arrête sur celles de Marie-Louise Roos. Elle y voit son canapé gigantesque et son corps maigrichon, son bras qui pend et son kimono bleu. Le tissu est beau, avec des broderies de fleurs élégantes. Il a été lacéré d'un grand nombre de coups de couteau. La violence dont elle a été victime est incroyable.

Eir a raison, il est difficile d'imaginer que ça puisse être un adolescent. Ses doigts tambourinent sur le volant. Elle observe le quartier où habite Ines Bodin. Sa collègue est toujours en retard. Elle devait rencontrer la secrétaire des services sociaux toute seule, mais finalement cette dernière n'était pas sur son lieu de travail. Cela fait un bon bout de temps, maintenant.

Pendant que Sanna attend, elle en profite pour appeler Fabian.

— Oui ?

Il a l'air absent.

— Je voudrais te parler des blessures sur le torse des victimes, tu as une minute ?

— Hmm.

— Fabian ?

— Je t'écoute.

— Tu veux que je te rappelle plus tard ?

— Non, vas-y.

Elle entend un bruit métallique quand il repose l'objet qu'il tenait dans sa main.

— Quand tu nous as parlé de Marie-Louise Roos, tu nous as dit que les blessures étaient très profondes, lui rappelle-t-elle. Que chaque coup avait été porté avec beaucoup de force.

— Oui. C'est exact.

— Et Rebecca Abrahamsson et Frank Roos ? Tu es sûr que les entailles étaient profondes, là aussi ?

— Je vous ai déjà envoyé les rapports d'autopsie. Est-ce que tu insinuerais que j'ai mal fait mon travail ? rétorque-t-il, sur le ton de la plaisanterie.

Sanna regarde la photo des enfants sur son portable.

— Je me demandais juste si tu pouvais me donner des indications sur la taille de l'assassin, sur sa carrure et sur sa force.

— Comme je vous l'ai dit, il pourrait s'agir de quelqu'un de costaud, mais pas nécessairement, les coups ayant été portés d'en haut. Le coupable a eu le dessus grâce à l'angle d'attaque.

— Alors, en théorie, l'assassin pourrait être, disons, un adolescent ?

Il garde le silence pendant quelques secondes.

— Oui. En théorie, peut-être. Mais je ne peux pas l'affirmer à cent pour cent.

— Il t'est venu autre chose à l'idée, depuis ?

— Non.

— Tu en es sûr ?

— Pose ta question, si tu veux savoir quelque chose qui n'est pas dans le rapport. Sinon, je retourne à mon travail.

Sanna garde à son tour le silence.

— Tu penses que notre coupable est un jeune ? demande Fabian.

— Oui.

— Un adolescent ?

— Oui.

— Mais ?

Elle ne répond rien.

— Sanna ?

— Oui, pardon… Je… J'étais juste en train de penser à tout ce qui pourrait démentir ma théorie.

— Bah, tu n'as jamais eu de raisons de douter de ton intuition, non ?

— C'est vrai.

Elle raccroche. Tout a commencé avec le suicide de Mia, se dit-elle. Elle relie toutes les victimes entre elles. Puis il y a les scènes de crime, de vrais carnages. Le modus operandi du meurtrier, sa rage. Les coups de couteau irraisonnés. Quelqu'un qui porte en lui une colère noire. Quelqu'un qui veut venger la mort de Mia Askar. D'après Bergman, elle était proche de l'un des garçons du camp, ils avaient un lien spécial. Il s'était battu pour elle. Et à l'époque, ils n'étaient encore que des enfants.

Si Mia a décidé de porter son masque pour mourir, pourquoi le coupable n'en ferait-il pas autant, pour venger sa mort ? Peut-être même qu'ils avaient tout planifié ensemble ?

Elle regarde à nouveau la photo sur son portable. Le garçon à côté de Mia a des yeux foncés, presque noirs, et il a une carrure imposante pour un enfant. Son bras droit pend le long de son corps, mais le gauche se situe derrière son dos. Est-ce qu'il tient quelque chose qu'il essaierait de cacher ?

Elle rappelle Fabian.

— J'ai une question spécifique, sur quelque chose qui n'est pas mentionné dans le rapport.

— Vas-y.

— Est-ce que tu dirais que le coupable est droitier ou gaucher ? D'après l'orientation des entailles, et l'endroit où il se tenait ?

— Attends un instant.

Des pas retentissent, elle l'entend pianoter sur un clavier. Il ouvre ses dossiers informatiques, avec ses notes et les photos. Elle attend.

— Il est gaucher ? demande-t-elle encore.

Il reste silencieux.

— Oui, sans doute, répond Fabian après un instant. Comment l'as-tu deviné ?

Eir arrive en voiture et se gare à côté.

Sanna raccroche.

— Où étais-tu ? s'enquiert-elle une fois descendue de voiture.

— Désolée, je me suis trompée de route, répond Eir en lui tendant une copie de la photo des enfants avec leurs masques d'animaux. Alice a fait un double.

— Suis-moi, répond Sanna, en lui indiquant du menton la rue où vit Ines Bodin.

Les pavés de la petite rue viennent juste d'être nettoyés. Le quartier est tout droit sorti d'une émission pour enfants quelque peu datée. La rue devant elles est parfaite, déserte, et joliment éclairée ; elle est plongée dans un silence complet. C'est comme si elle n'attendait qu'une chose : qu'un groupe d'enfants sorte d'un porche en sautillant.

Eir regarde Sanna du coin de l'œil, elle est sur le point de partager ses observations, quand elle remarque les plis sur le front de sa collègue. Elle a appris que c'est là le signe d'une migraine terrible. Elle décide de garder le silence, et les deux femmes avancent à pas rapides, côte à côte, leur respiration formant de petits nuages de vapeur dans l'air froid de la côte.

— Qu'est-ce qu'il y a ? demande Sanna, quand Eir se retourne avec nervosité, comme si elle avait entendu quelque chose.

— Rien.

— Ça devrait être là, si on a le bon numéro, fait Sanna, en désignant du menton une maison en pièce-sur-pièce à coulisse, enduite de goudron noir.

Les contours de fenêtre et les finitions en bois sont couleur moutarde. Même cela rappelle à Eir une histoire pour enfants. La grille est haute, et il y a un pauvre rosier tout maigrichon à côté. Plusieurs branches ont été arrachées, sans doute par les voitures, et celles qui restent sont couvertes de gravillons et de boue. Elles aperçoivent une petite cour intérieure derrière la grille.

Le jardin ressemble à un berceau de verdure. Des années de négligence ont donné naissance à des plantes aux feuilles énormes, à des buissons ébouriffés, des roses trémières desséchées et de la lavande arborescente. C'est une véritable jungle. Dans un coin, l'abri de jardin est tombé en décrépitude. Sa porte ouverte bat avec le vent.

Arrivée devant l'entrée, Sanna toque doucement. Pas de réponse. Eir se place à côté d'elle et regarde à travers le carreau.

— Putain de merde, siffle-t-elle, en sortant son arme.

Il y a deux traces de sang parallèles sur le sol. Elles se suivent comme un tapis à rayures étroit. Elles partent d'une pièce à la porte fermée, pour traverser le vestibule et remonter l'escalier, à quelques mètres à peine d'elles.

— On a besoin de renforts à l'adresse que je vais vous envoyer, chuchote Sanna dans son portable. Prévenez Le Chêne. On ne vous attend pas, on entre.

Elles traversent l'entrée en prenant garde de ne pas marcher dans le sang.

La pièce d'où partent – ou se terminent – les traces de sang est un bureau aux persiennes baissées. Il n'y a pas beaucoup de lumière qui entre, mais c'est suffisant pour éclairer le petit espace. Le seul élément qui vient égayer les murs, c'est un diplôme au nom d'Ines Bodin, qu'elle a reçu au terme de sa formation de travailleuse sociale. Les tiroirs du bureau ont été ouverts et la porte du coffre-fort est béante. On a renversé une étagère au milieu de la pièce.

Dans le vestibule, les traces disparaissent vers l'étage du haut. Il n'y a aucun bruit. Pas un mouvement. Sanna et Eir échangent un regard. Elles montent l'escalier avec précaution. Elles traversent une chambre à coucher au plafond mansardé. Les traces s'arrêtent devant la porte d'un grenier.

Elles l'ouvrent et tombent sur un nouvel escalier, qui monte au grenier. Tout est plongé dans le noir, et l'escalier est raide, avec de petites marches étroites. Eir prend appui sur un conduit en inox glacé pour les gravir, tout en cherchant un interrupteur de la main. Puisqu'elle ne trouve toujours rien, Sanna la pousse de côté sans ménagement.

Elles entendent un bruit de ferraille et de friction, puis plus rien.

— Police, crie Sanna. Les mains en l'air.

Eir repère finalement l'interrupteur. Elle allume, se redresse et vise le haut de l'escalier de son arme, juste au-dessus de l'endroit où se tient Sanna. Une silhouette gît en position fœtale là où l'escalier débouche sur le grenier. Elle s'est pelotonnée, comme pour se cacher.

— Levez-vous, ordonne Sanna.

— À l'aide, souffle la créature.

— Levez-vous, répète Sanna.

— Je ne peux pas, je n'arrive pas à bouger. Vous avez fouillé partout ? Elle est peut-être encore là, dans la maison.

La voix chuchote, elle semble apeurée.

Sanna se rapproche, Eir sur ses talons.

C'est Ines Bodin, en chemise de nuit. Son unique main a été attachée à une poutre. Ses pieds et ses jambes sont entourés de ruban adhésif industriel. Elle saigne abondamment à la tête, aux paumes et aux genoux.

— Elle est peut-être encore dans la maison, souffle-t-elle en respirant bruyamment.

— Chut, lui fait Sanna. On va vous détacher.

Eir les écoute tout en surveillant le grenier. Il y a des taches de moisi sur le toit, et des gouttes d'eau tombent dans un coin. Sur un portant à vêtements, de vieilles fourrures ont été recouvertes d'une housse en plastique. Sanna lui fait signe de fouiller la maison, et Eir redescend l'escalier, arme au poing.

Ines Bodin gémit quand Sanna défait ses liens. Elle tombe en avant, puis réussit à se remettre sur pied en titubant.

— *Qui* est peut-être encore dans la maison ? lui demande Sanna en la secouant. Qu'est-ce qui s'est passé ?

— Elle était déjà là quand je me suis réveillée ce matin. Elle était dans mon bureau. Quand je suis entrée, elle s'est jetée sur moi.

— Qui ? répète Sanna, impatiente.

Ines Bodin serre les lèvres.

— Elle m'a frappée, et après je ne me rappelle plus rien. J'ai perdu connaissance. Quand je suis revenue à moi, j'étais attachée ici. Il faisait tellement noir que je ne voyais rien.

Elle prend conscience qu'elle est pleine de sang, et sursaute, la respiration presque coupée.

— De qui parlez-vous ? demande encore Sanna.

— D'Ava Dorn !

Ava Dorn. L'artiste qui a fabriqué les masques des enfants et a peint le tableau de Marie-Louise. Ava Dorn, qui est décédée.

— Elle n'est plus en vie, rétorque Sanna. Vous êtes en état de choc. Essayez de respirer calmement et…

— Elle n'est pas *morte*.

Sanna essaie de comprendre tout en se rendant compte qu'elle vient de tomber sur une nouvelle scène de crime. Même si la victime a survécu, cette fois-ci, le coupable avait assez de force pour pouvoir la tuer.

Ines Bodin éclate brusquement de rire.

— Vous êtes tous tellement débiles ! Ava Dorn se cache depuis des années. Elle vit dans une vieille maison à la campagne. Je peux vous donner l'adresse, vous n'avez qu'à vérifier. Elle vend ses œuvres à un marchand d'art qui les lui achète de la main à la main, et les enfants de ses voisins lui font ses commissions. Quoi de mieux, pour vendre, qu'une disparition inexpliquée, et de nouvelles œuvres qui apparaissent mystérieusement sur le marché de temps en temps ? Tout le monde y trouve son compte, elle, le marchand d'art et ses clients !

Sanna ne sait plus quoi penser. Elle ouvre la bouche pour changer de sujet, afin qu'Ines se calme, mais au lieu de cela, elle crache brusquement :

— Que faisait-elle ici, alors ?

Ines hésite.

— Pourquoi était-elle chez vous ? insiste Sanna avec impatience.

— Elle voulait mettre la main sur de vieux rapports.

— Quel genre de rapports ?

Ines pose une main sur ses genoux.

— Où est l'ambulance ? J'ai besoin de points de suture.

Elle regarde un de ses ongles cassés, l'air aussi inquiète que s'il s'agissait d'un de ses doigts.

Sanna sort la photo de l'Aube de la poche intérieure de son manteau. Elle la lui met sous le nez en essayant de jauger sa réaction, mais Ines demeure impassible.

— Qui sont ces enfants ? lui demande Sanna.

— Qu'est-ce que c'est ? rétorque Ines froidement.

— Vous le savez très bien, puisque vous y étiez. Qui étaient-ils ?

Ines écarte la photo de la main.

— Je veux porter plainte contre Ava Dorn pour effraction et pour agression. Elle est dangereuse, lance-t-elle d'un air provocateur.

Le regard de Sanna passe de la photo à la secrétaire des services sociaux. Elle se demande à quel genre de femme elle a affaire, en réalité.

— Qui est-ce ? répète-t-elle, posant son doigt sur le garçon à côté de Mia. Regardez-le. *Qui est-ce* ?

Ines ne répond pas. Elle se contente de contempler Sanna comme si elle s'inquiétait pour sa santé mentale.

— Je ne vous dirai rien avant d'être placée sous protection, répond-elle. Cette femme s'est introduite dans ma maison, m'a agressée et volée. Allez la voir au lieu de me harceler. Si vous osez. C'est un vrai *monstre*.

28.

Devant la maison d'Ava Dorn, des flaques d'eau reflètent le soleil. L'endroit est perdu au milieu de nulle part. Un peu plus loin, le long d'un chemin gravillonné, se dressent deux ou trois maisons et un local à machines. À part cela, il n'y a que des bourbiers et de la forêt. Sanna et Eir sortent de voiture et se dirigent vers le portail ouvert. Elles entendent quelque chose, peut-être des chiens qui gémissent au loin. Eir prend une profonde inspiration. L'air sent la terre fraîche, car il vient de pleuvoir. Elle jette un coup d'œil aux deux voitures de police qui se sont garées à côté d'elles. Quelques jeunes hommes en uniforme en sortent et s'étirent avec nonchalance.

— Comment font-ils pour être aussi calmes ? demande-t-elle. J'ai des frissons rien qu'à regarder ce taudis. Et la bonne femme qui y habite est probablement folle à lier.

— Pas forcément, rétorque Sanna.

— Arrête. Déjà, elle a aidé Crantz avec ses jeux malsains…

— On ne le sait pas encore. On garde son calme, la coupe Sanna. Une chose à la fois, d'accord ?

Eir acquiesce.

— On y va ?

Dans le jardin, Sanna regarde autour d'elle. Une balançoire en bois est suspendue à un grand frêne. Un peu plus loin, un trou profond est rempli de sable.

— Les rapports, ajoute-t-elle, il nous les faut. Ou au moins, trouver les noms des enfants qui étaient au camp avec Mia.

— Bien sûr, répond Eir. Mais on est là avant tout pour la coffrer pour agression. On pourra parler du reste quand elle sera au commissariat, non ?

— Non, répond Sanna. On en parle maintenant.

Elles frappent à la porte. Une femme avec un grand tablier de peintre couvert de taches et des sabots en bois leur ouvre au bout d'un moment. Elle est pâle et n'a que la peau sur les os. Son visage est dénué de toute expression. Elle a glissé une cigarette derrière une de ses oreilles.

— Oui ? demande-t-elle en les regardant.

Derrière elles, une meute de chiens commence à aboyer frénétiquement.

— Vos gueules ! hurle la femme à leur intention, la voix mauvaise.

Eir se retourne. On aperçoit un chenil non loin. Un des policiers debout près des voitures a sorti un sandwich.

La femme lève un poing tatoué en l'air et l'agite avec force en direction des chiens.

— Ava Dorn ? demande Sanna, en lui montrant son badge.

— C'est à propos de quoi ?

Le regard de la femme est glacial. Elle ne semble pas se préoccuper de la présence des véhicules de police. Eir remarque les petites cicatrices qu'elle porte sur les deux joues. Sur les photos qu'elle a trouvées sur le Net, Ava Dorn a les mêmes. C'est elle, c'est sûr.

— On va vous demander de nous suivre au commissariat…, dit Eir.

— Oui, oui, entrez d'abord, leur fait Dorn.

Avant qu'elles n'aient eu le temps de répondre, la femme a disparu à l'intérieur. Sanna la suit. Eir reste un instant dans l'encadrement de la porte, à regarder les chiens. C'est une meute de labradors tout maigres. Ils se sautent les uns sur les autres en se jetant contre le grillage qui les sépare du policier et de son sandwich. L'un d'entre eux, plus maigre que les autres, reste coincé, les griffes prises dans le grillage. Les autres l'écrasent pour tenter de se rapprocher de la nourriture. Ses gémissements finissent par adoucir le flic, qui jette son sandwich de l'autre côté. La meute se précipite pour le dévorer. Ils se battent pour la moindre miette.

L'entrée est pratiquement vide, si ce n'est un imperméable, un fouet et une pelle au bout pointu. Eir en a des frissons. Toute la maison semble être en train d'attendre et d'observer.

Ava Dorn les emmène dans sa cuisine en bois. Les placards sont dotés de cabochons en verre vert en guise de poignées, et le sol est recouvert de linoléum brun foncé. Quelques assiettes ont été jetées pêle-mêle dans l'évier en inox. Des pinceaux sèchent sur l'égouttoir à vaisselle. L'évier brille de propreté. La lumière qui entre par la fenêtre se reflète dedans. Dorn allume une cigarette, puis jette son briquet sur la table. Il atterrit sur quelques dessins de mains d'enfants sales. Elles tiennent quelque chose qui ressemble à des clous rouillés, et les dessins sont recouverts de chiffres griffonnés dans tous les sens.

Elles entrent ensuite dans le salon. Des étagères recouvrent tout un mur, du sol au plafond, et les meubles ont l'air assez extravagants. Les œuvres d'Ava sont accrochées sur les trois autres murs de la pièce, et elles sont effrayantes. Dans un coin, un feu brûle dans la cheminée en pierre de taille. Sur la table basse, un bouquet de bruyère a fané dans son bocal en verre. L'eau a pourri et les fleurs ressemblent à du parchemin.

Ava Dorn est petite et carrée, avec des biceps puissants. Elle se tient toute droite, comme si une main géante la tirait par le haut du crâne. Avec ses traits secs, presque reptiliens, il est difficile d'évaluer son âge, mais les rides autour de ses yeux et ses grosses paluches indiquent qu'elle a eu une vie difficile.

— Vous êtes venues à cause de Bodin ? leur demande-t-elle.

— On en discutera au poste, réplique Eir. Nous sommes venues vous arrêter pour agression et vous allez devoir nous suivre.

Dorn éclate d'un rire moqueur, avant de s'asseoir sur le canapé avec calme et détermination.

— Et nous avons besoin des rapports que vous avez dérobés à Ines Bodin, ajoute Sanna d'un ton sérieux.

Dorn la gratifie d'un sourire froid.

— Je suppose qu'elle ne vous a pas raconté qu'elle me faisait du chantage ?

Au-dehors, un chien gémit.

— Elle a commencé à me demander de l'argent il y a quelques mois de cela. Elle m'a dit qu'elle allait les vendre aux journaux et leur raconter que j'aurais aidé à « torturer » des enfants. J'en ai eu assez, alors ce matin je suis allée chez elle chercher les documents.

— Et vous l'avez agressée, et l'avez traînée jusque dans son grenier, où vous l'auriez laissée mourir, complète Eir.

Des particules de poussière suspendues dans l'air dansent devant le visage de Dorn. Elle est immobile, même ses yeux ne clignent pas. Elle reste assise là, toute droite. Elle écrase sa cigarette contre la table, où il y a déjà d'autres traces de brûlure.

— Ces rapports, intervient Sanna, vous pouvez nous les montrer ?

Dorn se gratte le nez avec son poing. Sa bouche se fend d'un sourire, dévoilant des dents blanches parfaites. Eir pourrait presque jurer que les canines de sa mâchoire supérieure sont plus longues que les autres, comme chez les animaux.

— Je me doutais que vous alliez débarquer, après ça, leur annonce Dorn, tout en se tournant vers Sanna. Mais pourquoi les voulez-vous ?

— On a besoin de savoir ce qu'ils contiennent, répond cette dernière, avec calme.

Eir s'éclaircit la gorge.

— On en parlera au poste, répète-t-elle.

Dorn hausse les épaules, avant de se tourner de nouveau vers Sanna, avec un sourire.

— Si vous avez l'intention de m'arrêter, allez-y. Quant aux rapports, vous n'avez qu'à aller les chercher en enfer.

Elle leur montre la cheminée d'un signe de tête. Sanna fait quelques pas et en ouvre la petite porte. Il n'y a que du bois et de la cendre à l'intérieur.

En se retournant, elle aperçoit un carnet en cuir noir. Elle s'approche du rebord de fenêtre sur lequel il est posé pour en tourner les pages, mais il ne contient que des esquisses d'arbres et de buissons morts.

— Vous croyez que je suis impliquée dans cette histoire de meurtres, c'est ça ? s'exclame Dorn. C'est pour ça que vous vous comportez aussi bizarrement.

Eir jette un coup d'œil inquiet à Sanna.

— En dehors de ma visite à Ines, je n'ai pas bougé d'ici, ces derniers jours. Mon marchand d'art attendait que je termine quelques nouvelles œuvres. Vous pouvez lui demander, il tient le restaurant sur la place centrale.

Eir indique la porte d'un signe de tête.

— On en parlera au poste, insiste-t-elle.

Dorn pousse un soupir. Elle se lève du canapé et frappe le sol du pied avec tellement de puissance qu'il bouge un peu. Son corps menu a une force énorme.

Eir et Sanna échangent un regard. Elles entendent des pas en provenance de la cuisine, mais quand elles se retournent pour voir ce qui se dirige vers elles, une main agrippe la cheville d'Eir. Il y a quelqu'un sous le canapé. Elle se libère d'un coup de pied et sort son arme, renversant au passage la table basse. Le bocal contenant la bruyère tombe par terre.

— Sortez de là, dit-elle.

Une main apparaît sous le canapé, puis une autre. Une fille avec de grands yeux terrorisés en sort sa tête. Son visage a été peint de sorte à la faire ressembler à un chevreuil.

Eir recommence à respirer. Elle range son arme.

— On a fini de jouer pour aujourd'hui, déclare Dorn avec force.

— Mais tu nous as dit qu'on allait..., proteste la fille.

— Pas aujourd'hui. C'est fini, j'ai dit. Allez, rentre chez toi.

La fille rampe pour sortir de sous le meuble. Elle porte un T-shirt et un short. Même ses bras et ses jambes ont été peints en différentes nuances de rouge et de brun rouille.

— Putain..., s'exclame Eir.

— Les gamins des voisins viennent ici pour jouer de temps en temps.

— On doit partir ? demande un garçon depuis la porte de la cuisine.

Il entre dans la pièce. À la différence de la fille, il a des vêtements qui couvrent son corps. Il tient sa main derrière son dos.

— Comment t'appelles-tu ? lui demande Sanna d'une voix douce en s'approchant de lui.

— Vilhelm Svensson.

— Vous habitez dans le coin ?

— Oui, un peu plus loin.

— Ton père et ta mère sont à la maison ?

Il secoue la tête.

— Ils savent que tu es là ?

— Oui. Papa est d'accord. Elle nous paie pour jouer ici. C'est plus que l'argent de poche qu'on reçoit.

— Qu'est-ce que tu tiens derrière ton dos, Vilhelm ?

— Rien du tout, dit-il d'une voix hésitante.

— Bah, montre-lui, lui dit Dorn.

Le garçon devient tout rouge, puis il sort le vieux fusil qu'il tenait caché.

Quand elle voit Eir lever à nouveau son arme, Dorn émet un rire creux.

— C'est des balles en caoutchouc, dit-elle. Aucun enfant n'est jamais mort à cause de quelques bleus. Ça les rend plus forts. Quand j'avais leur âge, j'étais déjà capable d'écorcher une langue de cheval pour en faire mon petit déjeuner.

— Allez, rentrez vite chez vous, dit Sanna à la fille, d'un ton calme. Tout de suite. On va venir parler à vos parents de tout ça plus tard.

Les enfants sortent en courant, et Dorn les regarde partir, la tête inclinée sur le côté. Ensuite, elle se rassoit.

— Espèce de malade, marmonne Eir.

Dorn lui montre ses dents blanches, puis son regard s'arrête au-dessus de la tête d'Eir.

— Est-ce que quelqu'un t'a déjà dit que tu avais une aura autour de toi ? Une aura très spéciale. Je pourrais te peindre les yeux fermés.

Eir jette un regard angoissé à Sanna.

— Une jeune fille s'est suicidée il y a peu, déclare cette dernière d'un ton mordant. Elle portait un masque que vous aviez fabriqué.

Le visage de Dorn change d'expression. Elle se caresse la lèvre.

— La fille-renard ? Oui, j'ai entendu ça. Ines Bodin me l'a dit.

— C'était Mia Askar. Nous savons qu'Holger Crantz, l'homme qui vous a commandé les masques, a abusé d'elle. Vous étiez au courant ?

Dorn fixe la table basse en secouant la tête.

— J'avais remarqué qu'Holger la regardait.

Sanna frisonne. Elle sent la nausée monter à la seule idée qu'Holger ait pu s'en prendre à Mia.

— Qui étaient les autres enfants pour lesquels vous avez confectionné des masques cet été-là ? demande-t-elle.

Dorn s'affaisse un peu plus sur le canapé. Elle inspire profondément tout en fouillant ses poches. Elle en sort une boîte de tabac à chiquer et en glisse un petit tas sous sa lèvre supérieure.

— Ils étaient sept. Je ne les ai rencontrés que quelques fois, à peine quelques heures au total. J'ai joué avec eux pour connaître leurs traits de caractère, leurs points faibles, leurs peurs et leurs hontes. J'ai observé les proportions de leur visage : la distance entre leurs yeux, la longueur de leur nez, la largeur de leur menton.

Elle réfléchit un moment avant de prendre de nouveau une profonde inspiration.

— Ça a été une expérience intéressante de pouvoir les toucher, de sentir leur peau sous mes doigts, et de plonger mon regard dans leurs yeux innocents, juste avant qu'ils ne soient changés à tout jamais. Tout a été documenté. C'était ça, les rapports qu'Ines Bodin conservait chez elle. C'était pour qu'elle puisse aider les enfants, quand tout serait fini. L'un d'entre eux avait réussi à passer un coup de fil pour appeler à l'aide.

Eir serre les poings. Elle s'approche de Dorn, pendant que Sanna sort la photo avec les sept enfants.

— Qui étaient les autres enfants, en dehors de Mia ?

Dorn plisse les yeux. Ils ressemblent à deux fentes. Elle réfléchit un peu, puis elle passe un doigt sur chacun d'eux. Elle se souvient même de leur nom de famille.

— Svante Lind, Selma Karlsdotter, Elena Johansson, Daniel Orsa, Jesper Berg, Mia Askar.

Eir note les noms sur son portable.

— Vous nous en avez donné six, lui fait remarquer Sanna. Nous connaissions déjà celui de Mia. Nous avons besoin de tous les connaître.

Une expression froide passe à nouveau sur le visage de Dorn, et elle cache un sourire derrière sa main.

— Je ne me souviens de rien d'autre, déclare-t-elle.

Sanna pose l'index sur le garçon à côté de Mia. La photo est de mauvaise qualité, mais son regard noir semble presque transpercer l'image.

— Je vous ai vue passer au-dessus de lui. Qui est-ce ? Quel est son nom ? demande encore Sanna d'un ton mordant.

— Je ne me souviens plus, rétorque Dorn avec un sourire en coin. C'est difficile de bien voir. Mais il a l'air fort et il a du style.

— Qui *est-ce* ? répète Eir avec frustration.

Au lieu de lui répondre, elle sort à nouveau sa boîte à tabac pour remplacer le petit paquet sous sa lèvre contre un autre, encore plus gros.

Eir hausse le ton.

— Vous vous rappelez tous les noms, comment pourriez-vous ne pas vous souvenir de celui-là ?

Dorn reste impassible.

— La vie est un cauchemar, finit-elle par articuler, tout en poussant la photo loin d'elle. Les plus faibles ne survivent pas. Et ce n'est pas non plus le but. Certains diraient sans doute que nous leur avons rendu service, à ces petits. Prenez la fille-renard, par exemple. Il aurait peut-être mieux valu qu'elle ne voie jamais le jour.

D'un pas, Eir franchit la distance qui la séparait de Dorn, et l'attrape par le col, la soulevant.

— Espèce de malade mentale, crache-t-elle.

Sanna n'a même pas le temps de réagir, avant d'entendre Eir pousser un cri et de la voir lâcher Dorn, qui sourit en retombant sur le sol.

— Putain… Elle m'a craché dans les yeux…

Elle s'essuie le visage, mais un filet de salive brune de tabac à chiquer lui dégouline le long de la joue.

Dorn reste assise par terre sans bouger. Quand Sanna la remet debout, son visage se fend d'un sourire goguenard.

Sanna confie Dorn aux policiers qui les ont attendues dehors, puis se dépêche de retourner à l'intérieur. Elle trouve Eir penchée au-dessus de l'évier. Elle a ouvert le robinet et tient ses paupières grandes ouvertes sous le filet d'eau pour les laver.

— Ça va ?

— Non, putain, rétorque Eir, d'un ton énervé. Ça brûle, merde. Le tabac à chiquer, c'est corrosif, non ?

— Rince bien, lui dit Sanna. Si ça ne va pas mieux, j'appellerai l'hôpital. On devra peut-être t'y emmener.

— Tu peux me trouver une serviette propre, s'il te plaît ?

Sanna fouille dans les placards et les tiroirs, mais ne trouve rien.

— Je vais voir si j'en trouve une ailleurs, lui dit-elle.

Eir laisse couler l'eau. La sensation de brûlure s'estompe, pour être remplacée par un sentiment de calme. Elle pousse un soupir. Quand elle se retourne, sa vision est encore floue, mais elle aperçoit tout de même le tableau derrière elle, avec sa lumière de mauvais augure. Elle cligne des yeux, mais elle n'arrive pas à y voir clair, alors elle se passe encore de l'eau sur le visage avant de réessayer.

Le tableau représente un chasseur qui se tient au-dessus d'un chevreuil avec un visage de fille. C'est le garçon de tout à l'heure. Une créature maigre dépourvue de visage les survole, entourée d'une lumière aveuglante, comme enivrante. Elle a des ailes de chauve-souris poilues et des sabots, avec des chaînes coupées autour des chevilles.

C'est le Diable, et il s'est libéré.

29.

Eir regarde l'étiquette sur sa bouteille d'eau : c'est une sirène couronnée d'algues bleues, dont les cheveux ondulés encadrent le visage. Elle l'arrache, en fait un avion et l'envoie en direction des poubelles.

Quand Sanna entre dans la salle d'interrogatoire, Eir se redresse sur sa chaise tout en se massant les paupières.

— Comment ça va, maintenant ? demande-t-elle. Ça t'a aidée, ce qu'ils t'ont donné aux urgences ?

Eir acquiesce en clignant des yeux.

— J'arrive presque à voir normalement.

— Bien.

Des feuilles se sont collées au manteau de Sanna, et elle a l'air tout ébouriffée.

— Qu'est-ce qui se passe ? demande-t-elle quand Eir commence à rire.

— Tu devrais voir ta dégaine.

— Eh bien, quoi ?

— Tu as une sale mine.

— Merci bien.

— Rentre dormir quelques heures.

— Je vais bien. J'ai fait une promenade après avoir garé ma voiture.

Eir la regarde d'un air sceptique.

— Je sais que tu veux qu'on donne le maximum, mais ce qui s'est passé vers les cabanons devrait peut-être te servir de signal d'alerte ?

— Où est Alice ? demande Sanna au lieu de répondre, en enlevant son manteau.

— Je l'ai aperçue dehors, alors elle ne devrait pas tarder à arriver.

Le dessin de Jack est accroché au tableau blanc. Les yeux de son loup, entourés de contours noirs, regardent droit devant. Sanna le décroche pour l'observer à la lumière. Eir pense à Mylingen et à tout ce que Jack a vécu, et elle se demande ce qu'il a vraiment vu. L'espace de quelques secondes, elle croit que sa collègue va se mettre à pleurer, mais son visage se referme. Elle remet le dessin à sa place, et son regard retrouve sa froideur habituelle.

— Comment va Jack ? lui demande Eir avec douceur.

— Il est toujours à l'hôpital, répond Sanna. Il ne va pas bien, mais son état est stable. Benjamin l'a salement amoché.

Elle sort la photo de l'Aube et la place sur la table.

— Autant commencer. Alice nous rejoindra sûrement bientôt.

Eir saisit la photo, puis la repose. Elle ne sait pas comment faire part à Sanna de ce qu'elle pense : Jack ne leur a pas tout dit. Elle sait que sa coéquipière ne voudra pas l'interroger davantage.

— C'est quoi, comme photo ? demande-t-elle à la place.

— Ça doit être un tirage bon marché, ou quelque chose que quelqu'un aura développé lui-même.

Eir la regarde.

— Dis, finit-elle par articuler, tu ne crois pas que Jack pourrait savoir quelque chose à propos de l'Aube ? Sa mère travaillait pour Crantz, non ? On devrait peut-être lui poser la question ?

— Il n'est pas en état, rétorque Sanna. Ce n'est pas possible.

— D'accord, répond Eir. Alors, qu'est-ce qu'on fait, maintenant ?

— On passe en revue tout ce qu'on sait jusqu'ici. Pour voir ce que ça donne.

Elle lui montre l'image.

— C'était Mia, il y a sept ans.

Eir pousse un soupir.

— On devrait rétablir la peine de mort pour ceux qui s'en prennent à des enfants.

— Puis il y a ce prêtre, ajoute Sanna, Holger Crantz, qui voulait apprendre la valeur de la vie aux enfants. Et puis, il y a ce qu'il a fait à Mia…

— Toutes les personnes sur cette photo ont dû être marquées à vie, et traumatisées psychologiquement d'une façon ou d'une autre, commente Eir.

— On doit retrouver tous ceux dont on connaît l'identité, dit Sanna, en désignant du doigt le garçon qui se tient à côté de Mia. On va parler à ceux qui ont participé à ce camp. Quelqu'un saura bien qui c'est.

— Alice t'a fait un retour ?

— Non, je n'ai rien entendu depuis que je lui ai fourni les noms.

— Elle est où, putain ? commente Eir, en vidant sa bouteille d'eau.

Elle la jette ensuite en direction des poubelles et sort chercher sa collègue.

Alice est en train de venir à leur rencontre avec des mugs de café et un grand verre d'eau dans les mains. Sous son bras, elle porte, toujours comme à l'accoutumée, un tas de documents soigneusement pliés, comme des draps repassés avec soin.

— Bienvenue dans le bunker, leur dit-elle avec un sourire. (Elle pousse un des mugs brûlants vers Sanna.) Alors, on a coffré l'artiste ? demande-t-elle ensuite.

— Elle a été arrêtée pour avoir agressé Ines Bodin, explique Sanna. Il y aura probablement aussi des suites, puisqu'elle a attaqué Eir…

— Et son alibi pour ces derniers jours ? demande Eir.

— Le vérifier n'est pas notre priorité, fait Sanna, d'un ton indifférent. Ce n'est pas un suspect, pour les meurtres.

— On doit quand même s'en assurer, non ? rétorque Eir d'un ton mordant.

Alice s'éclaircit la voix.

— Bernard a essayé de contacter le marchand d'art pour confirmer ses dires.

— Mais ? demande Eir.

— On attend qu'il revienne vers nous.

— Bien, dit Sanna. Et la mère de Mia Askar, Lara, on a pu la joindre ?

— Son portable est éteint, et les amis auxquels elle devait rendre visite ne rappellent pas non plus. Je leur ai laissé des messages, et j'ai contacté la police locale.

Si on leur demande, ils se rendront sur place, un peu plus tard dans la journée.

— D'accord, oui, c'est bien. Quoi d'autre ?

— Quelqu'un va s'occuper des chiens de Dorn, comme tu l'as réclamé, ajoute Alice en regardant Eir. J'ai même appelé un des voisins, il va aller les voir.

— Merci, répond Eir.

— Quant aux enfants du camp, poursuit Alice, on a contacté leurs parents. On devrait pouvoir leur parler, je pense, mais ça risque de prendre un peu de temps. Surtout en ce qui concerne une des filles, Elena Johansson. Elle est partie en tournée de volley-ball.

Eir montre une des filles sur la photo, celle avec le masque de chien.

— C'est elle ? Dorn l'a identifiée en tant que telle.

Alice hausse les épaules.

— Je n'ai pas vu d'autre photo d'eux pour l'instant, j'ai seulement parlé à leurs parents.

La fille avec le masque de chien est plus petite que les autres enfants, et sa carrure est plus athlétique. Son masque est de travers. Il lui recouvre presque entièrement les yeux. Les tendons sur son cou ressortent, prêts à se rompre, un signe qu'elle est en train de pleurer d'hystérie derrière son masque.

— Putain de religion, marmonne Eir.

— On va se concentrer sur lui, dit Sanna en désignant du doigt le garçon à côté de Mia. Il se pourrait bien que tout tourne autour de cet enfant.

— Je pense toujours que tu te trompes, remarque Eir d'un ton sec.

— Et toi, qu'est-ce que tu crois ? demande Sanna en se tournant vers Alice.

— Je ne sais pas, répond cette dernière avec hésitation. Je trouve étrange que ni Ines Bodin ni Ava Dorn n'aient voulu nous dire qui c'était, alors qu'on a insisté sur la question. Elles le savent sûrement.

— OK, dit Eir. Je suis d'accord que notre seul témoin potentiel a dessiné un loup. Et Bergman nous a dit que le garçon au masque de loup était devenu furieux, qu'il s'était battu pour aider Mia au camp. Loup, loup, et encore loup, je vois où vous voulez en venir, mais…

— Et à l'école ? la coupe Sanna. Tu as vu les professeurs de Mia et ses camarades qui auraient pu savoir quelque chose ?

Alice secoue la tête.

— Bernard et Jon y sont allés, ils se sont entretenus avec tous ceux qui sont entrés en contact avec Mia, des profs jusqu'aux aides-cuisiniers. Les parents d'élèves les ont même autorisés à parler à certains enfants. Personne n'a pu leur dire qui Mia fréquentait. Il semblerait qu'elle ait toujours été seule. Elle ne participait jamais à aucune activité périscolaire et rentrait chez elle dès la fin des cours.

— Rien, alors ? demande Sanna, frustrée. Personne ne l'a jamais vue en compagnie de quelqu'un ?

— Non, rien.

— Et les abus ? Personne n'a déposé de plainte ces dernières années, que l'on pourrait regarder de plus près ?

Alice fait encore non de la tête.

— On n'a rien trouvé.

Bernard ouvre brusquement la porte. Son crâne chauve réfléchit la lumière des néons quand il sourit à Sanna.

— Ava Dorn n'a pas voulu d'avocat. Vous allez pouvoir aller l'interroger.

— Est-ce que le procureur ne devrait pas…, proteste Eir.

— Leif n'est pas là, rétorque Bernard. Il est trop occupé ailleurs, et il veut juste… vous savez, comme d'habitude…

Sanna fait oui de la tête.

— Quoi d'autre ?

— L'alibi de Dorn ne tient pas. Le marchand d'art était à un salon sur le continent.

Sanna ouvre la porte du bureau du Chêne à peu près à l'instant exact où on emmène Ava Dorn dans une salle d'interrogatoire. Le visage de son supérieur s'éclaire d'un sourire en la voyant. Il se passe une main dans les cheveux, et ses lunettes noires lui glissent un peu le long du nez.

— Que voulais-tu ? lui demande Sanna. Ava Dorn nous attend.

— Moi aussi, tu m'as manqué, répond-il, pour plaisanter. Entre, ne reste pas plantée là. Assieds-toi, j'ai besoin de te parler.

Son bureau est plus désordonné que d'habitude. Des journaux avec des gros titres sur les meurtres, des classeurs et des documents de toutes sortes gisent pêle-mêle. Il attrape son mug orange pour boire une gorgée de jus de cynorrhodon.

— Ils débarquent de partout maintenant, les journalistes, commente-t-il.

— Ah oui, fait Sanna en s'appuyant contre le mur.

Elle jette un coup d'œil à l'horloge qui trône au-dessus des étagères pleines à craquer, tout en tambourinant des doigts sur sa cuisse.

— Je viens de parler à Sudden, il m'a dit quelque chose à propos d'une photo que tu lui as confiée.

— Oui, qu'est-ce qu'il t'a dit ?

— Qu'ils ne peuvent pas l'analyser. Trop d'humidité et de saleté.

Sanna soupire.

— Bernard m'a appris que l'alibi d'Ava Dorn ne tient pas ? dit Le Chêne.

— Oui ?

— C'est intéressant.

— Ah bon ?

— Oui. Où est Eir ?

— Elle est partie passer un coup de fil.

Le Chêne se lève, puis inspire profondément.

— Qu'est-ce que tu penses de la fameuse Ava Dorn, alors ?

— Qu'est-ce que tu veux dire ?

— Sur une échelle de un à dix, quel est son niveau de psychopathie ?

— Elle va peut-être pouvoir nous donner des éléments utiles. Elle devrait, par exemple, pouvoir identifier le coupable si on me laisse un peu de temps avec elle. Il est tout à fait possible que ce soit l'un des enfants du camp. Je t'ai déjà fait part de ma théorie, n'est-ce pas ?

Le Chêne se caresse le menton avant de s'exclamer :

— Il se trouve qu'elle n'a pas d'alibi !

Sanna le regarde fixement.

— Tu n'es pas sérieux ?

— Si. Pourquoi pas ? Elle ne voulait peut-être

pas qu'on apprenne le rôle qu'elle a joué à l'Aube ? Elle avait beaucoup à perdre, et Ines Bodin avait commencé à la faire chanter. On a vu à quel point elle pouvait se montrer violente.

— Bien sûr, mais pourquoi tuer Marie-Louise et Frank, alors ? Et Rebecca Abrahamsson ? Pour que personne ne sache qu'elle était impliquée dans des abus sur des enfants ? Même toi, tu ne peux pas l'envisager sérieusement.

— Sanna, entre toi et moi, tu as vu ses tableaux, non ? Ils respirent la mort. La fin du monde, le Diable… Elle a peut-être cherché des thèmes pour ses peintures, puis décidé de les mettre en scène dans la vie réelle ?

— C'est un peu trop tiré par les cheveux. Elle est dérangée, ça, c'est un fait, mais pas à ce point-là.

— Et pourquoi pas ? Elle était morte aux yeux de tous, alors elle pouvait tout se permettre, non ?

Sanna le regarde avec découragement.

— Tu es vraiment sérieux ?

Le Chêne acquiesce.

— C'est juste une théorie, mais il ne faut exclure aucune possibilité. Alors quand tu vas l'interroger, ne lui pose pas davantage de questions sur les enfants. Demande-lui où elle se trouvait, au moment où les crimes ont été commis.

Sanna secoue la tête.

— On n'a pas de temps à perdre, dit-elle. On ne peut vraiment pas se permettre d'arrêter la mauvaise personne. Ce n'est pas fini. Il court toujours, et on ignore qui sera sa prochaine victime…

Le Chêne lève une main pour l'arrêter.

— Ne me prends pas la tête, lui dit-il. Pas aujourd'hui.

Arrivée devant la porte de la salle d'interrogatoire, Sanna envoie un SMS à Eir pour lui demander où elle est. Elle ajoute qu'elle va commencer sans elle.

Elle ouvre ensuite la porte. Il y a quelque chose chez Ava Dorn qui lui fait peur. Et la théorie du Chêne n'aide pas. Elle a l'impression que ses pensées sont devenues chaotiques et qu'elle ne peut même plus se fier à son intuition. Elle pense à Mia. Ava Dorn l'a trahie, elle aussi. Elle imagine ce camp, la folie malsaine de Dorn, les mises en scène, le personnage du renard.

Elle se force à faire le vide dans sa tête, puis entre et referme la porte derrière elle.

Elle distingue à peine son visage, à contre-jour, alors elle déroule les persiennes avant de s'asseoir. La pièce est plus sombre, maintenant, cela lui donne un air plus petit. Dorn reste assise sans bouger. Ses grosses paluches tatouées sont posées sur la table. Quand elle lève les yeux vers Sanna, son regard est glacial.

— Où est passée ta collègue ? demande Dorn. Comment vont ses yeux ?

— Vous voulez quelque chose ? réplique Sanna au lieu de répondre. Un verre d'eau ?

Dorn s'étire les bras en faisant craquer ses doigts. L'atmosphère qui règne rappelle à Sanna que Le Chêne a peut-être raison, finalement : est-elle suffisamment folle et a-t-elle suffisamment de sang-froid pour assassiner ?

— Je voudrais une cigarette, répond Dorn. Et mon portable.

— Dans ce cas, je ne peux malheureusement pas

vous aider, rétorque Sanna. Mais on peut parler de vos contacts avec le monde extérieur.

Dorn reste assise, sans bouger d'un poil. Sanna se redresse et croise les bras.

— Vous nous avez déclaré avoir un alibi, mais ce n'était pas le cas, ajoute-t-elle. Dites-nous ce que vous avez fait ces derniers jours ?

Dorn s'étire et se gratte le nez, avant de poser ses mains sur ses genoux. Ses mouvements sont lents, presque menaçants.

— Comment ça s'est passé, vous avez trouvé le gamin de la photo ? demande-t-elle. Il avait l'air de beaucoup vous intéresser.

Une seconde a suffi pour faire perdre tout bon sens à Sanna. Elle se demande ce que Dorn sait vraiment. Elle n'ignore pas qu'elle devrait s'abstenir, mais elle ne peut pas s'empêcher de demander :

— Qui est-ce ?

Le visage de l'artiste se fend d'un sourire, et elle se penche vers elle. Sanna jette un coup d'œil à la porte et calcule la distance qui l'en sépare, comme si Dorn risquait de se jeter sur elle.

On frappe, et Eir entre dans la salle.

— Je peux te parler un instant ? demande-t-elle en désignant le couloir d'un geste du menton.

Quand Sanna la rejoint, elle referme la porte derrière elles. Elle se tortille sur place, stressée.

— J'ai fait une bêtise, putain.

Sans laisser le temps à Sanna de dire quoi que ce soit, elle sort un portable de sa poche.

— J'ai pris ça, dit-elle à voix basse, tout en regardant autour d'elle pour vérifier que personne ne peut les entendre.

Sanna se souvient d'avoir déjà vu Eir faire quelque chose de similaire, le jour où elle a fièrement dérobé le portefeuille du garçon aux cheveux bleus. La voilà maintenant avec le téléphone de quelqu'un d'autre.

— C'est à qui ? demande Sanna.

Eir se mord la lèvre.

— C'est à elle, dit-elle. Je l'ai pris quand je l'ai attrapée par le col. C'est le putain de portable de Dorn.

Sanna la regarde fixement. Eir essaie de lui donner l'objet, mais elle l'écarte du revers de la main.

— Qu'est-ce qui t'a pris ? demande-t-elle. Tu es folle ?

— Je ne sais pas ce que je me suis dit, à part que tout cloche, chez cette femme. Tu comprends ? Je me suis dit que j'allais regarder ce qu'il y avait dedans. Je n'ai pas réfléchi… Prends-le, maintenant.

Sanna lève une main.

— Va voir Le Chêne. Je n'ai pas le temps de m'en occuper. Tu ne peux plus faire partie de l'équipe, je ne veux pas travailler avec quelqu'un qui…

Eir lui attrape le bras et la regarde droit dans les yeux.

— Non, lui dit-elle, tu n'as pas compris. Tu *dois* le prendre et voir ce qu'il y a là-dedans. Tout de suite.

Sanna ne bouge toujours pas, alors Eir lui lâche le bras pour ouvrir la galerie de photos sur le portable. Elle fait défiler des images, marque une pause, les fait encore défiler, puis s'arrête à nouveau. Finalement, elle met brusquement le téléphone sous le nez de Sanna.

— Regarde, merde, crache-t-elle.

L'image sur le portable de Dorn montre un bras

sans vie qui pend d'un canapé. Le cliché a été pris en gros plan.

— Fais défiler vers l'avant.

Sanna affiche la photo suivante, puis encore la suivante. Ce sont des clichés d'un corps de femme. On voit ses mains, ses pieds, ses oreilles, puis un front plissé, encadré de cheveux gris.

— Et là, dit Eir, tu vois ce que je vois ?

C'est un tissu bleu brodé de jolies fleurs, qui épouse les formes d'un torse lacéré de coups de couteau.

30.

Quand Eir déboule dans la salle d'interrogatoire et jette le portable sur la table devant elle, Ava Dorn continue à regarder calmement dans le vide.

— Que font ces putains de photos sur votre téléphone ?

Sanna essaie de calmer le jeu, mais quand elle fait mine de reprendre le téléphone, Dorn lève une main. Elle la regarde fixement en souriant.

— Elle l'avait mérité, dit-elle à voix basse. Cette pute l'avait bien mérité.

— C'est tes photos ? demande Eir en lui collant le portable devant le visage. Hein ?

Dorn se renverse en arrière sur sa chaise.

— Oui, bien sûr que ce sont les miennes.

Sanna s'assied en face d'elle. Elle prend quelques inspirations profondes. De l'autre côté de la table, Dorn les regarde d'un air entêté.

— Pourquoi avez-vous des photos du cadavre de Marie-Louise ?

Elle esquisse un petit sourire, tout en contemplant Eir, qui s'est calée à côté de la porte. Sanna lui fait un signe de tête irrité, et cette dernière s'éclipse.

— Pourquoi ? demande à nouveau Sanna, en lui montrant le portable.

Dorn baisse les yeux, puis pose les mains sur la table. Sanna se dit qu'elle a dû faire ses tatouages elle-même. Elle n'a pas l'air de pouvoir souffrir ; peut-être même y trouve-t-elle un certain plaisir.

Elle l'entend pouffer.

— Qu'est-ce qui est si drôle ?

Le regard grave de Dorn jure avec le sourire qui se dessine sur ses lèvres quand elle se penche en avant pour regarder Sanna.

— C'est incroyable que votre collègue s'excite autant à cause de ces photos, dit-elle. Mais vous, vous savez que ça ne change rien. Vous ne me croyez pas coupable. Vous êtes persuadée que c'est le gamin du camp, pas vrai ? Je l'ai compris dès que vous m'avez demandé son nom la première fois.

— Vous vous trompez, rétorque Sanna.

— Ah oui ? (Dorn baisse encore les yeux.) Je serai bientôt sortie d'ici, ajoute-t-elle.

Une de ses mains rampe en direction du portable, sur la table. Elle touche l'écran sans regarder la photo qui s'affiche, puis s'humecte les lèvres.

— Alors j'irai peut-être vous rendre une petite visite, murmure-t-elle, d'une voix à peine audible.

— Qu'avez-vous dit ?

Dorn retient un sourire. Elle plisse un peu les yeux.

— Vous me menacez ? demande Sanna.

On frappe à la porte. C'est Le Chêne, qui fait signe à Sanna de sortir dans le couloir. Elle se lève, et attrape le portable de Dorn au passage. Celle-ci acquiesce de la tête, très lentement. Sanna ne comprend pas ce qu'elle veut dire par là. Son visage sourit toujours d'un air goguenard, mais le reste est immobile, comme sculpté dans le marbre, comme si le cerveau de Dorn continuait de lui murmurer à l'oreille.

— Sanna, dit Le Chêne d'un ton péremptoire. Maintenant.

Dorn donne brusquement l'impression qu'elle va bondir au-dessus de la table.

— Ce sont bien mes images, dit-elle lentement, mais ce n'est pas moi qui les ai prises. Je les ai achetées.

Quelque chose dans le regard de Dorn, quand elle leur décrit comment elle a obtenu les photos de Marie-Louise, persuade Sanna de la véracité de ses dires. Elle leur raconte son histoire, étape par étape.

Tout a commencé avec Vilhelm et Tilda Svensson, les enfants des voisins, que Sanna et Eir ont rencontrés. Un jour, alors qu'ils faisaient semblant d'être morts, allongés par terre, ils lui ont expliqué que leur demi-sœur, bien plus âgée, avait déjà vu de vrais macchabées. En posant quelques questions, Dorn avait compris que leur grande sœur, Petra, était photographe à la police scientifique.

— Elle est rapidement venue me voir, dit Dorn. Son frère et sa sœur lui avaient raconté que j'étais prête à la payer pour avoir des photos. Vous imaginez ce que cela signifie pour une artiste comme moi d'avoir des images de vrais cadavres ?

Eir se tortille sur sa chaise.

— Alors, vous prétendez qu'une collègue vous les aurait fournies ?

Dorn sourit.

— Vous feriez peut-être bien de mieux payer votre personnel.

Après l'interrogatoire, Sanna et Eir se rendent dans le bureau du Chêne. Il est au téléphone. Après avoir raccroché, il semble prêt à taper du poing dans un mur.

— Il y a bien une Petra Svensson qui travaille ici depuis peu, leur dit-il. Vous l'avez sans doute rencontrée ? C'est elle qui a pris les clichés chez les Roos.

Sanna se souvient de la photographe, celle à laquelle elle n'avait pas eu le courage de se présenter. C'était le matin où ils avaient découvert le corps de Marie-Louise. Elle se reproche de ne pas avoir échangé quelques mots avec elle : elle aurait peut-être ressenti, instinctivement, que quelque chose n'allait pas.

Une demi-heure plus tard, Le Chêne les rassemble tous pour un brainstorming. Petra Svensson a reconnu les faits : elle a bel et bien vendu des photos de scènes de crime à Dorn, dont des gros plans du cadavre de Marie-Louise Roos.

— Pourquoi ? demande Eir.

— Des factures à payer et des dettes à rembourser, répond Le Chêne. Donc, retour à la case départ, ajoute-t-il en soupirant.

— OK, alors on continue à suivre ma piste maintenant ? demande froidement Sanna. Il faut aller parler aux enfants du camp pour découvrir l'identité du garçon que Dorn a refusé de nommer.

Le Chêne lance un regard interrogateur à Leif Liljegren.

— Ils ont plus de quinze ans ? leur demande ce dernier, sans lever les yeux de son portable.

— Oui, répond Alice. On a contacté leurs représentants légaux, qui ont donné leur accord.

— Bien, allez-y, alors.

— Protégez-les juste des médias, c'est tout ce que je vous demande, marmonne Le Chêne.

Les enfants viennent au poste les uns après les autres. Accompagnés de leurs représentants légaux, ils passent par des entrées différentes, pour ne pas attirer l'attention.

À la demande du Chêne, Alice et Sanna mènent les interrogatoires. Alice pose une copie de la photo avec les enfants sur la table. Elle hésite un instant avant de la placer face contre la table.

— Non ? fait-elle, cherchant une approbation.

— Bien sûr, acquiesce Sanna. On commence comme ça.

Le premier à venir, c'est Daniel Orsa, un adolescent élancé et sobrement habillé, plutôt silencieux. Sur la photo, c'était l'enfant au masque de cochon. Une fois assis sur la chaise, la plus éloignée de Sanna et d'Alice, il les regarde brièvement dans les yeux et leur sourit gentiment. Sa mère, habillée d'un chemisier beige noué sur le devant et d'une jupe plissée bleu marine, s'assied à côté de lui. Sanna se dit qu'elle ne l'aurait jamais reconnu à partir de la photo. Non seulement parce qu'il y est masqué, mais aussi parce qu'il a beaucoup changé. On n'a vraiment aucune chance de retrouver ce garçon si personne ne nous donne son identité, se dit-elle. Il peut avoir n'importe quelle apparence, maintenant.

Ce n'est que lorsque Daniel Orsa penche la tête sur le côté, en écoutant poliment leur exposé, qu'elle a l'impression de reconnaître quelque chose dans son regard. Ils établissent un contact chaleureux, et il répond à toutes leurs questions d'une voix douce et calme. Mais quand Sanna retourne la photo et demande qui faisait le loup, il dit ne pas se rappeler.

Ensuite, c'est Svante Lind qui fait son entrée dans la salle. C'est un gamin de quinze ans avec une expression particulière, des yeux verts intenses et des manières réservées. Il ne répond presque rien. Ses réactions sont lentes, il a l'air fatigué, et il semble parfois presque s'endormir alors que Sanna lui parle. Quand Alice lui pose la question du loup, il gobe un chewing-gum et souffle une grosse bulle pour irriter sa mère. Ensuite, il leur annonce au milieu d'un bâillement que tout ce dont il se souvient, c'est que le garçon sur la photo était un peu retardé. Ou en tout cas, très obtus. Elles échangent un regard résigné. Quand Sanna s'adresse à la maman, pour lui demander ce qu'elle pense des événements survenus dans ce camp, elle soupire.

— Qu'est-ce qu'on peut en penser ? Ce n'est pas plus grave que tout ce que les enfants peuvent inventer, de nos jours.

— Que voulez-vous dire ? demande Sanna.

— Eh bien, les enfants jouent.

— Svante et les autres enfants ont été soumis à des simulacres d'exécutions, dit Sanna. Vous appelez ça des jeux ?

— C'était pour faire semblant. Tout ça, c'était juste imaginaire. Vous n'avez pas vu ce à quoi s'amusent les jeunes d'aujourd'hui ? Quand ils jouent à tirer sur des gens ? À leur couper les bras et les jambes ? Les violer ? Ils jouent à tout et n'importe quoi, de nos jours. Je suis prof, je sais tout ça, je vous dis.

Sanna regarde Svante Lind, puis la photo sur laquelle il porte un masque de chèvre. Elle voudrait demander à sa mère pourquoi elle n'a pas porté plainte, mais elle comprend que cela ne servirait à rien. Quand Svante Lind sort de la pièce, elle lui demande de la contacter s'il se souvient d'autre chose, ou du nom du garçon.

Selma Karlsdotter, la fille-paon, entre dans la pièce, accompagnée de ses deux parents, puis referme doucement la porte derrière elle. Elle sent fort le parfum, une odeur simple et fraîche. Ses cheveux soigneusement brossés lui descendent jusqu'à la taille. Malgré ses quinze ans, son regard est resté celui d'une petite fille. Elle a l'air peu sûre d'elle. Quand on lui demande qui est le garçon, elle rapproche l'image presque timidement. Elle le regarde attentivement, puis elle lance un regard grave à Sanna.

— Pourquoi voulez-vous le retrouver ? demande-t-elle.

Il y a de la méfiance, et le regard de la jeune fille se fait soudainement défensif, dur.

— On veut juste lui parler, répond doucement Alice.

— Il a fait quelque chose ? demande Selma, en la regardant.

— Tu crois que c'est le cas ?

Sanna lui retourne la question. La jeune fille continue à regarder Alice.

— Pardon, mais je ne me rappelle pas son nom.

— Pourquoi ne veux-tu pas nous dire qui c'est ? lui demande Sanna. Tu as peur pour lui ?

— Il n'était pas gentil, répond-elle. Mais je vous jure que je ne mens pas en vous disant que je ne me rappelle plus son nom. Je ne le protégerais pas. Je vous aiderais si je le pouvais, mais cela fait tellement longtemps, maintenant, et je ne l'ai pas revu depuis.

Puis elles rencontrent l'âne, Jesper Berg. Il essaie de répondre à toutes leurs questions, tandis que sa mère les interrompt d'une voix stridente. Elle veut savoir pourquoi son fils doit répondre à ces questions, si on va lui verser quelque chose en compensation, puisqu'elle a dû quitter son travail pour l'accompagner, et ainsi de suite. Finalement, Sanna hausse le ton, tellement elle est énervée, et la mère de Jesper Berg le prend par les épaules et le fait immédiatement sortir de la salle.

Sanna les suit en essayant de leur montrer la photo du garçon. Jesper Berg se contente de hausser les épaules. Il attend, puis, après une minute, il lève les yeux et croise son regard.

— Tu sais qui c'est, n'est-ce pas ? dit-elle en posant le doigt sur le garçon à côté de Mia.

Il secoue la tête.

— Mais je sais qu'il mord, dit-il avant de suivre sa mère vers la sortie.

Il leur faut attendre deux heures environ avant que le dernier enfant, Elena Johansson, n'arrive. Eir vient remplacer Alice, dans une des salles d'interrogatoire à côté de l'accueil. Elle se laisse tomber sur une chaise et attrape la photo pour la regarder.

— Alors, voilà la fameuse Elena, dit-elle, en contemplant la fille au masque de chien.

La fille sur le cliché semble hystérique. Comparée à elle, Mia Askar a presque l'air d'une elfe. Ses beaux cheveux couleur de feu tombent joliment en cascade sur ses épaules. Hormis ses yeux terrifiés, on dirait une créature du monde imaginaire de Jon Bauer. Sanna appelle Alice pour lui demander où elle en est avec la mère de Mia, Lara Askar. Elle lui annonce qu'ils n'ont toujours pas réussi à la joindre.

— La police locale, sur le continent, va aller rendre visite à ses amis demain pour essayer de lui parler.

— Demande-leur d'y aller *ce soir*. On ne peut pas attendre, rétorque Sanna, avant de raccrocher et de croiser les bras sur la poitrine.

— Ça va ? demande Eir. À quoi tu penses ?

Les yeux de Sanna se font lourds.

— Aucun des enfants ne s'est confié. Pourquoi ?

— Je ne sais pas quelle méthode Alice et toi avez employée avec ces gamins, mais je suggère qu'on adopte une approche plus directe avec la suivante, dit Eir.

Sanna est sur le point de lui répondre quand l'agent de l'accueil passe la tête dans l'entrebâillement de la porte. Elena et sa mère Claudia les attendent à l'accueil. Cette dernière a demandé à leur parler seul à seul avant sa fille.

C'est une femme d'âge mûr, mince et musclée, en vêtements de sport. Elle a les joues rouges et elle sirote une boisson énergétique en entrant dans la pièce. Sanna et Eir se présentent. Claudia Johansson se gratte le cou, inquiète.

— Votre collègue nous a dit au téléphone que ce n'étaient que quelques questions, mais elle ne nous a rien expliqué. Que voulez-vous exactement ? Je ne comprends pas de quoi vous voulez parler, avec ma fille.

Eir lui montre la photo de l'Aube. Le regard de Claudia se teinte de tristesse, elle s'éclaircit la gorge, puis attrape une chaise et s'assied. Elle regarde l'image sans d'abord prononcer un mot.

— Comment l'avez-vous eue ?

Sanna pose son doigt sur le garçon.

— Vous le connaissez, vous ou Elena ? Vous savez comment il s'appelle ?

Elle observe de plus près, puis hausse les épaules.

— Malheureusement, non. Vous pouvez m'expliquer ce qui se passe ? Je ne vous laisserai pas parler à ma fille, sinon.

— Nous enquêtons sur une affaire de meurtre, déclare Eir calmement.

Claudia sursaute.

— On est en danger ? demande-t-elle d'un air agité. Je dois m'inquiéter pour ma famille ?

— Vous n'avez pas à vous inquiéter, nous avons juste besoin de vous poser quelques questions, l'apaise Sanna.

Claudia s'enfonce à nouveau sur son siège, l'air soulagé.

— Vous pouvez me poser toutes les questions que vous voudrez, mais Elena, elle, ne se souvient plus de rien.

— Que voulez-vous dire ?

— Après l'Aube, elle a perdu la mémoire.

— Vous voulez dire qu'elle ne se souvient d'absolument rien de ce qui s'est passé au camp ? demande Sanna.

— Elle ne se rappelle plus son enfance avant cet été-là. Son premier souvenir date du jour où elle est rentrée de ce camp.

Eir et Sanna échangent un regard.

— Et vous avez accepté cette situation sans broncher ? lui demande Eir. Que s'est-il passé ?

— Je l'accepte, façon de parler, rétorque Claudia. Elena a eu un black-out dans la voiture, sur le chemin du retour. Une sorte de crise d'épilepsie. À l'hôpital, ils nous ont dit que c'était à cause de la chaleur, qu'elle avait eu de la chance que le cerveau ne soit pas endommagé. Alors cette amnésie nous a paru bien peu de chose, en comparaison de ce qui aurait pu se produire.

Sanna se renverse en arrière sur sa chaise en observant Claudia, tandis qu'Eir essaie à nouveau de lui montrer la photo.

— Vous êtes sûre que vous n'avez aucune idée de qui c'est ? Vraiment aucune ?

Elle secoue la tête.

— Malheureusement, non.

On frappe à la porte. « Elena Johansson veut parler à Claudia », leur rapporte l'agent. La jeune fille entre, en vêtements de sport elle aussi. Elle a une queue-de-cheval sur le haut du crâne. Elle entoure sa mère de ses bras et lui dépose un baiser sur la joue. Elle dégage quelque chose de lumineux et d'innocent.

— Je peux emprunter ton portable ? chuchote-t-elle à Claudia. J'ai encore utilisé tout mon forfait.

Elle regarde ensuite Sanna et Eir, et son visage prend une expression anxieuse. Claudia pose une main sur la sienne pour la rassurer.

— Ce n'est rien, ma chérie. Elles veulent juste te poser quelques questions. Mais tu n'as pas besoin de répondre si tu ne veux pas, d'accord ?

Eir lui fait un sourire, aussi doux qu'elle le peut.

— D'accord, répond Elena avec hésitation. De quoi s'agit-il ?

Eir lui montre la photo en attendant de voir sa réaction. Elena ne réagit pas : elle ne fait que la regarder avec des yeux tristes.

— C'est moi, sur la photo, maman ?

Celle-ci hoche la tête.

— J'étais grosse, dit-elle, d'une voix blanche.

Elle lui sourit.

— Pas du tout, ma chérie, ne dis pas de bêtises.

Un silence s'abat sur la pièce. Sanna prend la photo que lui tend Eir, et la pousse en direction d'Elena. Elle lui adresse un sourire chaleureux.

— Elena, je sais que tu ne te souviens plus de ce camp. Il n'y a pas de problème. Mais sais-tu qui est ce garçon ?

— Je ne sais pas…, dit Elena, en levant les yeux pour la regarder.

— Observe bien.

— D'accord.

Elle plisse les yeux en essayant de se souvenir.

— Pardon, dit-elle en essuyant une larme au coin de son œil. Je n'arrive pas à… Je ne sais pas qui sont ces enfants…

Claudia retourne la photo.

— Peut-être que ça suffit pour aujourd'hui ? dit-elle doucement.

On toque encore et l'agent demande à parler à Sanna. Elle le suit dans le couloir.

— Oui ? lui demande-t-elle avec impatience.

— C'était l'hôpital, au téléphone. Jack Abrahamsson vient de se réveiller. Tu leur avais demandé d'appeler dès que ce serait le cas, alors je me suis dit que tu voudrais peut-être le savoir ?

Jack. Elle l'avait presque oublié. Elle acquiesce avec gratitude. Même s'il est réveillé, il est toujours sous l'effet de puissants analgésiques. Il est tombé plusieurs fois dans un profond sommeil, il peut boire de l'eau, mais il refuse toujours de manger.

— Est-ce qu'ils ont dit si les services sociaux ont pu lui trouver une nouvelle famille d'accueil ? demande Sanna.

Il lève les sourcils.

— Non, pourquoi, tu leur avais demandé de le faire ?

— Non…

L'agent secoue la tête d'un air indifférent avant de repartir dans le couloir d'un pas lourd. Sanna reste quelques secondes sans bouger. Elle pense à Jack et à tout ce qu'il a apporté à l'enquête. C'est grâce à son dessin qu'ils se sont concentrés sur la photo des enfants. Elle a honte de ne pas avoir appelé l'hôpital et les services sociaux elle-même, pour s'assurer qu'ils faisaient tout pour l'aider. Elle décide d'aller lui rendre visite dès le lendemain. Elle jette un coup d'œil à l'horloge : le soir est déjà tombé.

— Dis donc ? fait la grosse voix du Chêne dans le couloir.

Quand elle se retourne, il s'approche d'elle à grands pas.

— J'ai déjà reçu une plainte, de la part de la mère de Selma Karlsdotter. Elle a dit qu'on lui avait posé des questions étranges, montré des photos douteuses, fait des insinuations, et ainsi de suite. Ça suffit. On laisse tomber la chasse aux sorcières.

— Mais on n'a rien d'autre, proteste Sanna.

— Pas de mais. Terminez ce que vous êtes en train de faire là-dedans, et on se voit demain.

Quand Sanna entre à nouveau dans la salle d'interrogatoire, Elena et sa mère sont sur le point de partir.

— N'hésitez pas à prendre contact si on peut vous être utiles, leur dit Claudia, en poussant sa fille vers la porte.

Eir lance un regard irrité et impatient à Sanna. Cette dernière essaie désespérément de se rappeler s'il y a quelque chose d'autre qu'elles devraient leur demander avant qu'il ne soit trop tard. Des éléments de l'enquête lui reviennent en tête, puis elle pense à Jack et à Rebecca Abrahamsson.

— Juste une question, intervient-elle, au moment où Claudia et Elena s'apprêtent à passer la porte. Le nom de Rebecca Abrahamsson vous dit quelque chose ? Ou bien ceux de Marie-Louise Roos et de Frank Roos ?

Elena hausse les épaules, mais Claudia réagit aux noms.

— Rebecca Abrahamsson ?

— Oui. Elle était infirmière. Je crois que vous l'avez vue, après le camp ?

Claudia réfléchit un peu, avant de regarder Sanna dans les yeux.

— Non, après le camp, on n'a vu personne.

— Mais ce nom vous dit quelque chose, non ?

— C'est un nom assez courant, Abrahamsson, alors ce n'est peut-être pas important, mais… Elena avait un camarade de classe de ce nom-là. Sa mère s'appelait Rebecca. Je me souviens d'elle, car je l'ai rencontrée aux réunions de parents d'élèves, mais c'était il y a longtemps.

Elle caresse les cheveux d'Elena.

— Tu ne te rappelles pas, ma chérie, mais il était très turbulent, ce garçon, on en parlait tout le temps, au cours de ces réunions, se souvient-elle en souriant.

— Jack Abrahamsson ? lui demande Sanna.

— Ah non, il ne s'appelait pas Jack, répond Claudia d'un ton assuré. C'était le nom de son petit frère, ça. Celui qui avait deux ans de moins que lui. Ils habitaient dans cet immeuble, Mylingen, je crois ? Elena a quinze ans, maintenant, alors ce garçon doit avoir quinze ans aujourd'hui.

— Jack a treize ans, non ? demande Eir à Sanna, qui acquiesce.

— Ah, dit alors Claudia, ça y est, je m'en souviens : il s'appelait *Alexander. Alexander Abrahamsson.* Un vrai gamin à problèmes. Il était capable de tout.

31.

— Comment on a pu rater que Jack a un frère, merde ? s'exclame Eir.

Sanna secoue la tête.

— Je ne sais pas… Je dois sortir prendre l'air.

Eir la cloue du regard.

— Il y a quelque chose chez ce gamin qui te fait perdre tout bon sens. Tu as vérifié son livret de famille ? Je parie que non.

Sanna semble à peine l'écouter, elle a la tête qui tourne. Eir la fait asseoir sur une chaise.

— Merci, dit-elle, d'une voix à peine audible.

C'est comme si ce gamin la fragilisait, se dit Eir. Elle part lui chercher une tasse de café, que Sanna boit en silence.

— Qu'est-ce qu'on fait, maintenant ? Quelqu'un doit bien savoir ce qu'est devenu cet Alexander, dit Eir. On n'a qu'à appeler tous ceux qui auraient dû nous parler de son existence, pendant qu'Alice le cherchera dans le système.

D'un ton résigné, Sanna commence à énumérer les noms.

— Non mais quelle blague, marmonne Eir à voix basse en composant le premier numéro de téléphone. C'était même pas marqué dans le putain de rapport du psychiatre.

Elle laisse message après message. Personne ne décroche. Juste après son second message à Mette Lind, toutes les lumières du commissariat s'éteignent. C'est une coupure d'électricité. Tout est subitement plongé dans le noir.

Eir sort dans le couloir. Les gens se sont regroupés en petits groupes et s'éclairent à la lumière de leurs portables. Tout le monde agit comme si c'était normal.

— C'est fréquent, lui apprend Sanna. Les coupures arrivent sans prévenir. Surtout qu'actuellement ils réparent le câble qui nous relie au continent. Tout s'éteint, et ça peut prendre des heures avant que les choses reviennent à la normale.

— Comment ça ? Tu veux dire que toute l'île est plongée dans l'obscurité ?

Eir va regarder par la fenêtre. Dehors, tout est noir. Les lampadaires sont éteints. Les maisons aussi. On n'aperçoit que quelques bougies aux fenêtres, çà et là. Les voitures et les bus avancent tout doucement, prudemment. Un peu plus loin, quelqu'un traverse une pelouse en s'éclairant avec une lampe torche.

— Mais il doit bien y avoir un groupe électrogène de réserve, au commissariat ? demande-t-elle sans se retourner.

— Oui, mais en général, il faut pas mal de temps pour le lancer.

— On continuera demain matin, alors ? fait Eir, tout en lisant le SMS que Cecilia vient de lui envoyer. Ma sœur veut que je rentre.

— Je pense que je vais rester encore cinq minutes, leur dit Alice depuis la porte.

Dans une main, elle tient quelque chose qui ressemble à un extrait de compte bancaire et, dans l'autre, une grosse bougie dont la flamme faiblit.

— Tu n'as quand même pas déjà eu le temps de le retrouver ? fait Eir.

— Si, j'ai tout juste eu le temps de le chercher dans nos bases de données avant que tout ne s'éteigne. (Alice prend un air désolé.) Il a été déclaré disparu il y a huit ou neuf ans de ça.

— Disparu ? demande Sanna. C'est-à-dire qu'il aurait fugué ?

Alice hoche la tête.

— Apparemment, oui. Plusieurs fois.

— Quoi d'autre ? demande Eir.

— Je n'ai pas pu continuer, à cause de la coupure d'électricité. Mais j'ai découvert autre chose pendant que j'inspectais les chiffres. J'ai regardé les transactions bancaires de Rebecca Abrahamsson, avant l'Aube. Elle a pas mal dépensé dans une boutique de vêtements de sport, matériel de camping et activités en plein air pour enfants, en l'espace de quelques jours seulement. C'était quelques mois avant le camp. J'ai appelé le propriétaire de la boutique sur son portable. Il n'avait plus d'électricité non plus, bien sûr, mais il est de la vieille école, il utilise des classeurs, alors il est allé les chercher.

— Tu as réussi à savoir ce que Rebecca avait acheté ? C'est fou…, remarque Eir, en souriant.

Alice acquiesce.

— Oui. Des bottes, un coupe-vent, et ainsi de suite. Et, écoutez bien ça, cette boutique vend aussi des étiquettes de noms à coudre sur les vêtements des enfants. Elle en a aussi commandé. Et devinez lequel elle voulait qu'on écrive dessus ? Alexander Abrahamsson.

— Attends un peu. Alexander Abrahamsson aurait participé à ce camp ? demande Eir. Ce serait le garçon sur la photo ?

— C'est fort possible, répond Alice. Mais je n'ai pas eu le temps de le vérifier, puisque tous les ordinateurs se sont éteints d'un coup.

Eir acquiesce en essayant de croiser le regard de Sanna, mais cette dernière l'évite.

— Je n'ai pas toujours dit qu'on devait enquêter davantage sur la famille Abrahamsson ? Et maintenant, qu'est-ce qu'on fait ? crache Eir. On doit encore parler à Jack. Il est très probable que ce soit son frère, sur la photo, et qu'il ne nous ait pas tout dit.

— Je vais aller lui parler. J'avais décidé de passer le voir ce soir, de toute façon, répond Sanna.

— Il faut que tu emmènes quelqu'un avec toi, non ? intervient Alice. Un représentant légal, ou quelqu'un des services sociaux ; je ne crois pas que tu puisses lui parler de l'enquête sans la présence de quelqu'un…

— On va arrêter de prendre des gants avec ce mioche, la coupe Eir. Il est fort probable qu'il soit en train de protéger un putain de…

— J'y vais maintenant, déclare Sanna, d'un ton glacial. Je m'en occupe. (Elle attrape son manteau.) On ne peut pas attendre plus longtemps. Vous, restez là, et quand le courant sera rétabli, voyez ce que vous pourrez trouver sur Alexander.

Eir proteste, mais Sanna est déjà partie.

Une fois dans sa voiture, elle fouille dans la boîte à gants jusqu'à mettre la main sur ses pilules. Elle en prend une dans sa main, la regarde, en imaginant le calme qui la gagnera une fois qu'elle l'aura avalée. Elle se ravise, démarre, et quitte le parking.

Un piéton traverse brusquement devant elle. Elle a juste le temps de freiner, puis elle fait signe à l'homme terrifié de se dépêcher de passer de l'autre côté de la rue. Il ne porte pas de réflecteurs sur ses vêtements, seule une ombre noire disparaît dans l'obscurité. Depuis la fenêtre côté passager, elle aperçoit les lumières chaudes de l'hôpital. Les générateurs de secours sont en marche, lui donnant l'aspect d'un bateau de croisière perdu dans un immense et sombre océan.

Elle dépasse la station-service. En temps normal, elle s'y serait arrêtée pour y prendre un café, mais pas maintenant. Elle baisse la vitre pour laisser entrer un peu d'air frais. Son cerveau se remet enfin à fonctionner. Elle passe en revue le peu qu'ils savent sur Alexander Abrahamsson. Il a deux ans de plus que Jack. Il a fugué plusieurs fois. Il était très probablement à l'Aube, lui aussi. D'après Claudia Johansson, il serait capable de n'importe quoi.

Elle remonte sa vitre, puis se gare sur le côté de la route pour contacter les services sociaux. Elle leur dit qu'elle est en route pour l'hôpital, afin de parler à Jack de son grand frère Alexander. Elle demande à la personne de garde de trouver une assistante sociale, puis de la rappeler. Elle attend un peu. En vain.

Quand elle reprend la route, elle pense encore à Alexander Abrahamsson. Pourquoi n'y avait-il aucune trace de lui quand elles ont fouillé l'appartement de Rebecca Abrahamsson ? Pas la moindre photo, aucun élément laissant deviner l'existence d'un autre enfant ? Et Jack, pourquoi ne l'a-t-il jamais mentionné ? Pour ne parler ni de Gunnar Billstam, le psychiatre, ni de Mette, ou d'Ines Bodin.

Au rond-point, au moment de prendre la sortie vers l'hôpital, elle change brusquement d'avis, et se dirige vers Mylingen.

L'énorme immeuble est plongé dans le noir, et les seules sources lumineuses y sont la lampe frontale et les vêtements réfléchissants orange d'un homme aux cheveux longs. Il se déplace dans une des allées partant de l'entrée du bâtiment, un souffleur de feuilles mortes à la main. Il est dans son monde, avec sa lourde machine. Ses mouvements lui donnent une apparence de robot.

Elle descend de voiture. Elle utilise la lampe de son portable pour éclairer le chemin jusqu'au quatrième étage. Elle reste un instant à regarder la porte des Abrahamsson, entourée de rubans de police. Une femme avec un déambulateur la dépasse sans la regarder. Elle entend les sons d'une querelle entre deux ou trois personnes lui parvenir de l'étage d'en dessous. L'écho de leurs voix rebondit sur les murs de béton.

Elle inspire profondément en espérant que cela va chasser la brume dans son cerveau. Elle aperçoit son reflet dans le miroir accroché à la porte de l'appartement. On dirait que les contours de son visage sont indécis, et ses cernes noirs lui font penser à des peintures de guerre. Elle se dit qu'elle a déjà enfreint pas mal de règles.

Quand elle sort sa carte de crédit pour essayer d'entrer par effraction, cela lui donne mauvaise conscience. Cependant, elle se rend compte que la dernière personne à quitter les lieux a simplement claqué la porte sans la verrouiller. Il n'y a qu'à appuyer sur la poignée et à écarter le ruban pour s'y introduire.

L'appartement sent le renfermé. À l'aide de la lampe de son portable, elle commence à ouvrir les placards et les tiroirs avec précaution.

Il y a forcément quelque chose, se dit-elle. Un jeu de clés, un vêtement, ou un objet personnel lié à Alexander Abrahamsson.

Elle fouille parmi les écharpes d'hiver roulées en boule et les paires de gants dans les corbeilles en osier de l'entrée. Elle regarde les bottes et les paires de souliers rangées le long du mur. Elle trébuche presque sur un long skate-board qui dépasse de sous un tabouret. Elle s'enfonce ensuite un peu plus dans l'appartement, tout en feuilletant des journaux et des pochettes plastique pleines de factures. Elle soulève les tasses dans les placards de la cuisine, passe la main dans un bol rempli de vieilles pièces et de clés sans étiquette.

Plus elle explore, plus elle réfléchit. Elle se rappelle tout ce qu'on lui a dit sur Jack, sa fragilité, qu'il aurait vécu une sorte de traumatisme dans son enfance. Est-ce que cela a un lien avec Alexander ? Était-ce un grand frère violent ? Ou au contraire Jack le protège-t-il parce qu'il lui serait arrivé quelque chose ?

Elle inspecte les tiroirs du bureau et l'armoire de la chambre de Rebecca, sans résultat. Ensuite, elle s'arrête : elle croit avoir entendu un bruit dans le salon, mais quand elle s'y rend, il n'y a rien.

Elle revoit Jack devant elle, qui se pelotonne sous les coups de Benjamin, pendant que Mette hurle. Elle jette un coup d'œil à son téléphone, même si elle sait que personne n'a appelé ni envoyé de message. Personne, et toujours aucune nouvelle des services sociaux.

Dans la chambre de Jack, on a emporté la plupart des objets pour les analyser. Il ne reste que quelques livres, en haut de l'étagère, et des posters sur les murs. Elle prend quelques livres et décroche une carte, qu'elle roule. La pièce a l'air dévastée : seul le sommier du lit est encore là, les rideaux sont délavés et la porte de l'armoire où Jack se cachait a été dégondée et adossée au mur.

Dans le salon, elle reste un instant immobile à réfléchir, se demandant si elle a oublié de regarder quelque part.

Le plancher grince dans le couloir. À la lumière de son portable, elle aperçoit une silhouette. Elle fait un pas en avant et entend le bruit de la créature qui recule.

— Bonjour, dit-elle doucement. Je suis de la police.

Tout à coup, la lampe de son portable s'éteint. L'ombre se fond dans l'obscurité du mur. Quelqu'un est là, debout, à l'observer. Ça pourrait être un voisin qui l'aurait entendue. Le problème, c'est qu'à Mylingen personne n'aurait l'idée d'aller voir. C'est peut-être un voleur, se dit-elle ensuite, qui ne l'aurait pas vue entrer.

Elle sort son arme.

À côté du mur, la silhouette s'est penchée en avant, comme si elle voulait se mettre à quatre pattes.

— Alexander ? demande-t-elle sans réfléchir.

Silence.

Elle rassemble tout son courage afin de franchir les derniers mètres. Elle entend un faible son, puis elle marche sur quelque chose qui se dérobe sous ses pieds. Elle tombe de tout son poids. La douleur lui remonte jusque dans le dos et l'arrière du crâne. Elle entend alors des pas rapides, puis la porte qui claque. Quand elle réussit à se remettre debout pour aller l'ouvrir, Mylingen est à nouveau sombre et désert.

32.

Le service dans lequel Jack a été emmené est calme et silencieux, le couloir a un air endormi. Peut-être parce que toutes les lumières sont éteintes ou parce qu'il est tard et que les heures de visite sont déjà finies depuis longtemps. En traversant la salle commune, Sanna saisit un verre et y verse de l'eau ; celle-ci a un goût de concombre et de métal.

Une fois dans le couloir, elle essaie de trouver la chambre de Jack : Le Chêne a promis qu'il serait placé sous protection vingt-quatre heures sur vingt-quatre, il devrait donc y avoir un agent devant sa porte. Elle ne voit personne, alors elle imagine s'être trompée de service. Elle arrête une infirmière et lui montre son badge.

— Je cherche Jack Abrahamsson, pouvez-vous me dire où il a été placé ?

L'infirmière désigne du doigt une porte à quelques mètres de là.

— Il est là, mais il doit être en train de se reposer. Il dort beaucoup.

— Mais il devrait y avoir un policier devant sa porte, il est censé bénéficier d'une protection ininterrompue.

— Ah bon. Je crois que personne n'est venu. Voulez-vous que je demande à l'accueil ?

Sanna fait non de la tête avant d'appeler Le Chêne. Une voix engourdie de sommeil lui répond.

— Tu devais le placer sous protection, pourquoi est-ce qu'il n'y a personne devant la chambre de Jack ? demande-t-elle sans préambule.

— Sanna ?

— Je suis à l'hôpital et il n'y a pas d'agent de police.

Le Chêne lui explique calmement que Jack n'a bénéficié d'aucune protection ces derniers jours, car les ressources sont insuffisantes. Il juge que sa vie n'est pas en danger, car on ne sait même pas s'il a vraiment vu quelque chose. Il n'a rien laissé entendre de tel, il a juste dessiné un animal.

— Qu'est-ce qui ne va pas, chez toi ? fait Sanna. Tu joues avec la vie d'un jeune garçon, sans même me consulter. Un témoin, en plus, qui pourrait peut-être nous fournir davantage d'informations à l'avenir ?

— Là…

— Non, le coupe Sanna. Eir devait t'appeler, elle ne l'a pas fait ? Il doit être mis sous protection, *immédiatement.* Il a un frère, qui a probablement participé au camp de vacances. On ignore s'il…

— Écoute, l'interrompt Le Chêne.

— Non, *toi*, écoute. Je sais ce que tu vas me dire : qu'il y a des vigiles à l'hôpital ; mais ça ne suffit absolument pas.

La ligne crépite, et seuls quelques mots lui parviennent.

— Allô ? fait-elle, en haussant la voix. Tu m'entends ?

La ligne est coupée. Elle rappelle, mais elle tombe directement sur répondeur. Elle lui laisse un message : il n'y a pas à discuter, il doit envoyer quelqu'un, et l'appeler quand ce sera fait.

Quand elle ouvre la porte, Jack est endormi sur son lit, la tête légèrement surélevée. Ses lèvres et ses paupières bougent au rythme de sa respiration. Elle dépose les livres qu'elle a ramenés sur une table à côté de la fenêtre et accroche le poster au mur. La Patafix qui y est restée collée adhère immédiatement au papier peint.

Il se réveille quand elle approche sa chaise du lit.

— Je t'ai ramené quelques objets de ta chambre, déclare-t-elle en s'asseyant. Je me suis dit que des livres t'aideraient à passer le temps.

Il ferme les paupières et grimace en essayant de s'asseoir sur son lit. Une énorme tache de sang sous sa peau s'étend du coude jusqu'au poignet, et les bleus qui lui couvrent le visage sont terrifiants. Son nez est gonflé et couvert de bandages. Il abandonne et se laisse retomber en arrière.

Elle pose doucement sa main à côté de la sienne, sur le lit. Son cœur se serre en voyant sa peau bleuâtre. Elle repense à ce que Mette lui a dit : Benjamin est jaloux. C'est un malade, se dit-elle. Malgré tout, ils ont constitué une sorte de famille de substitution pour Jack, même si celle-ci était dysfonctionnelle.

— Benjamin va être tenu pour responsable de ses actes, commence-t-elle à dire.

Jack ferme les yeux, puis les rouvre.

Elle hésite, et se décide : elle sort la photo de l'Aube.

— Je voudrais te montrer quelque chose, si tu te sens la force de répondre ?

Il continue à la regarder sans rien dire.

— Tu n'es pas obligé de parler, et si tu le fais, n'oublie pas que tu es en sécurité ici, que rien ne va t'arriver. D'accord ?

Il cligne des yeux.

— Tu veux ?

Au bout d'un moment, il acquiesce. Elle lui montre la photo avec hésitation, en se demandant si elle fait bien. Elle désigne du doigt le garçon qui se tient à côté de Mia.

— C'est ton frère ?

Il ferme à nouveau les yeux.

— C'est ton frère, Alexander ? C'est lui ? Je sais que ça doit être très dur pour toi… (Elle s'interrompt.) C'est ton frère que tu as vu, le jour où ta maman est morte ?

Il pose à nouveau les yeux sur elle, puis sur la photo.

— C'est Alexander ? demande-t-elle en scrutant son expression.

Elle ne décèle absolument rien sur son visage, il ne fait que secouer la tête.

— Tu es sûr ?

Il lève lentement la main pour repousser l'image.

— OK, fait doucement Sanna.

Il est en train de transpirer, alors elle va prendre une serviette de toilette à la salle de bains, qu'elle humecte avec l'eau froide du robinet. Quand elle lui en tamponne le visage, il semble s'assoupir. L'idée d'aller chercher du papier et un crayon pour continuer à lui poser des questions lui semble trop cruelle, de sorte qu'elle lui parle d'autre chose. Elle lui dit que tout ira bien, que tout va s'arranger.

Au bout d'un moment, on frappe à la porte, l'infirmière qu'elle a croisée dans le couloir fait son apparition.

— Voulez-vous un sandwich, si vous comptez rester ? demande-t-elle. Vous savez, personne d'autre ne lui a rendu visite…

— Non, merci, ça ira.

Au moment où elle ressort, Sanna la rattrape.

— L'agent qui doit surveiller la porte est-il arrivé ?

La femme secoue la tête.

— Tout à l'heure, vous m'avez dit que personne n'était venu… Personne des services sociaux non plus ? ajoute-t-elle à voix basse.

— Si, cet après-midi. Je voulais dire que personne d'autre n'était passé, à part eux.

— Vous étiez de service quand ils sont arrivés ? Est-ce qu'ils ont dit s'ils lui avaient trouvé une famille d'accueil ?

L'infirmière regarde derrière elle, comme si elle craignait que quelqu'un ne l'entende.

— Ça n'est pas facile, apparemment, répond-elle doucement avant d'ajouter avec un sourire : Ça va s'arranger pour lui, vous verrez.

Il faudrait un miracle, se dit Sanna. Elle aperçoit un mouvement du coin de l'œil, mais quand elle se tourne vers Jack, il est allongé, immobile.

— Je vais peut-être le prendre, ce sandwich, finalement, dit-elle. Et une couverture, si vous avez ? Je vais attendre jusqu'à ce que l'agent arrive.

Elle compose à nouveau le numéro du Chêne, mais personne ne décroche. Elle s'assied à côté de Jack et lui prend la main.

— Je vais rester, si ça ne te dérange pas, murmure-t-elle.

Il tourne le visage vers elle, puis baisse les yeux. Une larme coule le long de sa joue. Elle lui serre doucement la main, puis rapproche sa chaise. Elle ôte ses bottes, puis pose les jambes sur le rebord du lit et ferme les yeux.

Quand les vibrations de son portable la réveillent, il est déjà tôt le matin. Elle se dépêche de mettre le téléphone sur silencieux tout en jetant un coup d'œil à Jack. Il dort toujours profondément.

C'est Alice qui l'a appelée. Elle redresse le dossier de sa chaise avec précaution, puis écarte la couverture que l'infirmière a posée sur elle. Elle constate que ses muscles sont douloureux, parce qu'elle a dormi dans une drôle de position. Elle sort de la pièce aussi silencieusement que possible, et laisse la porte se refermer doucement derrière elle.

Le Chêne n'a toujours envoyé personne. Elle attrape son téléphone avec colère, mais il ne répond toujours pas. Elle laisse encore un message sur le répondeur.

L'électricité est revenue, et elle entend le léger bruit de la photocopieuse lui parvenir des bureaux. Cela la réconforte, ça lui rappelle le commissariat. Un peu plus loin, un four à micro-ondes émet un bip. Toutes les lumières sont allumées, et une odeur de café flotte dans la salle de pause. Elle a presque l'impression de s'être réveillée dans un nouveau monde, plus accueillant que la veille.

Elle va se chercher un café avant d'essayer de rappeler Alice.

De retour dans la chambre de Jack, elle constate qu'il s'est réveillé. Quand elle ouvre les persiennes avec précaution, il se redresse sur son lit en grimaçant. Elle lui tend un verre d'eau.

— Comment tu te sens ?

Il hoche lentement la tête.

— Je dois retourner au commissariat, mais je peux revenir, si tu veux.

Quand elle attrape son manteau, il lui saisit brusquement la main, si bien qu'elle se laisse tomber à côté de lui.

— Tu as besoin de quelque chose ? Je peux leur demander de t'apporter un petit déjeuner, avant de partir.

Il secoue la tête, puis baisse les yeux d'un air craintif. Pendant un instant, elle éprouve des remords, et de l'inquiétude, parce qu'elle doit partir, mais aussi parce qu'elle lui a parlé d'Alexander. Elle s'interroge : cela l'a-t-il secoué, ou bien a-t-il ressenti de la peine, ou de la peur ? Elle ne peut s'empêcher de se demander s'il lui ment, si le garçon de la photo n'est pas bel et bien son frère, qu'il serait en train de protéger.

— Un policier ne va pas tarder à venir, lui dit-elle. Il va garder ta porte, comme la dernière fois.

Elle lui lâche la main.

— Bon, dit-elle, hésitante. On se voit plus tard ?

Ses yeux sont brillants, on croirait presque qu'il a de la fièvre. Il y a un gobelet vide sur sa table de nuit, on lui a peut-être donné ses médicaments pendant qu'elle était dans la salle de pause. Elle lui serre doucement la main.

— Je te promets de revenir, d'accord ?

En sortant, elle croise l'agent que Le Chêne a fini par envoyer. Ils échangent quelques mots, et elle lui montre la porte de Jack.

Quand elle passe devant l'accueil du commissariat, les pensées se bousculent dans sa tête. Jack, les crimes, tout se mélange. La réponse réside là, elle le sait. Elle est là, quelque part, au fond de son subconscient, mais Sanna ne réussit pas à mettre le doigt dessus.

Bernard lui fait signe du couloir.

— Alice et Eir t'attendent dans la salle d'enquête. Où étais-tu donc passée ?

— Bonjour, marmonne-t-elle sans s'arrêter.

Il lui pose une main sur le bras.

— Crantz est mort.

Elle s'immobilise.

— Quoi ? Pourquoi personne ne m'a prévenue ?

— Je suis en train de le faire, rétorque-t-il d'un ton contrarié.

— Qu'est-ce qui s'est passé ? Où l'a-t-on trouvé ?

— Il est décédé d'un infarctus dans sa chambre. Ça s'est produit cette nuit. Il n'y a rien de palpitant.

Elle acquiesce. Son inquiétude fait place à un étrange soulagement, remplacé par de la colère. Ce sale bonhomme, se dit-elle. Il aura échappé à son procès, et il n'aura jamais eu à rendre de comptes à la justice.

Dans la salle d'enquête, elle salue brièvement Eir et Alice. La photo des enfants qui ont participé à l'Aube est accrochée au tableau blanc. Ils sont tous alignés en rang. Leurs yeux la regardent. Brusquement, elle a l'impression que le garçon à côté de Mia a l'air plus grand que dans son souvenir et des yeux plus larges et plus foncés qu'avant.

— Dis, lui fait Eir, on peut commencer, ou quoi ? Alice ne voulait pas qu'on débute sans toi.

— Pardon, répond Sanna. Je n'ai pas très bien dormi. Je suis restée avec Jack, à l'hôpital, parce que Le Chêne avait rappelé l'agent qui était censé le protéger. Il fallait bien que quelqu'un soit à ses côtés.

Eir et Alice échangent un regard.

— C'est Alexander Abrahamsson ? demande Sanna en désignant du menton une photo.

Alice pousse un catalogue vers elle. Eir se penche sur la table pour mieux voir. C'est un album de photos d'école.

— Tu veux nous montrer à quel point tu avais l'air cool, à l'époque où tu te déguisais encore en Bagheera ? lance-t-elle d'un ton ironique.

— Regarde page 18, rétorque Alice. Je suis allée voir l'ancienne école d'Elena Johansson, et ils m'ont prêté cet album.

Sanna cherche la page indiquée, avant de consulter la liste des élèves sur la photo.

— Au troisième rang, tout à fait à droite, lui dit Alice. C'est Alexander Abrahamsson.

Elle cherche le garçon des yeux. Il ressemble à Jack, mais en plus maigre. Il porte la même montre que lui au poignet droit. C'est peut-être celle-là, d'ailleurs. Ils ont pu se la passer, entre frères. Ses cheveux sont aussi hirsutes que ceux de Jack, et ses yeux bleus ont la même intensité.

— Bleus, s'exclame-t-elle. Il a les yeux *bleus*.

— Ça veut dire que le garçon sur la photo prise au camp n'est *pas* Alexander Abrahamsson ? intervient Eir. Merde, alors.

Alice secoue la tête.

— Alexander Abrahamsson est mort il y a sept ans de ça. Juste avant le camp. Il avait toutes sortes de problèmes cardiaques. Il n'a jamais pu participer à l'Aube.

Sanna observe plus attentivement le visage d'Alexander, et elle y décèle les traces de sa maladie. Il a la peau et les lèvres grisâtres, les cheveux ternes. Bien qu'il soit entouré d'autres enfants, il a l'air seul, comme suspendu dans le vide, et ses épaules tombent lourdement. Alexander Abrahamsson est aux portes de la mort.

— Ça peut se traiter, les problèmes cardiaques, non ? Ou même s'opérer, fait remarquer Eir.

— Oui, répond Alice, si on les découvre à temps.

Sanna pense à Jack, qui a grandi entouré de morts brutales et de folie. Il a tout perdu, même son frère. Elle songe aussi à sa visite nocturne à Mylingen et à la silhouette qu'elle a vue dans le couloir de l'appartement. Ça devait être un voleur, finalement.

Eir referme l'album.

— Putain, merde alors, dit-elle. Comment est-ce que Rebecca a pu continuer à travailler et à s'occuper de Jack, alors que son fils aîné venait juste de mourir ? Et pourquoi est-ce qu'il n'y avait rien d'indiqué dans son dossier ?

— On peut porter son deuil de bien des façons, articule lentement Sanna.

Eir regarde fixement la table, un brin honteuse.

— Peut-être qu'elle n'avait pas conscience qu'il n'était plus là, continue Sanna avec calme. Peut-être que Billstam l'ignorait, à moins qu'il ait décidé de ne pas le noter. Tu m'as dit toi-même qu'il n'était pas fiable, non ?

— Et les autres, alors, Mette et Ines Bodin, pourquoi est-ce qu'elles n'ont jamais mentionné que Rebecca avait un autre enfant ? demande Eir prudemment.

Sanna acquiesce. Elle a le sentiment qu'il y a quelque chose qui cloche, et elle commence à ressentir autre chose : de la peur.

Le Chêne va bientôt les rejoindre, se dit-elle, et il va les obliger à laisser tomber la piste de l'Aube pour changer d'approche. Elle est consciente qu'il lui a donné une chance, mais qu'elle a échoué. Ensuite, il mettra fin à la protection policière de Jack.

Quand son supérieur finit par entrer dans la pièce, elle comprend tout de suite qu'il est arrivé quelque chose. Il leur crie qu'on a retrouvé Lara Askar avec la gorge tranchée. Pendant un instant, il règne un silence de mort, puis tout le monde se précipite sur la porte en même temps.

33.

Quand elles arrivent devant chez Lara Askar quinze minutes plus tard, Eir et Sanna sont accueillies par la lumière bleue silencieuse des gyrophares. La petite zone résidentielle, minimaliste, mais accueillante, est composée d'immeubles à six étages tout en longueur. Les façades de brique sont toutes plates, avec juste les balcons qui dépassent. Pendant que Sanna se gare, Eir pense à toutes les fois où elle s'est rendue dans ce quartier.

— La première fois qu'on est venues, c'était pour apprendre à Lara la mort de sa fille.

— C'est vrai, acquiesce Sanna.

Lorsqu'elles descendent de voiture, elles tombent sur Jon. Il se tient à côté d'une camionnette blanche, et d'un homme en vêtements de travail. C'est lui qui a trouvé le corps de Lara Askar. Il tremble de froid, ses habits ne sont pas suffisamment chauds. Il donne des coups de pied dans le sol devant lui, d'un air nerveux. Il leur apprend que Lara Askar l'avait contacté un peu moins d'un mois auparavant, pour insonoriser ses locaux. Son entreprise de nettoyage est installée au sous-sol. Depuis, plus de nouvelles. Comme il se trouvait dans le quartier pour une autre mission, il en a profité pour aller voir si Lara était là, afin de convenir d'une date.

— Une insonorisation ? fait Eir. Mais elle avait fermé son entreprise, pourquoi est-ce qu'elle l'aurait isolée ?

Sanna est déjà en route pour l'immeuble, et Eir se dépêche de la suivre. En voyant les cheveux emmêlés de sa collègue bouger devant elle, elle se dit que toute sa personne dégage quelque chose d'insaisissable, de volatile presque. Ensuite, elle se rappelle les mots de Bernard : Sanna se promène avec l'adresse du pyromane, Mårten Unger, au fond de sa poche. C'est un peu comme si elle se baladait en permanence avec un détonateur sur elle.

Sanna pose la main sur la poignée et la regarde.

— On y va ?

Quelques secondes plus tard, parées de gants et de protège-chaussures, elles entrent dans les bureaux du sous-sol. Eir pose immédiatement une main sur sa bouche, avant de sortir la tête pour demander à quelqu'un de maintenir la porte ouverte. C'est un local sombre au plafond bas. La première pièce comporte quelques petites fenêtres munies de barreaux, qui laissent entrer un filet de lumière. Le sol est recouvert de carrelage. Tout est en nuances de blanc et de gris foncé. La porte menant à la pièce suivante est ouverte.

Il n'y a pas de fenêtres, juste un divan.

Lara Askar est recroquevillée à une des extrémités. Son corps a été mutilé, comme celui des autres victimes.

Les entailles sur sa gorge forment une croix, les lacérations au niveau de son buste sont si nombreuses qu'on ne peut même pas les compter. Au pied du meuble, elles découvrent une cafetière à piston renversée. Peut-être Lara l'a-t-elle lâchée en tombant. Le café qui reste à l'intérieur s'est écoulé il y a si longtemps de ça qu'il a eu le temps de se solidifier ; on dirait presque de l'argile.

Le sol et les murs des toilettes sont recouverts du même linoléum, et quelqu'un a installé une pomme de douche à côté de l'évier. Il règne une odeur chimique de chlore et de *Citrus*.

Dans la première pièce, celle avec les fenêtres, se trouve un bureau. Dessus est posé un portrait brisé de Lara et de Mia sur un sous-main en cuir. La photo, impersonnelle, froide, a été prise dans un studio quelconque. Lara sourit à l'appareil, elle est très belle et se tient droite. Mia, elle, est penchée, les poings serrés.

Eir s'accroupit pour ouvrir précautionneusement le sac-poubelle à moitié plein qui dépasse de sous le bureau. À l'intérieur, elle découvre des chemises de nuit avec des motifs rétro, des vêtements en polaire et des pulls, des livres de poche, et une trousse de toilette décorée de cristaux et de pierres. On y a aussi jeté de grosses boules de papier, de la poussière et une bouteille d'eau de Javel vide.

— On a essayé de forcer la serrure ? demande-t-elle.

— Pas à ce que j'ai pu voir, répond Sanna, puis en indiquant le sac-poubelle du menton, elle ajoute : Qu'est-ce que tu as trouvé ?

— On dirait qu'on l'a surprise pendant qu'elle était en train de faire le ménage. Peut-être que quelqu'un est venu la voir, quelqu'un qu'elle aurait laissé entrer.

— Faire le ménage ?

— Oui. On dirait que ce sont les affaires de Mia. Elle avait peut-être un box ici, qu'elle aurait voulu vider…

Sanna et Eir ouvrent les placards, qui contiennent des produits chimiques, mais aucun autre équipement de ménage. Il y a des étiquettes écrites à la main et à l'encre bleue.

Sanna retourne dans la seconde pièce et observe le divan. Elle est comme fascinée. Elle reconnaît ce coin, ce mauvais éclairage et ces murs irréguliers. Ou alors, ce sont les blessures du cadavre qui lui procurent cette impression de déjà-vu.

— Mais dis donc, remarque Eir derrière elle, ce putain de canapé…

C'est bien le même, avec son tissu beige décoré d'un feuillage vert. Le divan sur lequel Lara Askar gît recroquevillée est le même que celui où Crantz a orchestré l'exorcisme de Mia. Elles se tiennent dans la pièce où on s'en est pris à la jeune fille.

Et le téléphone de Mia, se dit Sanna, où était-il posé pour filmer ? Elle aperçoit immédiatement la fausse cloison. Derrière, il y a un grand casier et un lit avec un sommier en fer.

— C'est là que Lara devait faire sa sieste quand elle travaillait tard ? note Eir.

L'air du local est humide et froid, il lui rappelle les parkings souterrains du continent. L'atmosphère a de quoi rendre claustrophobe, se dit Eir. Elle a l'impression que les murs, le sol et le toit ne cessent de se rapprocher de plus en plus. L'espace d'un instant, elle s'imagine apercevoir Cecilia accroupie dans l'ombre du mur, maigre et en plein trip.

Un épais matelas, avec des draps roses, est posé sur le lit. Un énorme ours en peluche élimé gît sur le sol, à côté de la tête du lit. Il porte un nœud papillon en velours rouge, et son gros nez noir est en train de pendre ; il ne tient plus qu'à un fil. À côté, elles repèrent un pack de bouteilles d'eau encore neuf.

Quelque chose cloche : les draps roses et l'ours en peluche miteux jurent avec cet environnement brut et grossier. Quelqu'un a placé un bout de carton sous un des pieds de l'armoire métallique, probablement parce qu'elle est bancale. Sanna ouvre les portes du casier. Il est presque vide, si ce n'est quelques couvertures en laine, deux coussins et des livres d'école. Sur une étagère, il y a des boîtes de vitamines encore toutes neuves.

— Qu'est-ce qui t'arrive ? demande Eir.

Pour toute réponse, Sanna jette les manuels et les boîtes sur le matelas devant Eir. Ce sont des compléments en fer et en acide folique.

— Pourquoi ? fait Eir. C'est ce qu'on prend quand on attend un…

Les mots lui restent coincés dans la gorge :

— Ils gardaient Mia ici, pendant qu'elle était enceinte ?

Sanna acquiesce sans rien dire.

— Ici ? Mais putain…

Brusquement, elle comprend pourquoi Lara Askar s'est écriée : « Ça ne peut pas être *eux* », en apprenant la mort de sa fille. Lara savait que Mia attendait un enfant. Elle faisait référence à Mia et au bébé qu'elle attendait.

— Lara savait que Mia était enceinte.

— Oui, répond Sanna. Et maintenant, elle est morte.

Eir continue à regarder Lara un moment. La puanteur ambiante s'est un peu dissipée depuis que la porte est ouverte en grand, mais elle est encore tenace.

— Elle doit être là depuis plusieurs jours ?

Sanna hoche la tête.

Eir regarde encore le lit quelques secondes, en pensant à la fille qui s'est suicidée dans la carrière de calcaire. Mia avait l'air d'une poupée en porcelaine en flottant sur l'eau. C'était une enfant un peu fragile. Ce n'était pas quelqu'un qu'on avait besoin de contrôler ou d'enfermer.

— Mais *pourquoi* ? Pourquoi la cacher ici ?

La voix de Bernard retentit soudain dans la tête de Sanna. Le marqueur, se dit-elle. Le nombre 26 avait été tracé sur la hanche de la jeune fille à l'aide d'un marqueur bleu. Et les échantillons de produits chimiques dans les armoires étaient annotés, eux aussi, à la main. En bleu.

Elle essaie de se souvenir plus en détail de la vidéo de l'exorcisme. Il y avait une tache bleue sur le débardeur de Mia.

Quand sa collègue se met tout d'un coup à fouiller dans les tiroirs du bureau, Eir ne comprend plus rien. Sanna en sort un marqueur, qu'elle débouche. Elle attrape ensuite la main d'Eir, et lui trace le nombre 26 sur la peau. Il brille à la lumière des néons. L'épaisseur et la nuance sont semblables, c'est peut-être le même marqueur.

— Ils l'ont *marquée*, dit-elle.

Eir dégage sa main. Elle comprend que Sanna est en train de faire référence à Crantz et à Frank, mais pour ce qui est du reste, elle est complètement larguée.

— Comment ça, ils l'ont marquée ? Je ne comprends rien. De quoi tu parles ? Pourquoi est-ce que Frank et l'autre enfoiré lui auraient écrit dessus ?

— Réfléchis, lâche Sanna avec lassitude. Mia était enceinte, et le personnel de la maternité a dit à Fabian qu'elle voulait avorter.

— Et ?

— Frank Roos et Holger Crantz lui ont fait subir un exorcisme.

— Oui ?

— Pourquoi, à ton avis ?

Eir la regarde fixement.

— Ils voulaient l'empêcher d'avorter ? C'est pour ça qu'ils la retenaient prisonnière ? Et c'est pour ça qu'ils voulaient chasser l'idée du péché ? Mais pourquoi voulaient-ils à tout prix le garder ?

Sanna lui saisit brusquement la main à nouveau. Elle écrit le chiffre 1 suivi de deux points. Elle contemple ensuite l'inscription.

— L'évangile de Luc 1 : 26, répond-elle. 1 : 26-38.

Eir essaie de donner l'impression qu'elle sait de quoi lui parle sa collègue, mais elle n'en a pas la moindre idée.

Sanna fait un nouvel essai.

— C'est le passage où l'ange va voir Marie pour lui apprendre qu'elle attend le fils de Dieu. C'est en référence à cet évangile que Rebecca parlait de Lukas[1].

— Je dois sortir prendre l'air, fait Eir.

— Attends.

Il y a quelque chose tout en haut du placard, à peu près à l'endroit où Mia devait cacher son portable.

1. En suédois, « Luc » se dit « Lukas ».

— Aide-moi, fait Sanna.

Eir lui fait la courte échelle, pendant qu'elle passe la main sur le haut du placard. Là, un carton tombe par terre, éparpillant tout son contenu : des boîtiers de DVD abîmés par l'usure s'étendent à leurs pieds. Ils portent tous les étiquettes antivol de la bibliothèque.

— Alors, elle s'était vraiment préparée à rester enfermée longtemps ? remarque Eir.

Sanna se laisse tomber à genoux au milieu de tous les boîtiers. L'un d'eux s'est ouvert, elle en sort le disque, puis fait de même avec le suivant, et encore le suivant. Ensuite, elle ramasse un petit manuel, plié à la page des instructions pour graver les DVD.

— Ce n'étaient pas vraiment des films de divertissement, dit-elle en les tendant à Eir.

C'est le même genre de disque que celui qu'elles ont retrouvé dans l'ordinateur placé devant le cadavre de Frank, avec la vidéo de l'exorcisme.

— C'est Mia ?

Sanna se souvient des vols, à la bibliothèque. Quelqu'un avait jeté tous les disques dans le parc, mais gardé les boîtiers. Elle les regarde. Mia les aurait-elle subtilisés, avant qu'on la capture, en prévision ? Ils lui ont servi de cachettes : si on avait découvert son carton au-dessus de l'armoire, on aurait sans doute cru qu'il s'agissait de vieux documentaires.

— Mais pourquoi les cacher de cette façon ? demande-t-elle. Pourquoi se donner autant de mal ? Et pourquoi est-ce qu'ils l'ont laissée garder son portable ?

Eir sort son téléphone : il n'y a pas de réseau. Celui de Sanna ne capte pas non plus.

— Ils savaient sans doute qu'il ne lui servirait à rien, ici.

— Mais elle se doutait qu'ils allaient fouiller dedans. Ce n'était pas une cachette sûre, l'ordinateur non plus.

Eir regarde les boîtiers. Il y en a au moins une quarantaine, peut-être même plus.

— Qu'est-ce qu'il y a sur ces DVD, et pourquoi s'est-elle sentie obligée de les cacher ?

Le silence règne dans la pièce lorsqu'elles déposent les livres scolaires et les boîtes de vitamines sur la grande table de la salle d'enquête. La lumière blafarde les éclaire.

— Je n'arrive pas à comprendre, fait Eir. Ce satané sous-sol… Ils n'auraient pas pu l'y garder pendant des mois ? Même s'ils avaient réussi à la tenir éloignée de la maternité et de l'école, l'enfant allait bien finir par naître.

Elle s'interrompt pour se tourner vers Sanna.

— Ils devaient penser qu'elle allait « retrouver la raison » et vouloir s'occuper du bébé, une fois lavée de tout péché.

— Comment ça va, vous ? demande Alice, depuis la porte.

Elle entre et la referme derrière elle.

— Vous avez repéré quelque chose d'intéressant sur les DVD ? demande Sanna, sans répondre à sa question.

Alice fait non de la tête.

— C'est un journal intime en vidéo, répond-elle. Mia a dû vraiment souffrir, mais, pour l'instant, il n'y a rien de concret, rien sur l'identité du meurtrier.

— Et Bernard, il tient, il ne s'est pas endormi ?

Alice prend un air amusé.

— Ah ça, oui. Il vient de finir *Albert Engström en Islande*, et il va bientôt commencer à regarder soit *Ah, tout le monde disparaît*, soit *À la combattante en bras de fer d'Ensamheten*, au choix.

Sanna essaie de comprendre ce qu'Alice vient de dire. Puis c'est le déclic : le documentaire chez les Roos s'appelait *Alice et moi*.

— Où sont les affaires trouvées dans la villa des Roos ?

Sans attendre la réponse, elle sort de la salle d'enquête et emprunte le couloir jusqu'aux bureaux du commissariat.

Sanna attend qu'on aille chercher le DVD retrouvé à la villa. Elle ne sait pas encore si elle a raison, mais tous les titres, sur les boîtiers qu'ils ont retrouvés, commencent par un *A*. *ABBA – Le Film*, *Aku-Aku*, *Algeria*, etc. Et celui qui se trouvait sur la table basse, devant Marie-Louise Roos, s'appelait *Alice et moi*.

— Explique-moi, lui dit Bernard quand il se retrouve un instant seul avec Sanna. Qu'est-ce qui se passe ?

Elle ne répond pas et se contente de regarder Jon, qui relie le lecteur DVD à l'écran télé de la salle. Le processus est un peu long : il appuie sur plusieurs boutons de la télécommande, puis déplace un câble USB d'une prise à l'autre.

— Sanna ? insiste Bernard, avec frustration.

— Fabian nous a dit que le coupable avait tenu Marie-Louise immobile un moment, prononce-t-elle lentement. Qu'il lui était tombé dessus par-derrière, puis qu'il l'avait maintenue un certain temps avant de lui trancher la gorge.

— Et ?

— Je pense qu'il a fait ça pour l'obliger à regarder quelque chose, tout comme il l'a fait avec Frank.

— Tu penses que ce qu'il l'a forcée à regarder se trouve toujours dans ce lecteur DVD ?

— Si j'ai tort, on va voir un documentaire sur une chanteuse de jazz. Si j'ai raison, ce sera une des vidéos que Mia a tournées, que le meurtrier a montrée à Marie-Louise, et qui l'aura poussé à tuer trois autres personnes.

34.

Mia Askar est assise sur le lit en fer aux draps roses. Des taches de son parsèment son visage, ses épaules sont penchées en avant et elle tripote le collier avec les trois cœurs autour de son cou.

— Je ne veux plus rester dans ce corps, déclare-t-elle. Je ne le supporte plus. Tout ce qui m'arrive est tellement dingue.

Son regard se fait un peu méfiant.

— On ne s'est pas parlé depuis un moment. Tu m'as manqué. Le lycée, ça peut être merdique, hein ? Si tu vois cette vidéo, c'est que tu as trouvé mon ordinateur et les DVD. Je sais que tu vas dire que je complique toujours tout, mais je veux que quelqu'un sache pourquoi j'ai fait ça une fois que je ne serai plus là.

Elle baisse les yeux.

— Le loup… Le renard. (Elle sourit un peu.) Qu'est-ce qui nous est arrivé ? Comment est-ce qu'on a pu en arriver là ?

Elle a l'air fatiguée.

— Tu te rappelles, la dernière fois qu'on s'est vus, ce que tu m'as conseillé ? Je l'ai fait. Je suis allée chercher un de ces vieux couteaux de chasse dont je t'avais parlé, dans le cabanon à côté de l'église, puis je l'ai affronté.

Elle pleure, elle essuie une larme qui coule le long de son menton. Elle déglutit.

— Il a tout nié, encore une fois, et m'a ri au nez, comme si tout ça, c'était juste un accident… puis il a recommencé. À la fin, j'ai vomi. Je voulais le tuer. J'avais envie de lui trancher le cou. Mais je n'ai pas réussi… Je n'ai pas pu.

Elle se passe une mèche de cheveux derrière l'oreille. Lorsqu'elle reprend son récit, sa voix est monotone et ténue.

— Je suis entrée à l'hôpital pour qu'ils me l'enlèvent. Seulement, une des personnes là-bas connaissait ma mère et lui a tout raconté. Elle est allée voir la Roos, celle à qui on a dû écrire une lettre de remerciement pour avoir financé le camp. Tu te rappelles ? Après, ils m'ont installée ici.

Elle tient le téléphone en l'air pour montrer le lit et le pack d'eau.

— Ils m'ont dit que je devais rester, qu'ils m'aideraient à aller mieux, à l'aimer, à chasser toutes mes pensées négatives pour que j'aie envie de le garder. Et ils ont encore fait venir Rebecca. Elle est arrivée avec des pilules et un tas de trucs qu'elle a voulu que j'avale.

Mia hésite un instant, puis son regard se glace.

— Au début, elle était très gentille, alors la semaine dernière j'ai essayé de lui parler. On nous avait laissées seules, mais elle n'a rien voulu savoir. Elle est devenue toute rigide et bizarre. Et quand j'ai dit que j'allais tout te raconter, et à la police aussi, elle s'est énervée, et elle a dit que ça ne servirait qu'à te rendre malheureux. Et après ça, c'était pire. Ils ont commencé à m'interdire de sortir et d'autres trucs aussi. Tu verras dans l'autre vidéo. Maintenant, je vais m'échapper d'ici. Je mettrai tout ça dans notre endroit secret. Je t'enverrai un message avant de détruire mon portable, pour que tu trouves les DVD. Et ça, dit-elle en indiquant l'ordinateur, je vais le mettre dans un sac, pour que tu puisses les regarder.

Elle touche à nouveau son collier.

— C'est le plus beau cadeau que l'on m'ait fait. Ça vient du film préféré de papa. J'allais me blottir contre lui sur le canapé pour le regarder quand maman n'était pas là… Je le mets avec les vidéos. Je te le donne, je n'en aurai plus besoin. Je vais aller là où j'ai décidé de quitter mon corps.

Elle regarde droit dans l'objectif en souriant, mais son visage est inexpressif.

— Je t'aime, lui dit-elle. On se reverra dans l'au-delà.

Ils se réunissent dans la salle d'enquête. Le Chêne ferme la porte en regardant son équipe d'un air sombre. Le silence règne. Chacun attend que quelqu'un prenne la parole.

Le témoignage de Mia les hantera jusqu'à la fin de leur vie. Sanna se souvient de la vidéo, de chaque geste de la jeune fille avant son entrée dans l'eau du lac de la carrière. Ils étaient lents et décidés, inexorables.

— Bon, lâche Le Chêne en soupirant. Au fait, où est Alice ?

Personne ne répond.

— OK, commençons sans elle. Je ne sais pas trop quoi dire. Sanna, tu veux… ? demande-t-il d'un signe du menton.

— Eh bien, par où commencer, après ça ? murmure-t-elle avant d'élever la voix. On sait que Holger Crantz a abusé de Mia, et qu'il la violait quand elle était enfant. On ne sait pas exactement quand ça a commencé, mais ça a eu lieu avant et pendant l'Aube. Mia avait sept ans quand elle a participé au camp. Sept, vous vous rendez compte ! Lorsqu'elle est allée lui demander des comptes, plusieurs années plus tard, il a recommencé et elle est tombée enceinte. Mia Askar ne voulait pas mourir dans le silence, elle voulait que quelqu'un connaisse les raisons de son suicide. Elle parle à quelqu'un de son âge, elle mentionne le lycée et le camp. Et puis, elle l'appelle « le loup ».

L'agent de l'accueil entre dans la pièce et chuchote quelque chose à l'oreille du Chêne. Ce dernier marmonne des excuses et sort. Sanna le suit des yeux, énervée, mais elle continue.

— Mia parle à ce loup, à ce garçon du camp. On a retrouvé deux des vidéos qu'elle lui a laissées sur les scènes de crime. Les victimes étaient positionnées de sorte qu'elles puissent les visionner.

Elle se dirige vers le tableau, où sont affichées les informations collectées, et leur montre la photo de l'Aube.

— On a de bonnes raisons de penser que le coupable serait un adolescent.

Le Chêne revient. Sanna ne comprend pas ce qui a pu être suffisamment pressant pour lui faire quitter la salle alors qu'elle récapitulait les éléments de l'enquête. Surtout quand il s'agit de *cette* enquête.

— Continue, l'encourage-t-il.

— D'accord. Je viens de dire qu'il n'y a qu'une seule personne à qui Mia pourrait s'adresser, c'est le garçon du camp.

Le Chêne acquiesce silencieusement.

— Est-ce qu'on pourrait utiliser les médias ? demande Sanna. S'appuyer sur eux pour le retrouver ? Quelqu'un doit bien savoir qui c'est.

Avant qu'il ait eu le temps de répondre, Eir abat ses mains sur la table avec force.

— On doit interroger à nouveau Ava Dorn et Ines Bodin, déclare-t-elle avec colère. Elles savent qui c'est ! Elles le savent *forcément*, elles ont participé à ce camp. Je veux bien m'en charger. J'y vais tout de suite.

Le Chêne se tortille un peu d'un air gêné, sans répondre.

— Ne me dites pas qu'on l'a laissée partir ? s'exclame Eir. On a relâché Ava Dorn ?

Le Chêne acquiesce.

— Liljegren vient de me contacter. Ils ont pris la décision de la relâcher, Ines Bodin s'est rétractée. Elle a retiré sa plainte pour agression.

— Mais comment, merde…, s'énerve Eir. On peut essayer de la garder encore quelques minutes, elle n'est quand même pas déjà partie ? Quant à Ines Bodin, on n'a qu'à…

Le Chêne l'interrompt d'un geste de la main.

— Ines Bodin a prévenu Liljegren qu'elle avait acheté un billet pour l'autre côté du globe, elle a déjà dû quitter le pays. Quant à Ava Dorn, sa fille vient juste de la récupérer.

— Sa fille ? s'exclame Eir. Ce monstre a des enfants ?

Sanna se tourne vers elle.

— Tu te rappelles ce qu'elle nous a dit quand on lui a demandé le nom du garçon ?

Eir la regarde, d'un air interrogateur.

— Elle nous a dit qu'il avait l'air fort et qu'il avait du style.

— Et alors ? Elle se foutait de notre gueule.

— Peut-être, ou bien c'est sorti tout seul. Et si c'était la seule phrase sincère au milieu d'un tissu de mensonges ?

Eir réfléchit.

— Tu crois qu'elle le connaît ?

— Je dirais même qu'elle essaie de le protéger.

— C'est qui, la fille d'Ava Dorn ? demande Sanna en regardant Le Chêne. Et est-ce que Dorn a des petits-enfants ?

Le Chêne hoche la tête d'un air sombre, avant d'appeler quelqu'un de son portable. Il demande aux agents qui s'occupent des gardes à vue l'identité de la personne qui est venue chercher l'artiste.

À ce moment-là, Alice ouvre la porte et entre sans bruit.

— Pardon, leur fait-elle. J'étais au téléphone avec le Noa.

Elle est vraiment spéciale, cette Alice, se dit Sanna. Elle entre et sort sans bruit, sans se faire remarquer.

Et, en général, elle a une information à partager. Cette fois-ci, cependant, ses bras sont vides, mais elle a l'air impatiente de parler.

— Qu'est-ce qui se passe ? lui demande Sanna. Il est arrivé quelque chose ?

— Vous vous rappelez qu'on a envoyé la photo de l'Aube au service d'analyses ? demande Alice. Eh bien, ils ont découvert un élément.

— Quoi ? trépigne Sanna. Qu'est-ce qu'ils ont découvert ?

Alice ouvre la bouche pour répondre, mais les mots mettent une éternité à sortir.

— Une énorme tache de naissance, lâche-t-elle finalement.

Le silence s'abat sur la pièce. Sanna la regarde fixement.

— Qu'est-ce que tu veux dire ?

Alice avale sa salive.

— Elle recouvre l'œil droit et le front. Ils vont nous envoyer une image, mais un des agents l'a décrite comme une sorte de griffe qui enserrerait l'œil droit du garçon.

— Attends, s'exclame Eir pendant que les mots d'Alice font leur effet. Tu es sûre ?

Le Chêne raccroche et leur annonce :

— La fille de Dorn s'appelle Mette Lind.

35.

Le quartier où habite Mette Lind est tranquille lorsque Sanna et Eir arrivent en voiture.

C'est un lieu idyllique avec des maisons du début du siècle. Des haies de troènes et des clôtures peintes en blanc encadrent les pelouses parfaitement tondues. Des arbres fruitiers anciens et des plates-bandes de vivaces côtoient les trampolines et les barbecues au gaz dernier cri.

Eir jette un coup d'œil en coin à Sanna.

— Tu vas bien ? s'enquiert-elle à voix basse.

— Je ne sais pas. Qu'est-ce que tu veux dire ?

— Tu as à peine prononcé un mot depuis qu'on a quitté le commissariat.

— Je pense que cette confrontation va être difficile.

— Oui, c'est sûr. Mais, et si on est tombées en plein dans le mille, cette fois ? Si on le tient ?

— On n'a qu'une théorie pour l'instant, rien de plus.

— Oui, mais…

— On a seulement identifié Benjamin sur le cliché, on sait qu'il a participé au camp, dit Sanna avec gravité. Reste à voir s'il va nous parler de Mia ou pas, ou de quoi que ce soit, d'ailleurs.

— Oui, répond Eir.

— On doit faire attention. Je suis sérieuse en disant ça. Tout ce qu'on a, ce sont des soupçons. La façon dont nous allons l'approcher va être déterminante.

Eir acquiesce.

À côté d'un garage, des adolescents sont en train de réparer une mobylette. Des outils et des pièces de rechange gisent éparpillés sur le sol. L'un d'eux se penche pour tester les feux avant. Sanna pense soudainement à Erik. S'il était toujours en vie, il serait peut-être quelque part en train de bricoler derrière une maison avec un copain.

— Ça doit être là, dit Eir en se penchant en avant pour mieux voir. Elle vérifie le numéro de la maison de gauche d'après l'adresse qu'elle a notée.

La villa est plutôt petite. Le bois de la façade a récemment été repeint en couleurs claires. Les portes et les fenêtres ont des croisillons, et elles sont encadrées de blanc. Une petite allée de gravillons bien ratissée entoure la maison jusqu'à la porte d'entrée. Elles se garent devant. Le moteur de la voiture de Mette tourne et la portière du côté conducteur est ouverte, mais le véhicule est vide.

— J'arrive, dit Sanna, dès qu'Eir sort de la Saab.

Elle cherche ses pilules dans sa poche, tout en observant une des fenêtres de la maison. Il y a quelqu'un à l'intérieur : les rideaux viennent de bouger.

Elle surveille les autres fenêtres du regard. Elle a du mal à s'imaginer Benjamin quelque part entre ces murs gris clair, peut-être allongé sur le canapé en train de regarder la télé ; ou encore à jouer sur un ordinateur dans sa chambre d'ado avec des posters de groupes de musique sur les murs.

Jack a passé beaucoup de temps ici, lui aussi, dans cette maison à l'air faussement idyllique, aux côtés de Benjamin qui le hait, se dit-elle. Elle se demande qui est vraiment Benjamin Lind.

Peut-être a-t-il toujours su qu'il n'était pas comme les autres, qu'il avait quelque chose de différent. Il craint d'être séparé de Mette, c'en est presque pathologique. Dès que quelqu'un semble vouloir s'immiscer entre eux, il devient fou de rage, et cette colère a souvent Jack pour cible. Ils ont été témoins de la violence dont il est capable. Il a, sans le moindre doute, une vision faussée de la réalité, ainsi que la haine et la force physique nécessaires pour pouvoir tuer un autre être humain.

Et Mia, où entre-t-elle en scène, là-dedans ? s'interroge-t-elle. Quel était son lien avec Benjamin ? Elle se rappelle le collier qu'elle portait. C'est le genre de cadeau que seule une personne vraiment attentionnée pourrait offrir. Elle se souvient de toutes les fois où les histoires d'amour ont pu la surprendre. Elle-même est bien tombée amoureuse de son contraire. Aucun être humain n'est maître de ses émotions, mais elle ne parvient tout de même pas à imaginer Benjamin, avec sa personnalité agressive, tomber fou amoureux de Mia. Pas plus qu'elle n'arrive à comprendre comment cela a pu se passer d'un point de vue purement pratique. En plus de son obsession pour sa mère, Benjamin aurait-il pu aimer Mia de la façon dont elle l'a décrit ? Elle peut éventuellement concevoir que Mia se soit amourachée de Benjamin, s'il était le seul à la comprendre et à vouloir la protéger, en revanche, la vie sentimentale de Benjamin et le monde bizarre dans lequel il semble évoluer paraissent bien plus complexes.

Eir s'impatiente devant la voiture. Lorsque Sanna en sort, une lampe s'allume dans l'entrée de la maison.

La porte s'ouvre soudainement, et Benjamin en sort. Il a l'air pressé : il est en train de regarder son portable. Quand il lève les yeux et qu'il les aperçoit, il prend un air effrayé, puis fait demi-tour à toute vitesse.

Il leur faut à peine quelques secondes pour le suivre. Benjamin se rue sur la porte de derrière, mais Eir arrive à le rattraper dans le jardin.

— On veut juste te parler, lâche-t-elle, le souffle court.

Il se jette sur elle, mais elle le tient fermement.

Mette sort en courant, elle crie et essaie de desserrer la prise d'Eir, mais Sanna la pousse de côté.

— Ce n'est pas *elle* que vous voulez ? s'écrie Mette, en désignant la maison du doigt.

En se retournant, Sanna aperçoit Ava Dorn à l'une des fenêtres. Cette dernière est en train de les observer, impassible. Sa bouche est légèrement entrouverte, et elle se caresse le menton d'un air hésitant.

Mette tire sur le bras de Sanna.

— Benjamin et moi, on pensait qu'elle était *morte* jusqu'à quelques jours de ça, alors quoi qu'elle ait pu faire, mon fils n'a rien à voir là-dedans ! Je suis allée la chercher à la fin de sa garde à vue, on s'est arrêtés ici, parce que Benjamin voulait qu'on le dépose, mais j'allais la ramener chez elle. Je ne sais pas ce qu'elle a fait, mais on n'a *rien* à voir là-dedans, vous comprenez ce que je vous dis ?

Le visage de Mette est désespéré. Elle regarde Sanna fixement d'un air implorant. Elle est sur le point de répondre quand Benjamin hurle :

— Lâche-moi, sale keuf !

Il se débat comme un damné, et Eir doit faire de gros efforts pour le maintenir en place. Sanna lui fait signe de relâcher un peu sa prise.

— Benjamin, on a besoin de te parler. Ta mère peut assister à la discussion.

Il se calme immédiatement, jette un coup d'œil à Mette, puis à Sanna.

— Parler de quoi ?

— On en discutera une fois au calme, répond Sanna.

La terreur qu'elle lit dans ses yeux est presque enfantine, mais elle sait que celle-ci peut se transformer en violence en un clin d'œil.

— Non, chuchote-t-il.

Sanna s'approche de lui.

— Et pourquoi pas ?

Il secoue la tête.

— J'ai dit non, connasse.

Eir resserre sa poigne sur son bras, mais il la tire vers lui, se libère et commence à donner des coups aveuglément autour de lui. Elle essaie de l'attraper à nouveau, mais à la place elle recule, comme sous l'effet d'un électrochoc.

— Tu m'as mordue ! s'écrie-t-elle.

Il chancelle un peu en arrière, puis reste immobile. La main d'Eir saigne. C'est le moment que choisit Ava Dorn pour les rejoindre dans le jardin.

— Bien sûr qu'il mord, dit-elle, il se sent acculé comme un chien.

— Retourne dans la maison, maman, lui dit Mette.

Son regard passe de son fils à sa mère.

— Un moment j'ai cru que vous aviez peut-être raison, qu'il avait tué tous ces gens, ajoute Dorn, mais là, vous voyez bien que ça ne colle pas.

— De quoi parles-tu ? demande Mette. Comment ça, tué ?

Elle se tait pour regarder Sanna.

— C'est pour *ça* que vous êtes là ?

— On est venues parler à Benjamin de sa relation avec Mia Askar…

Un hurlement fend l'air : c'est Eir, qui se tient le bras. Du sang lui coule entre les doigts.

— Il devait l'avoir caché sur lui, s'exclame-t-elle, sous le choc.

Benjamin laisse tomber son canif par terre en regardant le bras ensanglanté d'Eir. Il se tourne ensuite vers Mette, qui se met à pleurer. Elle est secouée de sanglots, mais ne prononce pas un seul mot. Elle n'arrive plus à regarder son fils.

— C'est de ta faute ! lui crie-t-il.

Sanna sort son arme pour l'empêcher de se jeter sur Mette.

— C'est à cause de toi que je suis comme ça, je tuerai qui je veux, et je te tuerai toi aussi, espèce de salope ! hurle Benjamin.

Sanna appelle des renforts, et une ambulance pour Eir, tout en gardant son arme pointée sur Benjamin. Il l'observe fixement, avec tellement de haine qu'elle en est presque palpable.

Brusquement, il se jette vers elle, mais elle retire la sécurité du revolver, et il s'arrête juste devant le canon. Son visage est déformé par ses hurlements, et les insultes pleuvent. Elles sont horribles, obscènes. Il lui crie qu'il va la décapiter et baiser sa cervelle avant de décimer toute sa progéniture.

Quand les renforts arrivent pour l'embarquer, elle a l'impression de tomber dans le vide. Elle inspire de grandes goulées d'air avant de s'autoriser à ressentir du soulagement, pour la première fois depuis longtemps.

Elle compose le numéro du Chêne, et quand il répond, elle se sent libérée d'un énorme poids.

— Je crois qu'on le tient, lui annonce-t-elle.

Quand on enferme enfin Benjamin Lind dans une cellule, le soir est déjà tombé. Il a d'abord dû rencontrer un assistant social. Il est arrêté pour violences à l'encontre d'un officier de police dans l'exercice de ses fonctions. Le procureur Leif Liljegren décide de le transférer vers l'unité réservée aux mineurs, ce qui ne pourra s'effectuer que le lendemain. Lorsque l'avocat de Benjamin quitte les locaux, Sanna se laisse tomber sur une chaise devant son bureau.

Elle ouvre le dossier où elle a rassemblé les notes et les documents relatifs à la perquisition dans la villa de Mette. Elle examine les photos de tous les couteaux de chasse et de tous les canifs retrouvés dans la chambre de Benjamin, et elle se demande comment il a pu les cacher à sa mère.

Eir arrive avec une tasse de café. Elle porte un bandage sur le bras et un autre autour de la main.

— Tu devrais t'autoriser à sourire, un de ces quatre, lui dit-elle en s'asseyant.

Sanna prend la tasse, en boit une petite gorgée et fait une grimace.

— C'est froid.

— Oui, je vais bien, merci de t'inquiéter pour moi, ironise Eir, en s'étirant avant de lâcher un petit cri de douleur. La blessure n'est pas très profonde.

Sanna referme brutalement le dossier et se renverse en arrière sur son siège. Elle est songeuse.

— Qu'est-ce qu'il y a ?

— Je pense à Mia. Je ne comprends toujours pas quel genre de relation ils pouvaient entretenir.

— Oui, acquiesce Eir. C'est difficile d'imaginer qu'il ait pu avoir une relation avec une fille comme elle. Ou même avec qui que ce soit.

— On comprendra peut-être mieux quand on l'interrogera demain.

— Mais dis, fait Eir en se penchant en avant. J'ai pensé à un truc. Toute cette histoire avec Mia. Tu as vu à quel point il est obsédé par Mette ? Comment il a pété un plomb quand elle a détourné les yeux dans le jardin ? C'est un comportement de détraqué.

— Et ?

— Il pourrait avoir eu le même genre de sentiments pour Mia, tu ne crois pas ?

Le visage d'Eir a pris un air décidé. Un air que Sanna a rarement vu auparavant chez qui que ce soit.

— Ce que j'essaie de dire, c'est qu'on a peut-être tort de s'évertuer à les imaginer comme deux ados amoureux. Peut-être qu'il ne l'aimait pas comme elle l'aimait, elle. Peut-être qu'il ressentait quelque chose de complètement différent ? L'amour peut s'exprimer de bien des façons…

Sanna se dit qu'Eir a peut-être raison, mais quelque chose la dérange : si c'est le cas, la situation est bien plus sombre et tordue qu'elle ne se l'était imaginée.

— Tu veux dire qu'il était obsédé par elle ?

Elles gardent le silence quelques secondes.

— Tu as une autre explication ?

Sanna fait non de la tête. Elle se lève et enfile son manteau. Elle trouve les pilules dans sa poche, et en avale une avec une gorgée de café froid.

— Tu vas où ? lui demande Eir. Tu dois te faire aider pour ce truc, ces pilules…

— Je vais rentrer en taxi, répond Sanna, puis je vais dormir.

— Je te dépose.

Sanna l'interrompt d'un geste de la main.

— J'ai besoin d'être seule.

Eir attrape son blouson, entêtée.

— Ce dont tu as vraiment besoin, dit-elle, c'est de te féliciter. Et ensuite, tu auras besoin de soutien pour décrocher de ce médicament, et je…

— Tu peux conduire avec ton bras ? demande Sanna.

— Arrête, fait Eir en souriant.

— D'accord, je viens avec toi.

— On le tient, prononce Eir lentement, quand elle se dirige vers l'ascenseur en compagnie de Sanna. On le tient maintenant…

Dans la voiture, Sanna s'aperçoit qu'elle a un appel manqué sur son téléphone. C'est l'hôpital. Elle rappelle, et quelqu'un lui répond d'une voix douce et aimable.

— Vous avez essayé de me joindre ?

Eir l'observe du coin de l'œil. Elle voit le visage de Sanna changer en l'espace de quelques secondes, comme si elle avait vieilli de plusieurs années.

— C'était qui ? demande-t-elle quand Sanna raccroche.

— Une infirmière qui travaille dans le service de Jack.

— Tout va bien ?

Sanna acquiesce.

— Ils vont le placer dans une clinique.

— Pourquoi ?

— Il va recevoir des soins spécialisés, une sorte de traitement pour ses traumatismes.

— Alors les services sociaux ne lui ont pas trouvé de famille d'accueil ?

Sanna fait non de la tête.

— Il doit d'abord suivre une thérapie.

— Mais pourquoi c'est toi qu'ils appellent ?

Sanna regarde par la fenêtre.

— Jack leur a demandé de le faire. Il veut que j'aille le voir. Je le lui ai promis.

Eir soupire, Jack Abrahamsson a ensorcelé sa collègue.

— Tu sais que tu n'es pas obligé d'y aller ? Ça va peut-être même rendre les choses encore plus difficiles pour lui, si vous tissez des liens aussi forts. Il ne faut pas lui donner de faux espoirs : il pourrait s'imaginer que tu vas le prendre chez toi.

— Dépose-moi juste à l'hôpital, s'il te plaît.

Eir pousse un soupir énervé.

— Tu devrais peut-être attendre quelques jours avant d'aller le voir à la clinique, non ?

— La clinique est dans le Norrland.

— Comment ça, dans le Norrland ?

Sanna hausse les épaules.

— Ils lui ont proposé plusieurs endroits. Apparemment, il veut mettre autant de distance que possible entre lui et cette île, pour choisir une région aussi éloignée.

— D'accord, mais tu viens de prendre une pilule, tu ne peux pas aller à l'hôpital ce soir. Je te déposerai demain, après l'interrogatoire de Benjamin.

— Non, ce n'est pas possible.

— Comment ça ?

— Son avion décolle demain matin, à six heures.

Un peu plus tard, Sanna se tient devant la porte de Jack, à l'hôpital. Elle avale la fin du café qu'elle a trouvé dans la salle de pause et ferme les paupières pour essayer de se concentrer. Lorsqu'elle approche de la porte, l'infirmière de la dernière fois la rejoint.

— Merci d'avoir appelé, lui dit Sanna. Et merci de m'avoir fait part de la décision des services sociaux. Je suis consciente que vous ne devriez peut-être pas donner autant de détails à quelqu'un qui ne fait pas partie de sa famille…

Elle lui pose une main sur le bras en disant :

— C'est Jack qui a insisté, il voulait vraiment vous voir.

Sanna sourit avec lassitude. L'air ambiant est sec et la lumière des néons l'agresse. Elle fait un signe de tête aimable à l'infirmière, puis au policier, toujours en faction, avant d'ouvrir tout doucement la porte.

L'air de la pièce est étonnamment froid et vif. La fenêtre est entrouverte, et Jack est allongé sur un lit au dossier relevé. Il ne porte plus sa chemise d'hôpital, mais un pantalon de jogging bleu foncé avec un sweat à capuche de la même couleur. La télé est allumée.

Il est plus en forme que la dernière fois, bien que son visage soit quand même renfrogné et ses yeux tristes. On voit toujours ses bleus, ils ont viré au violet et sont moins étendus qu'avant.

— Je peux fermer la fenêtre ? lui demande-t-elle. Il fait en dessous de zéro, là-dehors.

Il hoche la tête.

— Bonjour, au fait, dit-elle en s'avançant vers lui.

Il se déplace un peu sur le côté pour qu'elle puisse s'asseoir sur le lit. Le matelas est mou et confortable. Elle se rend compte à quel point elle est déjà sous l'effet narcotique de la pilule.

— Ce sont les services sociaux qui t'ont donné ces vêtements ?

Jack acquiesce.

— On m'a dit que tu partais demain matin ?

Il hoche à nouveau la tête.

— Tu as fait ton sac ?

De la main, il désigne l'autre côté de la pièce. Un sac de sport noir est posé à côté de son cartable. Sanna en a chaud au cœur : Alice leur avait dit qu'elle allait lui faire parvenir ses affaires après la bagarre au commissariat. Elle a tenu parole.

Il y a un petit bloc-notes et un crayon à papier au pied du lit. Sanna l'attrape et écrit son numéro de portable sur une des pages, qu'elle déchire ensuite pour la tendre à Jack.

— Tu peux m'envoyer des messages quand tu veux, à propos de tout ce que tu voudras, d'accord ?

Il approuve tout en enfonçant le papier dans sa poche.

— Comment s'appelle l'endroit où tu vas ? lui demande-t-elle. Je peux peut-être les appeler dans quelques jours, pour leur parler et m'assurer que tout va bien. Qu'est-ce que tu en dis ?

Jack descend du lit pour aller chercher une petite brochure dans la poche extérieure de son sac. Il la lui tend. En voyant sa main, elle sursaute : l'hémorragie sous-cutanée a viré au noir, et sa peau a commencé à plisser, à cet endroit. Il retire brusquement sa main et remonte sur le lit.

— Tu veux que je demande à l'infirmière d'y jeter un coup d'œil ? dit-elle doucement. Il vaudrait peut-être mieux que tu restes encore ici quelques jours…

Il secoue la tête. Quelque chose fait briller ses yeux bleus et son regard passe sans cesse de la télé à l'horloge sur le mur. Il est en train de compter les heures jusqu'à son départ, se dit-elle.

La brochure présente le foyer pour jeunes, spécialisé dans le traitement des traumatismes graves. Elle la glisse dans sa poche.

— Tu as l'air d'aller beaucoup mieux, dit-elle avec hésitation.

Son regard est distant. Elle prend sa main avec précaution, alors que son instinct lui crie de ne pas le toucher.

Il serre sa main dans la sienne. Son visage prend une expression déterminée, effaçant un instant son air de jeune garçon. Elle aimerait lui parler de Benjamin. Il y a tellement de choses qu'elle voudrait lui dire, tellement de questions à lui poser, mais elle sait qu'elle ne peut pas. Il est encore trop tôt.

— Je dois y aller, s'entend-elle dire maladroitement.

Jack acquiesce, mais il lui serre la main encore plus fort. Sanna ne sait pas quoi faire. Elle reste immobile un moment. Ce n'est que lorsque sa main commence à lui faire mal qu'elle essaie de la dégager.

— Eh, tu me fais mal, lui dit-elle avec gentillesse.

Il la lâche. Elle se frotte le dos de la main et les yeux de Jack s'emplissent de larmes.

— Ce n'est pas grave, fait-elle, à voix basse.

L'infirmière frappe et passe sa tête dans l'entrebâillement de la porte.

— Je crois qu'il est temps d'essayer de dormir, ou au moins de te reposer, dit-elle à Jack. Il faut que tu te lèves tôt, demain matin.

Sanna comprend que l'infirmière ne leur laissera pas plus de temps, alors elle cherche à croiser son regard. Il se rapproche lentement du bord du lit avant de se lever. Ses yeux sont embués de larmes, et son visage a un air enfantin. Quand il la prend dans ses bras, elle ne peut plus retenir les siennes. Elle l'étreint jusqu'à ce que l'infirmière s'éclaircisse discrètement la gorge derrière eux.

Au moment où elle le lâche, elle sent les mains de Jack passer sous son manteau pour l'enserrer encore.

Il cherche à se blottir autant que son corps le lui permet.

— Je ne t'oublierai pas, je te le promets, lui murmure-t-elle.

36.

Le matin suivant, Sanna prend un taxi pour se rendre au commissariat. Il fait beau, le soleil vient lui chatouiller les yeux, et elle bâille. Les effets de la pilule de la veille ne veulent pas s'estomper, ses muscles sont tout endoloris. Sa gorge aussi. Elle s'éclaircit la voix avant de demander au chauffeur de s'arrêter à la station-service.

Quand elle se rassied, le café brûlant déborde par le petit trou dans le couvercle en plastique. Elle étouffe un juron et s'essuie la main avec sa serviette en papier. Ça brûle. Elle a un bleu sur le dos de la main, elle fait bouger ses doigts pour vérifier que leur mobilité est intacte. Une forte douleur remonte jusqu'au poignet, et les événements de la veille lui reviennent en mémoire. Elle se demande où Jack se trouve à présent. En regardant l'heure sur son portable, elle se dit qu'il doit déjà être loin.

Pendant qu'elle paie le taxi, Le Chêne vient à sa rencontre. Il a l'air abattu.

— Qu'est-ce qui s'est passé ? lui crie-t-elle en descendant de voiture.

— Benjamin Lind est mort, il s'est pendu dans sa cellule pendant la nuit, lui dit-il.

Sanna se laisse tomber sur une chaise. Eir, Alice et Bernard regardent Le Chêne, qui fait les cent pas dans la salle d'enquête, encore sous le choc.

— Mette Lind est venue le voir tard hier soir. D'après l'agent en service, elle avait obtenu une permission spéciale de Liljegren pour pouvoir lui rendre visite. Apparemment, ils se seraient disputés.

— Quel genre de dispute ? demande Eir.

Le Chêne lui lance un regard fatigué. Il glisse lentement la main dans ses cheveux, et Sanna y aperçoit des mèches grises pour la première fois.

— Mette a contacté Eddie Lind, le père de Benjamin, pour lui rapporter la situation. Elle a passé au peigne fin sa chambre, celle qu'il avait chez son père, et elle est tombée sur son journal intime. Il avait écrit des lettres à une fille. Elle a aussi retrouvé des articles et des notes expliquant comment découper des corps en morceaux, et ainsi de suite.

— *Et ainsi de suite* ? fait Eir, choquée.

— Des choses tellement horribles que je préfère ne pas les répéter.

Sanna soupire, elle ressent une soudaine colère, et de la déception, aussi.

— Ensuite elle est allée demander des comptes à Benjamin ? Et après, il s'est suicidé ? termine-t-elle, en regardant Le Chêne.

Celui-ci acquiesce.

— *Comment* ça a bien pu arriver ?

Il secoue la tête.

— Je ne sais pas, il va falloir ouvrir une enquête.

Sanna pense à Mette et à Benjamin, à la façon dont cette mère a mis son fils au pied du mur. Ça a dû le briser.

— Leur dispute serait allée tellement loin que Mette a été escortée vers la sortie. En partant, elle lui aurait crié qu'il n'avait plus de mère.

— Mais, dit Alice, il aurait dû être mis sous surveillance, non ? On ne laisse pas quelqu'un de cet âge-là seul dans de telles circonstances. Quelle que soit la situation d'ailleurs.

— Je l'ignore, répond Le Chêne. Je ne peux pas encore vous donner d'explications, on ne m'a pas fourni tous les détails.

— Et comment est-ce qu'il a pu trouver un objet avec lequel se suicider ? ajoute Alice. C'est vraiment étrange…

Le Chêne se laisse tomber sur son siège, enlève ses lunettes, et de la main se frotte les lèvres.

— Mette a oublié son écharpe, leur annonce-t-il. Il a dû la cacher. Apparemment, c'est ce qu'il a utilisé.

Eir prend une profonde inspiration. Elle se souvient du blouson jaune clair de Benjamin, empêtré dans le dôme d'escalade. C'était le jour où Mette était venue chercher Jack chez Gunnar Billstam et où Benjamin était resté à les attendre sur le parking. Il avait mis en scène sa propre pendaison pour faire peur à sa mère. Eir regrette de n'avoir rien dit, ce jour-là.

— Un jour, il a rembourré son blouson avec plein de vêtements et il l'a suspendu, à côté de l'hôpital, fait Eir à voix basse. J'aurais dû attirer l'attention sur ce fait, mais j'ai pensé que ce n'était qu'une blague…

— Ne sois pas trop dure envers toi-même, la rassure Le Chêne. Benjamin Lind n'était pas un enfant de chœur.

— Qu'est-ce que tu veux dire ? intervient Sanna. C'est notre boulot de le protéger tant qu'il est entre nos murs, non ? Et on n'est même pas sûrs que c'est bien lui, le meurtrier…

Elle s'interrompt.

— Si, on en est sûrs, rétorque Le Chêne.

— Comment ça ?

— Les agents l'ont entendu dire à Mette qu'il était un bourreau, et qu'il aurait dû exécuter encore plus de porcs.

— C'est peut-être quelque chose qu'il a sorti sous l'effet de la colère. Il nous a aussi crié des choses horribles, à Eir et à moi, quand on était dans leur jardin…

Elle s'interrompt de nouveau.

— Qu'est-ce que tu as ? demande Le Chêne. Ma chère Sanna, ajoute-t-il ensuite, en posant une main sur la sienne avec douceur. C'est fini. D'accord ?

Eir se promène sur la rive. Elle laisse le vent froid lui fouetter le visage jusqu'à ne plus sentir ni son menton ni ses joues. Elle s'arrête pour contempler les vagues qui viennent frapper la côte. Leur force et leur rythme lui rappellent sa respiration.

Elle ferme les yeux et tourne son visage vers le soleil. C'est alors que son portable se met à vibrer.

Elle reconnaît immédiatement le numéro : c'est son ancien chef, au Noa.

Dans les bureaux du commissariat, une odeur de café vient lui chatouiller les narines. Bernard et Alice s'entretiennent à voix basse au milieu des sifflements de la nouvelle machine à café. Ils ont l'air fatigués, mais satisfaits. Sanna se tient à côté d'une fenêtre, perdue dans ses pensées. Eir se dit qu'elle est belle. Elle est grande et mince. Ses cheveux blonds ont l'air un peu rebelles, et ça lui va bien.

— À quoi penses-tu ? lui demande Eir en s'approchant.

— À ton avis ?

Elle secoue la tête.

— Moi aussi, ça me fait drôle, toute cette histoire, répond-elle. J'ai l'impression que ma tête va exploser, je n'arrive pas à croire qu'il soit mort.

Sanna se dirige vers son bureau en silence.

— Cette île ne sera sans doute plus jamais la même, après ça, fait Eir, faute de trouver mieux à dire.

— Ça, ça t'est bien égal, maintenant, articule Sanna avec calme. Tout ce qui t'intéresse, c'est de retourner travailler au Noa.

— Ils m'ont appelée, justement.

Sanna hausse les épaules.

— Ah bon ?

— Oui, ils m'ont demandé de revenir. (Eir y mettrait sa main à couper : elle a vu une expression de tristesse traverser le regard de Sanna.) Je leur ai dit de chercher quelqu'un d'autre, ajoute-t-elle. Je reste.

Malgré elle, ses lèvres s'étirent pour former un sourire. Sanna se laisse tomber sur sa chaise.

L'agent de l'accueil lui fait signe.

— Je suppose que c'est à toi, ça ? Je l'ai embarqué par erreur quand je suis allé chercher mes documents à la photocopieuse.

Il dépose un papier sur le bureau de Sanna.

Eir y jette un coup d'œil curieux. C'est un billet d'avion.

— Tu prends enfin des congés ?

— Quelques jours, seulement.

Sanna attrape le billet, mais Eir a le temps de voir la destination, Svartuna.

Merde, se dit-elle en se rappelant sa conversation avec Bernard. Mårten Unger, l'homme qui a tué son fils, vit sous une autre identité à Svartuna. Et Sanna se balade tout le temps avec son adresse au fond de la poche.

— Qu'est-ce que tu vas faire là-bas, putain ? s'exclame-t-elle.

Sanna pousse un soupir et montre la brochure de la clinique de Jack à Eir. Au moment où les yeux de cette dernière se posent sur l'adresse, elle se souvient de ce que sa coéquipière lui a dit la veille : la clinique de Jack est dans le Norrland.

Du doigt, Sanna tapote la petite carte sur la brochure.

— J'ai trois heures de route depuis l'aéroport, au moins. Cette clinique doit se trouver au milieu de nulle part. Je vais devoir réserver une chambre dans les environs, sinon il faudra que je dorme à Svartuna.

— Ah oui, quel heureux hasard, glousse Eir.

— Qu'est-ce que tu veux dire par là ?

— Tu sais très bien où je veux en venir.

— Non, franchement, je ne vois pas. Ça te pose un problème que j'aille rendre visite à Jack ?

Eir ne peut pas s'empêcher de rire.

— C'est une blague ? Ça crève les yeux que ça n'est pas normal. Tu ne peux pas te raccrocher à ce gamin juste parce que…

— Parce que ?

Eir se mord la lèvre. Elle cherche ses mots, pour ne pas dire une bêtise qui braquerait ou pousserait sa collègue à se refermer sur elle-même.

— C'est quoi, ton problème ? insiste Sanna.

— Mon problème ? Non seulement tu t'es beaucoup trop attachée à Jack Abrahamsson parce qu'il te rappelle peut-être ton fils, ou un truc comme ça. Mais en plus, tu vas lui rendre visite à cet endroit-là précisément, entre tous.

Les yeux de Sanna se font noirs de tristesse.

— Je ne sais pas de quoi tu parles, répond-elle.

Son portable sonne, et elle s'éloigne. Eir jette un coup d'œil à son manteau, qu'elle a jeté sur le dossier de sa chaise. Elle l'attrape et part aux toilettes avec. Une fois enfermée dans une des cabines, elle commence à en fouiller les poches.

Lorsque la porte s'ouvre brusquement, elle est projetée vers l'avant. Sanna essaie de récupérer son vêtement. Eir évite son bras et continue à chercher.

— Qu'est-ce que tu fais ? demande Sanna.

— Je sais ce qu'il y a dans tes poches. Je sais que tu as découvert son adresse. Mais tout ça, c'est fini, maintenant.

— Rends-le-moi, soupire Sanna.

— Tu t'en fous de ce qui va se passer pour tes collègues ? Tu t'en fous de ton boulot ?

— D'accord, alors écoute, si c'est tellement important pour toi : rends-moi ce manteau, et je déchirerai ce papier.

Eir hésite, mais avant qu'elle ait eu le temps de réagir, Sanna l'a récupéré. Elle glisse sa main dans une des poches.

— Donne-moi ça, fait Eir, énervée. Tout de suite.

— Tu crois que ça va changer quelque chose que je détruise ce bout de papier ? lâche Sanna, à bout de souffle. Tu ne crois pas que je connais son adresse par cœur ? Comment penses-tu que je réussis à me lever le matin ? C'est uniquement parce que je sais que je peux y aller quand je veux pour le tuer.

— Plus maintenant, les interrompt soudainement Bernard, depuis l'encadrement de la porte. Mårten Unger est mort. Ils viennent de retrouver son corps.

Le visage de Sanna devient blanc comme un linge. On dirait qu'elle a vu un fantôme.

— Qu'est-ce que tu veux dire ? articule-t-elle avec difficulté. Comment tu sais ça ?

— Depuis que tu as commencé à faire des bêtises en cherchant sa nouvelle identité et son adresse, j'ai demandé à un copain flic de garder un œil sur lui, là-haut. On vient de leur signaler un meurtre, et il se trouve que c'est lui…

— Tu es sûr ? le coupe-t-elle. Ils en sont absolument certains ?

Bernard fait oui de la tête.

— Et ce n'est pas tout, ajoute-t-il.

Elles le regardent, interloquées. Il déglutit et se lance :

— Ils ont dit…, souffle Bernard, en fermant les paupières, que sa gorge a été tranchée. Les lacérations sont en forme de… (il fait un mouvement de la main au-dessus de sa propre gorge) en forme de croix.

— Qu'est-ce que tu dis ? s'écrie Eir en le regardant fixement.

— Oui, en forme de croix, comme pour…

Les images des scènes de crime défilent à nouveau devant les yeux de Sanna. Les coups de couteau sur la gorge. Tous les bruits autour d'elle lui apparaissent étouffés.

— À quoi tu penses ? bégaie Bernard.

Elle ouvre la bouche, mais aucun son n'en sort. Elle a toujours la main plongée dans la poche de son manteau. Elle la resserre. Ce n'est pas la note où est inscrite l'adresse de Mårten Unger ; ce n'est plus la vieille feuille de format A4, pliée au fond de sa poche. C'est quelque chose d'autre.

Quand elle ressort sa main, ses doigts tremblent légèrement. Elle reconnaît la qualité du papier photo sans même avoir besoin de le regarder. Cela lui rappelle une image qu'elle ne connaît que trop bien : celle des enfants, au camp.

Cependant, cette photo-ci est différente. Elle est plus petite.

Quand elle la retourne, elle se retrouve nez à nez avec un garçon qui porte un masque de loup terrifiant. Les traits cruels et les dents acérées sont destinés à un animal gigantesque aux griffes de carnassier, mais ils recouvrent le visage d'un petit enfant.

Mis à part le masque, il ne porte qu'un caleçon en coton. Son ventre rond est couvert de sang. Ses épaules et ses genoux sont légèrement penchés vers l'intérieur. Il est fin, presque maigre. Ses jambes et ses bras sont sales et recouverts d'égratignures.

Sanna reste immobile. Elle n'arrive pas à enregistrer ce qu'elle est en train de contempler. Elle refuse de le reconnaître, même si elle sait parfaitement qu'elle n'est pas en train d'halluciner.

Sans dire un mot, elle se rend à la salle d'enquête, allume la lumière et se dirige droit vers le tableau blanc. Les néons s'allument et elle s'approche de ce qu'elle cherchait – la photo avec les sept enfants.

Elle passe en revue leurs bras ensanglantés, leurs jambes enfantines et leurs mains calleuses millimètre après millimètre. Elle peut presque entendre leurs cris silencieux, prisonniers du passé. Elle approche du but. Finalement, elle arrive au garçon sans masque, à côté de Mia. C'est Benjamin. Elle plisse les yeux et regarde attentivement le bras qu'il a caché derrière son dos. Elle a toujours supposé qu'il tenait son masque dans cette main. Pour la première fois, elle regarde autour de ses pieds. Derrière une de ses chevilles, elle aperçoit quelque chose d'à peine visible : le canon d'une arme à feu.

Son cerveau refuse de comprendre. Ce fusil veut tout dire : Benjamin n'a jamais été l'enfant-loup. C'était l'un des enfants armés de fusils sans munitions, c'était un des *bourreaux*.

Les mains tremblantes, elle décroche la photo et la pose sur la table. Ensuite, elle ajoute juste à côté le morceau qu'elle a retrouvé dans sa poche. Ça s'emboîte parfaitement : c'est le bout qui avait disparu. Le loup se tient tout au bout à droite de la rangée, à l'endroit où le bras de Mia est coupé. Il est plus petit, plus fluet, et plus jeune. Ses yeux bleus brillent à travers les trous de son masque.

Ce regard, c'est celui de Jack.

Tout lui revient à présent en mémoire. Le bruit du crayon sur le papier. Le loup que Jack a dessiné. Les yeux clairs entourés de contours noirs. C'était lui. Pendant tout ce temps, c'était *lui*. Elle pourrait regarder à nouveau le dessin, mais elle n'en a pas besoin. Elle a rassemblé toutes les pièces du puzzle.

Il est là, en rang à côté des autres enfants. Il tient la main de Mia dans la sienne. Ses poings sont abîmés : il s'est battu pour elle. Ils se tiennent côte à côte, unis pour l'éternité, au milieu d'une mare de sang.

Sanna ferme les yeux un instant pour se rappeler le moment où Mia est sortie de l'orée de la forêt en poussant son vélo vers la rive du lac. La façon dont elle a passé son masque avant de se laisser mourir.

L'être qui a conduit un jeune garçon à retourner la terre entière pour exterminer tous ceux qui lui avaient fait du mal.

Elle se souvient des derniers instants qu'elle a passés avec Jack. De ses mains qui cherchaient leur chemin dans son manteau, autour de son corps. Quelques secondes lui ont suffi pour glisser la main dans sa poche, prendre l'adresse de Mårten Unger et la remplacer par le dernier morceau de photo, révélant son rôle dans cette cruelle comédie.

En repensant à l'assassinat de Mårten Unger, à Jack qui s'est chargé de ce poids sur ses frêles épaules en anéantissant ce démon, elle a envie de pleurer.

Quelqu'un entre dans la pièce. Elle sait que c'est Eir. Cette dernière pousse un juron en voyant la photo, puis donne un coup de pied dans une chaise et attrape son portable. Elle compose le numéro de la clinique qui l'a pris en charge. Elle demande si Jack est bien arrivé, mais Sanna n'entend que des bribes de la conversation.

En raccrochant, Eir pose une main sur l'épaule de Sanna.

— On est parti le chercher à l'aéroport ce matin, il y a plus de trois heures de ça. Le van est toujours fermé à clé pendant les transferts, et il a fait le trajet d'une traite, sans prendre de pause.

Sanna se retourne pour la regarder, et Eir se mord la lèvre.

— C'est impossible, ce truc…, lâche-t-elle, presque inaudible.

Sanna entend comme une vibration dans son oreille. Elle pose une main dessus.

— Je reste en ligne avec la clinique, ajoute sa collègue. Ils vont vérifier, mais ils disent que c'est impossible. Tu m'entends ?

Sanna ramasse la photo. Elle peut presque voir Jack devant elle, dans la pièce.

— Tu entends ce que je te dis ? répète la voix d'Eir, comme un écho.

Sanna pose doucement une main sur le gros bleu qui recouvre l'autre.

— Je t'entends, répond-elle, sans conviction.

À l'accueil de la clinique, une jeune infirmière tient son portable contre son oreille. Elle a un visage fatigué. Ses yeux sont très maquillés, avec du noir et du violet. Elle boit une gorgée d'eau vitaminée, puis s'essuie la lèvre en regardant paresseusement l'écran sur le mur, où passe une série documentaire.

— Ils sont de retour, dit-elle dans un bâillement. Le van est en train de se garer.

Un aide-soignant aux épaules carrées passe à côté d'elle, compose une longue série de chiffres sur le clavier à côté de la porte, puis pousse les lourds battants de l'entrée. Il attend que le minibus ait fini sa manœuvre, puis salue le chauffeur avec amabilité.

Quand l'infirmière le rejoint, il lui sourit et désigne du menton le portable qu'elle tient toujours à la main.

— De quoi s'agit-il ? demande-t-il à voix basse.

Elle pose un doigt sur ses lèvres, puis recouvre le micro d'une main en haussant les épaules.

— Un flic qui veut vérifier que le gamin est bien arrivé, répond-elle en chuchotant.

— Un flic ? Mais son dossier ne mentionne pas de criminalité ?

— Qu'est-ce que j'en sais, répond-elle. En tout cas, je lui ai dit qu'on est allé le chercher à l'aéroport de Svartuna ce matin et que le van est venu ici directement sans s'arrêter.

— Le van est fermé à clé pendant les transferts, non ?

Elle acquiesce.

— C'est ce que je lui ai dit, mais elle insiste.

— Ils sont tellement maniaques, soupire-t-il.

Le moteur du minibus arrête de tourner. Le conducteur en sort, avant d'en ouvrir les portes latérales. L'aide-soignant passe sa tête à l'intérieur en disant quelque chose, puis se retourne vers le chauffeur d'un air interrogateur. Ce dernier jette un coup d'œil à son tour dans le véhicule.

— Attendez, dit l'infirmière au téléphone.

Elle va aussi regarder : le van est vide.

Une couverture bleu clair a été déposée sur le dossier d'un siège, et une montre digitale gît sur celui d'à côté.

Il n’y a personne.

En levant les yeux, l’infirmière aperçoit la fenêtre de toit, qui est cassée.

— Où est le gamin ? s’exclame-t-elle. *Où est-il passé ?*

Il se soulève avec effort, son corps se redresse comme une croix. Son regard balaie le paysage désolé autour de lui. Le ciel est presque bleu. La lumière qui perce entre les nuages invite ses yeux à chercher le soleil.

Quelque part, au loin, il entend les aboiements effrénés de chiens et le vrombissement d'un hélicoptère.

Il fait un pas en avant. L'air frais lui redonne de l'énergie, l'aidant à faire fi du volcan qui gronde dans son crâne. Son corps est lourd, à bout de forces, mais il sait que la liberté est proche.

Il accélère encore la cadence, détalant toujours plus vite sur cette lande de bruyère et de camarine, jusqu'à ne plus sentir ses membres. Les sons qui sortent de sa gorge ressemblent à des grognements, de plus en plus forts, qui finissent par couvrir la douleur et les voix qui le poursuivent. Sa nouvelle vie commence là-bas. Tout est clair, à présent. Il court tellement vite que ses pieds touchent à peine le sol, il a l'impression qu'il va s'envoler.

Remerciements

Merci à toutes les femmes qui m'ont inspiré les personnages de Sanna et d'Eir.

Merci à l'île de Gotland, qui a inspiré celle, fictive, de mon récit. Tu m'as bercée, tu as été ma muse, et tu m'as redonné des forces pendant que j'écrivais. Mon histoire a grandi et pris vie à mesure que je parcourais tes allées, tes plages et tes sentiers, et que je marchais le long de ton mur d'enceinte.

Merci à Anna-Karin Selberg de Modernista, de m'avoir dit un jour de printemps, en 2016, « Je crois en toi » ; de nous avoir soutenus, moi et mon récit, sans réserve ; de m'avoir aidée à traverser certaines épreuves. Ce livre n'est pas le mien, c'est une œuvre conjointe. C'est grâce à toi qu'il a vu le jour.

Merci à Pietro Maglio de Modernista, parce qu'il a cru en ce livre, et qu'il a eu la patience de l'attendre. Merci à Lars Sundh de Modernista, pour la jolie couverture de l'édition suédoise. Merci encore à Sebastian Stebe, à Kristofer Andersson, à Pär Sjölinder, Markus

Hedström, Sophia Palmén, Rasmus Pettersson, Terry Ericsson et à toute l'équipe de Modernista, et à Kajsa Olofsson d'Ascari PR, pour votre travail exceptionnel, et parce que vous avez adopté mon livre.

Merci à Vendela Fredricson, à Corinna Müller et à David Möllersten pour vos critiques littéraires et vos analyses détaillées.

Merci à Erik Larsson et à tous ceux de Partners in Stories, ainsi qu'à Paul Sebes et à toute l'équipe de Sebes & Bisseling, d'avoir assuré la diffusion de cette œuvre. Merci à mon éditeur étranger de l'avoir choisie.

Merci à Katarina Grip Höök, d'avoir réalisé ce magnifique portrait d'auteure.

Merci à Mats Holst, pour ses avis précieux en ce qui concerne le travail des forces de police. Merci d'avoir écouté mon scénario sans te lasser et d'avoir répondu à toutes mes questions au sujet des enquêtes et des affaires de meurtre.

Merci à Hans Glise, d'avoir pris le temps de répondre à mes interrogations sur la médecine au fur et à mesure que l'intrigue se déployait.

Merci à Maria Wallmarker Kjell, pour sa connaissance du milieu hospitalier et des médicaments.

Merci à Isabel Dias Ramos et à Angela Dias Ramos, de m'avoir parlé de la foi catholique, de ses traditions et de sa pratique.

Merci à Wanja Andersson de la bibliothèque de Hemse, de m'avoir soutenue en m'aidant dans mes recherches et dans mes emprunts de livres depuis le début de ce projet.

Merci à Rune Lickander et à Pia Jakobsson, de m'avoir prêté les clés de votre petite maison à côté de la mer, où je me suis installée pour écrire.

Merci à Anna et Andrew Granger de Jakobs à Gotland, de m'avoir fourni un lieu calme où travailler et réfléchir. Merci aussi pour nos discussions sur des passages du manuscrit.

Merci à ma famille et à mes proches, pour votre soutien et votre bienveillance.

Merci à mon très cher Martin, à Emma et Sebastian, pour notre vie ensemble. Sans vous, rien n'aurait été possible.

Enfin, merci à vous, cher lecteur, d'avoir pris le temps de vous plonger dans le monde d'une inconnue – le mien.

La photocomposition de cet ouvrage
a été réalisée par
GRAPHIC HAINAUT
76, rue de Nancy 59100 Roubaix

Imprimé en France par MAURY IMPRIMEUR
en janvier 2024
N° d'impression : 275324

POCKET – 92, avenue de France, 75013 Paris

S31830/01